传说中的宝藏

残雪 著

湖南文艺出版社

图书在版编目（CIP）数据

传说中的宝藏 / 残雪著. -- 长沙：湖南文艺出版社, 2021.10（2024.10重印）
（残雪作品典藏版）
ISBN 978-7-5726-0242-9

Ⅰ.①传… Ⅱ.①残… Ⅲ.①短篇小说－小说集－中国－当代 Ⅳ.①I247.7

中国版本图书馆CIP数据核字(2021)第137394号

传说中的宝藏
CHUANSHUO ZHONG DE BAOZANG

残雪 著

出 版 人：陈新文
责任编辑：陈小真　　曾　军
特邀编辑：薛　梅
责任校对：徐　晶
装帧设计：弘毅麦田
湖南文艺出版社出版、发行
（湖南省长沙市东二环一段508号　　邮编：410014）
网址：www.hnwy.net
湖南省新华书店经销
湖南省众鑫印务有限公司印刷

版次：2021年10月第1版
印次：2024年10月第3次印刷
开本：　889 mm×1194 mm　　1/32
印张：　12.5
字数：　269 千字
书号：　ISBN 978-7-5726-0242-9
定价：　68.00元

本社邮购电话：0731-85983015
若有质量问题，请直接与本社出版科联系调换

目 录

弟弟 …………………………………………… 001

雨景 …………………………………………… 034

关于信使和他 ………………………………… 043

夜访 …………………………………………… 051

邻居 …………………………………………… 069

窒息 …………………………………………… 079

妹妹的安排 …………………………………… 086

奇异的木板房 ………………………………… 097

永不宁静 ……………………………………… 105

蚊子与山歌 …………………………………… 114

世外桃源 ……………………………………… 123

绿毛龟 ………………………………………… 135

激情通道	150
天空里的蓝光	159
追求者	172
顶层	181
小怪物	190
生活中的谜	199
传说中的宝藏（之一）	212
传说中的宝藏（之二）	223
传说中的宝藏（之三）	232
算盘	242
阿娥	259
阴谋之网	293
路边人家	325
生死搏斗	344
热力涌动（独幕剧）	369

弟弟

我的弟弟在大学里学冶金，他毕业后就去了遥远的边疆，在一个机关里干一份我说不出名目的工作。刚去的那几年，他很不习惯那里的寂寞，写过不少信来向我诉苦。一开始我是每信必回，为他着急，安慰他，向他指出一些改善的办法，还在信中回忆我们共同的童年生活。可是毕竟人隔得远了，一言一语都不如过去那么有切身的体会，随着时间的渐渐过去，我开始觉得自己的话有些浮泛，有些敷衍，最后，有些虚伪了。弟弟大约也觉察了这些细微的变化，他的信变得稀少起来，几个月一封，一年一封，仅限于报个平安，最近两年他完全沉默了。那段时间我想过许多理由来解释他的沉默，后来我就习惯了他的沉默，我想，弟弟终于有了安稳的工作，薪水也不算少，性格懦弱的他终究在这个世上找到了一块栖身之地，这真是值得庆幸的好事。我一边这样想的时候，一边就看到一双幽怨的眼睛在我眼前晃动，于是心里有些疙疙瘩瘩的。我将自己这种不舒服的感觉压抑下去，尽量想一些好的可能性，比如说，某一日，他在当地遇见一位美丽的维吾尔族姑娘，两人一见钟情，他本人随之进入了维吾尔族家庭，有了很多保护他的亲戚。再比如，他在机关里交了一个很好的朋友，那人富有同情心，十分侠义，他们俩形影不离……我正在如此胡思乱想的时候，儿子推门走了进来。他环视了一下房间，似乎有什么话要对我说，又似乎不好启齿。他从桌上拿起一本书翻了几页，然后装作不经意地说：

"舅舅怎么还不回来？你们没吵架吧？"

"怎么会呢？看你想到哪里去了！"我不自然地假笑了几声。

儿子盯了我一眼，说："这就好嘛。"

他放下书，走出门去。

这样看来，儿子已经注意到我和弟弟之间这种不正常的关系了。我说它不正常，倒不是我和他之间发生过什么冲突，可是作为亲姐弟，两三年不通音信，总不能说是正常的吧。我开始责备自己，马上又觉得自己也没什么好责备的，不就是不通音信嘛，为什么呢？怕说假话，怕他识破我的虚伪呀。这样一想，我又心安理得了。

过了些日子，弟弟工作的机关里来了一个人，这个人没上我家来，却上我丈夫的一个朋友家里去了，而且在那里谈了我弟弟的很多事。那个朋友告诉我丈夫，我弟弟在那边生活得不错，只是他性格内向，谈吐拘谨，显得有点不合群。我丈夫把这些话告诉我，我听了心里很不是味，原来那个人是知道我在这里，有意不上我家来，说不定是弟弟嘱咐他不要来的，弟弟到底出了什么事呢？他怎么会对我产生那种极端的看法呢？这完全不符合他的性情，因为他从来都是十分宽厚的，善解人意的。

一连好多天我心里都忐忑不安，丈夫见我这样子便说：

"去看看嘛，坐飞机四五个小时就到了，一见面什么都明白了。"

听丈夫这样一说，我也觉得倒是该去弟弟那里看看了。算一算，我们已经有五年多没见面了，尤其这一次他的态度，更使我放心不下。我的记事本上记录着是弟弟首先停止写信的，但在感觉中，我老是觉得是自己先停止写信。还有，是不是他没收到我最后一封信？就从我没有再写信这点来看，说明我早就厌倦了这种联络方式，毕竟出门在外的是他。

过了一星期，我登上了往北的飞机。飞机起飞后，我的心里就慢慢轻松了起来，因为快要见到弟弟了，不论他对我有过什么样的怪罪，一切都将在见面时释然，我将给他一个出其不意的惊喜。这样一想，我甚至对自己这次忏悔行动有了些感动，脑子里随之浮出这样一些话来："如果连血缘关系都失去了意义，还有什么东西是我们生活的支撑呢？""这五年多来，我其实总在想着你，可是通信实在不是一个好办法啊。"……想着想着，瞌睡就涌了上来，周围嗡嗡的说话声变得遥远起来。在梦中觉得有人在碰我的胳膊肘，碰了又碰，很是烦人，于是用力一睁眼醒了过来，发现坐在旁边的小老头正望着我笑，刚才就是他在推我。

"有事吗？"我恶声恶气地问。

"你是去他那里吧?你去了也没用,见不到他的。"他说。

"您是谁?"我一下子瞌睡全无。

"那天我把他的情况都告诉你丈夫的朋友了,你怎么还要赶了去呢?你想,他连信都不给你写了,这不是有意要隐藏起来吗?"老头边说边取下他的帽子,用尖尖的手指甲搔他的光头,发出"嚓嚓"的声音,听起来很恶心。

我从鼻子里"哼"了一声,扭转脸去不再理他。我心里升起说不出的懊丧,看来这一趟旅行全都被这个糟老头子破坏了。他是怎么知道我的呢,也许他在弟弟那里看过照片,也许弟弟把一切都告诉了他。弟弟竟会选择这样一个家伙做朋友!可是我还没和弟弟见面,这不过是老头的一面之词,见了面,一切都会好起来吧。我和弟弟,毕竟有好多年是相依为命的,会有什么不可沟通的呢?这样一阵希望一阵绝望的,瞌睡一点都没有了。

"见了面也没用,何况根本见不到。"老头子看穿了我的心思。

我朝他怒目而视,看见他那光光的头皮已被他的指甲刮出了血痕。

我真想换个位子,可是飞机上坐得满满的,无处可换。于是我站了起来,在老头诧异的目光中朝厕所走去。我在厕所里尽量磨磨蹭蹭,最后还是不得不出来,因为有人在外面敲了好久门了。我出来的时候,那女人恶狠狠地瞪着我,恨不得把我一口吞下去似的,然后用力撞了我一下进去了。我只好又回到老头身边。

老头已戴上了帽子,从眼角嘲笑地看着我。

飞机马上要降落了,下面是大片黄色的沙漠。我斜眼观察老头,看出他心里充满了喜悦,那不是单纯的喜悦,似乎是他心里酝酿了某个计划,现在眼看要实现了,所以得意扬扬。飞机越临近地面,他心里的高兴越按捺不住。

"你看,这么快就到了!"他搓着手指尖,喜滋滋地对我说。

小城弥漫在黑黑的风沙里,从出口处走出来什么都看不见。等了好久,进城的班车还没来,更不用说出租车了。我朝身后一看,同机下来的人都不见了,也许他们到候机室等车去了吧。为了摆脱老头,我也往候机室走去。

候机室里空空的,灯开着,只有一个女的在扫地,我不由得倒抽了一口冷气。我走到那女人面前问她:

"请问班车什么时候到呀?"

她抬起头,好奇地从上到下打量了我一遍,反问我:

"真怪,没有人来接您吗?到这里来的所有的乘客都有人接,他们早就走了,您看一个人都没有了。这里是没有班车的,因为人人都有人接。您到这里来找谁?没有摸清情况可不要乱跑啊,刮风的时候是很危险的。"她同情地看了我一眼,放下扫帚,走进她的工作室,关上了门。

我向外一看,只见黑压压的沙子打在门窗上,外面简直是伸手不见五指,迈出门外一步都是很危险的。原来弟弟住在这样一个地方,我怎么从来没见他在信中写过呢?这里也许有很长的沙暴季节,那时他躲在家中干些什么呢?我颓然坐在椅子上,既害怕又六神无主。才不过今天早上,我还兴致勃勃的,心里计划着到了这里之后要如何消遣呢，真是人生莫测啊。这也怪弟弟，他在信中把他居住的这座城市描绘成沙漠上的绿洲，风景美丽，空气清新，"只不过很寂寞"。看来他是怕我为他操心在撒谎。可怜的弟弟，竟然被流放到了这样一个地方。要是我早知道，我一定叫他回到我身边，即使是失业，即使是生活困难，也比在这样一个牢笼里要好。想着这些事，我的眼睛湿润了。

"别看现在漫天沙暴，明天一早又是花红柳绿。"老头在我背后说，我不知道他什么时候过来的。

"怎么会是这个样子。明天，会有班车吗？"我压抑着内心的厌恶，犹犹豫豫地问他。

"用不着等到明天，等一会儿就会有三轮车来接我们。"他说。

"我们？"

"对呀，就是你和我。你现在除了跟我走，还能到哪里去呢？要么你等在这里，明天有班飞机回D城，你坐那班飞机回去好了。"他说话时眼睛到处乱看。

我的心情一下子沉痛起来。一会儿外面就有人的说话声，有个青年口中嘟嘟囔囔地进来了，那青年脸色苍白病态，腿细得像麻秆，身子裹在一件带帽子的雨衣里面。

"车子来了。"老头对我说，"把你所有的衣服都拿出来，包在头上，身上。"

我顺从地打开箱子，将那几件衣服拿出，将全身裹好。再看看老头，他也将带帽子的雨衣穿好了，甚至还戴了副墨镜，那种样子给人一种阴森的感觉。

我们在黑暗中摸索着上了那辆人力三轮车，青年坐在前面的驾驶座上用力向前一蹬，车子便缓缓启动了。车子顶上和侧面虽用篷布围着，座位前面却是敞的，所以沙子不断地打在我们身上，我只好用衣服将头部遮得严严实实的，大气都不敢出。风暴发出像运动场上的口哨声一样的叫啸，我从未听到过这种声音，紧张得浑身直打哆嗦。紧挨我坐在旁边的老头一动不动，大概在心里暗暗笑吧。好久好久，我才慢慢习惯了一点。车子运行得极慢，我想象青年那麻秆似的细腿是如何在踏脚上挣扎，他如何以令人无法相信的毅力在这样的黑夜顶着风沙向前，随着车轴的每一个"吱呀"声，我的心便揪紧一下。这个青年，他与老头究竟是什么关系？他们俩与弟弟又是什么关系？我们这是要到哪里去呢？这些疑问塞满了我的脑海，可是我的头被死死地蒙在衣服里面，我无法对老头提问。而旁边的老头，这时竟很响地打起鼾来了。

车子运行得越来越慢，那青年似乎是精疲力竭了，每蹬一下，口里都发出一声呻吟，令坐在车上的我实在于心不忍。最后，他终于放弃了与车轮的搏斗，车子完全停了下来，而他就伏在驾驶龙头上呜呜地哭了起来。他的哭声被淹没在大风里，可是我能感觉到他身子的猛烈抽搐，这可怜的人！忽然，青年咒骂了一句什么话，从驾驶座上走了下来。

"只好麻烦您下来走了，这车子坏了！"他在风中朝我叫道。

"我能往哪里走？我不认识路，而且这么大的风沙！这么黑！"我也叫道，全身如同掉进了冰河，抖个不停。

"这就不是我的问题了。随您的便吧！反正我要走了。"他边说边消失在黑暗中。

老头还在打鼾，一想到身边还有个人，我心里又稍微踏实一点了。怕什么呢，又不是我一个人被留在这荒野里，老头是本地人，熟悉这里的情况，我只要跟随他就不会有危险。他睡得这么香，一定是自有办法。他既然叫了我来，一切他都会有安排的吧，我所要做的只是忍耐。由于有了这些个想法，我对身边的老头的感觉改变了，现在不但不再设法躲开他，反而视他为我的救命稻草，看来我只要紧跟这个人就不会有问题，最终我将找到弟弟，求得他的谅解，我不是不远万里到他身边来了吗？我不是在路上吃了这么些苦头吗？难道这些都不能融化他心中的冰团，使他回忆起姐弟的情谊吗？东想西想的，我终于进入了梦乡，梦见自己在观看足球，裁判的哨子吹个不停，简直要划破耳膜似的。

到我惊醒过来已是黎明，我注意到车子又往前运行了，刚才我就是被车子的启动所惊醒的。一抬头，看到那青年在驾驶座上吃力地蹬着，外面的风暴已减弱了好多，只是仍有风沙，不过大路已经可以分辨得清楚了，路上有稀稀拉拉的几个人在行走，手里都提着重物，他们似乎是维吾尔族，女的身上挂着白晃晃的饰物。

"你还没有改变主意吗？"老头说起话来，他不知什么时候醒来的。

"当然啦，这是我来这里的目的呀。"我说，心里又升起对他的厌恶。

"你最好不要给自己定什么目标，你就设想自己是偶然坐错了班机，来到了这里，这也是可以的嘛。"他的小眼睛在雨衣帽子里狡猾地眨着。

"我是来看弟弟的!"我厉声说道,血往脸上直冲。

一路上我和他都沉默了。接下去会发生什么呢?老头会不会报复我的无礼呢?

车子停了下来,路边有一栋两层楼的房子,是很长的一排,走廊对着马路,走廊里有些男男女女撑在栏杆上朝我们看,这正是那种典型的集体宿舍。老头叫我下车,说已经到了。

我跟着他走进这栋房子,老头打开紧挨开水房的一个房间的门,让我进去。

"这是谁的房间?"我满脑子疑惑。

"他的吧,还会有谁?你在这里等吧。"他冷淡地说,"他出去了。"

他说完就要走,我连忙拦住他说:

"等一等,您告诉我,他到哪里去了?什么时候回来?"

"我怎么知道呢?我一直和你在一起,你可以问这栋宿舍里的同事们。"

老头走了,我开始打量弟弟的房间。房间布置得十分朴素:一张单人床,一个书桌,隔壁是卫生间,弟弟的床上铺着他参加工作时我送他的床单、枕头和被套。经过五年时间,这些东西已经泛旧了,但都洗得很干净。睹物生情,我鼻子酸了,一连串的自责涌了上来。再抬头看墙上,看见贴了很多剪报,那些剪报的内容都很平凡,有的甚至有点幼稚。有一张是说如何预防夏季腹泻的,一张是介绍如何保养电器,一张是指导人们如何搞好家庭关系，还有一张是领导们对青年们的寄语，勉励他们努力成材，报效祖国，等等等等，贴了半边墙壁，有的剪报上头还画了很多红杠杠。我觉得这一点也不像弟弟从前的风格。他这个人，怎么说呢，有些清高，不要说剪贴报纸，就连读报都很少。而现在，他怎么变得像小孩子一样了呢？是长长的、暗无天日的沙暴季节使得他神志疯狂了，干起了这种把戏吗？我把那些剪报读了又读，无论如何想不出这些报纸的内容在哪方面引起了他的注意，但这些记号又明明是他做的，因为旁边还有他用红笔写的小字，例如"精彩！""关键之关键！"等等，完全不是以前那个弟弟做出的反应，简直像另外一个人。那么是不是存在着一个女朋友呢？是不是有个姑娘对他施加影响，改变了他的人生观呢？我在房里左看右看，完全看不出这间房子里有女人的影响。没有一样多余的摆设，也没有日常生活的氛围，一切东西的摆放都是他的老习惯，十分严谨，十分单调，散发出单身汉的孤独的气息。

　　我在书桌前的围椅上坐了下来，看见桌上摆着我熟悉的那面老式闹钟。细细的、红色的指针指着三点三十分，为什么是三点三十分呢？是弟弟每天凌晨将自己闹醒，然后起来干什么秘密的事，还是他每天下午睡午觉睡到三点三十分才起来？他每天几点钟上班呢？我看着这面钟胡思乱想了一会，突然听见有鸡叫。是的，这间房子里有小鸡！我走到床头的角落里，看见一只大纸箱，三只小鸡被围在纸箱里，上面用透明塑料薄膜罩住，箱子的旁边还钻了很多洞眼透气。纸箱里放着水和一碗糠麸之类的鸡食。

我想，既然他养着鸡，他就不会走得很远，很可能中午，至多晚上一定要回来的吧。我现在似乎有些明白了，这些个报纸剪贴，这些个小鸡，都是在那长长的黑暗季节里生出的嗜好啊。于真正的孤独中，他在走回头路了，他一定走了好久好久了。再回想我给他写的那些关于童年的回忆之类的信，信中那种敷衍的口气，我感到自己无地自容。我在弟弟的单人床上躺下来，呼吸着他身上的气息，倾听着小鸡断断续续的叫声，千头万绪在心头翻腾。

外面的风暴已经完全过去了，甚至出现了一点阳光，边疆的陌生的气味弥漫在空中。

有人在走廊里面说话，声音很低，似乎是在小声争吵。我起身过去打开门，看见一男一女同时朝我转过身来。这两个人都很年轻，很自负的样子，他们瞪着眼，冷漠地看着我。这时女的伸出手推那男的，催他离开。

"请问你们知道我弟弟以句上哪儿去了吗？"我有礼貌地问他俩。

因为我说话时向前走了两步，他们便相应地往后退了两步。

"以句？"男的皱起眉头，眼里朝我射出冷冰冰的光，好像我是个小偷。"以句？"他又重复了一句，似乎迷失在一种回忆之中，手指头也乱动起来。

我连忙说：

"正是！我就是要找以句。您看，我千里迢迢跑了来，他却不在……"

男的忽然蹦了起来，拍了一下自己的屁股，啪的一声大响，

011

又捅了那女的一下，说：

"你看，原来他真有姐姐！这个该死的流氓，我一直以为他在撒谎呢！哈！哈！"他发出吓人的大笑，头向后仰去。笑完之后，他的脸又板了起来，转向我说：

"以句的确说起过您。"

我看见女的又在后面推那男的，示意他快走，还用脚去踢他。

"你们是以句的朋友，对他一定十分了解，请你们进屋来坐一坐，和我讲讲他的事好吗？"

我的话产生了意想不到的效果，两个人都像害怕瘟疫似的朝后退，退得与我隔开一段距离，男的口里连声说：

"不，您弄错了，我们哪里是他的什么朋友呢？就连熟人都谈不上，只不过是点头之交。我们对他的情况只是略有所闻，谈不上了解，您不要指望我们能告诉您什么。"他说到这里就用右手紧紧地护着自己的女人，好像怕我袭击他们似的。"以句这个人，怎么说呢，很怪的，您一定比我们了解他。如果您真想马上知道他的事，您可以到那边第三个门去问他们。"

他说完就急急忙忙和女人走掉了。

我不知道他说的那边是哪边，他也没指给我看，所以我也不好贸然去乱敲门。唉，还是仔细想想再说吧。刚才那男的说原来以句"真有姐姐"，又说他"的确"说起过我。有没有那样一种可能呢，比如说，以句时常向他们讲到我，在那些黑暗的日子里我是他唯一的话题，他唠唠叨叨，说得太多，而在五年当中我未出现过一次，以致别人都认为他在瞎编了。实情到底是怎样的我没法知道，我只知道弟弟是非常单调的人，如果他在同事们中间聊天，肯定会找不出其他的话题，他既木讷又死心眼，谁又会有兴趣同这样一个人聊他的姐姐呢？我设想着弟弟的窘境，他被众人嫌弃的模样，心里一下一下地抽痛着。可怜的弟弟，他真该不顾一切地跑回我那里才对啊。而他，已经忍耐了五年！他就像死海底下的一条鱼，周围是无边的黑暗，有毒的盐水。五年，他的心里在这么长的时期内会对我产生多少怨恨啊。也许老头将我要来的消息通知他了，他才悄悄离开的吧。他的门没锁，这就说明他是有意为我留的门，他不会走得太远的，因为他还要喂小鸡，他多半是赌气离开一会儿，然后气一消就回来了。

时间到了中午，我决定找个地方去吃饭。我往过道右边走去，想找人打听一下，我在第三个门口停了下来，踌躇了一下就去敲门。有人开了门，是一名年轻的妇女，她的五官长得很端正，就是样子很凶。

"找以句的吧，他出远门了。"她抢先说道，翻着白眼看我。

"他……他到哪里去了？"我结巴起来，昨夜在风沙中的那种感觉又回来了。

女的先不开口，横着眼把我看了又看，然后又在房里转来转去收拾房间，好像不打算和我讲话了。我等得不耐烦了，正要走，她却又过来了，脸上的敌意也消失了，说道：

"我怎么知道呢？我就是知道，他也不会同意我告诉您的。您这是何苦呢？您这么远赶了来，是来向他认错的吧？他可是告诉过我，说他决不原谅您，还说要不是因为您，他才不会到这种地方来。就是因为在家时对您无法忍受,他才跑到这蛮荒之地来的。这件事他和好多人讲过,他说您不过是他的姐姐,却常摆架子训他,好像比母亲还严厉,这些话,我们早听熟了。怎么了,你的脸色这么不好,您坐下吧,我想您一定是饿了,我这就给您泡一碗方便面吃。您回他房间去?刚才我可没说什么,对不对?我最不愿意管别人的闲事了。"

我回到弟弟房里,躺在他的床上,只觉得两眼发黑,大汗淋漓,也许我要发急病了吧?我昏昏沉沉地告诫自己:决不能在这里发急病,决不!想着就晕过去了。

醒来时衣服全湿透了,于是将包裹里那些沾了风沙的脏衣服又找出来换上,朝墙上挂的小镜子里一望,看见一个蓬头垢面的人,样子苍老不堪,表情像受了惊吓。我又从包里找出条毛巾到卫生间里去洗了个脸,梳了梳头,心里感觉好一点了。

在宿舍的外面,与这栋房子的侧面相连的一间矮房是一个小卖部,这间房的屋顶上堆满了沙子,根本看不见瓦。我走进去,要了一杯牛奶、一碗稀饭,索然无味地吃了起来。吃完东西我就坐在那里发呆,不知道自己该干什么才好。

管理小卖部的老年妇女见我坐得太久,就过来与我搭讪:

"都说你是以句的姐姐,老远赶了来的。以句可是常来我这里坐的啊。有一次,是沙暴季节,他在后面的储藏室里一动不动地待了一个星期,吃的东西全是我给他送。我问你一句,你到底是不是他姐姐?你不会骗人吧?你可以偷偷告诉我你是谁,我保证不说出去。说实话,我从不相信以句会有什么姐姐。"老妇人边说边凑到我面前来打量我。

"我正好是他姐姐,一点都不假。您能告诉我他到什么地方去了吗?"

老妇人在我旁边的椅子上坐下,长长地叹了口气,说道:

"恐怕你是见不到他了啊。你一点都不了解你的弟弟,我要是你,就不会来了。

"为什么不能来?他不是我弟弟吗?"我又觉得血在往头上冲,而左脚的大拇指痒得不得了,就像被毒虫咬了一样。

我顾不得礼貌,弯下腰去脱了鞋,拼命搔那脚指头,指头立刻就在袜子里面肿了起来,一跳一跳地痛。我一抬头,碰到了老女人鄙夷的目光。

"为什么你要这么激动呢?你快离开这里吧,你坐了这么久,大家都看见了,会对我产生怀疑的。"她有点慌张地向周围扫了一眼,房间里的四五个人都目光炯炯地对准了这里。"你这就走吧,等一会儿我上你那里去,我还要帮你弟弟喂鸡呢,你要听我的话。"

"我不走。"我觉得自己横下一条心了,"请您告诉我,我弟弟到底是如何说起我的。如果我以前犯过什么错误,现在我决心改,这难道不行吗?他为什么要这样躲着我,你们为什么都帮他,莫非我犯下了不可饶恕的罪过?"

"啊,请不要瞎猜,谁也不认为你有错误,你弟弟也不认为,所以也不存在改错的事。你总认为自己犯过错误,我不太习惯你这种思维方式。唉,你怎么一点都摸不清你弟弟的心事呢?在刮风暴的日子里,他可是把什么事全告诉我了啊。现在你既然冒冒失失地跑来了,只好在他房里待着了。这是你和他之间的事，我们就是要帮你也插不上手。"她垂下眼皮，显出厌烦嫌弃的样子。

我在宿舍的走廊上又迎面碰见样子很凶的年轻女人，她正和一个老头在比比画画地说什么，看见我连忙停了嘴。老头转过身来，原来他是和我同机来这里的那人，他换了一身衣，所以刚才我没认出来。

"你打算什么时候走？"老头搔着光头问我，很不高兴的样子。

"走？为什么要走？我是来和弟弟见面的，他既然没有死，总会回来的。"

"你还是这样想吗？这话你说了好几遍了，这里人人都知道你来此地的初衷。"他用手在空中画了一个大圈。

"那我就再说一遍。"我仇视地看着他们两个。

"他好不容易才摆脱了你，难道他会走回头路吗？"青年女人又朝我翻白眼。

我恨不得一口啐在这个女人的脸上，可是我只能忍气吞声。

回到弟弟房里，闹钟忽然响起来，使我原本沮丧的情绪沉到了最底下。闹钟响的时间比一般长了两三倍，简直有些凄厉的味道，天知道这面钟的发条是怎么回事。我瞪着贴在墙上的那些剪报，打不定主意下一步该怎么办。忽然我瞥见了剪报上的一个标题，粗大的黑字写道："警惕我们身边的敌人。"我心里一怔，定睛仔细将文章读下来，原来是写的关于空气污染的小文章。我觉得那标题实在扎眼，弟弟还用粗粗的红笔在标题周围画了一个框，旁边打了三个惊叹号，一个比一个大。我眼前出现弟弟用红笔画惊叹号的样子，不知怎么，那样子十分狰狞。

房里也待不下去了，我从窗口探出身去向外张望。

"你不要在这里到处乱走啊。"同机来的老头不知什么时候进来了，"这里的人都在议论你呢，你太招摇了啊。你要知道，这里人人都知道以句有这么一个姐姐。以句这人容易感情冲动，他把自己的私事泄露得太多了点，当然他有点言过其实，在沙暴季节里嘛，人们什么话都讲得出来的，可是只要一讲出来就成了事实，大家就都记住了。我的意思并不是说，以句因为对自己说过的话感到羞愧才躲起来的，他可能是怕你来叫他回去才出走的呢。我对你有个建议：你最好待在房间里不要乱动，吃的嘛，由我送来。你看，外面又起风了，反复无常的气候啊。天又暗下来了，等一会儿就会变得黑洞洞的，而黑暗中什么都可能发生，你是新来的，还没习惯这里的环境，所以不要乱动。"

老头警告了我之后就要离开，我站起来对他说：

"等一下，我问您，我弟弟是不是就躲在这楼上？我有种直觉，好像他在这附近什么地方，他一定没有离开多远。再说风暴时起时落，他怎么能走得很远呢？"

"你真聪明，可是你错了。他前天就离开这里到另一个城市去了，前天天气晴朗。"

"可是他怎么能随便就离开？他还有工作。请问这里的人都不工作吗？就像寄生虫一样活着吗？这里到底是怎么回事？"我又急又响地向他发问。

"慢慢你就会知道的，你，不要激动。"

他关上门出去了。

天黑了下来，这一次比夜里更黑，完全是漆黑一团。风声由远而近，怪叫着，沙子如暴雨一样打在紧闭的窗户上。我从未见过这么猛烈的风，震耳欲聋，似乎要把这栋宿舍从地上拔起来。我害怕极了，连忙打开电灯，在床头的墙角蹲下来。三只小鸡都将小小的头伸进翅膀里藏着。我感到墙壁在摇晃，发出"吱——吱——"的声音，而门外有喧闹的人声，是不是这栋房子要垮了呢？我紧张地判断着。喧闹的人群慢慢向屋内移动了，手电筒的光到处乱晃。我把门打开朝走廊里探出身去，看见这些人从头到脚都蒙在雨衣里面，一个个鬼似的钻进了那些房间。有一团黑影猛地朝我身上撞过来，弄得我差点跌倒。是小卖部的老女人，她也穿着带帽子的雨衣。她一把将我推开进到屋里，立刻就蹲下去看那三只小鸡，从雨衣里头拿出切好的菜叶喂它们。小鸡发出叽叽的欢快的叫声，老女人在墙根坐下来，似乎很疲倦。墙壁还在轻轻地摇晃，沙子还是猛击在玻璃上。

我走近老女人，忧伤地坐在床沿，说：

"以句为什么这样恨我呢？"

"你真的不知道吗？"她眼里闪过一丝狡猾的光，"在储藏室的漫长的夜里，他向我吐露过那些遥远的事。风刮得越紧，他的思维越是伸向漆黑久远的深处。于是他谈到了他九岁那年发生的事，他的叙述很不确定，充满了假设。我记得他在黑暗中发出的笑声就如两块竹板的撞击声，我没听完就吓得逃了出来。"

九岁？他九岁那年发生了什么？这并不难记起。那年夏天十分炎热，弟弟的厌世倾向开始萌芽。我记得他整日里都在河边的沙滩上徘徊，在烈日里暴晒。忽然有一天，他在自家的门口摔断了脖子。我看着他跌下去的，摔得并不重，而且是慢慢地向下倾斜，最后着地，可是他太孱弱，脖子还是断了。从医院回来后就是长达一年被固定在床上一动也不能动。小小年纪的他竟说出"还不如死了的好"这样的话来。我坐在床边给他读书本上的故事，当他脸上显出厌烦的神情时，我就提议和他一起来做一种幻想的游戏。我对他说，他完全没必要认为自己是摔断了脖子，他可以这样想：是他自己想换一个脑袋，现在通过手术，他的脑袋已换成了比如说，一只猫的脑袋，现在他可以像一只猫那样想事了。为了这个他必须付出代价，就是一动不动地躺在床上养伤。弟弟听了我的话笑起来，最艰难的日子就在我们的奇思异想中过去了。后来他恢复得十分好，一点痕迹也没留下。

"从那时起他就产生了摆脱你的念头。"老女人继续说，"他说你这种人，判断事物常有很大的误差，自己还一点都不知不觉，所以他要远离你。再说和你同住一个屋檐下，他只会变得越来越虚弱。"

"也许他不再需要我了，可为什么要恨我呢？"我绝望地看着漆黑的玻璃，"他信上说一个人在这里很寂寞，很没意思。我以前没想到这里的环境会是这样的，来看了以后才知道。"

"于是你就把他的意思理解为他想回到你身边或只要你一召唤，他必定跟你走。你果然是个武断的人啊！"她嘿嘿地假笑起来。

"我是非常想念他的。"我气急败坏地说，"这种思念不是您所能理解的。"

"那当然，那当然。因为你一直控制着他嘛。那种好事情谁又会不留恋呢？从前他成了你发号施令的对象，你对他想怎么样就怎么样,他的灵魂在哭泣……有一回他要去河里游泳,你为了让他在家里陪你,硬是不让他去。"

"根本不是这样的。因为他的伤没好,医生禁止他做运动。我怎么会不让他去游泳呢?我自己酷爱游泳。啊,这世界出了什么毛病,他竟然对您说这种话?"

"他对所有的人都说了,那又怎么样,在刮大风的日子里——你看周围有多么黑。你再仔细听,宿舍里所有的人都在不停地说话,为什么呢?因为只能这样,要不停地说,说着说着,你什么全掏出来了,你弟弟的情况也如此。不然的话,我怎么会熟悉你的情况?以句这孩子确实有点怪,只要风一停,他就一言不发了,一般是闷在家里搞剪报和喂这几只小鸡。"

"他会不会在这附近?"

"有可能的。但他说过要等你离开后他才会出来,他还说你不可能不离开的,因为你一定惦记着你的工作、家庭,以及其他那些庸俗的事。"

原来都在他的策划之中,原来他看透了我,将方方面面的情况都估计到了。一刹那,仿佛有一道光照亮了我褴褛的身体,但马上又熄灭了。弟弟的意思是不是说,只要我抛弃一切"庸俗的事",下决心在此地永久地等下去,他就会出现?会不会又是一种诱饵呢?他并没有给我这样的允诺,我也不可能抛开一切。我发觉自从我到了这里之后,要和他见面的愿望越来越强烈了,而在过去五年中,我基本上没考虑这个问题。我这个人,很少预测事物的未来,也不够敏感,我基本上是糊涂地过日子的类型。弟弟是怎样一种类型呢?在我的印象中,他柔弱、体贴、宽怀。他是怎么生出这种犀利的眼光来的呢？还是他从来就掩盖着自己的本性？我真是一点也没觉察到啊。

六点钟左右，那老头进来了，他是来给我送饭菜的。我坐下来吃，似乎每一口都吃进了几粒沙子，我皱起眉头咽下去，耳边全是吓人的风的呼啸声。老头看着我，老妇人也看着我，他们俩好像在交换着眼色，也许有什么事在酝酿中了。

我吃完了，拿着碗到卫生间去洗，我在水声中隐约听见他们在高声交谈，待我关了水龙头来听，他们的声音又小了下去，而风声又太紧，结果是什么也没听清。我洗好碗回到房里，他们两个就同时住了嘴，板着脸坐在那里。

"你什么时候走？"老头又问我。

"你们要赶我走吗？"

"当然不，怎么会有这种事，一切都是自愿的。我不过问一问你，好掌握情况，以便心中有数罢了。你说得真难听，谁要赶你走啊？"

"我不打算走了，我要住在这里。"

"你撒谎。"老头瞪着我说，"你怎么会住在这里？你夸大了你的情感。"

"也许吧，但我现在不想走。"

他们俩对视了一下，神情僵硬地往外走，他们一开门就有一大股灰沙卷进来，纷纷扬扬地落在整洁的床罩上。我记起弟弟过去的洁癖，连忙将门关好，将床罩拉起来抖掉灰，又重新铺好。这时我一抬头，看见墙上又贴了一张剪报，糨糊还未干，是新贴的。这一定是小卖部的老女人刚才贴上去的了，奇怪的是那剪报上也有弟弟的笔迹，而且墨水也是新鲜的，好像是刚写下不久。"思想的误区"——弟弟用红笔批道。再看文章的题目是"吃生菜的利与弊"。下面的正文全部是黑体字，这也是很反常的，我从未见到报纸上用黑体字刊登这种文章，但这又的确是一张剪报，角上有"科学日报"的字样。我想读一读这篇文章，可是眼睛发花，刚看了一个字就迷糊一片了，用力眨眨眼再看，一会儿又是迷糊一片，原来我是瞌睡上来了。

我不敢关灯，就这样和衣在弟弟的床上睡去。

夜里被敲门声吵醒，一看钟，才两点钟。

门被推开了，进来三个穿雨衣的人，两男一女，女的就是小卖部的老妇人，两个男的都不认识。老妇人一进来就神情严肃地将耳朵贴在墙壁上仔细听，两个男的则怕冷似的缩在雨衣里，立在旁边等候。过了一会儿，老妇人离开墙，对我说：

"你必须跟我们转移，这房子随时有垮掉的危险。"

她俯下身去，将小鸡捉进她带来的一个竹笼子里，然后叫我跟在她身后出门。他们三个人手里都拿着手电筒晃来晃去的，楼上下来了很多人，也拿着手电筒晃来晃去的，大家都在交谈，似乎都在谈同一件事。我们很快地汇入了大队人马，朝一个方向走去。我什么都看不清，只觉得是在楼里走，因为风是在外面吹，沙子也没有扑到脸上来。不过我又不像在楼里走，因为走了好久都没走到头。

"前年我们到过那地方，你不会忘记吧？我看你不会忘记的。那里有座木桥，桥底下并没有河，可能很久以前有过河，后来干了……"一个女的在低声说。

"我是有点忘了，可是经你一说，我倒又记起来了。是啊，我们稀里糊涂地闯进了那种地方，我们没有准备。"另一个女的说。

我忍不住急走几步，扯住前面正在与那两个男的交谈的老妇人，问她这是什么地方。

"我们走的是一条地道。"她简单地回答我，甩开了我的手。

周围的人群发出嘈杂的喧闹，甚至有人吹口哨。我仔细倾听了好久，发现现在大家并不是在交谈了，也许他们已经交谈完了。现在他们面无表情，口里重复着同样的话，说了又说，有时是相同的三四句，有时只有一句。当一个人在说的时候旁边倾听的一两个人就使劲地点头，扭着脖子"嗯嗯"地应和，还激动得要用手去搂那个人的肩膀。那个人说得不耐烦了。听的人又开始说，还是重复那个人说的。而那个人又"嗯嗯"地应和，脸上显出热切的样子，巴不得他说得越多越好。

终于大家都停下了脚步，席地而坐。我扫视了一下周围，看出这是一个地下广场。我是唯一一个没有交谈对象的人，孤零零地坐在人群当中。老妇人在我前面说话，可是她早把我忘记了。听着耳边那些念经一般的说话声，我设想着要是弟弟在这里会是什么情况。一次两次他也许可以像我这样坐在一旁沉默，可是五年，他是怎么过来的？如果他没有学会他们这种说话的方式，他有可能做些什么呢？老妇人说，他把什么全告诉她了，是在怎样一种情况之下告诉她的呢？他在这些人当中走来走去，焦急、孤立、恐惧，于是发生了那一幕……我觉得我慢慢地接近那个核心的问题了。

023

"星期三我去一个维吾尔族家里做了客。"老妇人对那两个男的说,"他们家有一只大木柜,木柜里藏着一瓶一瓶的陈年老酒。星期三我去一个维吾尔族家里做了客,他们家……"

那两个男的半闭着眼,陶醉地点着头,像婴孩一样张开口,发出"啊、啊……"的声音,手指头不安地在自己前襟上抓来抓去的。

我站了起来,在晃动的手电筒的光芒里乱走。这个地方十分大,我走了好久,到处都是那些穿雨衣的人坐在地上,所有的人都在聚精会神地说或听同样的话。这些人是从哪里涌出来的呢?或许弟弟也在他们当中吧。有好几次,我踩着了别人,于是引发一阵小小的骚乱。每次我都吓得乱窜,其实并没有人来追我,乱哄哄地闹一阵,被踩的人又恢复了他的谈话。

有人在我背上拍了拍,是同飞机来的老头。

"你不要到处找他了。我带你去见一个人。"他说完就用手电筒照我的脸,照得我眼睛放花。我正要发作,他又拖着我往墙那边走。

那个人背对着我们在自言自语,他也是全身裹在雨衣里头,当他转过身来时,我几乎要失口叫了出来。

当然他不是弟弟。他是一个很熟很熟的人,以前差不多天天见面,他脸颊右边有颗痣,我到死也不会忘记。可是他到底是谁呢?有一下,我差点就要说出他的名字,可又堵住了,而且有关他和我的种种联系也像千丝万缕抓不住的游丝一样,从眼前飘荡而过。

他注意地看了我一眼,脸上掠过难以捉摸的表情。

"您是——"我说。

他干笑了一声,说:

"不认识了吧?您真是健忘啊。您坐下来,我要对您谈谈以句的事。"

我一回头,老头早就走掉了。

"以句这个人,一贯把自己伪装得很好呢。您以为您是自己闯到我们这里来的吧,您有没有把方方面面的事联系起来想一想呢?"他眯起眼,好像在讥笑我。

"您想说是以句设下圈套,把我引诱到此地来的吗?"

"有那种可能吧。可是现在对您来说全不要紧了吧。对他也是一样啊。"

"您是我的一个邻居吧?我记得原先总和您见面,怎么就想不起来了呢?"

"这没关系,慢慢地,您就不管这些了,就算我是您的邻居吧。您看,我坐在这里凝神细听。我不参与交谈,这已经有很久了。您不要不耐烦,也不要到处游荡,坐下不动,就会有所体会了。我问您,您为什么不干脆把您弟弟忘记算了呢?反正他已经离开您好久了,你们又不在一处,各有各的生活,您不会天天想起他,他也不会天天想起您,您还找了来干什么呢?"

"因为我中了他设下的圈套啊。"我没好气地说。

"是啊。可这只是从他这方面来说。对于您,在那夜半的静谧时刻,他是什么?他完全不存在。究竟是什么样的骚扰使您无法入睡,竟然下定了决心跑到千里之外来寻找他的踪迹?真是一个不可解的谜啊!"他闭上眼,陷入冥想之中。

我和他都沉默了。周围的喧嚣越来越高涨，我感到自己在经文似的话语的声涛里沉浮。在这个奇怪的地下广场里，可以隐约听见风声和雷声在无比遥远的处所交战。我的熟人面壁而坐，口中念念有词。

不知过了多久，人群开始移动，我也被席卷着往前走，一看周围，全都是陌生的面孔，全都是同样的交谈，电筒的光晃动着，如数不清的小灯。我也开始试着发出一些声音，当然我没有听众，只是一个人努力地发声，这种练习也并不使我有快感。我们走了又走，走了又走，后来我就不发声了，只是昏头昏脑地走。慢慢地，我差点一边走一边睡着了，因而被后面的人猛推一把，差点摔倒。我发出一声喊叫。

然而谁也没注意到我的喊叫，我的声音立刻被淹没了。我像木偶一样被拥着向前迈步，累得东倒西歪。

我到达弟弟的宿舍房间时，天都快亮了。一看钟，已是早上七点，开开窗，一股白雾夹杂着边疆的气味从窗口飘进来，有两个维吾尔族姑娘从窗前经过，胸前的银首饰在雾里发光。原来，风暴早就平息了，夜里我是如何从地道进入这栋宿舍的，我一点感觉都没有，因为后来我就一直处在迷迷糊糊的状态中。

我朝弟弟的床上坐下去，打算好好睡一觉，可是我坐在一个人的腿上了。

"你躺下吧，我还要和你说说他的事呢。"小卖部的老女人在被子下面说话了。

我一点都不想和这个人睡一张床，然而瞌睡越来越重，我身不由己地倒了下去。一开始我以为两个人躺在这张单人床上会很挤，睡下后才发现老女人薄得像鱼片，简直不占什么地方，而且她还尽量往里缩，好像要给我让出地方来似的，身子紧贴着墙。我在朦胧中断断续续听到她在说：

"……刚来的时候啊，他很不习惯这里的沙暴季节，他的神经有点脆弱。于是我就帮他弄了几只鸡来，为的是让他精神上有个寄托。有的时候，我和他不跟大家去地道里，他溜到我那里，我们就一起坐在储藏室里。就是从那时开始，他在我面前唠叨起他和你之间的事来。他提到一间木板房，是一个废弃的厕所，他六岁那年进去大便，外面下雨了，你扔下他就跑了，他一边大便一边急出了一身汗。雨下得那么大，他走出来时满眼都是晃动的水洼。事后他想，将来他长大了，也要让你尝尝同样的滋味。怎么，你睡着了？没有？你弟弟时刻沉浸在回忆之中……好，这里的人都不用工作，我们享受一种特殊的政府津贴，类似于政府给麻风病人的那种津贴。你想，有了这种待遇，你弟弟还会回去吗……喂，你听见我说的话了吗？你不要担心他的生活，我一直在照料他，我和他就像母子一样亲密无间，这一次，他也把你会来的事告诉我了……"

一觉醒来，听见她还在唠叨个不休，我推了推她，一边坐起来一边问她：

"以句就躲在这附近了吧？"

"这件事你可以问和你同飞机来的光头老王，你们在飞机上没讨论这个吗？前些日子他和以句一直在策划什么事，很秘密，我们大家都感到纳闷：到底是什么事？"

老女人刚说完，那老王就推门进来了，他给我和老女人送来了饭，他坐在桌边，光光的头皮上满是指甲抓出的血痕。

"她想刨根问底！"老女人指着我嚷了起来，"她什么都想知道！你向她透露一点吧。"

我满脸通红，拿了东西去卫生间洗漱，老王就和躺在床上的老女人说话。我对老女人的举动感到奇怪：既然她根本没睡着，为什么赖在床上不起来呢？

我洗漱完毕，就坐在床沿上吃老王送来的早餐。这时老女人才伸了几个懒腰起来了，睡眼蒙眬的样子，用指甲很脏的手去抓馒头吃，刚吃了两口，又吐在地上，连声说不好吃，拿了馒头去喂小鸡。她蹲在纸箱前，将馒头掰碎，撒到纸箱里。这时老王就朝我使了个眼色，说："我们到隔壁的空房间去谈话吧。"他这一说，我的心就怦怦地跳起来，于是站起身和他走到隔壁房间。

这里并不像他说的是一个空房间，而是住了一家人。现在这家人正在吃早饭，桌上有个火锅不停地冒出蒸汽，那些人的脸都藏在蒸汽里面，完全看不清。老王把我叫到过道里，郑重其事地对我说：

"那老婆子的话你一句都不要信，她是个迫害狂。五年前，你那性格软弱的弟弟一来这里她就缠上了他。你也看到了，他又养小鸡又在墙上贴剪报，还将闹钟拧到三点半钟，半夜里闹起来，觉也睡不成，这都是那老家伙的逼迫。你现在想见他，是因为你不知道他已经变成什么样子了，你要是看见了他，你就会后悔不该见他的，这都是那老婆子造成的局面。你看到她大摇大摆地睡在你弟弟的床上，你觉得惊奇吧？这五年来一直就是这样的，你弟弟把床让给她睡，自己在走廊里走来走去，一直走到天亮。"

"我的弟弟到底出了什么事？请您告诉我他在哪里。"

"唉，我要是你，就不提这种问题了，这种问题完完全全过时了。我想，你当初把他赶到这种地方来，心里不会没有思想斗争的吧？你已经有五年不同他见面了，为什么还要记着这桩事呢？就当没有这回事，轻轻松松地回去……"

"你这个小人！明明是你把我引诱到这个地方来的，你想搞什么名堂？"

我的怒吼惊起了那一桌人，他们纷纷跑过来观看，他们眼里都透着对我的鄙视，我觉得自己畏缩了。

"你看你，你看你。"老王说，又用力在头皮上抓了起来，一个地方抓破了，一滴血从头顶往下流，像一根红色的细带子。"你这么凶，别人又怎么帮你的忙？不和你见面，这是以句的愿望，谁也没办法的。假如你知道实情，你还要感谢以句呢，他一贯是个体贴人的孩子，不是吗？"

老王说这些话时，那一家人都凑了过来，挡在我和老王之间，这样我就听不到他的话了。两个女孩在旁边扯我的衣袖，催促我表态。中年女人大约是这一家的妈妈，她把鼻子凑到我衣袖上面闻了闻，说：

"她和那些鸡住在一间房里，所以身上有股鸡屎味，她弟弟也是这样。"

我推开他们往外走，回到弟弟的房间。我刚一回来，老王也回来了。他的头皮被他抓破了两处，所以有两条红带子贴在他脸上，十分滑稽。

老女人正在往墙上贴一张新的剪报。

"好啊，以句这家伙回来了，竟然瞒着我！"老王指着那张剪报大声说，接着又转向我，"你见到了吧。这是他的笔迹，他回来了，不想和你见面，连我都瞒着。"

老女人贴好剪报后，又阴沉着脸将那面闹钟上好发条。

弟弟会不会躲在楼上呢？我记得我刚到这里的时候，有很多人在二楼的走廊里朝我们看，说不定他就躲在那些人里面。我怎么一点都没想过就在这栋楼里找一找他呢？也许，还是老头支配了我的思路，他说弟弟不在这个城市，我就信以为真了。如果我将这栋宿舍的每间房都找一遍，很可能找得到他，当然也不排除有躲在地道里的可能性。我要摸清这里的情况，到处侦察一下，找到地道的入口。

我这样想的时候，老王和老女人一声不响地交换着目光，还用怜悯的眼神打量我，搞得我火冒三丈。

"这个地方不可以乱走的，没有我们做向导你寸步难行。"老王说。

"我要把他找出来。"我从牙缝里一个字一个字吐出这句话，绝望地看着他们两个，心里无比憎恨。

"你的口气真不小！你到哪里去找？你以为他在二楼吗？你以为可以从这里的楼梯口上去吗？不，二楼是上不去的，我们一楼和楼上是两个分隔的世界，如果你要上去，你得绕一个很大的弯，进入一条长长的地道，在途中——"他停了一停，又去搔他的头皮，"在途中，有无数的岔道，很可能你就走错了一处，于是再也回不来了。所以在这个地方，你绝对不可以乱走。你回想一下，从你坐飞机起，我就一直在旁边做你的向导，这是为了什么？要是被埋在沙堆里，就再也不能出来了。以句就被埋过一回，那真是死里逃生啊。"

我在过道里看了好久，的确不存在通往楼上的楼梯。然而我又分明听到楼上有嘈杂的谈话声，那些人是从一条通道上楼的，也就是老王所说的地道，也可能就是夜里我去过的那条地道。我走到附近的院子里去察看，院子里空空的，这种地方既没有树又没有草，地上到处是黄沙。我回忆起弟弟当初对这里的描述："沙漠上的绿洲。"他信上就是这么写的，那到底是一种什么样的象征和比喻呢？那不知所在的通道，带给他的是什么东西呢？老王和老女人随时都可以进入那条地道，就像在自己家里一样，昨天夜里，他们给我的印象是如鱼得水。我站在这块高地上向外看去，周围是无边无际的黄沙，公路如一条隐约的带子，只有我们这栋青砖瓦房孤零零地立在遍地黄沙当中，远处的天边有坚硬的、一动不动的云朵，也是黄色的。过了好久，才看见一个小小的甲壳虫从公路上驶过，是一辆货车，它经过我们的楼房，驶向了遥远的天边。与楼里的喧嚣嘈杂相比，这外面是一片死寂，当然刮风暴的时候就不一样了。我不敢远走，因为除了这栋宿舍，我找不到任何其他参照物。我绕房子遛了两圈，然后悻悻地回到宿舍过道里。或许地道口就在宿舍一楼的某个房间里？

我走进弟弟的房间，看见那两个人已经走了，那几只小鸡也被带走了。墙上光秃秃的，所有的剪报都被撕掉了。我诧异地站在屋当中，忽然闹钟的铃声大响，足足响了一分钟，很像一个不祥的暗示。

我颓然坐在床沿，脑子里千头万绪，乱七八糟。我回忆起我来这里之前对丈夫说的那些话，当时我认为是在做出一项重大的决定。现在我才明白，是弟弟在操纵一切。但是果真是他在操纵吗？他有没有受到，比如说，老王的操纵呢？而老王，也许又是被小卖部的老女人操纵的吧？

有人敲门，是地道广场里见过的那个熟人。

熟人没穿雨衣，穿了一件类似工作服的黑色长外衣。他坐在书桌前的那把椅子上，给自己点了一根烟。

"这个地方，很没有意思的，您还是回去吧。"他说。

"我也觉得很没意思，可是我又不甘心，觉得自己白跑了一趟，心情糟透了。"我委屈地说。

"您心情这么不好，是不是因为他们把小鸡拿走了呢？我再去给您捉两只来好吗？"他关心地看了看我。

"不是那件事。"

"我想您也不是为这种小事生气的人。这种地方整天都只有这种小事，要是都生起气来，不就气死了吗？我有个朋友，总把衣服晾在公共走廊里，人家过路碰掉了他的衣服，他就跳起脚骂，气得发昏，到了下一次他又晾在走廊里，又骂人。我看您不是那种人。"他猛吸了一口香烟，全部吞了进去。

"可能我真的该走了。"

"这很好。这种地方谁愿意长久待下去呢？明天我让小吴送您到车站。我和您是第二次见面了，您猜猜我是谁？"他又吸了一口烟。

"我猜不出。我总觉得我就要说出您的名字了,可还是说不出来。"我懊恼地拍了几下自己的头。

"猜不出就别猜了。"他的口气里有种温柔。

他站起身往外走,顺手帮我关掉了灯。

夜晚漫长而又混乱,漆黑里有无数骑兵在沙漠里厮杀,他们所骑的骆驼却站在沙漠里一动也不动,兵器的撞击声几乎震得我晕了过去,谁也听不到我的哭泣。

是那同一位年轻人用三轮车把我送到机场的。天气晴好,空气里弥漫着边疆的气味,那气味有点像沙石,又有点像西瓜。路上偶尔有几个维吾尔族姑娘,脚步轻盈,如同在空中飘。

坐在飞机上我一直在想,也许弟弟是真的消失了,那些剪报上的字迹实在算不了什么,在家里时,我也很少想起他。老王他们都说:"就当没有这个弟弟。"当你不再想一个人时,不就等于没有一样吗?我之所以跑到这里来找他,只不过是一种习惯作怪。在漫长的五年中,弟弟逐渐克服了他往日的习惯,成了一个没有实体的人。在我的感觉里,他确实没有实体了,这就是说,他再也不会有烦恼了。他仍然在思考,在感受,他想的全是那些稀奇古怪的事,而别人(包括我),都再也不能使他产生兴趣了。

原载于《东海》1997年第3期

雨景

我喜欢坐在书桌前记账。从窗口望出去,大约一百米的地方,是一座灰色的、花岗岩砌成的建筑。那些窗户都开在很高的地方,共有两排,每个窗子都是窄窄的一条,到了夜里,大部分窗口是黑的,只有两三个透出一点暗淡的光,给人以捉摸不透的感觉。建筑物前面有一条小路,常有一些人三三两两地从楼房前经过,这些人有的是去上班的,有的是去办事的,也有一些孩子是去上学的。他们都走得比较快,在阳光里,他们的身影从石头墙上一晃而过。我从未见到有人从那花岗岩建筑里走出来过。建筑的前面有一张黑色的小铁门,长年关闭,门上却有个金黄色的、大而崭新的锁孔。

一天我坐在书桌前对着窗口发呆,我丈夫在身后说:

"你听,有人在后面哭泣。"

我一怔,仔细凝神,什么也没听见,什么也没看见。在前面,因为刚刚下过暴雨,现在还淅淅沥沥的,所以路上空无一人,然而花岗岩的楼房确实有点异样。

"有人要过来了,"丈夫又说,"就是刚才哭泣的那个人。"

我屏住气等待着。我等了好久,什么人也没有,大雨又下来了,哗啦啦地响,那些灌木被风刮得倒伏下去。我哭丧着脸说:

"我怎么没看见啊。"

"真可惜。那个人好像是二弟,白光一闪就消失在墙上了,要是你看到就好了。"丈夫的情绪还是沉浸在那里头。

"完完全全地消失在墙上吗?"

"刚才我还确确实实听到了他在哭泣呢,就在柿子树那边。"

二弟在上个星期还来过我们家,他衣着不整,一副流浪汉的样子,可是他的言谈一点也不像流浪汉,他总是害羞,很少讲话,每次到我们家来他都坐在一个角落里,想尽量不要引人注意。我丈夫见他没有正式工作,觉得很内疚,时常塞给他一些钱。二弟拿了钱,就偷偷从家里溜掉,很长一段时间不再露面。

我的父母是这样评价他的:

"我们拿不定主意要如何来看待他,他总不给我们一个明确的印象。"

刚才这件事,会不会是丈夫的想象呢?我想问一问他,可是他已经忘记了刚才的事,顺手拿起账本,仔细地查看起来。

有人从花岗岩墙前面经过,是两个青年,一男一女,女的是跛足,男的高举着天蓝色的大雨伞,留心着不让雨淋在女的身上。他们边走边说话，过了好久，我还可以听到他们忽高忽低的声音，那声音和雨声混在一起，滞留在灰色的天空下。

过了些日子，二弟来了，坐在书桌的边缘上，晃荡着两条干瘦的腿子。闲聊中我提到对面的花岗岩建筑，二弟的脸立刻阴沉下来。

"我总是听到有人在那里哭泣。"我说。

"你走到墙壁面前去仔细看清楚嘛。"二弟一边嘟哝一边跳下了桌子，背对着窗口，挡住我的视线，"奇思异想仍不失为一种好方式。"

他低着头走了出去，似乎很懊恼的样子。

昏沉的暮色里，花岗岩的表面闪着微光，墙边影影绰绰地走过一些人。那究竟是怎样一种情形呢？我并没有亲耳听到二弟哭泣，我只是想引诱他讲出一些事，就对他撒谎了。他一定是识破了才生气的。丈夫会不会说假话呢？我决定明天去墙壁那里仔细看个清楚。

多年来我对这栋楼房的感觉可以称之为"熟视无睹"。花岗岩的墙面年代悠久，上面有些黑色的水迹，这是一座空楼。我听到有钥匙在锁孔里转动了两下，门"吱"的一声开了，我不由自主地走了进去。

有一个人背对着我站在空空的过道里，昏暗的灯光中看不清他的脸，我觉得他在那里哭。

"4月18号你看见了那桩事的始末。"他说，光头一晃一晃地逼近我，我还是看不清他的脸。我等他说下去，可是他不说了，他仿佛被什么东西击中了似的，弯下腰去，然后轻轻地啜泣起来。

过道里没有一个人，气氛阴惨惨的，他倚着墙蹲在那里哭，苍老的背影一抽一抽地耸动着。就在这个时候，我听到外面某个地方传来汽车驶过的声音。在走廊的尽头，有人颇为生气地将房门撞得"嘭"的一响。

"或许你认识我的二弟？"我朝那人弯下腰去大声说道。

"已经晚了，已经晚了！"他边哭边说，上气不接下气。

我站在那里，既惭愧又害怕，千头万绪涌上心头。他的十个指头开始抓石灰粉的墙，产生令我揪心的声音，粉末不住往下掉。

"二弟！二弟！你不要抛弃我啊！"我于绝望中冲口而出。

我喊了这句话之后，那个人立刻止住了哭，像一头受了重伤的野兽一样慢慢站了起来。他转过身来面对着我，现在我已经和他离得很近，近得不能再近了，他的衣袖都触到了我的手。奇怪的是他的脸仍然是一团黑影，无论我从哪个角度去看，也看不见他的真实面貌，灯光好像射不到那张脸上去。

他开始面对着我向后退，他退一步，我就向前进一步；我的影子和他的纠缠成一团映在墙上，像是在打架似的，我感到自己无比紧张。忽然走廊两旁的房门全打开了，这个人掉头就跑，那些房间里似乎都有人伸出头来观望。我不敢在此停留，也掉头跑出了大门。

我在小路的尽头停了下来，回头去看，看见那张门还是敞开着，里头黑洞洞的，而那些窗口，原有的几盏灯也灭掉了。

这栋建筑又变成了死屋,我抬头仰望天空,竟然已是黎明。

有人从小路那边绕过来了,低声交谈着。我又见到了那位跛足女子和那位青年,虽然没下雨,青年还是高举着天蓝色的大伞。他们经过我面前的时候,两个都愣了一下,停住了脚步。我低着头往前冲,不敢看他们,走了好远,我终于忍不住回头,看见他们还站在原地,晨曦中那把大蓝伞熠熠生光,男的正低头向女的述说什么。在他们身后,死屋的花岗岩墙面模糊而遥远。

我进屋的时候,丈夫已经起床了,衣冠楚楚地坐在房里,好像正打算出门。他把我的早餐摆在了桌子上。

"昨天夜里过得真快,我一觉就睡过了头。"他说。

真奇怪,他也有这种感觉,那屋子里头和外面到底存不存在时差呢?我一边喝牛奶一边偷看他的表情。人在梦中就感觉不到时差了吧,既然一觉就睡过了头,怎么知道时间过得快还是慢呢。

"4月18日是什么日子啊?"

"是你大弟的忌日,你连这都忘了吗?"他有点诧异。

"人在夜里,无论什么事全会忘得干干净净的。"

"是啊,我也有类似的体验。短短的一夜间可以发生数不清的事。"

我走到书桌前,目光停留在那一堵墙上,立刻感到房间里的闷热升腾起来,模糊的欲望像小鱼一样游来游去。丈夫出门了,他朝着与那建筑相反的方向走去,他停了一停,跨踌着似乎想返回来看看,又打消了念头,拐了个弯不见了。门口的枣树叶子湿漉漉的，是有人朝它喷了杀虫药，还是夜里有过一场大雨呢？二弟上回告诉过我，他马上要离开此地了，这是他生平第一次出远门。我问他去什么地方，他简短地回答："一直走。"他说这话时，我就想起丈夫前一天对他的描述。当一个人像一道光一样消失在墙壁里头时，时间对他究竟是怎么一回事呢？我们父母的脸上露出欣喜之情，他们的脾气立刻柔和多了，因为对二弟的这种晚来的慈爱，他们俩都有点神魂颠倒的样子，都说恨不能伴随他们的儿子前行，要是再年轻十岁就好了。

他走的时候一走一回头，黑着脸，无比沮丧的样子。快要上车了，母亲还死死地扯住他的背包的带子不放。后来汽车开了，父亲又跟在后面，像只蚂蚱那样一跳一跳的，惹得路人笑话。车子一消失在拐弯处，两位老人就朝地上坐去，完全痴呆了。我和丈夫费了好大的力气才将他们弄到家里。他俩并排坐在沙发上，母亲忽然轻轻地问：

"好端端的一个人怎么就被车子运走了呢？"

我丈夫拼命地向他们解释，说二弟并没有从这个世界上消失，他只是去旅行一趟，这种事在别人家里再平常不过了，他在外面玩一玩，不久就要回来了。

母亲听了他的解释，冷笑一声说：

"你们是不是和他有什么协议？我和爸爸已经老了，是两个完全过时了的家伙。可是我们虽然老了，脑筋还并不那么糊涂，我们也听说了你们屋前所发生的事，那正是我们预料中的，当时你们选择了那个方位的住房，我们还有过一番议论呢。"

她说完后就拿过父亲的手细细打量起来，一会儿工夫两个人都瞌睡沉沉的了。

我开始认真考虑去那栋建筑后面看看的事了。十多年了，我们从来没去过，因为花岗岩墙壁后面是陡峭的山坡，我和丈夫总觉得没什么好看的。我在入睡前将这个想法告诉了我丈夫，听到他含含糊糊地说了一句："迷了路可不好办。"

一早我就动身往那边走。我刚踏上小路，前面就斜插出来两个人，正是那位跛足女郎和高个子青年。这一次他们没打伞，空着手，他们转过身来面朝我站住了。这时我看清了"女郎"原来是个戴着假发的中年人，而"青年"则是年近古稀的瘦老头。他们朝我招手，让我到他们面前去。

"我看见你们俩每次都往那边去了，我在窗前观察你们好些时候了。那边的情况怎么样呢？我很想对这栋建筑有个整体概念。"我急急忙忙地首先开了口。

他们两个一齐发出笑声，在我听来，这笑声很不真实，我突然怀疑他们是两个幽灵，从那栋死屋里飘出来的幽灵。我一害怕，就不知不觉往后退，眼睛还是死盯着他们。

那张大门的锁孔里又有钥匙的转动，随着"咔嗒"一响，我没命地往回跑，跑了十几步又站住回头看，发现那两个人已经不见了，大门敞开着，门里是我熟悉的过道，他们很可能是进去了。想到他们先前给我的印象，还有那把色彩鲜艳的伞，我不由得腿肚子发软了。我不敢再到花岗岩墙后面去，因为这个插曲，清晨的那点信心也完全丧失了。

回到家，看见丈夫坐在我平时的位置上，正在低着头修理闹钟，桌上摆满了零件和工具。

"你去了好久了吧，快到吃中饭的时间了啊。"他头也不抬地说。

"是啊，我怎么也找不到通到后边去的路。"

我苦恼地想，他也许是在装假，他坐在这里，看见了今天早上这件事的全部过程。我不应该退缩，我真丢脸，究竟有什么可怕的呢？那两个幽灵，可能生前是两个锁匠，或者两个药剂师，死了之后就乔装打扮起来了而已。

我正在这样思考时，闹钟忽然响了起来，声音又急又恐怖，就好像不会停止了似的，震得我的脑子完全麻木了。等到响声终于停止下来时，丈夫也不见了，桌上空空的。而刚才，我明明看到桌上堆满了他的工具。他会不会是坐在这里对我搞一个恶作剧呢？刚才他说"你去了好久了吧"就是一种暗示。

我朝窗外看去，那扇门已经关上了，花岗岩墙的表面发着微光，在左上角，靠近屋檐的地方似乎有团白光。我的心悸动了一下，我又一次想到，那后面到底是一种什么情况，我还是要去搞个水落石出的，谁也挡不住。就算那两个幽灵要阻拦我，他们总不会时时刻刻守在那条路上吧？总有疏忽的时候。那栋建筑的里面与外面有种巨大的时差，如果他们不是幽灵，只是两个普通人，他们是怎样适应这种时差的呢？时差是由丈夫口里得到证实的，要是他也在撒谎呢？

我每天都面对那堵灰色的花岗岩墙，二弟的事萦绕心头。他是坐汽车走的，但那只是表面的现象，这个表面的印象留在了父母的脑海中。那扇黑色的铁门开了又关，关了又开，跛足女郎和高个子青年从那里头走出,撑开天蓝色的大伞,站在雨中"喊喊喳喳"讲个不停。有一次我将目睹的景象告诉丈夫,丈夫就眨了眨眼,悄悄地对我说,他刚从外面回来,外面并没有下雨,是一个艳阳天啊,他正打算把洗好的衣服拿出去晒呢。我却明明听到了雨滴打在伞布上发出的声音,那女郎的一只衬衣袖子都淋湿了一边,真不可思议啊。

1996年8月27日于长沙英才园

原载于《长江文艺》1997年第5期

关于信使和他

他坐在这个光秃秃的山头，背靠一块凸出地面的岩石打瞌睡。以宽厚的态度对待万物的月光当然也撒在他身上。和他在一起的有一只短尾巴的、栗色的老猫。他打瞌睡的姿势显得很费力，很扭曲，老猫则一动不动地蹲在他的脚边，脸上的表情很厌倦的样子。在离他不远的地方有一丛灌木，好像是野栗子树之类的，风一吹，稀稀拉拉的叶片就沙沙作响。半夜的时候，乌云遮蔽了月亮，下了一点毛毛雨。他觉得身上有些凉意，就睁开眼站起来，伸伸懒腰。猫儿也在伸懒腰，舔着被雨弄湿的毛。又起了微风，乌云很快被吹散，月亮又出来了。他向东走了几十步，又向南走了几十步，然后慢吞吞地回到岩石边，用脚尖踢了踢他的羊皮箱子，重又坐在潮乎乎的岩石上打瞌睡。老猫淋了雨，感觉到有点冷，就跳到他膝头上来取暖。

曾经有一段时候，山脚下硝烟弥漫，漫山的红土被炸出一个一个的弹坑。经常有受到追击的步兵向这座山头爬来，他们往往爬到半山腰就被飞弹击中，有的滚落下去，有的将尸体留在荒山上。那段时间他每天在山上焦急地踱步，盼望信使的到来。他时刻做好了下山的准备：他为老猫编了一个结实的项圈，项圈上吊着一根粗绳子。他将项圈套在猫脖子上，试着走了走，老猫显得很兴奋、很活跃，紧张地按他的眼色行事。信使往往在太阳升到天中时分到来，那时战事暂停，硝烟散去，两种颜色的战旗在各自的营地飘扬。

满脸墨黑的信使喘着粗气，一步一瘸地爬上山头，坐在岩石上，半天说不出话来。他将耳朵凑到信使的嘴唇边，信使就捏住他的手，费力地、一个字一个字地拖得很长，用一些含糊的暗语向他报告了战事的进展。他随着信使说话的古怪节奏一下一下地点着头，脸上的表情渐渐变得满意起来。这时他就站起来，将双手放在背后，他的目光越过那丛灌木，到达空无所有的地方。信使离开的时候，他内心的焦虑已经平息下去，他打消了下山的念头。这时往往已是下午两三点钟，山脚下又响起了杂乱的马蹄声，震得野栗子树微微摇摆，老猫也活跃起来，钻到树丛里窜来窜去地玩游戏。

山下的喧闹一直延续到傍晚，杀声此起彼伏，随着几声大的爆炸，两边的兵马都溃散了。朝山下望去，可以看到残兵败将正回到各自的营地。夜幕降临，他内心的焦虑又急剧上升了。他开始进入紧张的思索状态，对交战的双方做出各种各样的预测，眉头紧紧地锁着，板着脸。这种时候，他对老猫的献媚也反应冷淡了。他的全身心都在战事里头，他用一根树枝紧张地在月光下画出一个图案，在心里默算着一些数字。一夜之间，鬓边又多添了几根白发。黎明是最为躁动的时刻，他下山的决心已定，老猫也套好了项圈，绳子牵在他手中，他的所有的衣服和用具都放在那只大羊皮箱子里头，现在正摆在他身旁。他为什么还不走呢？他在等信使，因为万一他离开此地，与信使错过，他就不可能详细弄清战事的进展情况，而在不明真相的情况下走进战区，很有可能误中埋伏，丢了性命。他耐着性子走来走去，时而停下来侧耳聆听，时而手搭凉棚眺望远方。然而那迷漫的白雾挡住了视线，他什么也看不见。他蹲下来叹着气，焦急不安。被项圈套住的老猫异常兴奋，如同出征前的战马。

信使的身影终于从后山那边出现了，他穿着白布衣裳。费力地往上爬。忽然他脚下的泥土松动，于是从光秃秃的坡上滚下去，一直滚了十几米才停下。他在上面看着，失声叫了出来。然而过了一会，信使又挣扎着站了起来，继续往上爬了。

信使终于到了面前，他浑身全是灰土，白衣裳差不多变成红的了。歇息了几分钟，吐完了口里的土渣，他才断断续续地说出些不完整的句子来。他将耳朵凑到信使脸上，聚精会神地听他讲。信使说话的声音越来越微弱，他不得不用两只手挡着外界的噪声，即使是这样，收效也还是不大，他仍然听不太清楚。最后，信使没有说完便在岩石上头睡着了。他拍了拍自己的大腿。一下子蹦了起来，首先将老猫脖子上的项圈解开，然后将羊皮箱子里的用具拿出来放在地上，一件件摆好。就这样，他打消了下山的念头。

信使一直睡到下午才醒来，这之间山下的战事十分激烈，一个炮弹在他们附近爆炸。将野栗子树丛炸掉了一半，信使就是被炸醒的。

"有伤亡没有？"信使迷迷糊糊地问。

后来他们两人开始在隆隆的炮声中聊天，聊的完全是与战争无关的事，而老猫，庄严地坐在信使的膝头上一动不动。

"在没有战事的地方，比如在那些遥远偏僻的渔村里，人们是如何打发日子的呢？"他问信使。

"当然是靠遗忘来消磨时光。不过这很难完全做到，总有一些最后的意象留在脑海里，比如一只蜘蛛的图案或一块花边小手绢什么的。我有一个邻居，是一个患了痴呆症的老头，他在路上扫着落叶，会忽然放下扫帚，口里念叨着'铃铛，铃铛'，然后就哭了起来。人的记忆真是无比顽强啊。"

信使说完这些，就似笑非笑地看着炮弹在远方发射，看着山下飘动的战旗时隐时现。

他不相信信使说的关于那个老头的事，他认为信使一定是夸大了那种事。经过多次的实践，他体验到进入空旷的黑屋是完全可能的，也许起先在那里面待的时间会很短，可是慢慢就会越来越习惯。

他张了张嘴，想把这个想法告诉信使，可是信使突然皱起了眉头，将老猫从膝头上推下去，站了起来，说；

"我还有急事呢。我这个人，怎么会在这里耽搁了这么久的，现在已经是下午了，我却还坐在这里，我还要跑两个山头，他们都盼望着我。"

信使抖了抖身上的灰土，有些嫌弃似的看了这个人一眼，一跺脚就往山下走去。他走得飞快,若无其事地从枪林弹雨中穿过。

信使下山后,他就开始为他担心,他手搭凉棚,眺望着信使要去的那座山,无限忧虑涌上心头。山下两个阵营的死伤似乎都很厉害,然而土炮还在隆隆作响。

老猫被信使推开后,觉得很委屈,正离他远远地蹲着,舔自己的爪子。被炮轰过的野栗子树的叶子大部分都黄掉了。

他的确跟随信使下过一次山。那一次,他将老猫和用具都留在山上,空手下去的。他们下去的时候是半夜,又没有月光,所以他基本上是跟在信使身后瞎撞。信使曾带他进入一排排的帐篷,告诉他那是营地,可是帐篷里怎么会一个人都没有呢?不但听不到人声,连睡觉的铺和日常的用具都没有,每个帐篷里都是空空荡荡的。在一个帐篷里,信使招呼他坐在泥地上,然后点燃了一根蜡烛。

"人都到哪里去了呢?"他忍不住问。

"啊,你会明白的。"信使不紧不慢地说,就着蜡烛点烟,烟头在半明半暗中一闪一闪的,"我们再去对方的那个营地看一看吧,这里太寂静了。"

他们又摸黑走了好远,他发觉自己一点也不适合走夜路,不断地被绊倒,被惊吓,冷汗出了好几身。信使在前面停下来的时候,他就看到了一排排巨大的黑蘑菇,信使问他进不进去,他说去看看也好。过了一会儿,他们又进入了一些空帐篷。在一个帐篷里,信使招呼他蹲下来,然后又点燃了一根蜡烛。而他,突然又问道:"战旗在哪里呢?我记得一面是红的,一面是黄的,很鲜艳。"

"是啊。但那不都是我告诉你的吗？是我暗示你的，对吧？你在山上焦急地踱步，我就将信息传达给你，使你的思维活跃起来了。你总不会全部忘了事情的来龙去脉吧。"

"你这样说，我有点明白过来了。但是我还想问你一下，我们今夜在这里一个人都碰不到吗？"

"很遗憾。"信使将烟头扔在地上，一口吹灭了蜡烛。

他想，信使一定有很重的心事。他们在黑暗中又坐了好久，地上冰凉，外面万籁俱寂。

"你想好了吗？"信使终于问。

"想好了。"

"那么我们走吧，这地方你已经看过了，实在没什么好看的。"

"好。"

从那以后他再也没下过山。信使仍然奔忙在各个山头之间，他的身影日渐苍老，白褂子穿在身上松松散散的，成日里蓬头垢面，到他这里来的时间也不再规范，有时在中午，有时却在夜里，还有的时候，一连好多天都不来。

近日来，他发觉自己不再像往常那么盼望他了，他在想一些更为缥缈的事。有时，他将目光固定在前面的空中，一连几个小时，完全忘记了信使的事。

山下战事仍然激烈，红旗和黄旗迎空飘扬，喊杀声接连不断。一天，一个兵赫然出现在他的视野里，那个受伤的家伙爬到了被炸坏的灌木丛的弹坑里，然后就倒在那里死去了，血从他的口中流了出来,很可怕。

那个兵的形象总是横在他的视野里,使得他好几天心中不安,正好这几天信使又没有来。他觉得奇怪:既然信使没有向他传达任何信息,为什么他目睹了这个兵死亡的事件呢?这是不是说,他本人正在发生某种根本性的变化呢?到信使赶来时,那具尸体已经开始发臭。他把信使带到了弹坑那里,捂着鼻子,不断地用和信使同样的含糊的语言谈论士兵遇难的事。信使板着脸,十分冷淡的样子,不知道他到底作何感想。

"那么我以后就不再来了。"信使忽然打断他的话,很傲慢地将双臂交叉在胸前。

"是吗?"他一愣,马上镇定下来了。"我想,总有办法的。我已经知道了下山的路,或者,我根本就不再下山,只在此地一味地瞎想。当我扫视周围的时候,很可能,你的身影在山间时隐时现。"

信使注意地听了他的话,忽然叹了口气,脸上的表情变为了伤感。他伸出手,若有所思地在他肩上按了几下,他的手十分粗糙。

他看着信使心事重重地往山下走,看了几秒钟,他就转过了背,往回走,坐到岩石上头去。这时老猫一反往日的沉默,忽然"喵!喵!喵!"地朝信使消失的方向叫了三声,叫完后就偎在他的身边,显出厌倦的样子蹲着不动了。自从士兵倒在灌木丛旁边,老猫就不再去灌木丛中嬉戏了,它变得过分自爱,一天中无数遍用舌头梳理自己的毛。

信使就此消失了。他感到很奇怪,因为即使这么多年已经过去了，他仍然产生那种周期性的激动，山下的战事常常使他彻夜难眠，而每当喇叭声响彻山谷，他竟然止不住掉下眼泪。为此他一遍又一遍地责备自己过于脆弱。

初冬的一天，老猫从弹坑边经过，踩着了一块松动的土块，掉了下去，抽搐了几下，就一动也不动了。那坑里有堆白骨，是那个兵留下的。他站在坑边沉思了好久，然后就走开去了。他从来也没想过掩埋的事。

1996年9月6日于长沙英才园

原载于《湖南文学》1997年第6期

夜访

"人都是要死的,死了就什么都没有了。"父亲生前对我说,"至于你活着时有过些什么样的计划,谁又搞得清?"他说到这里,高傲地向空中仰起他的头,脸上浮起近乎卑劣的表情。

我记得我当时听了这话之后就翻起白眼瞪了他几下,在心里冷笑了两声。而他,穿着老式牛皮鞋的脚在房里踱了几圈,皮鞋里散发出尼龙丝袜的汗酸味道。整个夏天,那种味都弥漫在房间里——他从来不开窗。

父亲住在这幢房子尽头的一个房间里,他出来时要经过我们所有人的房间,我们却不必经过他的房间。我大约一个月去看他一次。平时他总是关着门,像老鼠一样钻在他那一大堆旧书里忙碌。当我敲他的门时,他就慌慌张张地出来,一边遮掩他正在干的工作的痕迹,一边牵引我绕过那一大摊子乱七八糟的书籍,将我安置在窗户下边的一张椅子上。那椅子是陈年旧货，上面放了一个发黄的芦花垫子，垫子里面凸凹不平，坐上去有点别扭。他和我讲话的时候就用宽阔的身躯挡住我的视线，也许他是怕我要打量他正在做的工作。

我那时一直将父亲看作一个无所事事的老人，一个在黑房间里苟延残喘的存在，家人和邻居也这样想。因为他已经退休多年了，可以说早就退出生活了，平时大家并不怎么想到他。不错，他有点怪癖，喜欢待在房里不出来，这也算不了什么病，人老了总是要走极端的吧。

那一天又到了我去看父亲的日子。我有点担心，因为他这几天吃得很少，精神也不是很好，总是愤愤的，还无缘无故地就在饭桌上骂起人来，弄得全家人都莫名其妙。他开门的时候消瘦的脸上毫无表情。我朝房内扫了一眼，看见那些书籍全都被一块旧布盖上了，放在窗前的那把旧椅子也挪开了。父亲就让我站在房里和他讲话，他自己也站着，因为房里除了那把旧椅子外，唯一可坐的只有一张小板凳，平时他总坐在那上面清理他的故纸堆，而此刻，不知出于什么原因，连小板凳也被他塞到床底下去了。

我站在那里，心神散漫地说些家常，越说到后面越有点心慌，只想快点逃开，从今以后免了这尴尬的差事。父亲始终板着脸，双手背在后面踱步。忽然他停下，走过去将房间朝外面院子而开的一张边门撞开了，屋里顿时亮了起来。我这才注意到柜子已被他挪开，柜子后面这张多年不曾使用的边门开始被他使用了。门已经变形，要费很大的力气才打得开，开了之后再要关上更困难。父亲招呼我过去帮忙，我们用力推，推了好几次才将它勉强关上。我拍打着身上的灰尘，看见他那憔悴的脸上已泛起了薄薄的红晕。

"如姝，你没想到我会把这扇门打开吧？"父亲背过身去，不让我看见他脸上的表情，"这扇门直接通院子，神不知鬼不觉的，就会有些事发生。你们当然不会注意到，你们的心思在别的事情上面。你们姊妹都缺乏高度的注意力，喜欢东张西望。"

"爸爸——"我说。

"不管一个人要如何做都是可以的！"他暴躁地扭过头来，近乎狰狞地看着我，"悄悄地行事，神不知鬼不觉，哈！"

"要是爸爸待在这里觉得烦闷，可以天天和我一起到公园散步啊。"我没有把握地说。

"我？烦闷？你脑子里怎么会有这样的念头。告诉你，我忙得不可开交。"他的样子无比傲慢。说完这句话之后他似乎开始在紧张地思索什么事。

"如姝，帮爸爸从最下面那个抽屉里拿剪刀过来。"他命令道。

我觉得父亲此刻全身充满了活力，就像要在什么事情上面大显身手似的。

那抽屉里什么乱七八糟的小什物都有，我翻了一阵，找出小剪刀递给他。

他接了剪刀就冲到他往常坐的地方，揭开那块旧布，顺手抓了一本旧书，开始用剪刀细细地将那本书剪成碎片。在这昏暗的房间里，剪刀"嘎吱、嘎吱"的声音分外刺耳，我几乎要控制不住自己的情绪。

他剪完了一本又剪一本，那一堆当中不但有书，也有各式旧的笔记、信件，他抓到什么就剪什么，一会儿地上就堆起一堆纸屑了。我看见他那只青筋裸露的老手有力地挤压着剪刀，指甲都涨成了紫色。趁他没注意我，我就悄悄地退到了门边。

"如妹，你走吧，这里没你的事。"他在我身后说。

过了一个多星期，我在同事中听到了关于我和家里人虐待老父的传言，其中着重提到我，说是"用剪刀将父亲的手掌剪了一道口子"，父亲"呜呜直哭"。传言有根有据，活灵活现，我不由得不寒而栗。我不敢看别人的脸，也不敢为自己辩护，只是一味地哆嗦。

好不容易挨到下班，走回家，在昏暗的过道里从包里摸索钥匙，这时二哥从看不见的地方跳出来，在我肩上拍了一巴掌，我吓得差点瘫倒在地上。

"哈哈！"他又拍了拍我的肩，笑着说，"你今天下班真早啊。"

"早吗？我觉得已经不太早了。"我苦着脸望着地，要往自己房里去。

"确实是很早呢。"他扯住我的一只膀子继续说，"我们姊妹总难得聚在一处，平时各人忙各人的，只有吃饭时才坐在一张桌子旁，虽说坐在一起吧，又并不交流思想。我想这是因为有父亲在座，看了他那副样子，谁还敢随便说笑。依我的看法，人老了，就应该知趣地退到生活圈子外面去，唯我独尊往往是适得其反。有时我免不了想，这个家，还像个家吗？沉闷、松散、不可理喻。再看看别人家，现在谁还像我们似的尊重权威……"

"你不是早不把父亲放在眼里了吗？干吗危言耸听？"我厌恶地打断他。

"表面上是这样，你不也是这样嘛。我们背着他就说他是一个老废物，好像谁也不注意他。可是我们真的不注意他吗？在餐桌上，我注意到你的膝头在发抖。"

我甩开他的手，一步跨进自己的房间。

吃晚饭时，泥姝在饭桌上大谈外面流行脑炎的事，声色俱厉地用筷子敲桌子。我偷偷朝父亲望过去，看见他猥琐地低着头在想心事。他往口里扒了几口饭就放下了碗，站起来要走。

"爸爸什么都没吃呢！"我大声说，"你们看，好多天了，他什么都不吃！"

所有的人都放下筷子，惊愕地看着父亲。

泥姝似乎很懊恼，责怪地说：

"爸爸是怎么回事？"

父亲似乎刚刚苏醒过来，瞪了大家一眼，鄙夷地昂起头回房间去了。

我心里有什么东西正在崩塌。我想起父亲房里那扇被他悄悄打开的门，不由得十分担忧，我感到同事中的传言与那扇门有关。为什么呢？因为父亲最厌恶外人进他的房间，所以早在二十年前就把那扇朝院子开的门封死了。以前，当他一门心思钻在故纸堆里时，我倒是很放心的。是什么样的老年人的疯狂念头使得他走出了这样一步呢？像父亲这样的人，要让他彻底退出生活是多么难啊。已经好多年了，他都静悄悄的，不碍事，现在，所有的人都差不多习惯了的时候，忽然出现了这样的尴尬局面。

或许我们根本不了解父亲；或许这些年来他一直在做准备；或许是他头脑中膨胀的幻想使他丧失了一般的判断力。

同事们当中的传言还是没有平息下去，我感到了来自四面八方的压力，这压力使我一天比一天恐惧而又厌恶。我想了又想，决心面对面地与父亲干一仗。我要当面抓住他，看他如何解释自己的行为，我又气又恼，实在想不通他为什么这么不甘寂寞。

天刚黑，我就躲在院子那一头的夹竹桃树丛里。父亲站在窗前，影子映在窗帘上，佝偻着背。我想起他那日益消瘦下去的脸，心里又有股说不出的味道。一会儿他低下头去，像是在剪指甲，又像是在摆弄他的手表。大约半小时后，他用一张报纸将电灯遮暗了，对望过去，就好像房里的人已经熄灯就寝了似的。我知道他没睡，我甚至仿佛听到了他轻轻的叹息声。我坐在带来的小板凳上，决心要把事情弄个水落石出。

月亮也隐到云里面去了，除了二哥房里一团贼亮的灯光，到处都是黑暗。就在我差不多快要打起瞌睡来的时候，父亲的那张门忽然怪响了几下，他朝门这头走过来，好像注意到了什么，头朝外探了几下又缩进去了，门还是半开着。我兴奋起来，果然他在等人，看来我的估计没有错啊。父亲为什么要向外人去诉说呢？他不知道说过的话一经传闻夸大起来，就会变得不堪入耳吗？也可能他并没有向外人说我的恶话，一切全是那个第三者的想象？按常理，家人（尤其是我）待他是很不错的，可以说和一般老人比起来他没什么可抱怨的。那么这个恶意中伤的家伙又会是谁呢？在我的印象中，父亲从来不出门，所有的亲戚和朋友在多年前就已经和他断了联系，现在我就是使劲想，也想不起谁还有可能与他来往。但毫无疑问,父亲一定和一个人见了面,正是这个人在我的同事们中间传播流言,进行着诽谤的勾当。

我在树丛里坐了好久好久,也许后来我睡着了,也许我总在时睡时醒,总之,我没有看到有人去父亲房里。那门还是半开着,透出昏暗的光。在午夜之后,我看见父亲走到门边来了。他站在门那里,宽阔的背堵着门,正和屋里的什么人讲话。原来那人已经溜进去了,而我却在打瞌睡!我蹑手蹑脚地溜到窗户下面,将身子紧紧地贴着墙壁。父亲的嗓音有些沙哑,听得出来他相当激动。

"……他们全都巴不得我快死。我说'他们',当然也包括如姝,她还是个主要人物呢。每次吃饭的时候他们都在演戏。如姝定期来探访我。为了什么?我和她都是很清楚的,所以我把那些东西全部剪碎,毁掉了,这样就做到了不留痕迹。这样一搞,谁还对我琢磨得透?最近发生的事使得他们全都惊慌起来了,尤其是如姝,她万万没想到角落里的僵尸有朝一日还会还魂,她也没想到一些永远不可能被外界知道的事会以这种方式抖搂出来。这两天,她明显憔悴了。"

和他说话的那个人声音相当低,又含糊,像是患了伤风鼻子被塞住了,"嗡嗡嗡"的,不知说些什么,声音又没有停顿,有时竟如同小孩哭泣一般。而父亲,当那人说话时始终在假笑,笑声中又夹杂着老年人的咳嗽声。

原来在树丛里计划好了要和那人面对面地干一仗的,可是这样的局面却让我束手无策了,因为恶意并不是出自那个外人,而是出自父亲本人,再说那人的态度我根本搞不清,如果我这样冲了进去，只会弄得自己进退两难，要知道父亲可不是一个好对付的人，这下我彻底领教了。原先，我是多么的疏忽大意啊。

这时父亲从门边走到窗前来了，正在我的头顶说话，声音又急又清晰，似乎还伴随了一些手势，说到激昂之处还跺一跺脚。

"在我的有生之年，我还要做一些我想做的事，没有人能阻挡得了我！我坐在这个被人遗忘的角落里，脑子里浮想联翩，我坐了一年又一年，一年又一年，外面的世界发生了很大的变化！他们忙忙碌碌，整天打着自己的主意，都以为我早就完蛋了，他们当然想不到！实际上，从很久以来这事就渐渐发生了，他们心里都很恐惧，这只要看看如姝的脸色就知道了。夜里这么寂静，这正是最好的时候……"

我溜回了我的房间，我没有勇气一直偷听下去。黎明时分我还在想，那个人走了没有呢？走了吗？这个夜半时分的使者，究竟是什么时候，是如何与父亲搅到一块去的呢？真是人心难测啊。

一天一天过去，流言终于渐渐地平息下去了。虽然在上班时同事们仍然用那种眼光看我，我也慢慢习惯了，因而不再那么恐慌。

这一天我疲惫地回到家里，一进门二哥又和我说起权威的问题，他说父亲在家里的这种地位已经危及他的正常生活了。每当他打起精神要做一点什么事，眼前总是浮动着父亲的那张脸，于是垂头丧气，什么都不想干了。长期这样下去他真是受不了，有时他甚至想破罐子破摔，"干脆出走算了"。

我毫不犹豫地对他说：

"你这番奇谈怪论真使我吃惊！居然还有这样的事。父亲待在他的房里，你们平时谁也不进去，不就等于他不存在一样吗？至少也是可以忽略过去的吧？不错，他每天和我们一起吃饭，可是他吃得很快，又从不在餐桌上多停留，尤其最近，差不多都不吃东西了，只是坐在那里做做样子就走。他怎么会对你有那么大的影响呢？我看你是心里烦闷，干不成任何事，又想解脱自己，就把原因归到别人身上。可是你把原因归到一个什么人身上了？一个行将就木的老人，一个家庭里最不重要的人，一个从来不管闲事的孤独者……"

"等等！"二哥打断我，紧盯着我的脸说，"你真的以为，你真的以为我们的父亲是你说的这种人吗？你不要逞英雄了吧。我搞不清你们之间相处得如何，可是在餐桌旁，我看见你的膝头在发抖。"

"你听到什么了吗？"我紧张地问。

"我能听到什么？再说我什么都不关心。我之所以对你讲心里话，只是因为我们之间的共同利益，你怎么连这也不明白。当然我绝不是要策划什么行动，能有什么行动呢？确切地说，我只不过是对现状发发牢骚。"他凑过来，贴着我的耳朵悄悄地说：

"刚才那间房里有些可疑的响声。"

我耸了耸肩，轻蔑地看了他一眼。忽然他的脸变得通红，双眼圆睁，直指着前方高声嚷道：

"你看！看哪！"

在那阴暗的过道尽头,父亲穿着灰色的内衣内裤,摇摇晃晃地站在一张方凳上,正在往墙壁上钉一口钉子,他那细瘦的、只剩下骨头和皮的手臂从没扣的衣袖里赤裸裸地伸了出来,手里紧握一把生锈的锤子。

父亲颤巍巍地从方凳上下来,皱着眉头认真地对我说:

"我要在这地方挂一个记事本,也可以说是一个账本,好让大家心中有数。如姝啊,你是很会算账的,你当然知道,我退休这些年,钱都交给了你们,可是我实际上消费了多少呢?你也看到了我从来不出门,除了吃饭没有任何消费,最近饭也吃得少了,而你还告诉我家里入不敷出,我的钱都到哪里去了呢?这套衣服——"说到这里他用力揪了揪内衣的前襟,"这套衣服是我所有的衣服里面最好的了。你们认为我不出门,就不用给我做外衣了,这类问题你们连想都没想过,我那两套外衣还是十五年前你们祖母在世时给我做的呢!"他最后一句话几乎是喊出来的。

我完全被击垮了,眼里闪着狂乱的光四处张望,我在寻找二哥,可是这滑头早溜得无影无踪了。父亲的一只手高高地举着锤子,像是准备打架的姿势。

"爸爸!爸爸!您在说些什么啊!"我的喊声带哭腔。

"如姝,你帮我将那个账本挂到那个钉子上去。"他的声音镇定、有力。

"我不。"我后退了几步,绝望地瞪着他,"父亲,您不要强人所难啊。"

"那好,我自己来干。"

于是他转身回到房里，从柜子里拿出那个黑皮本，那本子上系了一根细麻绳。他进房间时，我注意到他房里所有那些旧书信全不见了。地板扫得干干净净，连床底下都是空空的。他走出来，重又摇摇晃晃地爬上方凳，因为本子上的细麻绳缠在一起，他弄了半天才将绳子理好，挂在了钉子上。这期间凳子一直在"嘎嘎"地摇个不停，我不明白他为什么不事先将它放平。他的整个行动给我一种极度紧张的感觉，就像箭在弦上。

那黑皮本里记录了一些什么，我们都不知道。我们姊妹心照不宣地认为，既然父亲以这种卑劣的方式来羞辱我们大家，最好的办法就是完全不理。完全不理是不是就安心了呢？我观察了他们四个人，发现完全不是这么一回事。他们烦躁不安。每当父亲在中午当我们的面，踏上摇摇晃晃的方凳，将黑皮本取下来，拿进他房里去，我们当中总有一个人忍不住要说："瞧，他又来这一套了。"说话的人似乎口气很轻蔑，手却发着抖。一会儿，我们大家就垂下眼，一个接一个地溜掉了。

那天我已经睡下了，还做了一个很冗长的梦，大妹泥妹却来敲门。当时我看了看钟，已是凌晨两点。泥妹黑着脸，烦躁地用小手指挖着耳朵，她踌躇了半天才说：

"刚才下雨了。我突然想起衣服放在院子里还没收，就跑到院子里，这时我看见父亲房里灯亮着，窗前站了一个人，显然不是父亲，因为他的个子比父亲高了好多。他是谁呢？竟然有人半夜来访问父亲，这不是令人毛骨悚然的事吗？我越想越不放心，就往父亲的房里跑去，门是虚掩的，一推就开了，奇怪的是房里竟然只有父亲一人！真的，我每个角落都看遍了，或许他从那张门跑到过道里去了，我不敢追到过道里去，怕父亲生气。父亲的那张脸在白炽灯下有些吓人，他一直在'嘿嘿'地笑，我拿不准他是生气还是高兴，就一步步往后退，一直退到了院子里，这时雨已经停了，衣服也已被淋湿，用不着收了。回到房里，我越想越不对头，这才找你来了。对于这事你怎么看？"

泥姝一口气说完这些，似乎疲倦不堪，眼睛也睁不开了。她稀里糊涂地往我床上一倒，扯过我的被子盖在她身上。一会儿就睡着了。泥姝的消息并不是什么新鲜消息，可是经她一说，我瞌睡全无了。深更半夜开着灯也不是很好，我就把灯关了，坐在黑暗里熬时间。朦胧中似乎听见走廊里有些响动，一清醒又发现其实什么响动也没有，只是一些幻觉。其间我还开了两次门，朝过道尽头的父亲房里看，我看见他房里的灯已经熄了。泥姝到天明才爬起来，揉着眼睛说道：

"父亲这老鲨鱼，亏他想得出来啊。我刚才一直在梦里和他辩论，是关于那封丢失的信，你听见我说话了吗？我的喉咙都嚷得嘶哑了，现在直冒火。"泥姝平时总在背后叫父亲"鲨鱼"。

"你以后不要夜里出来游荡了，下点雨你也神经过敏起来，衣服又有什么要紧呢，随它去吧。"

"你又在说大话了。"她笑起来，弯下腰去系鞋带，"我也常常试图不管闲事，结果总不如人意。我躺在床上想啊想的，把父亲想成这屋里的一只老蜘蛛，到处都是他织的网，一抬头，一伸手就碰到了。"

她穿好鞋，蹦了几蹦就出去了。

我竭力回忆，父亲是从哪一天起在家中形成这种统治地位的。这似乎是不久前才开始的事，又似乎很早很早，说不定当我还在摇篮里就开始了。越回忆，那界限就越模糊，终于完全没有把握了。表面上，他是不知不觉地、自愿地退出生活了，现在看来他是以退为进。我还记得我刚成年时，有一天到他的房里去，看见他正用一面放大镜看墙根的水迹，他猫着腰，看得十分认真。

"如姝，"他对我说，"这样一堵陈年老墙，什么情况全经历过了，我总想发现点线索，这种想法不算过分吧？"

"当然哪——"我犹犹豫豫地说，"这算不了什么。"

"好，好女儿。你将来会抱怨的，你太注重细节了。什么都瞒不过你。"

当时我听了他的话有点莫名其妙，现在回忆起来才知道他的用意。但是我果真知道他的真实用意吗？完全有可能他是在放烟幕弹，转移我的注意力。所以更恰当的是，将他的话理解为一种永久的拒绝，这样就杜绝了无用的幻想。他说"什么都瞒不过你"，那意思也许是什么都要瞒着我。还有，当他说"什么都瞒不过你"这句话时，是不是他的一种调侃的方式呢？或者他还有更长远的计划，因而撒下诱饵，等待鱼儿上钩？一等就这么多年过去了，他真有耐心啊。现在鱼儿已经上钩了，他内心应该有一种喜悦，我却看见他在亢奋中一天天消瘦下去。原来他给自己制造的喜悦是神经的毒药，弄得他夜里根本无法入睡了。

更早的时候还发生过这样一件事。当时我大约七八岁，从外面玩耍回来听到他和祖母在屋里叽叽咕咕说话，他们在议论一个刚刚死掉的街坊，两人神情十分严峻。

"如姝，如果祖母得了传染病，一时治不好，又会传染给你们，那该怎么办？"祖母问。

我记得她当时是用肥胖的双臂拢着我，慈祥地说出这些话的。

"那就将您抬到院子里去吧。"我转了转眼珠，自作聪明地回答。

他们俩一齐笑起来。

"如姝真有两下子，真聪明。"父亲激动地站起来，开始在房里踱步。

祖母脸上洋溢着温暖的笑意，拍拍我的小脑袋，放开了我。我像一粒弹子一样弹了出去，很快忘了这件事。

现在回忆起童年的事，又记起那时父亲常和祖母在一块叽叽咕咕，是不是从那个时候起，于叽叽咕咕之中，他们已经策划好了我的前途呢？祖母在我小的时候给我讲过鬼魂夜访的故事，现在我当然不再相信这种无稽之谈，那么泥姝看到的那个人又是谁呢？

我决定当面问父亲。

我进去时他正在闭目养神，下陷的双颊在阴影里使他的面部显得很可怕。

"谁？还能有谁？"他不耐烦地说，"当然是我。"

"泥姝……姝说了，您没那么高呀。"我结结巴巴地吐出这句话。

"见鬼！我就不能站在小方凳上吗？啊？"他像要吃了我似的怒视着我。

"在上班的时候，我从同事那里听到很多谣言。我想，您并没有出门，这个家里的事别人是怎么知道的呢？"

"没有不透风的墙。"

他恼怒地闭上双眼，不打算再理我了。

我记得少年时代，我们姊妹总是背后拿父亲开玩笑，嘻嘻哈哈地说些怪话，好像谁也不把他当回事。

有一天父亲带我上街散步，他走得很慢，手放在背后，好像在沉思。那个时代街上的车辆还很少，只有一些人力车。柏油路上积了很厚一层灰，父亲的老式皮鞋在灰里面一步一个脚印。

"爸爸，您怎么老穿这同一双皮鞋，在家里也不脱，您从来不穿别的鞋子吗？"

父亲的双脚停在灰里，表情沉痛地看着我。我被自己的玩笑吓坏了，不知所措地扯着他的衣角。他停了好一会，直到对面走来一个人，那个人也可能是他停在那里等待的人。那是一个中等个子的男人，穿的衣服和一般车夫差不多，他那粗糙的脸上漠无表情。那个人过来和父亲握手，提起他们先前的一个什么约定，父亲听了后一迭声地说："惭愧！惭愧！"那人失望地一甩手就走了，他转身时还凶狠地看了我一眼，看得我直打哆嗦。

"这是什么人啊？"我问。

"他是来向我讨账的。"父亲说完这句话，又开始移动他的老式皮鞋。

我跟在后面观察他的脚印。因为他走路小心翼翼,那脚印总是规规矩矩的,不像我,深一脚,浅一脚,完全没个定准。

那天回去时家中有很多客人,都是父亲的老朋友,邀到一起来看他的。父亲心事重重地进屋,扬了扬手向客人们招呼,然后说:"还债的日子到了。"

客人们似乎都很为他担忧,异口同声地说:

"没有拖延的余地了吗?"

"可惜没有了。"

父亲颓然低下头,脸上的神情痛苦万分。客人们相互打着手势悄然离开了家。

客人走了后父亲抬起头,有些狂乱地看着我,说:

"如妹,其实债务也可以不还,就一直拖下去,将来你替我还,你看怎么样?"

我害怕地朝门边退,不知是怕真的背上债务呢,还是担心自己猜不透他话里的意思。实际上,我一点都不懂他的意思,因为不懂就更怕了,我扶着门,准备要撒腿跑开了。

"我在和你开玩笑呢,你就一点都不想帮爸爸的忙吗?"

"不想。"我冲口而出。

"这就好,很好,这下我放心了。"他的神色豁然开朗。

父亲死在严冬季节,高大的身躯曲成一个弯弓,一只手紧紧地握成拳头放在胸前。我站在他的床前,心里的好奇渐渐上升:他手里到底握着什么东西呢?殡仪馆的人还没来,家里人都在外面忙着做开追悼会的准备。我趁着房里没人，一时冲动就跪在床前，抓过父亲那冰冷僵硬的拳头用力掰，掰了好久都没掰开，却感到父亲动了一下。我一屁股坐在地板上发抖，听见背后有人冷冷地说：

"真是穷凶极恶啊。"

回头一看，是二哥站在门边。

"你说谁？"

"当然是你！你害死了他！现在还不放过他！啊，我早就看出了你的企图，为什么我没有阻止你？那都是因为我自己的私心作怪！我有的时候性格软弱，可是从来不害人。啊，父亲！父亲！这都是她一手策划的啊……"他泣不成声，歇斯底里大发作。

家里的人都聚拢来了，大哥拖走了二哥，泥妹悄悄地和我蹲在一处。

"我那天夜里不该到你房里来谈父亲的事。"她说，"我和他一直是疏远的，不像你和他之间，有那么多的恩恩怨怨。我那天不过是因为失眠，雨下得烦死人，想来找你说说话，就随便编了个理由来找你，其实我什么都没看见，就是看见了，也不会去乱说……"

"滚！"我冲她吼道。

她连忙站起来走了。

父亲刚才真的动了一下吗？当然没有，那只是我的想象。现在他的身子似乎蜷得更紧了。

外面响起了鞭炮声，还有喊声，说话声，是父亲很久以前的那些朋友来了。他们倒是反应特快，就像苍蝇闻到了臭肉味一样。这么多年我从来没在街上碰到过他们，他们是些神秘的家伙，平时无影无踪，到了关键的时刻就一起涌出来了。我突然觉得特别害怕，我从窗口往外一瞧，看见二哥正领着他们往院子里走呢。我要找个地方躲一下，凭什么我要独自一人担负父亲的债务？那些秘密的债务，他生前从未向我交代过。再说我有两条腿，我可以走，比如去人烟稀少的边疆……

    1997年1月27日于长沙又一村

      原载于《小说界》1997年第4期

邻居

邻居有五十多岁，一张小脸，成日里心事重重的样子。白天里，他总将一把竹躺椅放在街边，自己躺在那上面，却并不睡去，瞪圆了眼注视走过的行人。一旦街上某个地方发生纠纷，他便跑过去挤在人群里观看，由着别人将他推来推去的。他个子瘦小，谁也不将他放在眼里。我们这条街上人很多，总是有些这样那样的纠纷，邻居从不放过观看的机会。

夏天渐渐临近，街上变得燥热起来，邻居就躲进屋里不出来了。每天一直到太阳落山，他才摇着蒲扇走到我家里来，诉说自己的忧郁症，说这病是太阳的暴晒引起的，已经患了三十多年了。

我去过一次他家里，他待的那间房，所有的窗户全用黑布蒙上，门上挂着厚厚的门帘，开着一盏绿色小灯，一架电扇日夜不停地搅，我一进去就感到头晕目眩，只想呕吐。灯光将邻居的小脸照得惨白发青,看起来令人恐怖。邻居若无其事地说,他想造一个与外界彻底隔绝的小天地,这样的话,到了他的小天地,就一点也想不起外面烈日的暴晒了,他喜欢这种宁静和阴暗,哪怕暂时的也很不错。他神经质地颤动着下巴,说着说着声音低了下去,只听见电扇在嗡嗡地叫。每当我站起身来要走,他就吓得发抖,用双手死死地拖住我,哀求我再多待一会儿,免得他感到过分的孤单。因为我,实在是唯一到他家来的人。我又待了一小时左右,他始终躲在一个角落里,口里念念有词。我凑近去,听见他念的是一位街坊的名字,似乎他与那人有过什么口角,现在他正在为自己辩白,说出一套一套的道理。

邻居有一位妻子,长得和他差不多,也是那种又瘦又小的个子,目光总是粘在别人身上。她是最喜欢多嘴,又爱挑是非的妇人。邻居自己虽不亲自在邻里之间挑是拨非,却很欣赏妻子的作为,总和她在一块议论、分析别人,头头是道,津津有味的。妻子常到别人家去串门,有时出去得久了,邻居就坐立不安起来,还到别人家去找,如正好碰上妻子在那家人家说另外的人的坏话,邻居就加入进去旁听,听他们说个热火朝天,痛快淋漓。如果遇上邻居发忧郁症,妻子就不去打扰他,蹑手蹑脚地在家里行动,尽量不弄出响声。至于邻居独自所待的那间密室,无事她是绝不涉足的。邻居一发忧郁症,妻子也闷闷不乐,似乎对挑是拨非的行径感到厌倦了,哪里都不去,在家门口附近游游荡荡的,口里呻吟着:"寂寞呀。"与别人谈话也是颠三倒四的,整个燥热的夏季她都是这种样子,大家都觉得她一反常态,对谁都不感兴趣了。我知道她在等,等第一场秋雨的降落。

凉爽的秋风刮来，邻居又会摆出那把竹躺椅，躺在那上面注视过路的行人，像兔子一样奔向出事的地点，而她，那时也恢复了走门串户的活动，这种活动既是秘密的又是半公开的。

星期三，炎热像以往一样始终持续着，在密室里躲了一整天的邻居傍晚时分却没有出现。我们一家人正吹着电扇，汗流浃背地吃饭，邻居的妻子慌慌张张地跑来了。

"他虚弱得很，从没有这样虚弱过，恐怕不行了，你去看看吧，我完全没主意了。"

我放下碗筷，跟随她走。

仍然是那间用黑布蒙死的密室，邻居歪在一把破烂的靠椅上，正就着灯光看一张地图。他的样子瘦得很可怕，头发胡子老长，脏兮兮的，神态虚弱不堪，身上还散发出一股难闻的臭味，那臭味又被电扇搅得满屋子都是。

"这个可怜的人一直这样坐着，"邻居的妻子凑在我耳边悄悄地说，"两天没吃饭。今天他已经虚脱过三次了，一醒来他又坐着不动，我和他说话他根本就不理睬，只管看他的地图，看到晕过去为止。"

邻居抬起头来看见了我，身子晃了几晃镇静下来，问道：

"外面有什么新闻吗？比如老五在湖边非法钓鱼的事，受到了追究还是没有？"

我一声不响。

邻居被激怒了，说：

"我今天没有出门，就等着你来告诉我一些新闻，你大概以为我不会关心外面的事了吧？完全错了！我虽然坐在这里看地图，心里所想的，却完全是邻居间的那些纠葛。比如你，我总在注视你和你母亲之间的矛盾的发展，你虽然退了休，吃饭也不成大问题，可是你有骄傲自大的倾向，根本不把母亲放在眼里，对吗？"

我身上有点起鸡皮疙瘩，但还站着不动，任他往下说。他越来越激动，挣扎着站了起来，眼珠鼓得溜圆，用手指点到了我的鼻子上，他身上散发出的酸臭气也使我难以呼吸。

"你那样自傲，有什么根据呢？我注意到你母亲出门的时候，你从来不向她看一眼，你只顾干你自己的事，你对街坊的态度也不大好，有一天刘老去你家借一样东西，他出门后，我听见你向你的一个客人说他是'虫子'。你总是暗地里说别人的闲话，如果被追究，就百般抵赖。我注意到你这种禀性已经好久了。我为什么躲起来呢？就因为我看到的使我悲观失望啊，我看了又看，这就失望了。你看，外面已经阴下去了，起风了，我很快要出门的。"他用手指着电灯，仿佛那是太阳，而他妻子，正好将电灯熄了。这时邻居的声音在黑暗中的密室里回响着，分外阴森可怕。

"太阳下山了，你看有多么黑，在街上游荡的人都进了屋，屋子里开始嘈杂起来，各人心中都怀着种种的阴险的主意，于是发生争吵。我坐在房里，门窗遮得严严实实的，这并不妨碍我听见外面的事，那是一种哭声，我觉得那哭声是一个妇人发出的，有点歇斯底里的味道，我正要仔细聆听，我老婆来叫我吃饭了，所以我很生她的气。各种类型的吵闹我都听到了，我只要与外面的烈日隔开，听觉就分外灵敏。我刚才问你外面有什么新闻，只不过是试探一下你的，你不愿意公开议论别人，对吗？"

"我不知道你想问什么，我抓不住要点。"我说了这一句，觉得自己的声音十分空洞，脚下开始有悬浮感。我不明白他的妻子为什么要把灯关上，这种做法太蛮不讲理了，而且我一开口，女人就在我背上捅几下，使我痛得差点叫出了声。他们到底在玩什么把戏？

"哈哈！"他发出令人毛骨悚然的大笑，"谁能知道？这条街上，太阳落山的时候，那些屋子里就开始喧闹，种种阴谋诞生出来，一会儿，奇怪的人形出现在街边，有聚有散，很多人谈论这件事，可是谁能知道？有一个永恒的谜语！"

邻居的妻子紧紧抓住我的胳膊说："他一直在消耗自己，太凄惨了，看来你也帮不了他的忙，你太俗气，我们走吧。"

走到外面她又说："我估计他还可以维持一个星期，他真命苦。"

那几天我一直在提心吊胆的，等待邻居家传来令人心碎的哭声。

可是三天以后，先是一大早，我看见那把竹靠椅放在了路边的树下，接着邻居妻子扶着僵尸一般的邻居出来了。他慢慢地坐到躺椅上，骨头硌得竹子发出嘎嘎的响声。

"不用担心，他好起来了。"邻居的妻子朝我笑一笑。

邻居从躺椅上撑起来对我说："你看现在多凉爽，半夜里我在屋里就感觉出来外面在下雨，我闻到了雨的腥气，体力立刻就恢复了，一切都是可以重新开始的，对不对？啊，我一直在考虑种种的事情。下雨的时候,我听到你和你母亲在争吵,吵得声音很大,我前几天的话从某种程度上打击了你的自信心吧?"

一整天,他都在那张椅子上躺着不动,我有几次走出门去看他,看见他在微笑,并朝着天空张开五指,似乎在向某人打招呼的样子。他的妻子不时跑过来,担忧地绕着他转几圈,然后站在旁边沉思。

肌肉渐渐从邻居身上消失,虽然从空洞的肺部发出的声音仍然比较响,他是越来越像一具木乃伊了。他不再起来走动,实际上,他因为虚弱连移动都困难了。

"今天有什么新闻?"早上我经过他身旁他照例问道,但已经不大转动他的头部,"我看米店老板与刘老的矛盾到了爆发的边缘了。"他朝天空挥了挥手,忽然又像被烙痛了似的缩了回来,他脸上的表情已不是人间的表情。他的妻子跑过来,朝他弯下身,用痛心而压抑的声音给他叙述熟人间的是是非非,他听着,附和着,眼睛瞪着天空,完全不转动他的头部。

路边走来两个上班的人,好奇地驻足,开始议论起他来:

甲:"这个人,从我很小的时候就常躺在这里,我上学时天天路过都看见,差不多要把他当路标了。我想不通他怎么会突然一下缩得这么小,这么干瘪。"

乙:"我记得有一次我被压伤了腿,他挤在人堆里大喊大叫,说我违反交通规则,当时我恨不得抽他几个嘴巴。"

我问邻居躺在那里看什么,他说好多好多的东西,以前他从来没有认真地注视过,真是浪费了年华。而现在,当他注视天空的时候,他的眼睛像蒙着一层云翳。他又说,他一定要把一样东西看清，看到底。

深秋了，邻居的竹靠椅搬进去了，我很长时间没见到邻居，他的妻子也很少出来，我觉得他们是有意躲避别人，就把这件事渐渐忘了。

一天我正要出门，邻居的妻子又来了，要我上她家去坐坐。

在密室里，他仍然坐在绿色的灯光下，眼睛瞪着墙。

"你又来了，哈！今天有什么新闻？"他头也不回地说。

"老王的女儿有小偷小摸的行为，在众人中间引起了议论。"妻子殷勤地接住话头。

"老王这一辈子像牛一样耕耘，就为了那位娇小姐。"邻居仍旧头也不回。

我发觉我不能再在那间密室里久待，我的头越来越晕，房里太密不透风了，还有那种异味。我说我要走了。

"我看你是认不清形势，闭了眼过日子。"邻居还是瞪着墙一动不动，"你能到哪里去呢？你命中注定要和我在一起的，来不来这里全一样，我关心着你的事情。你看我，我还能支撑着坐在这里，最近饭量也有所增加，虽然记忆力有点问题，别的方面是不错的。我对你已经了解得非常透彻了，你看那对面墙上什么样的答案全有。现在你走吧，是时候了。"

我离开了，我知道我还会来；我总在想着关于邻居的事。我想，如果邻居不那么多管闲事，内心就会平静得多，也就不会那么苦恼吧。他之所以搬一张靠椅躺在路边，皆因爱管闲事的天性作怪，这种人，日日注视着别人的一举一动，又看不惯，心胸狭隘，背后指指点点的，生些闷气，生活可是够艰难的了，所以他隔一段就要把自己关在密室里。虽然与外界隔绝，却又没有任何反省和悔改的意识，你与他谈话，他还是那副老脾气，全不在乎你对他会有什么印象。再看看这条街上，除了我，也确实没有谁把邻居放在眼里，各人忙着自己的事，很少有人注意他。他那么生闲气，别人却完全不知道。想来想去，邻居这一生，实在是毫无意义，还显得有点做作，有点标榜自己。一个人，如果想要引起别人注意，用不着采取这种方式也能达到目的，这种方式太沉闷，太阴暗了。

邻居的妻子再次将他弄出来的时候，他已经几乎不能动弹了。他在早春的阳光里转动着他的眼珠子，骷髅般的身躯在宽大的衣裳下面完全不动不挪，漫长的冬天把他的血肉全部熬干了，情形真是可怕。

我向他俯下身去，他扯动着干裂的嘴角，难看地笑着对我说：

"我成了这种样子，不过用不着别人来同情，是我自己乐意的，情形并不那么糟。刚才我又听到那一家在打小孩，那人有忧郁症，一肚子全是火，他又总想爬上去，做个人上人。还有他隔壁那一家，总变着法子想占人家的便宜，买点小菜也是连拿带偷的。"

我对他说，他已经病成这个样子了，周围的事就少管些吧，有什么益处呢？

他听了我的话，背过脸去不理我，好像生气了。这时有个人站在我身后，不顾邻居能否听见，一个劲地对我说：

"这个人最讨厌了，你知道他为什么病成这样还要躺在路边吗？因为这是他的生活方式。他一天不找别人的岔子就活不下去，虽然已经这样了，眼睛还是盯着别人的隐私。"

我说，并不完全是这样，有的时候，他躲进密室里面，不就是为了避开众人吗？那种时候经常有。我可以保证，在那种时候他是厌倦了大家，与外界彻底隔绝起来的，因为我去密室里拜访过他。

"你这傻瓜！"这个人讪笑着说道，意味深长地看了我一眼离开了。

邻居转过脸来，露出一丝微笑。

"他说得对，你的确有点傻，你怎么就不开窍呢？"

我觉得很窘，非常窘，可我又想不出话来反驳他们。似乎是，他所做的一切都在反对我的判断。我曾经认为自己已经老谋深算了，什么都经历过了，没想到自己在别人眼中是这么个人。这个邻居，已经快死了，孤单单地躺在这里，心里却怀着出奇的高傲，根本不把我这类人放在眼里，他本身才是个奇迹，一个永远解不开的谜，我就是成天与他待在一处，也搞不清他那深奥的内心，谁又能搞得清啊？也许，那些过路的和他妻子是清楚的。

真的，邻居躲在密室里干什么呢？好像什么都没干，好像是一种姿态，又好像是他本身的一种需要，我对他的了解是越来越少了。

"最近你想扮演一种英雄角色，每天都为这个苦恼。"他那干瘪的嘴唇翕动着，发出细微的声音。

"你一天不管别人的事就活不下去吗？"我愁眉苦脸地说。

"我快完了,开了头的事就要做到底。你不也是这样吗?其实你何必管我呢?"

邻居终于不能说话了,他仍然让妻子每天将他搬到路边,他的胸部一鼓一鼓的,喘着粗气,我注意到他那暗淡的目光还在搜索着路人,有时竟会灿然一亮。我不知道他心里的事。他的灵魂正在脱离躯壳,向高处的什么地方飞升,但他那下流猥琐的目光始终粘在别人的屁股后头,直到躯体死亡,双眼闭上。

原载于《芙蓉》1997年第5期

窒息

歌舞厅失火了，年幼的两姐弟从浓烟滚滚的窗口爬出来，栖息在放置空调器的铁架子上。这个歌舞厅被建成教堂的式样，全部是麻石的外墙，窗口开在相当于三层楼高的地方，窗子下面光溜溜的，没有任何可以支撑或攀缘的东西。外面是寒冷的冬天，下着小雨，两姐弟爬出来的时候穿着睡衣，赤着双脚。浓烟一阵一阵地袭击着他们，那是廉价装饰材料燃烧放出的毒烟，满街都是塑料的气味。十二岁的姐姐的脸像死人一样惨白，姐弟俩都紧紧地捂着鼻子，在浓烟的间歇里困难地呼吸。

消防车来了，这个城市的消防队员都是些出名的懒汉，到了出事地点之后才发现他们的喷水龙头坏了，喷不出水，于是又去抢修。熊熊的烈火烧得更大了。

"那上面有人！"几个路人向消防队员指点着。

升降机也是坏的，忙乱了一阵，他们拖出了一架木梯，想往窗口上搭。木梯太短，只能到达离窗口还差三四米的高度。一个队员将梯子放在自己肩上，想借此来升高木梯，但还是够不着。他们分散去找东西来垫高梯子。

浓烟的间歇越来越短了，姐弟俩看到了下面的一幕，他们的心在绝望与希望的交替中煎熬，而窒息的威胁是越来越大了。

消防队员们在附近没有找到垫高木梯的东西，只找到一根手臂粗的、前方带铁钩的竹竿。一个汉子爬上梯子，将竹竿的前端钩在放空调器的铁架上，叫上面的人顺着竹竿往下溜。这是很危险的，万一那汉子的臂力不够，竹竿从他手中滑脱呢？万一那铁钩挂的位置不牢靠，一下子松动了呢？姐姐犹豫着，弟弟茫茫然然地坐在那里忍受煎熬，等待姐姐做出决定。又一股黑烟从窗口冒了出来，而且特别长久，熏得两人几乎晕了过去，随之是短暂的缓解，短得几乎来不及吸一口新鲜空气，姐姐觉得自己要死了。

"快下来！快下来！"撑着竹竿的消防队员声嘶力竭地叫唤。

姐姐下了决心，她从铁架上挂下来，赤裸的双脚颤抖着触到了竹竿，她慢慢攀缘着铁架往下移。现在，她的生命是全部系在那个消防队员的臂力上了。她也只能这样，因为毒烟会使她很快丧生，因为她要为弟弟走出一条路来。她的双脚夹住了竹竿，手指在麻石墙上擦出了鲜血。就在她全身的重负都压在竹竿上的那一瞬间，竹竿前端的铁钩滑落了，她连人带竹竿摔到了地上，脑浆顿时从她的头部迸流出来。十岁的弟弟在上面看到了姐姐的下坠，但他来不及细想，他什么也没想，甚至连害怕也没有，他只是紧缩成一团在那里等，等毒烟过去，等那极为短暂的缓解到来，他一动也不动，好像睡着了。

行人越来越多，有人跑到什么地方找来一床又大又厚的毯子，大家把毯子展开，一齐朝着上面的小男孩喊：

"快跳！往下跳！我们接住你！"

男孩还是一动也不动。也许是他看到了姐姐的下场，不再相信任何人；也许他是被毒烟熏坏了，全身瘫软；也许是他犹豫不决，觉得还是在上面等待为好。人们都觉得奇怪：在那么长久的窒息之后，随之而来的是极短的缓解，他怎么能够呼吸，怎么还没失去知觉。他坐在那上面已经有一个多小时了。

"跳呀！跳！"下面的人们还没有放弃，还在喊个不停。

男孩的一条腿往下伸了伸，大家以为他要行动了，都怀着希望，将毯子抓得紧紧的。没想到他又缩回去了，原来他是要活动一下筋骨。现在他恢复了抱头而坐的姿势，完全没有往下跳的打算。

"可怜的孩子，他完全失去信心了。"

"要不是那个消防队员，两个人都可以得救的，真是饭桶啊！"

这样大约过了一刻钟，人们收起了毛毯。大约他们也对能否十拿十稳地接住男孩的想法动摇了。万一像他姐姐一样摔死了，他们不也有责任吗？既然他这么久还没被熏死，是否他有在浓烟里呼吸的特异功能呢？跳下来与待在上面，哪样存活的希望更大，还是个未知数。

现在火势到了最旺的时候，从那窗口吐出的浓烟像一条黑龙一样冲向天空，短暂的间歇已经没有了。从那浓烟里，小男孩的身影隐约可见，可能他已经死了。

"可怜的孩子，可怜的姐弟俩……"人们在唏嘘着。

像奇迹出现似的，消防水龙头里忽然喷出了大股的水花，射向起火的房屋内部。一个、两个、三个，一共有四个水龙头在喷水，大火被迅速地扑灭了。从歌舞厅里拖出了六具尸体，被熏得墨黑，全都是窒息而死。

人们如梦初醒，突然想起了窗口上的男孩。有人进入那个当街的卧房，将坐在铁架上的男孩抱了下来，他的赤脚耷拉着，脸部像煤炭一样黑。到了外面，那人将手探进男孩的胸口，惊喜地发现他还活着！他慢慢地睁开了痛苦的眼睛，看见了围着他的人们。

"好了，好了，回家找妈妈去吧。"老头抚摸着他的脸颊说道。

他的样子一点也不像"好了"，他仍然痛苦不堪，用力憋着一口气，就像自己仍然置身于浓烟之中那样，好久好久才猛地一下吸进新鲜空气，吸进了空气之后又憋住气不呼吸，然后似乎是进入了昏睡状态。隔了一阵，他醒了过来，用力吸一口气又昏睡，如此循环。

人们摇着头，议论说，孩子的神经已经错乱了，他不能理解危险已经过去，他已经置身于安全之中，他的神经显然是拒绝这种转变的，他出问题了，不但身体方面，精神方面也崩溃了，必须向医生讲明这一点。人们惊异于一种绝境可以导致人在心理上和生理上如此大的转变，他们想象，在浓烟封锁了空气的那段时间里（大约有十分钟），小孩是停止了呼吸的。多么奇怪啊，就因为这他才免于一死！

好久以后我又见到了那个男孩，他脸上那种痛苦的表情令我终生难忘。他已经是一个中学生了，除了很少和人说话，从不参加体育运动之外，和一般人没什么不同。只有当你细心地观察他良久，才知道他仍然在时时刻刻玩那种憋气的把戏，就像潜水运动员一样，虽然他从不游泳。现在他的技巧已相当高明，不仔细注意，根本就发现不了他的活动。我听说他进过精神病院，在那里待了好久，后来有一天，医生忽然说他没有病，于是他就出来了。他继续上学，和人相处得也不错，他除了呼吸的方式古怪外，其他方面都很好。随着年龄的增长，他掩饰的手段也提高了，于是大家将他的与众不同之处忽略了。

我想，在那短短的十分钟里，男孩有了一种奇异的变化，这种变化使他有了一种新的生活方式，在他后来的生命中，他有过无数次冲动，想要返回那种意境，但他似乎是永远只能接近，模拟，永远无法再次回到那里。他像常人一样吃饭，上学，睡觉，那种秘密的冲动无时不在他心中跃动。

终于有一天，他坐在家中，因为憋气的时间过长而晕过去了。那是一个阳光灿烂的五月天气，有一只蜜蜂落在他敏感的鼻翼上，他的脸苍白如纸，心脏停止了跳动。

邻居很快叫来了医生，一顿手忙脚乱之后，他苏醒了，医生也觉得不可思议，因为心跳居然奇迹般地恢复了，他从未遇见过这种情况。"谢谢。"他动了动嘴唇，用几乎听不见的声音说，"梯子升上来了。"

邻居们议论纷纷，他们认定这可怜的孩子是要自杀，有人甚至怀疑他在家中受虐待，不堪忍受。如果他要自杀，为什么不采取别的更容易的方法呢？大家又记起这孩子的精神病史，记起他的古怪脾气。

男孩的父母吓坏了，将家中的一切利器，如菜刀、剪刀、刮胡刀片什么的全收在他找不到的地方，从此对他严加看守，倍加爱护。

他母亲对我说：

"自从他姐姐死后，我们把所有的爱全集中在他身上了，他总觉得自己受之有愧，他太懂事了，平时他有点躲避我们。啊，我们无论如何猜不透他的心事。这个孩子，他注意力太集中，总在憋气，不能忘怀那恐怖的一幕。你说说看，他为什么要自杀？"

"他根本不是自杀。"我告诉她，但觉得很难说清。

"不是自杀？心脏都停跳了！要是医生晚来一步……"她悲痛地哭了起来。

"他不会自杀的，你放心吧，我向你保证，肯定不是自杀。你想，谁也不会知道，在那失去氧气的十分钟里，他的心脏是否停止了跳动。按照常规，很可能就停跳了。为什么你要听信流言，说他是自杀？你的儿子有特异功能，虽未得到证实，这也是他的财富，他的秘密武器，你该高兴才是。"我急中生智，想出了这个理由来安慰她。

"啊？"她将信将疑地看着我，心里燃起一线希望。

后来男孩又有过好多次失去知觉、心跳停止的情况，人们对他这种怪病见惯了，也没有原先那么紧张了。

男孩的母亲在街上碰见我，对我说：

"你说得对，他不是自杀，可那毕竟……提心吊胆要到什么时候才能完呢？"

"不会有事的，我向你保证，他会平安无事。可是他的游戏要一直搞下去了。"

"啊……"母亲的脸上忽然出现与男孩一模一样的痛苦表情。

1996年2月4日

原载于《芙蓉》1997年第5期

妹妹的安排

妹妹泥姝是一个"马大哈"型的女孩，走路昂首挺胸，说话高声大气，两手老是一挥一挥的。我们之间的感情并不好，我还从心底里对她有点厌恶，我尤其讨厌她在吃饭的时候大声说话，有时她还狂笑起来，把饭喷到菜碗里。在平时，我总是对她很冷淡，不愿她来管我的事。她呢，总用一种嘲讽的眼光看待我的一举一动，认为我古板、守旧。

事情出在一个月前。那一天母亲急匆匆地跑进我的房对我说："她有问题了，只是哭，只是哭，缩在房里不肯出去。半夜里她又把我哭醒了，号啕不止，简直毛骨悚然！"

"谁？"我吃了一惊。

"会是谁呢？当然是泥姝！你是不是在装傻，你们约好了的吧？这事很蹊跷！我去问她，她一个字不说，只一个劲用手指你的房间。"

泥姝和母亲住在一间房里，我走进那间房，正要开口说话，突然听见房门一响，原来是同我一起进来的母亲溜掉了。泥姝全身蜷缩在角落里的一张躺椅上，双手抱着头正在啜泣。我弯下身去看她，她一脚朝我踹过来，我被踹倒在地。这一踹使我感到这家伙真是力大无穷，她到底要干什么呢？我站起来拍拍身上的灰就向外走，走到门口却又被躲在门外的母亲一把揪住，非要我马上替她想出一个办法来，她说否则她就活不下去了。

"这家伙力气特大，而且蛮横，我总觉得这事不简单。我已经一夜没睡了，恐怕她是用这种办法把我赶走吧？"她的样子显得很慌乱，她像完全对自己没有了把握。不过我马上发觉她的慌乱只是表面的，因为她一边说话一边在打量我。

"不会吧，泥姝一贯是个没有脑子的女孩，又直爽又单纯，她才不会有那么复杂的念头呢，您一定是过虑了吧。"我这样说着，回忆起刚才那一脚，脸红了起来。

母亲愣了一愣，凑上前来，目光逼着我的脸，说：

"这事真蹊跷啊。"

一连好多天泥姝都不出门，饭菜全是由母亲端进房里去。白天里她缩在躺椅上轻轻啜泣，夜里就号啕大哭，哭得全家人都起来劝她。每次刚刚劝得她平息下去，我们一睡下，她又开始大哭。奇怪的是饭量不减，每天吃得干干净净。母亲被她这一折腾，很快憔悴得不成样子了，脸变成了干茄子，走起路来摇摇晃晃的。她和我商量，说她想搬到我的房间里来住，暂时避一避，因为实在挺不下去了。我心里很不乐意，但也只好答应了。

"如姝，"她犹犹豫豫地说，"你看你妹妹这事——当然，我觉得你早料到了。"

"您认为和我有关系，是吧？您怎么这样顽固，非要往我身上推！您倒是说说看，啊？"我勃然大怒。

母亲低下头去沉默了。忽然她抬起头锐利地看了我一眼，又赶紧收回了目光。

母亲在我房里住下之后，很快恢复了精神。不久她就显出了那些令我讨厌的老年人的习性。她把她原来房间里的一些废物，如破脸盆，烂棉絮，掉了把的壶，坏了的闹钟，一些瓶瓶罐罐等，一股脑全搬到我房间里来，占据了很大的空间，弄得走路都不方便了。如果我建议她扔掉，她就绷着脸一声不吭。夜里她睡不着，就开灯起来，在房里走来走去，把我气得只想暴跳，她自己却沉溺在遐想之中。她总是独自到妹妹那里去，除了送饭，大部分时间就守在那里。有时正碰上我进去了，她就连忙退出来，却又并不离开，躲在门外听里面的动静，还不耐烦地敲窗户，似乎她很不赞成我和泥姝单独在一起。

泥姝的情况一直没有好转，还是天天哭，嗓子都哭哑了。我走进房里，离她远远地劝说她，因为我怕她又踢我。尽管我进来后她哭得更厉害了，我还是坚持不懈地说下去：

"泥姝啊，你已经不是一个小孩子了，怎么可以这样任性呢？也许你心里难受，想要改变现状。你一点都不喜欢这个家，不喜欢妈妈，不喜欢我，不喜欢哥哥。可是你又不想逃离这个家，到外面去，因为你也不喜欢外面，你看了那些车辆就害怕，街上来来往往的人将你推来推去。你最不喜欢的，恐怕要数你自己了，所以你就要小孩脾气，天天哭，故意把家里搞得不得安宁，这样你反而有点高兴，我说的对吗？我要告诉你，这件事情上你其实有一个判断的错误，因为你这样做了之后，反而更不喜欢一切了，简直就寸步难行，连房间的门也出不了了。我也知道你再也不会改变你的看法，你虽然只有十七岁，却已经很老成了，可是你可以换一种方式，而不是这种哭哭啼啼。我不敢向你提建议，但无论如何，哭哭啼啼的方式是最不好的，它影响了我们大家的生活。我请求你换一种方式，或者就采取我们大家的方式来生活，为什么你一个人要与众不同呢？这一来，妈妈就可以搬回来，因为她已经和你住惯了。"

我这样一说，她的声音就小了下去，我暗自高兴，说得更起劲了。

"像你这么聪明的女孩子，一定可以想出一个办法来的，只要你好好想一想，办法就会从你脑子里蹦出来。我有一个同事，有一天他忽然对生活失去信心，于是神不知鬼不觉地失踪了。半年之后，他又回到了我们中间，他谈笑风生，好像什么事都没发生过似的，只是偶尔，在他以为没人看他时，我观察到他的眉宇间透出无限的寂寞。他在失踪的期间已经想出解决的办法来了。你，泥姝，在我看来，没有你做不到的事，我的话对吗？"

现在她已经不出声了，只是肩膀还在一耸一耸的。我觉得我已经达到了目的，就悄悄走出房间。母亲站在门外，我见了她很激动，正想告诉她刚才取得的进展，不料她挥了挥手打断我，说："刚才你说的那些我全听见了。我一直在这里想，你究竟是怎么一回事呢？不要对我说泥姝的事，我对她十分了解，我现在关心的是你。我无法知道你心里在策划什么事。我一直在观察你，也可能我永远猜不透你的心思。刚才你和泥姝说话，做出关心她的样子，你的话确实很诚恳，外人听了都会这么想，他们之所以这么想，是因为他们听不懂你的弦外之音。你说到泥姝'虽然只有十七岁，却已经很老成了'，外人听了这句话，一定理解成你在夸奖她，鼓励她，提高她的勇气。可是真是这样吗？像我这样熟悉你的人就绝不会这样认为。在我看来，你说这句话的含义其实是要表明泥姝在我们家里长大一直是没有童年的，她是个成年人，一切都要自己承担，谁也帮不了她的忙。难道我说错了吗？我听了你的话，虽然并不了解你的真实用意，还是身上一阵阵发冷。你从小性格阴沉，这点到死都改不了。你刚才一定是想告诉我，说泥姝已经不哭了，你把这事当个好消息告诉我，可是我呢，我一点都不高兴，这可怜的孩子，她被你吓坏了，我敢说她浑身直抖。你为什么要这样做呢？"

"妈妈，您错了。"

"不，我没有错。你为什么要做出这样残酷的事？就因为我在你房里堆了些瓶瓶罐罐，你感到不高兴，感到丢人吗？她还只有十七岁，你就要让她明白她自己已经完蛋了，而且她是孤立无助的，你真狠毒！你要斩断她心里残留的那一线希望，我不会让你得逞的，我宁愿夜夜听她哭。"

那天夜里，泥姝哭得更凶了，惊天动地，把全家人，包括邻居全吵醒了。母亲从床上坐了起来，不开灯，在黑暗中将什么东西弄得窸窸窣窣地响。

"妈妈，您在干什么？"

"我在替你妹妹织一顶毛线帽子呢，带护耳的滑雪帽。"

"她现在根本不出门了，要帽子干什么？"

"你总是这样武断。你要把她心底的希望全打消，现在又说她根本不出门了，连帽子也用不着了。这些天来，我对她的哭声已经不反感了，我听了你劝她的那些话，现在又听见她哭，反而觉得放心了。你干吗不起来走一走，你睡不着，心里很沮丧，因为她又哭起来了。我要把这顶帽子织好，明天给她看，我知道她现在没心情看，就因为这个我才织的嘛。"

天亮时我起来，看见母亲手里抓着一大团毛线歪在床上睡着了，毛线扯得乱七八糟的，几根竹针扔在一旁，她哪里是在织什么帽子呢？我记得夜里外面闹哄哄的，两个哥哥和邻居在那边房里劝泥姝，劝了好长时间，母亲坐在黑暗里一声不吭，将竹针弄得"沙沙"响。会不会泥姝的行为一开始就是得到母亲认可的呢？

母亲动了一下，醒过来，将毛线扔到地板上，爬起来穿衣服。她铺好床之后，又把扔到地下的毛线捡了起来，笑一笑说道：

"昨夜我本来已经织好了，不满意，又拆掉了。织东西就是这样，织的时候劲头十足，满脑子幻想，织完后又觉得受了愚弄似的，整整织了一夜的帽子一生气就拆掉了。"

"妈妈，您什么时候搬回去？"

"我？我不走了，你想要我走我也不走。你心里应该明白，这个家里的事，你是有责任的。"

"那您说，泥姝的事该怎么办呢？总不能任其自然吧？"

"我不知道，我只能住在你这里等着瞧。莫非你又有什么办法？也许在心底里，你还盼望事情往更糟的方向发展吧？我搬到你房里，并不完全是一时冲动，我要及时把握你的情绪，免得你做出失去理智的事来。"

泥姝一哭，母亲就在黑暗里坐起身来织毛线，竹针"沙沙"地响个不停，边织边叹气。织着织着，会忽然放下手里的活，下床在房里踱步。一连好多天，整个夜里就这样反复折腾，弄得精疲力竭，到早上才歪在床头睡着了。我一次也没见过她织成的东西，所有织成的都被她在黑暗里拆得一点不剩，好像只有这样才放心似的。

我曾在妹妹房里向她提起过母亲对她的这片拳拳爱心，谈到母亲为她织帽子的事。当时泥姝陡然止了哭，大声问：

"帽子在哪里？"

我告诉她母亲已经拆掉了，因为不满意，她要为她织出更好的来。

"你这个骗子，我要你拿出证据来，你又拿不出，你们都在骗我！"

那一天，她哭得特别凶，决不甘休的样子，连哥哥都被她狠狠地踢了一脚。

看来母亲真是在我房里住定了，即使我无法忍受也一点办法都没有，家中的情况一天天恶化。我又发现母亲并不像我这么烦恼，她以前的烦恼其实大部分都有夸张性质，莫非她早料到了今天的现状？她端着饭菜悄悄地溜进那间房，泥姝边哭边吃，倒是吃得很快，她们之间也并没有什么对话，这都是我多次通过窗口观察到的。她和泥姝之间到底有一种什么样的奇特的沟通呢？这种沟通显然是有的，我找不出证据，只是凭直觉感觉到了。而在她的眼里我同泥姝之间也是有默契的，可我又感觉不到，这究竟是怎么回事呢？是不是她们要赶走的人竟然是我呢？我回忆起首先是泥姝发疯，霸占了那间房，然后母亲被赶到我房里，让那些瓶瓶罐罐挤满了一屋子。不，母亲在我房里住得很安心，她自己也反复说愿意和我住，只是我从心里讨厌她。她看出了这一点，她也说过，如果我实在是容不了她，她马上搬回泥姝的房间，她又说她倒是很珍惜目前这种相对的"宁静"，家里的这种格局令她放心，希望我不要轻易将它打乱。她居然认为这种喧闹是一种宁静！她一定是脑子乱了，她夜里那种奇怪的编织也让人莫明其妙。我向泥姝说起帽子的事，母亲说我别有用心，还说我要告诉泥姝的，根本不是她对她的爱，我只是要告诉她这种爱无法证实。她又说我的目的不会达到，因为她与泥姝的关系并不是像我设想的那样，要通过这种廉价的证实来实现，我只不过在自作聪明罢了。至于她与泥姝究竟是种什么关系，不是我这种人可以理解的。

"所以夜里才把帽子全拆了嘛。"她最后说，"你把这件事告诉她，就是将她抛到了荒漠中，你把她抛到那里之后，自己就跑掉了。对于你这种卑鄙的做法，她当然是很生气的。当时我也听到了你的那些话，我真为泥姝担忧，你太心术不正了。"

泥姝的病情还在发展，一天夜里，她从窗口跳下去了，幸亏住在一楼，她只是擦破了一点皮，右手的关节肿了起来。我们将她搬回来之后，她静静地躺在那里，很愧疚，很害羞，似乎又回到了从前的模样。她甚至还叫了一声"妈妈"。我们大家都觉得松了一口气。

"泥姝啊，"我坐在她床边说，"你总算想通了吧？你有那么大的勇气，敢从窗口往下跳，难道还有什么过不去的障碍吗？你想通了，这就好了，你和我们大家和睦相处吧。其实我也想哭，我把这种冲动压在肚子里，不就等于什么事也没有了一样吗？"

我说到这里，母亲就向我投来讽刺的一瞥，我立刻觉得脊梁一冷，住了口。

那天夜里泥姝没有哭，我觉得心情特别舒畅，早早地上了床睡觉。母亲也不织毛活了，脱了衣睡下。一会儿我就进入了梦乡。半夜里我翻身时感到床上还有个人，我大吃一惊地坐起来打开灯，看见泥姝蜷缩在床的那头，一只脚伸到了床外。

"泥姝！你怎么可以这样胡闹！"我斥责她说。

她睡眼蒙眬地看着我，将一个指头竖在嘴唇上："嘘！不要说话，我和妈妈正在屋后玩一种跳环游戏呢。"然后不由分说地熄了灯，一会儿就睡着了。

我只好委屈地躺下，然而更糟的还在后头。一会儿泥姝就在床上翻动起来，还将被子使劲往她身上扯，弄得我大半个身子露在外面。我爬起身来推她，她又睡得死沉沉的。这样一搞我就打起喷嚏来，感冒了。我只好开了灯，将自己所有的衣服都穿好，靠着墙打瞌睡。这时妈妈也醒了，她没有起来，只是将露在被子外的半个脸向着我，含含糊糊地说了一句"晦气"，就不说话了。从她脸上我看不出她是睡着了还是醒着。

我在床头打着瞌睡坐到天亮，后来我终于大发雷霆，恶狠狠地大叫，叫得她们俩都坐了起来。

"如姝，你为什么要这样折磨自己呢？"母亲说，"这张床很宽，你们姐妹俩睡在一起不是很好吗？这对你妹妹的病也有好处。

泥姝用梦一般的眼神看着面前的墙壁，一言不发。我突然惭愧万分。

第二天夜里又旧戏重演。这一次我不再谦让了，我也学泥姝的样子将被子使劲往我身边扯，我们俩扯来扯去的，被紧紧地裹在一个被筒里，我的身体紧贴着她的身体。这给我一种奇怪的感觉，好像她的身体是一堆不断膨胀的肉，堆在我身上，挤压着我，使我呼吸十分困难。我一动也不敢动，就那样躺着，在夹缝里艰难地呼吸着，紧紧地抓着被子一点也不敢放松。有的时候我睡着了，只要她轻轻一动，我马上醒过来，立刻警惕起来，将被子在身子底下压紧。

"你姐姐总算明白了。你们俩会相处得很好的。"听见母亲在床的那边说。

房间里弥漫着她们俩的体味，那是一种微酸的汗味，令我分外反感，那味道伴随她们的鼾声越来越浓，慢慢地，我就感觉不到了，因为我沉入了黑暗的梦乡。我时睡时醒，在狭窄的被筒里我不敢随意翻身，总是等到一侧身体睡得疼痛起来才飞快地翻到另一侧，还得同时用一只手紧按被子。

我劝泥姝回到她自己房里去住，我劝了半天，她坐在那里一声不响，脸上也没有任何表示。于是我就说：

"泥姝啊，你在和我赌气，是吗？你还只有十七岁，就已经把什么都看透了，这种聪明有时候对你并没有什么好处，因为它使得你不能安分守己了。你不愿孤孤单单地活到老，最后又孤孤单单地死去，于是你想出这种主意，选定我的床作为你的最后的栖身之处，我不能不说这是个聪明的想法，但是这是绝对不可能的，绝对不可能，难道你还不明白吗？"

"为什么不可能？连妈妈都同意了。"她忽然开口了，鄙视地仰着脸，看都不看我一眼。

"妈妈竟会同意这种卑劣的想法！"我的声音发抖了。

"告诉你吧，这正是她的提议。"泥姝古怪地望着空中一笑，"在我发病的日子里，总是你在劝说我，现在我倒要劝你了，你就接受我们吧。我并不是赌气，你还没有看出来吗？还有妈妈，她已经这么老了，才不会凭意气行事呢。你总想一个人独处；你那天向我提起妈妈为我织帽子的事，你又拿不出证据；你还很想将妈妈赶到我那间房里去。现在你把这些联系起来想一想，就会知道这种安排其实还是不错的了。我也知道你和我一样，都不想从家里出走，消失在陌生的地方。我们俩都脆弱得不得了，一离开这个家就会迷路，最后连自己的名字都忘得干干净净。唯有这个家是我们的避风港，我们只有紧紧挨在一起心里才踏实，就像我和你在被窝里的那种感觉，你挤着我，我挤着你，既怨恨又欣慰。原先你要我想出个办法来，我以为你心里有了准备，现在我才看出来，你其实一点准备也没有。我已经发了这么长时间的病，现在你不可能冷眼旁观了。"

她站了起来，胖胖的脸盘转向窗帘微开的窗户。在朦胧的光线里，我看见她年轻的脸上布满了皱纹。这时母亲驼背的身影从窗帘的右边移过来，她们俩隔着窗帘在对望。

1997年2月16日于长沙又一村

原载于《青年文学》1998年第1期

奇异的木板房

　　这栋楼房实在是太高了。它的外墙用很长的木板横叠而成，里面的材料也全是木头。这些裸露着木纹的板子因为年代悠久已变得乌黑，稍微隔远点看就只是模模糊糊的一片黑了。房子的式样很普通，只有一点与众不同，它竟然高得那么令人难以置信。凭它的建筑材料——普通的木头，我们很难设想能建出那么高的房子来。我站在这里，仰着头也看不到它的顶层，因为它的上半部完全隐没在云雾当中——我们这个地区多雾。这一定是哪位房屋设计者的恶作剧，一位极不安分而又疑心很重的人的作品。也许开始设计时只从大处着眼不从小处着手，过后又不细加审视，不了了之。上到楼梯上，每走一步四处都发出摇晃的"吱吱"声以及木板负重后的呻吟，越往上走，那呻吟越加剧。正当我犹豫不决的时候，主人已在那楼顶上发出欢快的邀请了。声音从上面传下来，如空谷回音。从那么远的处所，他是看见了我才喊我,还是我在下面楼梯弄出的响声传到了上面?

我有点放心地往上爬去。每一层楼有两家住户,都紧紧地关着门,好像是从里面锁上的,也可能房子里并没有人。头都转晕了,终于上到最后一层,抬头看见主人笑吟吟地站在房门大敞的门口。他穿着特别臃肿的黑色羽绒服——在这暮春时分,而只穿一件羊毛衫的我爬上楼之后已是汗水淋淋了。走到面前,才看清主人脸上通宵熬夜的痕迹:他的整个脸都肿了起来,头发油腻腻的,像一张薄饼一样盖在头顶。房里空空荡荡,只有一张窄窄的平头床,床上有一床灰不灰、绿不绿的被子,散乱着没有铺,床底下放着一个衣箱。

主人请我与他一道坐在被子里,说这样就可以保暖。于是我们各坐床的一头。果然,一会儿我就感到了这房间里的寒冷。虽然房里只有一个小窗,而且用报纸糊死了,但风从木板与木板之间的每一道缝里灌进来,满屋子都是寒风飕飕的。好在被子特别大,主人叫我用被子裹住身子,我这才慢慢停止了发抖。

"我没料到您今天会来,所以我昨天夜里又苦战了一个通宵,现在一上床眼皮直打架,您不会介意吧?"主人说。

"当然不介意。"我说,将被子裹得更紧一点。

房子里光线很昏暗,主人和我面对面坐着,我还是看不清他的表情。那张苍白的脸游移不定,牙齿全露在外面,使我不时产生恐怖的念头,只有被子里他的体温才使我放下心来。我低下了头,避免朝他看。我想,他该没有睡着吧?他连羽绒衣都没脱呢。

"最近我开始考虑怎样战胜距离的障碍的问题,"他突然思路清晰地说,"就在昨天夜里有了很大的进展。我的房子虽然是我们这个地区最高的建筑物——这在从前曾是我的祖先的骄傲,因为那时人口稠密,传播信息的手段也与今天大不相同——但这对事情的实质并没带来任何好处,反而形成了不可逾越的障碍。白蚁的侵袭也很伤脑筋,它们每天数次向我宣告末日即将来临。您也看到了,所有的住户全从这栋房子里搬走了。那么怎样获得进展呢?这就是我这几年一直在思考的问题,这个问题昨天夜里终于有了意想不到的突破。但是我现在马上要睡着了,门口那个可怜的孩子会告诉您答案的。"

真奇怪,我一点都没有听到有人上楼来,他该不是在胡说八道吧?如果不是我,谁还会到这种地方来呢?我犹豫了一会,终于冒着寒冷趿着鞋去开门。门口果然有个人影,他转过背来,原来是一个十三四岁的男孩,嘴唇冻得直哆嗦,手里提着一个篮子。

"你是谁?"我边说边逃回被窝里。

"来送煎饼的。他一天要我送两次。可是我在楼下看见您上来了,我想,说不定您也需要煎饼。这是免费提供。您看,这里还有开水。"

他揭开篮子上的布,掏出一个小小的开水瓶,一只杯子,两张饼。

我接过他手里的杯子,在他弯下身为我倒开水时,我发现他穿着一件古怪的长衫,这件长衫的前面从上到下全是大口袋。他见我盯着他的衣服,就缩了缩鼻涕尴尬地一笑。他穿着这件布满了口袋的长衫使得他的动作有了一种与他的年龄不相称的老成。这期间主人一直鼾声如雷。

"这些口袋里装的其实都是一样东西。"他一边看我吃煎饼一边说,"它们都是我为他搜集的这个地区的情报。我卖煎饼时神不知鬼不觉的,就掌握了那些人家里的内幕,他们没有料到我会有记笔记的习惯,哼!"他自负地拍了拍胸前的那些口袋,反问我,"您能料得到吗?这屋里这么冷,就像一座坟墓,幸亏我上来和您聊天,不然您不是会被冻僵了吗?他是不同的,他早有防备,穿了那么厚的羽绒服。"

"你冷不冷?"我担忧地问他。

"我不怕冷!"他猛地发出一声尖利的喊叫,就像放了个爆竹似的把我吓一大跳,"您是个小人,莫非您一心想找他的岔子?"

孩子的叫喊显然搅扰了主人,主人翻了个身,口中发出含糊的呻吟。

这时男孩仿佛忘记了自己刚说过的话,指着主人用嘲弄的口吻评价道:

"您看他,就像猪一样生活,我每次上楼来他都在梦中,他摇摇晃晃地坐在床上喝水吃煎饼,根本没有醒。我把情报放进箱子里锁好他就睡着了。"男孩的表情一下子变得异常严肃,又说,"您不是要找他的岔子吧?"

"他要到夜里才读你的笔记本吧?"我讨好地问。

"为什么?"他警惕地瞪了我一眼,"他从来不看。材料全都收在我的小木匣子里,我的小木匣又放进他的大衣箱,而他,只有大衣箱的钥匙,他怎么看得到呢?"

男孩从胸前的一个口袋里一下子掏出一大串钥匙,炫耀地晃荡着，发出清脆的响声。他在说话时已满不在乎地坐到床上来了。不知怎么，他这种过分的热情总使我感到有点害怕。他一边说话还一边用手隔着被子抚摸主人的背，这种举动也非常令人厌恶，就好像他和主人的位置颠倒了似的。总之我觉得这孩子过于做作。

"我的第一手资料他虽然从来不看，我总是和他讲我遇到的那些事。通常的情况是这样，等一下，您装扮成他，好吗？"

我点了点头。

"请您闭上眼睛，将头靠在墙上。"

接着他就爬到我身旁来，他的呼吸很急促，都喷在我的脸上。我等了好久，他什么都没说，他在干什么呢？我睁开眼，看见他正闷闷不乐地退到一旁去。

"这就是你和他交流的情况？"

"对啦，平常我就是这样与他交流的，根本用不着我说出声来。当然每次他都睡着了，而我想的那些事就进入他的梦境。他说到了夜里，我传达给他的那些事总萦绕着他，他还为这事和我赌过气，说以后不准我上楼来了。我知道他是随便说说的。他这个人，要是我不给他送煎饼和水，他早饿死了！我发觉他其实还是很喜欢听我的情报的，只要有一两天我不向他通报，他就要和我赌气，使小性子。依我看呀，这种人属于高不成低不就的类型，自己放不下架子，成天躺在这高高在上的地方，依赖于我获得外界的信息，一旦我满足了他的愿望，他又自命清高，对我鄙视得不得了。"

他说话的口气使我忍不住微笑起来。

"您在笑我吗？"他严厉地说，"我爬到这么高的地方来给您送吃的，只是为了讨得一顿讥笑吗？我告诉您，我刚才说的那番话一点都没有夸大实情，他的确是一天也离不得我，不然就要饿死。不过现在我要去楼梯口那儿看看了，有人想上来，那是他绝不允许的。"他说完就一翻身跳到门口出去了。

然而我一点都没听到外面有什么声音，我很惊异主人与这孩子的听觉都是如此灵敏。这所楼房是不是在什么地方装有一个机关，从而使人在楼上可以感觉到下面的动静？或者这房子已与主人和男孩连成一体了？一会儿男孩就进来了，告诉我说，他往楼梯那里扔了一个瓶子作为警告，那瓶子会一直滚到楼底下去的。主人房门口放了很多瓶子就是做这个用的。一般来说，企图闯到楼上来的那些人都很胆小，疑神疑鬼，上到半途冷不防看见从上面滚下来一个瓶子，自然魂飞魄丧，见了鬼似的逃之夭夭。

"他要求这里保持绝对的寂静。"男孩庄严地宣布，"有一回我来晚了一点，结果一个家伙摸上来，进了他的房。我永远忘不了，那是多么丑恶的一幕啊。当然他立刻就昏过去了，对这种事他是没有丝毫自卫能力的。这件事我一直到今天都不能原谅自己。我认识那家伙，他是我的一名客户，我扑上去用瓶子砸他，他一边逃跑一边也用瓶子来砸我，他砸中了我，我脸上的血吓坏了他，他头也不回地一直跑下去，后来再没上来过。"

男孩撩起前额的头发让我看他的伤痕。那是一个很深的楔形凹痕，深得有点令人难以置信，就像几乎可以看见他的脑髓似的。男孩抹平了头发，不好意思地笑了笑，继续说：

"他早些天和我说过,您要到这里来,我问他您是谁,他又不肯告诉我。您是谁呢?总不会是上次窜到楼上来的那个家伙吧,我看一点也不像。他竟然还邀您坐进被窝里面。这上面这么冷,您还是下去吧。"他显出一脸的嫉妒。

由于我不为所动,他就坐到我脚上来了,他想把我弄得不舒服。我看穿了他的意图,偏要待在被窝里一动不动。他见自己的小小诡计不能得逞,就坚决地站起来走到窗前,"嘭嘭!"两下打开了窗户。一股风猛烈地扑面吹来,不光是风,风里还夹着纷纷扬扬的大片雪花。真是奇迹啊,这暮春时分居然下雪了!雪花大摇大摆地飘进来,在屋当中形成了一个旋涡,亮得刺目。男孩站在那里,仿佛被这景象惊呆了。寒冷超过了我能忍耐的限度,我担心自己会在这里被冻僵,我必须趁我的腿还可以动马上下楼。

我一翻身就下了床,趿着鞋就往楼下跑,可是我跑不快,我的身体在严寒中正在渐渐变得僵硬,脚已经完全没有知觉了。我咬着牙拼命迈步。那一段路是多么漫长啊!我不记得一共转了多少个弯,也不记得房子有多少层,楼梯间的旋风裹着我,思想也完全冻僵了。下完最后一级楼梯,我眼前一黑坐倒在地上,我是多么想休息啊,痛苦的眼泪流得满脸都是。

"我以为您能坚持,没想到真是一点忍耐的毅力都没有,废物!"我在眩晕中听见男孩呵斥的声音,"这地方是不可以随便让人坐的,他在上面都听得清清楚楚。"

他用瘦小的身子架起我往外走,我完全想不到他会有这么大的力气。走了几步,我们到了街上,他把我往街边一扔就回去了。

我在地上坐了好久好久才恢复过来。天并没有下雪，还是那种多雾的天气，行人慢慢地在街上游荡，仿佛人人都为某事迟疑不决。我抬头仰望这所木屋，只能看到第七层，再往上就隐没到雾当中去了。我稍一定神，就被我刚才的经历吓住了：我们下面与那上面的气候，竟会有如此大的差别！我不禁对造出这种房子的祖先充满了怨恨。似乎是，主人已有十多年没下过楼了，而从前，我和他常在菜园子里下围棋，直下得头顶的太阳晒得我们眼前冒出金星。我想到这里时，看见那男孩提着一篮煎饼，飞快地拐进了一条小巷子。我又一次抬起头往上看，还是只看得到第七层，但我分明听到了上面传来关窗的声音："嘭！嘭！"闷闷的两声。当然也说不定是幻觉吧。

1997年11月24日于长沙英才园

原载于《作家》1998年第2期

永不宁静

远蒲老师实在是老得不成样子了。当景兰走进那幢颓败的公馆，女佣云妈替他打开主人卧室的门时，他正坐在马桶上面一边大便一边思考。也许他只是做出思考的样子，其实不过是在假寐罢了。景兰仔细打量他之后便证实了这一点，因为他的口角挂着一线涎水。与上次看见他相比，他的脸色又灰暗了许多。他似乎有点不好意思，连忙揩了屁股提着裤头站起来，屋里立刻弥漫着屎臭味。他敲了敲桌子，云妈就进来了，将马桶提出去，反手又关上了门，将一屋子臭气全关在里面。和景兰短短地面面相觑之后，远蒲老师颤巍巍地走向那张宽大的床，将乱七八糟的褥子叠好，抚平，然后躺上去，小心地盖好自己的腿。从床上的情况看，景兰知道他又度过了一个不眠之夜。

"吃了吗？"景兰关切地问。。

"早吃过了，不然怎么大便呢。"他语气里有自嘲的味道。

远蒲老师的床上垫得很厚，景兰估计垫了五六床八斤重的大棉絮，枕头有三个，都是奇大无比的东西，此刻有两只垫在他那衰老的背后，另外一只立在靠墙的床里头。远蒲老师半躺在这一大堆棉絮里头，脸上却流露着受折磨的表情，就好像软和的棉絮反倒硌痛他的身体似的。公馆的老房子比一般的房子高出许多，本来墙上有一扇很大的窗户，窗户上还挂着篾帘子，景兰小时候总看见，现在那地方只剩下了一个用石灰胡乱粉了一下的方框。直到近年来，远蒲老师对窗户越来越反感了，才做出了这个举动。房里没有椅子，景兰就往床头柜上坐去，去年他来的时候远蒲老师叫他这样坐的。景兰想到他同远蒲老师之间的友谊，不由得从心里生出一股优越感来。但远蒲老师近年衰老的样子终归令他有些不舒服，尤其坐马桶一举，简直让他厌恶。远蒲老师从前很爱干净，差不多称得上是有洁癖，景兰没想到他会变成这个样子。他并不是卧床不起的病人，完全可以起身到隔壁的卫生间去方便，可是这半年来，他每天都叫云妈将一个马桶送到卧室里来，弄得臭气熏熏的，连云妈都是捂着鼻子跑进跑出。景兰想，人毕竟有走下坡路的一天，即使是如远蒲老师这样近于先知的思想者，也只好一天天衰败下去，谁能违抗自然的规律呢？远蒲老师从来就患有失眠症，然而十年以前，他并不为此感到痛苦，他多次和景兰在这间房里通宵达旦地辩论，白天里照旧精神很好。景兰设想着两三年之后远蒲老师的模样，脸上浮出一丝苦笑。

"您的脸色很不好呢，应该多到院子里活动，做了活动之后，吃饭也香。"景兰忍不住这样说，说了又后悔。远蒲老师倚在枕头上侧耳倾听，但不是听他讲话，是听外面的响动。当他聚精会神的时候，景兰觉得他脸上的老迈之气全都消失了，鼻翼如同年轻人一样敏感地翕动着，和刚才的样子判若两人。

"是云妈，"他轻声说，"把她那些同乡叫了来，每天夜里都在公馆里开讨论会。如果你夜里来，就会看到这里灯火通明，热闹得不得了。"

景兰很吃惊竟会有这种岂有此理的事。云妈是远蒲老师的老用人，早就说好要服侍他到最后的。一个用人，居然欺到主人头上来了。吃惊之后又是悲哀，看来远蒲老师真是控制不了自己的生活圈子了。谁能帮得了他呢？像他这样自负的人又会接受谁的帮助呢？

"我不讨厌这种事，这给我老年的生活增添了乐趣。我早就厌倦了辩论，这你也是知道的。"

景兰想，老师会不会在撒谎呢？他可能是为了掩饰他的窘态吧。他又想，这实在不像老师往日的风度。景兰的目光在房里溜来溜去的，几十年都过去了，这房里还是老样子，只是显得阴暗颓败了许多，墙角那只装螃蟹的篓子蒙着厚厚的灰，从前他和远蒲老师一道去山里捉过螃蟹呢。

"我要走了，隔天再来看你，这次回家乡会要多停留些日子。"

远蒲老师没有动，还是聚精会神地倾听着外面的动静。景兰又等了一会儿，不安地踩响着地板，他觉得老师已经把他忘了。

他一出来就被云妈抓住臂膀，拖到她房里。那是远蒲老师对面的一间小房子，里面乱七八糟地堆着很多杂物，显出老年妇女的嗜好。云妈盯着景兰看，看得他心里疑惑，就主动找话来讲。他提起远蒲老师的现状，暗示云妈要保持公馆里的清静，因为清静是远蒲老师这样高龄的人安度晚年的基本条件。接着云妈就告诉景兰说，远蒲老师的情况令人担忧，他和以前完全判若两人了。她已经在公馆里做了三十多年，按理说没有功劳也有苦劳吧，可是近两年来，远蒲老师对她出奇地苛刻起来。她有个老母亲，已经八十多岁了，需要人照料，她只好把她接来，反正公馆里有的是空房子，她自己身体不错，两个老人也照料得了。她就将老母亲安顿在楼上的一间房里。一开始远蒲老师还很高兴，每天上楼去同老太太聊几句家常，他们是同辈人，也很谈得来，她母亲对远蒲老师印象也很好，说他平易近人，完全没有架子。然而没过多久云妈就发现事情不对劲了，远蒲老师到楼上去得太勤了，有时一天两三趟，又没什么要紧的事，搞得她母亲也很不自在。云妈问她母亲是不是远蒲老师忽发奇想生出了"黄昏恋"？她母亲矢口否认，起先不想说，后来还是说了，她说老头感兴趣的是另外的事，已经有好几次了，他煽动她背叛自己的女儿，他还在她面前说了她女儿的很多坏话，甚至说她"奸诈"，要她小心提防。云妈不想理会远蒲老师，她认为他一定是精神方面出了毛病，这都是年龄太大所致，再说他不过说一说她的坏话，又无损于她的实际利益。然而远蒲的怪癖变本加厉地发展起来了，后来他不仅白天上楼四五次，半夜里他也上楼去敲她母亲的门。他自己当然没什么不方便，因为他几十年如一日地夜里睡得极少，甚至精神十足。但这却害苦了她母亲。老人家一经他吵醒，就再也无法入睡。这样过了几天后，老太太忍无可忍，只好趁他不注意收拾起东西回乡下去了。回去不久她就过世了。因为这件事，远蒲老师和云妈的关系马上变坏了。

云妈诉说着这些，一脸气得惨白。景兰坐在那里，不断地感到这屋里有很重的鬼魅之气，他打了个寒噤，到底谁在撒谎呢？他在椅子上不安地扭来扭去。

"半年前他开始坚持要在房里大便，说自己的腿脚出了毛病，上不了厕所了。其实哪里有毛病，有天夜里我看见他上楼，贼一样快！他这样做是为了整治我。你说我在这里还怎么待下去呢？"

云妈说到这里瞪着景兰，好像非要他回答似的。景兰考虑了半天，满腹狐疑地说：

"不知道，这种事，你不要问我，我没有经验……你应该和老人家谈谈，也许，我会去请医生，他有点迟钝了。"

"你也相信医生？"云妈的眼珠发亮了，"我告诉你，千万不要相信医生！我母亲就是让医生治死的，要是她不走……"她突然一怔，收住了口。

景兰从云妈房里出来时，看见对面远蒲老师的房门被一只手关上了，那人会是谁呢？景兰忽然明白了，回过头来对云妈说：

"刚才他一直在外面听我们讲话吗？"

"那当然，还有什么事瞒得过他吗？"云妈的嘴角竟有一丝笑意。

景兰走在马路上，心里很不舒服，公馆的阴影始终罩在心头。他那么尊敬的老师远蒲，如今成了这个样子，确实出乎他的意料。他觉得自己有义务帮他，糟糕的是他根本不要他帮，说不定还在心里嘲笑他不通世事呢！云妈刚才不也在心里觉得他好笑吗？总之，帮他的念头绝对要收起。景兰又怀疑起自己从前对远蒲老师的那些印象来。几十年里头，远蒲老师从来没有显出过精神上的老态，他非常热爱论证，乐此不疲，他的生命在论证的运动中焕发出异常的光彩。作为他的学生的景兰，总是不由自主地趋向于老师的光辉。所以景兰离乡后多年，仍然保持一年回来一次的习惯，故乡唯一使他牵挂的其实就是这位老师。莫非从前的印象全是表面的假象？像远蒲老师这样的人怎么可能神经错乱呢？景兰眼前浮现出远蒲老师的大脑结构，他看见一棵树，叶子全掉光了，主干和几根粗枝清晰可辨，光秃秃的。这样的人绝不可能神经错乱。那么哪一个形象才是真实的远蒲老师呢？是坐在书桌前通宵达旦思考的他，还是坐在马桶上假寐，像贼一样在公馆里出没的他？云妈的话也不是绝对可信的，有可能她那些话全是诽谤，但她这样做的目的又不像是要诽谤远蒲老师，倒像是要吓唬他景兰，看他的把戏似的。远蒲老师的生活到底成了一团什么样的乱麻呢？景兰又觉得眼睛看到的全不能相信，老师仍然像一堵城墙一样坚不可摧，这只要坐在他面前就有感觉，尽管他外表已成了那个样子。

景兰已经在故乡待了一个星期零两天了。他每天都去河边，坐在防洪堤上眺望远方的船只。他的内心深处有点无所适从，又有点驱之不去的忧郁。他后来这几天一直没有再去远蒲老师那里，又因为这而不停地责备自己。故乡的河流有点老了，河水泛黑，景兰却可以从船夫用力划船的姿势上看出河水的活力，他太熟悉这条河了。今天一大早他就很不安，因为晚上就要离开此地。接近中午时，他心底盼望的事终于发生了。来人是云妈的表兄。

"就是这两天的事了。"他垮着一副脸漠然地说。

"怎么发生的呢？"景兰问道。

景兰在去公馆的路上有点想哭，眼泪终究没有掉下来。云妈的表兄一进公馆就到厨房里去了，厨房里聚了很多人。景兰推开卧室的门，看见远蒲老师正坐在床上修一把锁，各种小工具都摆在被子上。他松了一口气。

"他们叫你来的吧？"他头也不抬就说，"你就放心走吧，我死不了。不过就摔了一跤嘛，并不严重的，我骗得他们团团转。他们一进来，我就做出垂死的样子。"

"可是刚才我进来，您没有做。"

"那是因为我知道是你嘛。我看见云妈的表兄出去，就估计你会来。"

他终于修好了那把老式铜锁，用钥匙开了几下，然后和工具放在一起，一样一样地收进一个铁皮盒，放到床里边。这时他对景兰朝门外努了努嘴。景兰过去将门打开一条缝。

院子里闹哄哄的，是一口大棺材抬进来了，云妈指挥那些工人将棺材放在油布雨棚下面。景兰看见她一身黑衣黑裤，收拾得精精致致，干干净净。

"您这玩笑开大了。"景兰回过头说，厌恶地皱紧了眉头。

"没关系，云妈是老手了。你说说看，我和她最后谁会被谁算计呢？我真是一点把握都没有了。这种事，就如同这把锁和这枚钥匙。我看你还是走吧，这里的氛围让你难受，明年也不要来了，把自己搞得不舒服有什么好呢？来，你帮我把腿挪进去一点，我的腰以下已经死了，上半身还活跃得很，这都是那一跤的后果。"

那两条腿特别重，重得有点怪，景兰用力推了几下没推动，只好爬上床，弯下身用双手抱着它们往里挪，一脸涨成了紫色。将老师的腿放好，盖上被子时，他和他对视了一下，发现远蒲老师的眼里有点潮湿，于是心潮澎湃起来。

"走，走！你怎么还不走？"远蒲老师用力挥着手，好像要掩盖自己的窘态，又好像不耐烦了。

景兰走到院子里，云妈刚刚把棺材安顿好。她看到景兰，脸上就浮起怪异的笑容，说：

"明年还来吧，远蒲老师心里可是惦记着你的呢。"

"这……"

"你是指棺材？这不过是做做样子罢了，他哪里死得了呢？瞒得过别人，还瞒得过我吗？你这就走啦？明年一定来吧，一定来！他心里只有你呢！"

景兰加快了脚步，但云妈还是追着送出来，很兴奋的样子。她几次张了张口想说什么，但终于没说出来，就这样默默地看着景兰走远了。

景兰又到了街上。他觉得自己没有理由恨云妈。他看出远蒲老师在他那幢阴森的公馆里有种自得其乐的派头，旁人很难懂得他那种生活的妙处。看来景兰自己也只好算作旁人了,毕竟他一年只回来一次,虽然他以他的学生自居,有些东西终究没学会,比如远蒲老师和云妈的这种关系,自己就一点都不理解,他只能理解从前的远蒲老师,而从前的老师似乎和现在的老师一点关系都没有,这种变化是因为他预感到自己快死了才产生的吗?

景兰一个劲地走,只想将这一切都抛在身后。他现在已改变了主意,决定马上坐船离开。他走到码头,船正好等在那里,他一进舱倒在铺上船就开动了。他在半迷糊中听着河水在下面发出埋怨的声音,为自己的决绝感到有点好笑。

半夜里他惊醒过来,走到甲板上去,一抬头就看见一颗很大的星星从天空掉下去了,景兰低下头,眼前墨墨黑黑的,这几天里发生的事又阴沉沉地压在心头。船已经行出好远了,不知怎么,景兰觉得这不像是离开,倒像是一直朝着故乡那黑暗的心脏驶去。那是他从未到过的地方。

1998年5月31日于长沙英才园

原载于《文学世界》1998年第5期

蚊子与山歌

我又该去拜访三叔了。三叔是那种古朴型的老人。

在田野里,隔着老远,我就看见了他那件深蓝色的汗衫。他站在田塍上洗干净脚上的泥,领着我往家里走。村里的男女老幼同平时一样,见了他都不打招呼,径直地走过去,有的过去后还回转身,站在那里看三叔的背影。我们村里人都有很重的心事。

三叔的模样有些衰老,有些令人伤感,步子也迈得不如从前那么干脆,有些拖泥带水的。一同我走在一起,他又老毛病复发,神情不自然地拉住我,要我倾听从山那边传过来的一种声音。这种时候,我往往对自己的判断完全没有把握,忸忸怩怩地说不出个所以然,三叔就因此生起气来,自顾自地走了。走一段他又忘了生气,又叫我倾听,而我听了半天又没有结果。就这样两人都怀着怨恨到家了。

三叔的家简单得让人寒心，就是山脚下的一间瓦房，用山坡当一面墙，像一个倚在坡边苟延残喘的老人。房里有一只很大的煤火灶，占去了房间的三分之一，灶边是大储藏柜，夜里当三叔的床。

一进屋三叔就从碗橱里拿出小铜壶给我烧茶喝。茶在火上煮了些时间，然后倒进大杯子，褐色的液体有种呛人的芳香。我皱着眉头喝下去，听见三叔在旁边说：

"'五适茶'能消百病呀。"

我并不需要消百病，喝了一口就放下了，不再喝。三叔又很不高兴。

一会儿门外就有了响动，三叔的脸上泛起淡淡的笑容，粗糙的老皮也柔和了好多。他垂下眼皮等待着。

进来的是阿为。村上的二流子，这一带有名的无赖。我从来都不理解三叔和他之间的关系。以三叔的庄重和世故，毫无疑问应该远离这种人才对，可他们偏偏有着密切的关系。

阿为在灶边一坐下就提起铜壶倒茶喝，脖子一仰喝光了一大杯。他还用他的脏手在我的大腿上猛拍了一下，要我不要"装斯文"。我厌恶地坐得离他远一点，他又不依不饶地凑拢来。

"阿为呀，今天检查过自己的情绪了吗？"三叔问道。

"检查了。我觉得自己对您越来越反感了，今天早上您走在我前面，我差点一锄头朝您挖过去，要是那样就有好戏看了。"阿为一本正经地回答。

"他真坦率，难道不是吗？"三叔完全转向了我，眼光盯着我。

我听不懂他们的话。

"三叔哎，地里的苋菜该割了，我这就帮您去割。"阿为边说边起身，提着篮子出了门。

门关上了，阴暗的房里只有从天窗上射下来的一小撮光落在灶头。我有些坐立不安了，打算找个借口溜掉。我坐的储藏柜里有爪子抓在木头上发出的响声，是那只黑猫在里头练爪子，声音就如同抓在我屁股上一样。偷眼看看三叔，他脸上已变得麻木不仁。忽然前边地里传来阿为唱山歌的声音，那歌声忧郁、凄凉，时断时续，我从来不知道阿为还会唱歌，不由得听呆了。阿为唱了好几首，后来声音渐渐远去，最后消失了。很显然，三叔也在听，只是他不动声色，别人也就看不透他的内心。有三十几年了吧，我什么时候看透过三叔的内心？和三叔面对面地沉默着，我想起了往事。

当时我大约五六岁，总爱跟随三叔进山打柴。进了山，三叔就让我坐在一蔸砍平了的树墩上等他，然后他就消失在林子里了。这一去的时间或长或短，短则半小时就回来，长则从上午等到下午。这么长的时间我如何打发呢？再说难道不害怕吗？于是我学会了找事做。那些漫长的时光让我挖空心思。我就是从那时候开始领略三叔的魅力的吧。每隔一小时左右，总是可以听到三叔沙哑的山歌声，那是他故意绕到附近来砍柴，以便使我放心。奇怪的是他一点都不担心我会有危险，他这种人是非常自信的吧。回忆起来，三叔的山歌同今天阿为唱的有些相似。阿为唱歌，是为了让三叔放心吗？莫非三叔也像我从前一样害怕？我想到这里又偷眼看了看他，他纹丝不动地坐得笔直，分明是无所畏惧。我不能理解世上怎么会有三叔这种人，也许这种人越来越少了吧。童年的记忆总是抹不掉的。三叔打好了柴就同我一道出山了。他有一个习惯，就是挑柴出山之后总要回头张望，有时还放下担子竖起耳朵倾听，口里不住地唠叨着"人的年纪大了，这种事就得小心点"之类的话，同他在山里的表现判若两人。可见三叔总还是有他害怕的东西。我曾有好多年离开了村子，这段时间阿为就在三叔的生活中取代了我的位置。据三叔说，当时阿为在村里实在混不下去了，老母亲寄居到嫂嫂家里，他自己吃饭也成了问题。一天晚上，阿为又是什么都没吃，饿得发昏，闯进了三叔的家，从此他就成了三叔家里的常客。我刚回村里的时候，还企图同三叔恢复从前的关系，后来发现已经不行了，有阿为夹在中间，我总觉得词不达意，反倒是他们两人之间总是心领神会。起先我还嫉妒过阿为，后来也看出三叔看重的只是他，这才死了心。现在三叔同我的关系变得微妙了，我隔几天就来看他，我来了就来了，去了便去了，他从不问我问题，也不关心我的事。有时我提起小时和他在一起的时光，他就说我从前爱给他"找麻烦"，一句话就把我的兴致打下去了。然而我总记得树林里漫长的等待，阳光在树缝间投下的影子的移动，失望和希望交替时的煎熬、恐怖、孤立无援，以及终于到来的惊喜和松弛，这一切都刻骨铭心。三叔用山歌将我的时间分成一段一段的，是怜悯我的年幼无知吧。时光流逝，是我变了还是他变了呢？三叔很早就不进山打柴了，现在只需要随便弄点柴草来引一下火，因为村里早就改为烧煤了。我回来后再也没听到过他唱山歌。发生在三叔身上的另一件事就是他的记忆力越来越坏了，时常忘了给菜地浇水，忘了给庄稼施肥，他一个孤老头子，又没人提醒他，其后果可想而知。他现在特别爱做一种无谓的活动，就是夜里同蚊子作斗争。三叔对蚊子很敏感，可又偏不挂蚊帐睡觉。三叔眼力很好，一旦被咬醒了就起来用巴掌拍蚊子，拍死了还计数，写在一个小本上，据他自己说有天夜里共拍死了一百三十七只大花脚蚊。我见过他追击蚊子的模样，那真是非同一般的亢奋，完全不像七十岁的老人。他家的前前后后都有些水洼，特别长蚊子，我劝他将它们填平了，他微微一声冷笑，说："你懂个什么？"弄得我沮丧老半天。傍晚是蚊子活跃的时光，这种时候要是去三叔家，老远就可以听到他将巴掌拍得"啪啪"直响，走到近前，还可以看见他双手上沾满了鲜血。他解嘲地说："我这人瘦是瘦点，血的味道大概是不错的。"每年他都要发疟疾，发病的样子惨不忍睹，病程也拖得很长。有一回我以为他要死了，阿为也以为他熬不过去了，可是第二天早上我们看见他居然爬到地上喝猫碗里的水，因为头天夜里我们给他倒的水全喝光了。到了下午，他就渐渐地好起来，三四天之后就可以摇摇晃晃地走到门外去了。不知不觉三叔就到了七十岁，而他还没活够似的，对自己的生命倍加珍惜起来。当我想到这里时，那只黑猫就从我所坐的柜盖那边的一个洞里钻出来，纵身越过茶壶，将三叔的茶杯撞到了地上，杯子碎成了几块。

一边弯腰扫着瓷片，三叔终于开口了：

"你还想知道什么？"

"森林里究竟有没有危险呢？"我问。

"大概有吧。"

"您就不害怕？您还丢下我一个人？"

"怎么会不害怕呢？你这傻孩子。"

从三叔家出来，我有些失魂落魄。老觉得天色暮沉沉，于是发了昏似的乱走。走着走着，忽然听到了山里传来的歌声，像是阿为在唱，但又绝不可能是阿为，他刚刚还在菜地里，就是有飞毛腿也绝不可能一下子飞到那边山里去的。一阵顺风将歌声带过来，的确是阿为的声音啊，难道竟有如此相似的嗓音？这样猜测时，就看见阿为坐在自家门槛上逗那只黑公鸡，一脸的流里流气。再要听，什么都听不到了。阿为的母亲出来了，抄起一根竹竿就来扑阿为，重重地打在门槛上，发出"当"的一声响，阿为早跑得无影无踪了。老妇人蹲在地上，无声地抹起了眼泪。我赶紧躲过这一幕。

原来三叔早料到森林里有危险！这个发现对我来说太重要了。他也同大家一样，不过是个普普通通的老农，他那种预感是从哪里得来的呢？我记起人们说他是由他的一个婶娘带到村里来的，那婶娘来了没有多久就走了，倒是将三叔留在村里。那个时候的三叔极其瘦弱，大家都说他长不大，结果当然是大家错了。三叔来村里之前的情况是怎样的？我没能问出个确切的答案来，不论从他自己还是从别人口里。我同三叔的交往很早，当时我才五岁，一天早上我独自一个人在小溪边捞虾玩，三叔又高又瘦的影子投在水里，在我头上说："喂，小家伙，一块进山去吗？"我跳了起来和他走。那种关系就那样维持了好多年。三叔身上到底是什么吸引着我呢？他沉默寡言，去森林的路又长又寂寞，他撇下我去打柴时，时光就更难熬了。可我还是一次又一次地跟随他进山，有时简直是迫不及待。我听到过狼嗥，远远地看见过野猪。看见野猪那一次，我吓得晕了过去，也可能我是故意晕过去的，当时我太恐惧了，我觉得必定要完蛋了。我醒来时，听见三叔在附近唱歌，野猪已经不见了。我一直怀疑那只是我的幻觉，极度紧张中的幻觉。当时我把野猪的事告诉三叔，三叔沉思了好久，最后什么都没说，挑起柴就走。我是十五岁那年离开村子的，当时有一种强烈的厌倦的感觉。在那之前我已经有几年不同三叔进山打柴了，当然我们还是来往密切，我没事就去他的菜园里帮忙，就像阿为现在所做的一样。我厌倦得要死，决定改变生活方式。我坐在三叔家新做的储藏柜上头对他说："您给我指出一条路吧。"我记得三叔当时是这样回答的："我怎么能给你指路呢？我自己也不知道。你胡乱走下去好了，不要回头张望。""这是您的经验之谈吗？"我又问。"当然。"他说。

我是三十岁那年才回到村里来的，其间一直在胡乱走，直到有一天看见村头的老樟树。

当我快到家时，后面有人匆匆地赶上了我，是阿为。阿为没有像平时那样大喊大叫，而是很消沉的样子。

"你的歌唱得不错嘛。"我说。

"哼。"他低着头，满腹心事。

我进屋他也进屋，就坐在门槛上。

"瞧，阿为竟也有消沉的时候。"我又忍不住说。

"你懂个屁，三叔要抛弃我们了，我怎么办啊？我为什么唱歌，就因为心里绝望啊。"

"真奇怪，你这么离不开他，你不是讨厌他吗？"

"这同讨厌不讨厌真是一点关系都没有，你又不是不知道。我问你，你听到那边山上的歌声了吗？你肯定听到过一次了，也许不止一次，我也一样。可是这有什么用呢？我们都不能像三叔一样，想听就听得到。我们是真正的稀里糊涂。"

"这真不像阿为说的话。"

"阿为又怎样？阿为是二流子，二流子就不能像这样想问题吗？瞧你多么庸俗，我真是没想到。"

"到底你是怎样看出三叔要抛弃我们的呢？"

"我们都听到了那边山里的歌声，这就是他要抛弃我们的理由。我同你说话真累，我能不能在这里睡一觉……"他顺着门槛倒下去，满脸痛苦疲倦的表情。

八月里，三叔拒绝我和阿为去探视他了。我们守在门外，从窗眼里望进去，看见汹涌的蚊群正在围剿他精瘦的身体。他躺在储藏柜上头，正在苟延残喘，偶尔还有气无力地挥起一巴掌打在自己脸上。最后，我们自己也被蚊子叮得痛苦不堪，脸也肿起来了。阿为对我说，假如我想走就走吧，他一个人守在这里就够了，他不怕蚊子，只怕一件事。他说这话时用红肿的眼看了我一下。我想坚持，但实在坚持不下，我的神经太脆弱了。

我被迫离开了。回家的路上又听到了那久违了的山歌，是同一个人所唱，歌声里增加了一些妖媚的成分，令人想起迷人的狐狸精。我眼前朦朦胧胧的，一路上似乎是碰见了不少村里人，他们都垂下头不同我打招呼，径直地走过去，莫非我的脸已肿得让他们认不出来了？我突然想到自己的血里头也有了很多蚊子卵，这真是一个令人发疯的念头。说不定那些蚊子也能哼出这种山歌吧，那是三叔弥留之际听到的美妙乐声啊。阿为一定是什么都知道了，所以他才那样看我，他是否也希望我知道那些事呢？要是夜里下起雨来，他会强行进屋吗？

原载于《东海》1998年第11期

世外桃源

　　世外桃源存在于村里流传下来的古老传说之中。在村里，人人都在纠缠一些细节，甚至钻牛角尖，而只有荠四爷，可说是关于这件事的知识方面的权威。荠四爷有九十岁了，身体已缩成一米多高，却留着一尺来长的雪白的胡须。荠四爷将竹靠背椅摆在禾坪里坐好，点燃长长的烟斗时，小孩们就紧紧地将他围住了，其中那些调皮的还去扯他的胡子。从荠四爷断断续续的讲述中，小孩们得知，世外桃源那个地方的生活并不见得怎么有趣，还有点沉闷，因为也不过是男耕女织的小社会，和平相处，没有动乱和战争而已。孩子们感兴趣的是那架神奇的秋千。据说那秋千吊在山顶一棵巨松的旁枝上头，是谁爬到那样高的处所吊上去的已经说不清了，总之是一名能工巧匠。绳子是用上等的苎麻搓成，那种苎麻，现在再也看不到了。又白又亮的粗麻绳从结实的铁环里穿过，蹬板是好看的青檀木。当人将那秋千荡到半空时，秋千会发出地动山摇的呼啸声，山脚下的人听了都受不住，干活的扔了工具伏在地上蒙住耳朵，哪怕坐在家里的也要奔过去把窗子关上。人人都说那种声音"不好听"。最后使用那架秋千的是两名顽童，有人看见他们在半空里荡了很长时间，后来就失踪了，接着人们就发现秋千的绳索已经断了，是用快刀割断的。招山是一座巨大的山，跨越好几个县，人在里头失踪一点也不奇怪，但有一种说法却很奇怪。他们说绳子不是那两个小孩割断的，而是"天意"。既然是天意，在周围就应该可以找到两个男孩的尸体。可是那两天，世外桃源的人们全体出动，结果还是一无所获。于是持这种看法的人固执地坚持说，不能排除小孩们在腾空的一刹那发生的奇迹。然而是什么样的奇迹呢？是他们长出了翅膀飞入云霄了，还是某只大鹏将他们接走了？由于大伙的嘲笑，这些人拒绝往下继续推理。

"你们分头到山里去细细找一下，还可以找到秋千的遗址的。"荠四爷半闭着眼说。

有一名男孩离围着荠四爷的这群孩子远远的，这是一名十五岁、身材细瘦、性格阴沉的少年，他住在村旁的庙里，替人帮工为生。每天傍晚荠四爷坐在禾坪上讲世外桃源的故事时他都来了。孩子们对荠四爷的故事发出"啊！啊！"的惊叹时，少年的嘴角挂着鄙夷的冷笑，目光炯炯如同夜猫。

"吃的嘛，种的什么吃什么，养什么吃什么，红薯、玉米、大豆，甚至还有稻米。猪、羊、鸡、鸭到处跑，还有一所学校建在一块大岩石上头，下头就是深谷。"

"还有学校！还有学校！"小孩们都欢呼起来了。

"学校里什么好玩的都有，就是没有秋千，荡秋千这种游戏已经被禁止了。"荠四爷说这句话时睁了一下眼，阴险地看着孩子们。

"荠四爷骗人！骗人！"小孩们嚷叫着，要来扯老人的胡须。

荠四爷躲闪着，用双手护住自己那一部白胡子，一下没坐稳，竟被他们掀翻在地，四脚朝天，而两个小男孩还往他身上扑。

闹了好一阵，弄得老人灰头土脸的，孩子们才渐渐散去。荠四爷将竹靠背椅扶好，恨恨地吐着唾沫，重新坐下来点燃烟斗。这时老人便开始来打量蹲在他对面的、名叫苔的少年。少年也在看他，四目相对，氛围有点紧张。

荠四爷总是等着苔走过来同他说点什么，哪怕是向他提出质疑吧。而这个流浪儿苔，每次都离得远远的不肯过来，但也不离开，像是同荠四爷较劲似的，使得荠四爷十分讨厌他。荠四爷记得苔是四年前流落到村里来的，一起来的还有他父亲，那一天下着暴雨，有山洪暴发的迹象，父子俩湿淋淋地躲在庙里。大约是受了寒，那父亲很快就病死了。从此苔就住在庙里，白天出去帮人打零工，在主人家吃饭，夜里睡在庙内的一间小杂屋里。

荠四爷要在禾坪上坐到深夜才进屋，他打着瞌睡，听着蚊子叫，脑子里就出现很多匹马的头部，那些马头一律仰天发出惊人的嘶叫。这时荠四爷就会惊醒过来，慌张地四顾，而他视野内能看到的总是那同一个人——苔。今天情况有些不同，荠四爷从梦中惊醒过来时，他还看到了另外一个黑影，那人向苔蹲的地方走过去，然后两人就凑在一处说起悄悄话来。荠四爷的老眼在夜里如同蒙了一层雾，当然就看不清，他也不好意思起身去观察那个不速之客,他坐在原地等待,他估摸着时候已经到了。

果然,那人消失在小路那边后,苔就朝荠四爷走过来了。

"刚才那是七哥,来催促我的。现在您把原委告诉我吧。"苔说道。

荠四爷张了张嘴,但说不出话来。他觉得在他心底藏了八十年的、早已被他碾碎了的那个秘密又在蠢蠢欲动,而且就要暴露在这个孩子面前。他打量着苔那朦朦胧胧的身影,在由衷赞叹的同时又有点恼羞成怒。苔似乎是毫不在意他那掩人耳目的花招,直奔他的主题而来的,而且他是多么的有耐心啊。荠四爷就这样在苔面前沉默着,不合时宜地陷入回忆当中。他回忆起多少年来,他是如何在村里传播关于世外桃源的知识,以至于现在这里的男女老少都深信不疑,都讲得出关于那个社会的一些细节性的情况了。然而"原委"究竟是怎样的呢?荠四爷想,"原委"是一件不堪回首的往事,它既不是从他的父亲也不是从他的祖父那里听来的,它是他亲身经历的,因为不堪回首,就在漫长的人生中果真将它忘记了,现在再要想起来也不可能。又因为不甘心,就将些旁枝末节的议论到处传播,以平息心中的不满。就在不久前,他还听见他的一个侄孙向外人介绍说:"世外桃源肯定还在,您想一想,这山有多么大,里面什么藏不下啊。如果我们看不见的东西就说它不存在,这不是太自负了吗?"侄孙说这话时,荠四爷在一旁无缘无故地脸红。

"我估计到了,那种事,要说出来有很多困难,您一定很为难。可是我,决心要做一个调查,您大概感到有些意外吧?"少年说这话时的口气有些得意。

"有什么意外呢？俗话说'三岁看大七岁看老'，从你来村里的那天起我就在等你下决心了。时间过得真快啊，那一天的暴雨声还在我的耳边响呢。这两年，我常常分不清自己到底是在睡觉还是醒着。你要再不行动，我就会等不到那一天了。"

若有人偷听了他们的谈话，谁也不会知道他们打的什么哑谜。然而这一老一少是心照不宣的。他们是怎样达到心照不宣的也是很难想象，因为事实上，今晚是他们第一次交谈。荠四爷坐在那里，第一次感到他的生活是真的走到尽头了，有一双年轻的脚在取代他往前走，看来没有什么事情是真正忘记得了的。就在昨天，他在去茅坑的半途上还听到了那种久违了的声音，起先他以为是自己的幻觉，接着他看见远蒲老师，那个七十岁的老头也停下了脚步，同他一样将脸转向茅坑那边细细倾听。远蒲老师也是最喜欢谈论世外桃源的一个人。荠四爷向远蒲老师走拢去，问他听到了什么，他却又一脸茫然了，接着就做出噴怪的鬼脸，说他在呼吸从山里吹来的新鲜空气呢。荠四爷不明白他到底想遮掩什么。荠四爷并不能从村里人的热心上得到安慰，他为着可耻的忘却而日夜不安，这也是他每天晚上都要向孩子们讲述那些古老事件的原因。后来他在茅坑里大便时，仍然可以听见松枝在吱呀吱呀地乱响，响声的意义暧昧不明。

苔在那天夜里回到庙里时，七哥已经在台阶上等了一气了，地下扔了三个白色的烟头，门框也被他于烦躁中踢坏一块。

"最好什么都不带，留后路的想法是要不得的，你想想看，他在飞出去的一刹那要是跨踏起来，事件还能成立吗？多少人一不做二不休都还……"

他还要唠唠叨叨,苔将门在身后反手关上,将七哥关在外面了。后来七哥又凑到窗户上朝里看,看了半天什么动静都没有。只好悄悄地回家去了。

苔躺在破门板搭成的床上,周身如同起了火,可怕的煎熬开始了。他也许就要去做一件事,一件说不出口也想不清楚的事,很可能他会为那件事送命。那件事同荠四爷有关,但因为荠四爷三缄其口,苔的行动就失去了依据。父亲临死的时候的表情也分明是有一件事要托付给苔,他死死地抓住苔,眼珠鼓得老大,可就是说不出口。他死过去又醒过来,反复好几次,用力摇晃着苔的肩膀,还是说不出口。最后他瞎喊了几声,悲愤地闭上了眼睛。第二年苔就熟悉了关于世外桃源的传说,又过了些日子他就渐渐地明白了父亲为什么要从遥远的家乡带着他跋山涉水,来到这个地方。大概那时他就感到自己来日不多了,于是将自己的骨血留在可以重新开始某个事业的地方,从而让周围的环境对他进行启蒙教育吧。此刻父亲那血红的、鼓出的眼珠牢牢地紧盯着他,逼迫他进行紧张的思索。苔却不能思索了,因为他的思索也失去了依据。苔的拳头攥得紧紧的,在门板上用力捶了几下,不由自主地像他父亲那样发出一声长嚎。窗台上那盏油灯跳了几下,立刻熄灭了,月光洒在房内。有一个影子慢慢移到了窗前,像是一个小孩,苔觉得那人正在观察他。

"是七哥吧?你回去!这里没你的事!"苔故意这样说,为的是给自己壮胆。

"是荠四爷。开开门来让我进去。"

荠四爷要踮起脚才能坐上门板床，在黑暗中苔对他的感觉有些异样，就好像他是一只老猴子似的，只有他身上的烟味在提醒着他的尊严。他伸出冰冷枯瘦的手捏着苔的手腕不放，苔接连打了好几个喷嚏，周身马上冷却下来了。

"我还是不明白。"苔说。

"你马上就会明白的。你只要帮一帮我，我就会想起来了。"

荠四爷动了动身子，老骨头一阵噼啪乱响。

"你把我的腿挪到床上放直吧，我自己已经动不了了。"

苔蹲下身去，将那两条细细的腿子抱住，放到床上，他又一次感到这老人像一只猴子。

荠四爷靠在苔的那只稻壳芯子的枕头上，重重地喘息着，伸直了双腿。他仍然紧紧地捏着苔的手腕，断断续续地告诉苔说，到处都是那种声音，他在禾坪里把脸转了又转，不论是面向山谷，面向鱼塘，面向村里的大屋，还是面向稻田，现在都听到那种一式一样的声音。他终于搞清了，他一定会在今天夜里把那件忘记了的事想起来，于是他就可以传达给苔了。那时他和他两人都会通体轻松。而现在，他要请苔为他捏一捏腿子，只有这样他才能确定自己是醒着的。

苔为荠四爷按摩着，每一下都按在老人的骨头上，因为那两条腿实在是没有多少肌肉了。老人发着抖，不住地说："舒服啊，舒服啊。"

"秋千的事是您的杜撰吧？如果您是那摔下来的孩子，为什么身上会没有伤呢？而且您也没有飞到天上去，天天都在村里。"

"啊，啊，啊！我正在想呢！我想——我想——你总不会怀疑世外桃源吧？"

"怎么会！我爹爹不就是为了它将我带到此地来的吗？我记得上路后的一天夜里，是在荒原里，三只狼在后面追我们，我们俩都觉得必死无疑了……喂，您对这种事不感兴趣吧？"

在月光下，苔看见荠四爷的胡子如同雪一样白，他的一只手搭在胡须上头，眼珠慢慢地闭上了。兴奋的苔还是很殷勤地为他按摩着，一下一下的，很有节奏。突然，那两条腿变得僵硬起来，并渐渐冷下去。苔的手停止了动作，两滴泪凝在他的眼角。

对于荠四爷死在苔的房里这件事，村里人议论纷纷。出殡的那天苔没有去，他到邻村帮工去了。人们都很愤懑，说苔真是太没有良心了，到底是无根无底的流浪汉，荠四爷真是白信任他一场。

苔从此在村里变得形单影只，谁也不愿搭理他，小孩们远远看见他走过来就四处散开，还说他身上有"鬼气"，沾上就脱不了身，这自然是大人告诉他们的。

过了些时候村人们就推举了一位关于世外桃源知识方面的新权威，这是一位七十五岁的老太婆，长年同猪住在一处。这位被称作茅娘的老太婆到了晚上就坐在禾坪里荠四爷原来坐的地方，孩子们拥向她，将她团团围住，要听她讲。他们对村里的变化浑然不觉。

"世外桃源在大山里头这是没错的，看看这座山吧，它真是大得——大得没有人能说得出有多大。"茅娘用力敲着烟斗说，"不过最重要的并不是那架秋千，而是一架石磨。"

"一架石磨?"孩子们的眼珠都瞪得如铜铃一般。

"也有两个小孩整天围着那石磨看,后来失踪了。石磨那么大,人们怀疑他们早被碾碎了,和在粮食里面,被大家吃下肚去了。"

孩子们鸦雀无声,茅娘吐出的烟雾成了迷魂阵。

苔隔得远远的,冷笑着。他心里想,这位茅娘同荞四爷相比真是各有千秋啊。以她的诡诈,顽童们断然不敢动她一个指头的。苔惊异于自己从前怎么没有发现村里有如此强有力的老女人。荞四爷死后,苔看见自己面前的这条路越来越模糊了,他时常通夜不睡,坐在门板床上面长久地沉思默想,他在想荞四爷在八十多年前为什么没有消失,却留在村里了。事情的原委到底是怎样的呢?他想得越多,就越感到遗传真是一件可怕的事,尤其是荞四爷和他之间的这种遗传。现在苔注视着七十五岁的茅娘,心里不由得悸动了一下,想,莫非她是那名目击者?

茅娘早就在看苔,她在等苔到她面前来。

苔跨踌地慢慢移过去,他第一次发现老女人的花白头发是如此的茂盛,怒气冲冲地在她的脸庞周围张开着,使她看起来有点像雄狮。

"你这孩子,怨恨是没有用的,还是俯首听命吧。"她边说边吞云吐雾。

"但是总要让我知道一点蛛丝马迹吧,像这样被蒙在鼓里……莫非我父亲同你们这些人有约在先?"

"你想到哪里去了。"她严厉地敲了敲烟斗,"胡思乱想是不好的。你父亲那种人,谁会同他有约在先呢?打个你不喜欢的比方说,他就像一只被追急了的狗,是闯到村里来的。"

131

听她这么一说，苔的眼前就出现了父亲气急败坏的样子，抹也抹不去。

苔低着头往家里走，他想，秋天已经来了，夜晚开始变凉，可是这茅娘，每天就坐在禾坪上守夜。她在等什么东西出现吗？早上他从禾坪经过到邻村去，看见这老太婆在竹靠背椅上打盹，烟斗掉在地上，烟草被风吹得满地都是。在这种时候，苔总是背脊发冷，想到在这个村里，一种信念居然可以如此的源远流长。走到转弯处，就要进庙了，他听见七哥在身后一声接一声地唤他，却不走拢来。他知道七哥是在催促他，可他还是没有下定决心。前天他已经去山里看过一次了，当时七哥不怀好意地指着一个幽深的洞口要他钻进去，他想了半天还是没钻，七哥就愤愤地骂他"孱头"。进了房间，苔心中霍然一亮：为什么不留下呢？留在村里，不就可以每天想着自己耿耿于怀的事吗？这样一个村子，人人都在谈论同一件事，这种地方还找得出第二个来吗？他打开窗子，听见七哥还在原地唤他，那声音时高时低，无比执拗。此刻，他觉得他已经明白了父亲的遗嘱。

那天夜里月亮像一个大银盘，起先是茅娘敲他的窗户，窗户上晃动着好几个人影，苔急步走出房门，看见在庙门外面，在黑暗中，全村人都来了，三五成群的，嗡嗡嗡地议论着，看见他出来大家就一齐住了嘴。从庙门侧边的杂屋里，清晰地传来七哥的声音。

苔最后还踌躇了一下，终于跟着七哥走上了那条小路。村人们的议论又在身后响了起来，像要追上来似的，他一回头，却又看见他们在原地未动。苔的双腿开始发抖,牙齿碰得咯咯作响。七哥在前面走,走一段又回过头来等他跟上,反复地安慰他说,世外桃源绝不是把人引向死路的地方,他会顺顺当当地回到乡亲们当中。

同荠四爷的情形一样,那天夜里发生的事也在苔的记忆里完全消失了。七哥没有从山里回来,据说是出走了。时间一年年流逝,苔终于变成了老人。苔不喜欢讲话,他只是一味地坐在禾坪里发呆,将世外桃源的故事珍藏在心底。孩子们在禾坪那边嬉戏,没有人到他身边来。他轻轻地拍着膝头,心里明白自己也已经成了那方面的权威。

最最纯净的语言
——创作谈

为达到一种最最纯净的语言,他将说出的词语一个一个地否决了。"玫瑰、河流、石桥、风暴……"他继续地说,厌倦得快要发疯。他的声音接着变得如同连珠炮一般,他还尽量将眼皮翻上去,如同垂死的罪人,什么都不想看了。"立交桥、烟、商店、警察、中央大道、火车站、喷泉……"一阵痉挛止住了他的声音。啊,那种意境,那种意境空无所有而又无所不包。吐出的词语是多么的下流啊!

他想沉默,可沉默并不能让他缩短同那种语言的距离,他还担心自己将在沉默中将那种语言的存在忘得干干净净。他只有说,说下去,一边说一边否决。每次这样做的时候,他的心就在跃跃欲试，血流就在加快。他不想敷衍了事，他要清晰地、一个一个地吐出那些词语。

近来他变得从容了，因为他知道，这是一条捷径；他也知道，他必须同词语搏斗。他听见他身体内部那黑暗的窟窿里响起了几声微弱的号角，这声音告诉他，他离那种意境已经不远了。他要把那些忘却了的、永远也想不出的——说出来，急中生智或无中生有会给他带来意想不到的惊喜。这时他才明白，下流的词语原来还具有如此灵动的功能。他不爱它们，一点也不，毋宁说他一直在干着剿灭的勾当。然而有一天早上，他来到荒凉的沙漠，看到被他剿灭的词语的尸体凝结成了奇妙的海市蜃楼，那景色似有若无，永不消逝。

最最纯净的语言只存在于传说中，就如永远无法企及的世外桃源。那是一个早就被人们忘记了的梦，后来的人的种种解释都免不了牵强附会，胡编乱造。没有人能记得起那种梦，即使是这方面的权威也只好在蒙昧中摸索。它也许在一棵树的树梢上，在一名乞丐的破碗里，或在某个早上打出的哈欠里。人往往会为那种捕风捉影的小发现欣喜若狂，过后才知道什么都没有发现。在荒芜的大地上，人两手空空，找不到立足之地。但人有幻想的权利，人在幻想中，也只有在幻想中将那种忘却了的梦体验。然而那是怎样一种幻想啊！人体验不到纯净，人在焦虑中自戕，人在自戕的同时向某个黑暗处所盲目地突进。多年之后他才明白，自戕的血腥是它的发源地。

1998 年 10 月 21 日于长沙英才园

绿毛龟

胡三老头门前的臭水凼是鸡们的乐园。房子属于那种三层的老式楼房，多年以来下水道就已经堵塞了，所以家家都从窗口往外倒污水。大晴天太阳将污水凼晒干，边缘的泥土松松的，肥得很，各式小虫都从里头爬出来，胡三老头的那群鸡就开始了激情的会餐。鸡的两只爪子用力地将那泥土扒过来扒过去，尖喙啄个不停，总有意想不到的收获。他们不像是觅食，倒像是因为他们的抓扒，土里就长出虫子来似的。有一只麻点母鸡是胡三老头最欣赏的，她很爱清洁，总是站在干地这一边，两只脚爪一下一下扒划得很从容，很有力，她啄食起虫子来也不像同伴那样急切而慌乱，而是似乎有种内在的节奏似的，当然她在这方面也是不知疲倦的。屋前不远的地方就是大马路，农用车排出滚滚黑烟，出租车刺耳地叫个不停。

胡三老头日日坐在门口打瞌睡，这是他每天下午两点到三点的必修课。他感觉到周围的世界在一天天地变化，到底变在哪里是说不出来的。从好多年以前开始，他就生活在回忆里头了。比如这只麻点母鸡吧，胡三老头就总是想起她年轻时的形象。那时的麻点鸡跑起来悠悠晃晃，有一次差点被老鹰捉走，但那只饿鹰没捉她，捉了另一只白母鸡。从那次事故之后她就生出了这种皇后似的尊严。年轻的时候，他还与人策划过造火箭去月球上的事，那是一次错误，他早就对那种事没兴趣了，不过有些东西是永远留在记忆里了：黑咕隆咚的院落，亮得刺眼的煤气灯，脏兮兮的图纸，有着强盗般面容的、抽烟的男人们围着大方桌，每个人都铁青着脸，眼睛瞪着图纸，心里却在等那一声致命的怪叫。胡三老头老是想，为什么人不能像这只麻点鸡一样镇定自若呢？所有的人都一惊一乍的，将桌子的四条腿都踢坏了。人们当中有个瘦子，一有响动就往外冲，撞上什么打翻什么，每次都同样疯狂，到大家都反应过来时，他早跑得无影无踪了。策划的过程真是又漫长又枯燥，大家都被那些数据缠得做噩梦，又不甘心放弃，于是人人生活在暗无天日之中。胡三时常于大白天在街上撞见一位同事，听他瞪着眼说出几个数字，听完了才知道他是在梦游。胡三似乎是什么事都历历在目，只有一样东西以其模糊和稀薄令他惶然，这就是他自己的形象。

"胡三老头的鸡比我的长得好嘛。"远蒲高声嚷嚷，在胡三面前站住了。

胡三不想理他，仍旧闭着眼。这远蒲从前也和他们大家策划过造火箭的事，但没有多久他就失踪了，到他回来时，已是一个小老头，他就定居在和胡三家隔了两条街的地方，没事就跑过来讥笑胡三几句，似乎是找乐子，又似乎是自己对自己不满。他往往开始向胡三发起攻击，义愤填膺的样子，到后来却变成了自暴自弃，有时还哭起来。胡三最讨厌他这种夸张了，但看他的情绪又不像夸张，而是心里有什么事要找人宣泄。

远蒲今天特别固执的样子，站在胡三面前挡住阳光，等着要和他说话。胡三记起，他站的这块地方就是他们从前摆方桌的地方，那时还没有楼，只有一栋石头墙的平房，带一个院子，院子里栽着四株刺槐，刺槐的白花怒放时，胡三的脸就肿起来，那张朴素的、没上漆的梓木方桌就摆在刺槐树下。

胡三不得已地睁开眼，发出一声责怪的"啊？"。

"我算完了。"远蒲说，还是一动不动。

胡三觉得他今天有点怪，怎么一开口就自暴自弃呢？

"我这一生，没有什么地方没去过了。"他又说。

"那你还回来？"胡三恶毒地反驳他。

想到一个好端端的下午又被这家伙败坏了，他心里就有火。

"我是不该回来。"

"现在再出走也来得及啊，带上换洗衣服就可以了。"

"那倒也是。可有什么用呢？我告诉你一个秘密吧，我在外面的那些日子啊，没有一天不想着我们从前那桩事业，不想着那可怕的后果呢。我总是往河中间走，让河水淹没我的头顶，要是我不会水，也许就回不来了。回来之后，我也学你的样子安度晚年，我甚至也养了鸡，可是我不行，我快完蛋了。"

"一切都会好好的。"胡三有点心软地说。

他离开的时候走得很慢，胡三觉得他内心很犹豫。他想，倘若他们那一次的发射成功了，年轻时的胡三会不会在现在的记忆中留下一个鲜明的形象呢？现在他坐在这里，竭力想要重新感受从前那一声怪叫给他心理上造成的震动。当时是下半夜，人们像受惊的鸡群一样四处逃窜，胡三奔回自己的办公室，在黑乎乎的角落里蹲了下来。月光从高而窄的窗口掉下来一条，更显出周围的黑暗，那一排书架嘎嘎地响着，但胡三并不感到毛骨悚然，好像就连害怕也不怎么真实，他只盼望天快亮，天一亮人们就都回来了。他万万没想到门边还蹲着一个人，是那人的呻吟暴露了他自己。那人是厨师，厨师反复叨念着这样一句话："您说说看，人怎么能忍受这种恐惧啊？"他的一身的骨节都噼啪作响，身子像筛糠一样，声音则越来越微弱。他在黎明前终于咽了气。厨师的死有点像呈现在胡三面前的某种机密，那副宽大的骨骼，几名汉子费了好大的力气才将他弄到殡葬车上。三十多年都过去了，厨师的形象仍然是那么鲜明。他有一个女儿，当时大约五岁，小孩竟然扑倒在担架上，在父亲脸上咬出了几个牙齿印，那种情景惨不忍睹。女孩长大后嫁了个糕点师，胡三常看见她在垂着眼卖面包，每回经过，胡三总是绕道。远蒲的出走是在厨师死之前，出走一点都没给他带来解脱，他的内心似乎是抽得更紧了。那时常有他的零星消息传来，都是极荒谬的，往往在人们中引起一片哗然，所以胡三倒并不觉得他已经出走了。再说他走得也不远，从地图上看，他像在围着这个地区绕圈子似的。今天他居然说出"事业"这个词来，实在是有点滑稽。就是他胡三，也不知道该怎么看待年轻时的那个计划，那好像只是一种大而空泛的遐想，并无什么实质性的东西。然而他这个人本身，不是也没有什么实质性的东西吗？完全可以用一条纱巾、一抹烟云这类比喻来形容嘛。拆除石头房子的那几天他一直跟着工人们跑来跑去，两条腿都不像自己的了，腾云驾雾似的，弄得好几个人时不时停下手中的活，诧异地打量他。住进新楼的第一天，胡三听见马达声彻夜响个不停，他三番五次起床到外面去看，怎么也找不出发出声响的地方，好像周围所有的东西都成了马达，脚下的土地也产生出微微的震动。过了一段时间他终于明白过来，自己只有适应这种噪声才是唯一的出路。楼里的住户们谁也没感觉到那无处不在的噪声，他们夜里也不起来。开始时胡三总想同这些人交流一下，讲讲这件事，但每次看到他们异常严肃的面孔又把要说的话缩回去了。时间一年年过去，胡三想同人交流的念头完全消失了，现在他甚至害怕邻居们过问他的生活。他坐在门边，闭着眼装睡，其实大部分时间是醒着的。有一个名叫素媛的老女人特别令他讨厌，她总来同他聊天，称他为"老英雄"，一旦胡三从侧面婉转地谈到噪声的事，她又大惊小怪起来，说这种事"太奇怪了"，对她是个很大的"打击"。胡三想，她也的确没听到那种噪声，要不她夜里还不起来溜达呀。她的这种态度就是要让胡三感到惭愧，为了什么呢？他胡三有什么地方值得惭愧呢？

因为水凼里的蚊蝇太多，胡三总在椅子旁边点着一炷卫生香，一盘这样的香可以点四个小时，那浓浓的草药味往往使他产生幻觉，把所有的事都在时间上混淆起来。于是昔日的院子在眼前再现了，不过方桌前围着的不是从前那些汉子，而是楼房里这些面孔严肃的人们，素媛也在当中，她那苍老的嗓音如同鸭叫。她往往会发出那种不甘寂寞的肺腑之言，比如"决不能有丝毫气馁的念头"之类。她在人们当中是个活跃分子。在这种幻觉里面，胡三自己是不在场的，有时他想他也许躲在某个角落里了。耳边反反复复响着的，都是那鸭叫似的嗓音，再有就是马达声，简直惊天动地。胡三闭眼苦笑着，觉得额头上有一点冰凉之物，原来是楼上泼脏水下来溅到他脸上了。麻点母鸡吃饱了，正在用地上的泥灰洗澡，胡三每天看着她时心里都涌出那种敬畏。

"来了？来了好！我就知道你要来，如今我们这个年纪的人，还剩下什么需要挂在心头的事呢？你虽不情愿，心里头还不是那桩事？"

远蒲一边安顿胡三坐下一边很快地说。胡三看见远蒲的屋当中放了一只大水缸，里面爬着六只绿毛龟，这些龟的模样如同鬼似的。刚才进来时远蒲正伏在缸边给它们喂食，他那种单纯的神情根本不像心里有事，胡三不由得怀疑他是不是在自己面前做假。当然也有可能他是属于那种摆得开放得下的人，白天唉声叹气，夜里一倒下去就打鼾。胡三很少到远蒲家来，他怎么会知道自己要来呢？

"这几只龟是我新近养的，它们那种苍老的样子很合我的意。"

远蒲笑起来，胡三觉得他的样子很像儿童。房里弥漫着老单身汉家常有的气味，同胡三家里一样的气味。胡三找不出要说的话，就弯下身去察看那几只龟，这种龟胡三从来没见过，毛蓬蓬阴森森的。这时远蒲突然伸手将他的脖子朝缸里按下去,并贴着他的耳朵急促地说:"看吧,多么庄严的表情!离得再近些,再近些!它们身上那些须毛要把你带到几万年前的时候……"

胡三由于恐惧拼尽全力往外挣,还是打湿了头发,他真是恼羞成怒。

"搞……搞谋杀呀?"他涨红了脸结结巴巴地说。

"杀你干什么?早就老了,不中用了的家伙,还值得别人费那个劲啊。"远蒲悻悻地走开去,又说,"不要老朝一个方向想到底。"

由于刚才一折腾,绿毛龟就游动起来,披着那身绿毛一上一下的,很缓慢,不像在游,倒像水上浮着的尸体。胡三把目光从缸里收回来,心里思忖着远蒲刚才的举动实在是太不可思议了,莫非是这几十年的生活早就搞得他变态了?他在门口抽着烟,苍白的、长长的指头微微发抖。胡三一想起这双手刚才差点要自己的命,心里的怒火又上来了。这个人,一生的生活是那么不如意,但总在暗中下大力气搞些怪事,胡三没想到他那双瘦骨伶仃的手还会有那么大的劲。不过这个人的心思又显然不在杀人上头,他的态度总是显得很含糊,就仿佛他总在想些遥远的事似的。冷静下来,胡三就不敢自认为已看透眼前这个老头了。一切都要看事态的发展,这是胡三老头一辈子的信条。想想看,就连他自己年轻时的形象,回忆了一辈子也不过稀稀薄薄的,眼前的这个老头子他又怎么搞得清?

"刚才你看见那些乌龟的时候——"他漱着喉咙顿了一顿,"当你近距离观察它们时,你竟没有产生那种冲动,这很出乎我的意料啊。你在这里能得到什么呢?人人都有烦心事,你还是走吧。"

胡三轻飘飘地走出那间房子,好像脚都不是自己的了。然而他还注意到屋前的那群鸡,那是些什么鸡啊,好像从来就没喂过,样子极难看,土匪似的在垃圾堆上抢食,多看它们一眼都不忍心。他担心远蒲盯自己的背脊,就头也不回。走出一段路,这才诧异地发现远蒲所在的住处周围的大部分房子都拆掉了,这是他来的时候没注意到的。大卡车来来往往,都是搬家的,这一带快成废墟了。有人在叫他,是从前的瘦子,多年不见的一惊一乍的老同事,头发已经全白了。他旁边是他老婆,被风吹得像一片枯叶一样哆嗦着。几十年都过去了,这家伙眼里居然还有那种激情的闪光。此刻他正在搬家,他告诉胡三说:"把故居撇在脑后等于永远铭记在心。"胡三对他的咬文嚼字十分痛恨,甩手要走,衣袖却被他揪住不放。他眼里水汪汪的,一定要胡三回答他的问题:"在远蒲家中做出了什么决定?"胡三说,什么决定都没做。他就不相信地摇头,说,他只好带着一肚子的疑虑远行了。他的一只皮鞋的系带全散了,上衣也没扣好,像个老乞丐,他对自己的物质生活全然没有感觉,这倒在胡三的意料之中。他还要纠缠,那位瘦小的妻子就扯着他的衣裳后襟,拔河似的将他拖走了。隔开好远,他还在踉跄中举起一只手臂大喊:"永别了!朋友!"

胡三向前走了一段,瘦子搬家的那辆车就跟上来了,捉迷藏一样,胡三走它也走,胡三停它也停,司机还反复鸣喇叭,十分讨厌。瘦子倚着一只坏了一扇门的大柜沉思着,显得很超脱,他老婆则向胡三打手势，要胡三让开，胡三已经让到路边，她还不满意，双手捏成拳头威吓着，要胡三完全从她视野里消失。胡三感到很好笑，在他的印象里，这个女人从来就没有从疾病中挣脱出来过，现在怎么变得这么强有力了呢？莫非是搬家激发了她的活力？多年来，有一桩令胡三不安的事，这就是以前那桩策划中的所有的成员都没有离开此地，如同约好了似的。他们就住在他周围，然而相互之间也不来往，唯一同胡三有联系的就只有远蒲一人。虽不来往，胡三并不觉得已脱离了从前的团体。他们这些人全都性格乖张，寡言少语，散落在人群中倒也不显眼。要在平时，瘦子是不同他讲话的，今天他们夫妇的态度很反常，也许真的是最后的分手吧。胡三仔细看了看瘦子，看见他还在沉思，脸上已不是人间的表情了。

在那些被拆掉的房子之间七钻八钻，搞得满身灰，胡三老头终于钻回了家。坐在门口的靠椅上喘着气，回想这一趟出门，他感到自己好似中了某个机关似的。不由得又想起远蒲在离开时对他说的话："胡三啊，你已经活到头了嘛。"这种事倒不是什么新鲜事，所以他也不恐惧，他只是好奇：接下去会发生什么呢？现在他终于将这些事联系起来了：这就是他周围发生的变化啊，三十多年一晃眼就过去了，变化可是实实在在的呢。可是想来想去又好像什么都没变，还是那桩策划在主宰每个人的生活。他们之所以不搬走就是为了那空洞的幻想，他们之所以搬走恐怕也是同样的理由。胡三听邻居素媛说过瘦子总是关在家中大哭，青年时代的神经质一点都没改。对于他胡三来说，从前的石头房子改成现在的楼房，院子变成马路，他自己由一名科技人员变成退休的孤老头,这些变化他都没怎么感觉到。有一夜,他决心做一回贼,他潜入一家店铺后面的仓库,偷走一箱啤酒。那次作案很成功,什么都没有发生。于是他又觉得此举完全是多余的了。如今那箱啤酒还在床底下,用旧报纸包着,仿佛在嘲笑他的徒费心思。

一个阴雨天,胡三躺在房里,看见了个熟悉的身影从窗前过去了,接着又一个,到第三个人出现时,胡三忍不住喊出了声:

"小录啊!"

那人便站住了。

胡三立刻感到称眼前这个老头为"小录"不合适,这还是三十多年前的叫法呢。

小录额头上的那几条沟夸张地移动了几下,他还是立在原地,并不探进头来看。

"胡老师心中装着天下事呢,这真是难能可贵啊。"

胡三看见还有一个人往小录身边挤过来,接着又有第五个、第六个,全是熟人,他们此刻不耐烦地推着小录往前走,因为后面还有人。胡三闭上眼,不想再看了,这些人已经塞满了他的脑海。他是怎么变得像现在这样"心中装着天下事"的呢?这不就是他本人的变化吗?已经死掉了的计划,其实每时每刻都在复活着,这种血管里的复活很难用语言来表述,想想看,都已经三十多年了,当年的原班人马还留在此地,这不是不甘心又是什么呢?今天似乎是一个特殊的日子,平时互不来往的这些人结伴从他屋前经过,莫非有什么事要发生吧?胡三兴奋起来,穿好鞋到外面去看。

他的鸡在屋前的遮檐下排成一排，站的站，蹲的蹲，镇定地梳理着身上的羽毛。雨斜斜地飘着，空气中弥漫着一种凄婉的情绪，胡三心里刚刚产生的兴奋又渐渐地消沉下去了。素媛老婆子从雨中朝他跑来，挥着手说：

"他死了。"

"谁？"

"你们的大哥嘛。老人家高寿，活得太久，脖子上都长出了蛆。看样子，走的时候很幸福呢！走了好几天，家人才发现。这种事，我能理解。"

大哥是那个计划的核心人物，他应该得到幸福。胡三看到眼前的事实都清清楚楚了。他应不应该去探望一下呢？胡三望着麻点母鸡，仿佛要她来拿主意。麻点鸡懒洋洋地将头缩到了翅膀里头，一副天不管地不管的样子。

"同亲近的人最好不要告别。"素媛做出知情者的表情说。

但是她并不知情，她是一个外人，后来才搬来的。有时候，外人的判断往往一针见血。

胡三老头一会儿就打定了主意不再加入昔日同伙的行列。他坐在屋檐下看雨，脑子里总出现那些绿毛龟，他深深地感到，远蒲真是个有远见的人，而他自己，稍稍有点迟钝，也从来不曾像他那样躁动，可以说同远蒲相比，自己的生活属半死不活的那一类吧。三十多年里头，胡三竟没有做过一次梦，他总是醒着，夜里也只是打一打盹。有时候，他疲倦到了极点，他就想，这会不会是梦呢？但不是。他咬了咬指头，痛得皱起眉头。只有

145

童年的记忆里有梦。

"葬礼一完毕,他们都要离开此地了。大概早就商量好的。"

"很好嘛。"

"你呢,恐怕是永久留下了。总得有个人留下,对吧?"

"对。"

"我能理解你的心情。"

胡三虽然讨厌素媛老太婆,还是忍不住告诉了她关于绿毛龟的事。素媛就说,远蒲那种腌臜老头子,张开口来连牙齿都腐烂了的家伙,当然只配养那种怪物。胡三又很懊恼,他不该同这老婆子议论远蒲,这种人的意见有什么价值呢?议论倒也罢了,自己竟然把同事的秘密告诉她,真是老昏了头了。素媛见他沉着脸,就一跺脚走开了,还边走边飞起一脚朝麻点鸡踢去,母鸡惊呼着飞到半空,落在泥水中。胡三看着母鸡的狼狈样子,心想,她也有失去镇定的时候呢。远蒲是昨天傍晚走的,背着丑陋的大包袱,驼着背走得很快,胡三想追上去喊他,两只脚如同被钉在了原地似的。可能远蒲早看见胡三了,出于鄙视不想同他告别。当时胡三回忆起绿毛龟那一幕,心里也有点羞愧。同事们都走了之后,会留下一些空房子,那些房子会不会有人来住呢?胡三惦记着远蒲的龟,当晚就去他家看。从门缝往里一瞧,水缸还放在屋当中,龟当然也在里头。女邻居过来告诉胡三,说远蒲不会回来了,嘱咐她不要动屋里的东西,远蒲还说那些龟不吃东西还可活两年。胡三听得全身打冷战,连忙要走,女邻居还跟在他身后说:"远蒲先生真是心狠手辣的英雄啊。"胡三仿佛听见她在身后笑。昨天一夜他都在想,那些爬不出来的龟最后的情形会是什么样子呢？雨里头隐隐约约响起了锣鼓的声音，胡三觉得这种张扬有点好笑，也不符合死人的愿望。一个被蛆吃完了的死人，哪里会想要张扬呢？不过也许锣鼓声是另有用意，说不定是那些人想振奋精神吧？刚才小录那副样子像在做梦呢。胡三自己倒是想做梦，想了三十多年，可就是做不成，这也是他只好留在此地的原因。大概乌龟也不做梦吧。想到这里胡三心里一愣，终于明白了远蒲让他看乌龟的用意，这是他最后的留言啊。当时他那么恐惧，而今这一天终于到来了。

胡三老头从短短的睡眠中醒过来的时候，心里反而静下来了。他起身走到门口，将那一群鸡从鸡舍里放出去，只觉得一种踏实的感觉往四肢蔓延开去。周围的一切凝固下来，夏天的太阳在门外晒着，马路上连机动车的声音都听不到了，寂静中却飞来一只大绿头苍蝇，在空中发出嗡嗡的声音，越来越响，如同直升机要来扫荡似的。胡三在这无所不在的嗡嗡声中自如地思考着，很惊奇自己在老年怎么还会有如此的灵敏性。他有些笨拙地挪开一只箱子，从床底下拖出一个木匣子，那里面装着他从前生活的一些纪念品。那全都是一些可笑的东西，比如一枚生锈的螺钉，一个皮带扣，一包鸡瘟药，一块树皮，一只只剩下三分之一体积的陀螺，一张发霉的底片（照的是一堵墙或一个人的后脑勺），一只汤匙柄，一束鞋带，等等，五花八门的。他在匣子里扒拉了一气，终于找出了那只奇大无比的蝉蜕，他将这个东西放到桌上，气喘吁吁地坐下来观察。这只蝉蜕除了体积超大以外，色泽也有所不同，在床底下的黑暗里待了这么多年了，仍然泛出那种微微的红色，乍一看就像一只活蝉。胡三凝视着这只蝉蜕，脑子里的思维立刻受到了阻碍，要爆炸似的。胡三移开目光看着窗外，仍然感觉得到蝉蜕正在不断变大，一会儿工夫，竟把整个桌子都占满了。胡三不敢看它，他眼前恍恍惚惚的，一低头，发现那只圆滚滚的绿头苍蝇掉在脚下，已经死了。而在屋外，马路上的机动车又响起来了。胡三找出一块纸片，将死苍蝇包在里头，扔在墙角的垃圾袋里，回想起苍蝇刚才的威力，很诧异它怎么死得这么干脆。

"胡三啊，这把年纪了还有这么大的闲情啊。"

素媛老婆子从桌上拿起蝉蜕，对着太阳照了又照。胡三看着她心里就发慌。

"你那天讲的绿毛龟的事，我在心里好好地想了一下。既然所有的人都走了，你不就成了绿毛龟了吗？"她放下蝉蜕，一本正经地说，"真幸福啊，这种事。"

她嘴巴瘪着还说了些其他的。

老婆子走了一气，屋里还留着她身上的气味，那种洞穴里的腐朽味。胡三想，自己从来没听懂过她的话，但她今天这番话正是他脑子里的思想，真是见了鬼了。的确，那只大水缸对于那几只龟来说，不就同胡三居住的这个世界一样大吗？那种事有什么可怕的啊。

胡三当即决定，下午还要去探望一下那几只龟，从门缝里仔细听一听响动。要是碰上女邻居，就同她详细打听一下远蒲出走前的情况。一想起一个人可以在三十几年里头保持一种阴沉的激情，胡三又不寒而栗了。

胡三知道桌上的蝉蜕又在变大,他眼睛不看那东西也知道。那庞然大物阻塞着他的思考。他明白那只是一个外壳,完全不像绿毛龟那样是实实在在的生物,不过这种划分他始终是怀疑的。比如现在,他走到门口朝外面张望,仍然感到房内的拥挤,那蝉蜕正在专横地朝空间扩张,而他正被挤压得喘不过气来。"绿毛龟啊绿毛龟。"他像傻瓜一样叨念着,心里果真有种幸福感油然而生。那走廊上的太阳,那几只鸡,都显得分外的恬静,如同他体验中的一个五月的早晨。就在这一刻,仅仅只在这一刻,他看见了自己年轻时的形象,那是一个钓鱼人,脸上胡须茂盛,他知道那是自己,他的每一根毛发都令胡三老头魂牵梦萦。

原载于《钟山》1999年第4期

激情通道

"述遗,你怎么还不醒来啊!外面刮南风了,太阳好得很,姨妈正在阳台上面晾衣服呢。"

"墙上有那么多的钉子,一抬头就要碰个头破血流,还是沉睡不醒的好。"

"你这个幻想家,太阳照在你脸上了,你就不觉得热烘烘的吗?外面有只鹰在盘旋。"

多少年来,这个黑人总是在梦中同她对话,述遗早就将他当成了自己家的亲戚。他性情很温和,从来不贸然吵醒她,只是用那种低嗓音劝她,延绵不断的,像讲故事一样。

黎明时分,述遗总是置身于一个高而狭窄的空房间里。有一次,她打开小小的窗户探出头去,就看见了那些乱糟糟的钉子,吓得她连忙关紧窗户,用双手紧紧捂住胸口蹲在地上。房间里是那种老式木地板,虽然灰蓬蓬的,倒也不感觉冷,而且只要闭上眼，就什么也感觉不到了。黑人轻手轻脚地游走，述遗一凝神他的声音就响起来了。声音虽然好听，却总是老生常谈，目的也从未改变过。似乎是，他从来不会掩饰，心里想着什么就非要说出口来。有时述遗希望自己可以像那些小蝙蝠一样在密密麻麻的钉子的缝隙里飞来飞去；这是一项需要注意力高度集中的工作，这种时候，她就盼望黑人不要开口；但黑人还是说下去，述遗就发脾气了。梦里面发脾气是很好笑的，她抓住一只拖鞋往墙上用力敲打着。

醒来之后梦中的激情就消失殆尽了，不论看见什么都是干巴巴的。她很想问一问姨妈是不是见过一个黑人，可又开不了这个口。姨妈一年四季都把屋里搞得十分拥挤，她做事风风火火，又喜欢出汗，这样的人怎么和她去说那种事呢？就是告诉她，她也决不放在心上的。奇怪的是黑人常提到姨妈，把她同一些稀奇古怪的事联系起来。比如有一回他说起姨妈坐在屋顶上喝茶，她这样做是因为屋里有令她害怕的大老鼠。述遗现在观察她，看见她在厨房脱了外衣揉酸菜，那种样子就是疯牛都不会怕，怕什么老鼠！

下午时分来了一名客人，是隔壁的泥瓦匠。这泥瓦匠本来是述遗喜欢的那种人，他从来不谈日常琐事，每次来都是为了向她和姨妈诉说他身体内的一种病痛，那种病虽不致命，但据他说发作起来说不出地难受。今天他诉苦的时候话里面却有些弦外之音，述遗听着听着就烦躁起来，但姨妈很有兴趣，围裙都不脱就坐在他旁边，两人一唱一和的，述遗越听越觉得他们在讥讽自己。比如泥瓦匠说："只要迈出第一步就好了，有什么难的呢？但是我只要这样一想啊，脑袋就不见了，光秃秃的脖子上没有脑袋，那是种什么滋味啊！"姨妈就接着他的话说："那种苦我也受过。不过坐在家里真舒服。人只要坐在家里，什么麻烦都没有。"她说这话时始终看着述遗。

事后回忆起来，述遗不知道自己那天是怎么发疯的。她突然站起来，指着泥瓦匠的鼻子大喊大叫，还将姨妈推倒在地，斥责她"虚伪"。后来她又说了些不可思议的话，大意是只有她自己好，她自己有理由活下去，别人都该死掉。发作完了她就跑回自己的房间，一会儿就睡着了。醒来的一刹那她心里升起一种渴望，渴望一个像水一样柔软的女人出现在面前，这个人在世界中通行无阻。接着她就听见姨妈在前面房里啜泣。

"我今后怎么办啊？"她眼泪巴巴地说。"到屋顶上去吧，那里清静。"述遗轻轻地、不无邪恶意味地说。

"但是梯子早就朽坏了，我摔下来过一次呢。"

"去问问黑人吧，他有办法的。"

"你的话我要考虑。我现在眼里一片茫然，我恐怕还得听从泥瓦匠的建议，你可不要生气啊。我总觉得你在生我的气呢。"

"那家伙连自己的父母都敢骗。"

"也许是这样。可是我们都不能出去，我们听谁的呢？只能听他的。"

在梦里的时候，述遗坚信姨妈同黑人天天见面，只要一醒来，这种信念又烟消云散了。比如黑人说姨妈在屋顶喝茶，这种事到底有还是没有呢？问姨妈姨妈就说"不记得了"。姨妈是一个很矛盾的人，外表比较强悍，别人都把她看作强人，她的柔弱的一面只对述遗流露。流露得频繁了，述遗就看出来她这种柔弱其实是最可怕的威胁。她要威胁自己去干什么呢？述遗看不出来。有时，姨妈哭的时候述遗也想大哭，又哭不出，就乱喊道："走出去吧！走出去就没事了！这还不简单？"

姨妈立刻住了哭声，问：

"去哪里？"

"屋顶上！屋顶上！你聋了吗？"

"梯子坏了。我告诉过你嘛。"

泥瓦匠并不记仇，过了一阵又出现在她们家，他说他就是喜欢同妇女在一起，尤其她们这种上了年纪的。前些天他还带来工具，将她们家的灶台修好了。他是一个很沉着的中年人，额头有点像猩猩，诉起苦来的样子也很像猩猩，一边说一边眼珠子慢慢转动，观察别人的反应。述遗对他察言观色的本领很钦佩。终于有一天，述遗和他谈到了黑人的事。她说黑人是她的一个亲戚，平时并不来往，却总是在梦里对她进行拜访。"这样的人有可能存在吗？"述遗问。泥瓦匠转了几下眼珠，说当然是有可能的，他本人就曾有过这种经验。有一回他看见他房里的墙上出现一个挂钩，挂着他妹妹的手提包，过了几天他妹妹真的来了。他问他妹妹提包是怎么回事，妹妹回答说那是她一年前忘记带走的，他听了这话吃惊得害怕起来。"我们不了解的情况真是太多了。"他说，"你应当把阁楼和厨房的储藏柜那些地方仔细查一查，看看有没有什么异物藏在那里。"述遗一边听着一边记起了一件事，就是她的梦里从来没有这个泥瓦匠，一次也没有。泥瓦匠往灶台上贴瓷砖时，述遗看得入了神，他那种神态就好像把自己也贴到灶台上去了似的。

述遗对黑人说，她很想同一个像水一样柔软的女人见面，黑人就背对着她暗暗地笑个不停。这时述遗一眼瞥见了黑人背在背后的手掌，那手掌也是黑的。述遗想，黑色人种的手掌应该是浅红色的呀。这个发现令她冷汗淋淋。她壮着胆子问他一些事，他口里咕咕噜噜的，听不清他的回答。述遗心里闷闷的，想爬到凳子上去推开那扇窄窄的小窗，让蝙蝠飞进来。黑人温和地阻止了她，他那双黑色的手在她双肩上按了按，让她坐下来。述遗就问他他白天躲到什么地方去了。他不安地犹豫了好久，才回答说，他就在她家门口修自行车。在梦里，述遗反复地回忆也想不起在她家门口修自行车的男子的模样了，于是暂时相信了黑人的话。她也不记得要向黑人询问泥瓦匠的打算了。黑人又说起姨妈，说姨妈还是没改变她的爱好，每天都要登高眺望。黑人关于姨妈的描述是那样生动，配以流畅的手势，述遗的好奇心都被调动起来，自然根本不记得梯子已经坏了的事。在黑人的叙述里，姨妈是一个传奇人物，属于那种敢想敢干的类型。

修自行车的人是一位老汉，十分木讷，皮肤根本不黑。述遗一同他打招呼他就瞪着她，眼珠子根本不转动，把述遗搞得很窘，只得向他道歉，说自己认错了人。

"怎么会认错人？不可能吧？"他阴沉地说道。

"有人……有人托我来问候您。"她结结巴巴地胡乱讲出这句话。

"这就对了，既然有那么一回事，就得光明正大嘛。"他蹲下身去拨弄车子的链条，不再理会述遗了。

这一幕被泥瓦匠全看在眼里。泥瓦匠很同情述遗，劝她今后少理这种人，还说"最好将那些稀奇古怪的想法都藏在心里"。述遗就想，这个人一定从来都不做梦，这只要看看他那猩猩似的额头就可以确定。他不做梦，黑人才不认识他，但述遗和他谈起黑人时他又一点都不陌生；他是根据一种奇怪的信念来看待世界的。今天一早述遗在门口溜达时泥瓦匠也出来了，泥瓦匠毫不把那修车的老头放在眼里，吆喝着要他将满地的工具挪开，说挡了他的路。老头在他面前服服帖帖、低三下四，述遗觉得他实在可怜。现在泥瓦匠将手插在裤袋里，自由自在地哼着小调，述遗看了又想对他大喊大叫一通。

"我的心脏又出毛病了，跳两下，停一下。"泥瓦匠说。

泥瓦匠说的总是述遗喜欢听的话，述遗看了看他那执着的猩猩眼睛，心里明白这个人是不受她脾气影响的，在这一点上他倒是同梦里的黑人差不多。黑人为什么要说自己就是这个修车的老头呢？述遗在夜里那些重重叠叠的梦之间穿梭时，到处都是通畅的，只有她回到做梦的小房间里时，那些钉子才出现。她很早就发现了那高而窄的小房间也是一个梦，一个外围的梦。时常，她爬上高高的窗户时自己就醒来了。泥瓦匠不仅洞悉她那些深层的梦，谈论起小房间时也像身临其境。他到底做不做梦呢？他自己说他从不入梦。难道述遗自己的梦全都实有其事？一天下午趁着姨妈外出时她还真的到阁楼上去搜寻了好一气，当然除了那些旧书以外什么都没发现。她不甘心地抱了一堆书下来，一下来力气就没有了，看都懒得看那些旧书一眼。过了几天她又去看那架梯子，梯子放在杂屋里，上面厚厚一层灰，根本不像最近有人动过。那么泥瓦匠谈论的和她梦到的莫非不是一个场景？他连房间的朝向、窗户的位置、墙壁的质量都说得清清楚楚的，他那双缓慢转动的眼珠如同摄像机；他甚至告诉述遗，有一个奇怪的黑色人种，他们并不是非洲黑人，只是本地一个偏僻小山村里的人。泥瓦匠的话题现在一转到述遗的梦方面，述遗就很苦恼，她总感到"撇不清"。

"述遗，述遗，你听，姨妈上楼的脚步声。你没注意的时候她就悄悄地上去了，还带着那套茶具。今天是个阴天，她的情绪不太好，为什么你不醒来陪陪她呢？我好像听见她又在哭，眼泪掉在茶杯里了。"黑人的话让述遗心潮澎湃，但她只想留在梦里，又想这梦越长越好。她的经验告诉她，只要一醒来，所有的冲动就会消失。她紧紧地闭上眼睛，但愿自己这一次可以像蝙蝠一样穿过一重又一重的梦，让自己的身体在穿行中消融。

姨妈已经和泥瓦匠商量好了一件事。他们俩在房间里轻轻地说话，说了很久。述遗坐在里面房里什么都听见了。述遗震惊地得知姨妈要出走。姨妈到底怎么啦？前不久她还说坐在家里真舒服，只要待在家中，就什么麻烦都没有呢。泥瓦匠说，他也想离开，可是心脏有毛病，走不了，近来他常在半夜发作，有几次都以为自己会死，还是挣扎过来了。又说要是姨妈到北方去的话，他可以给她提供几个朋友的地址，这几个朋友虽然头脑简单，性格粗鲁，为人却是很好的。述遗忍不住走到前面房里，她一出现，两人的话题就变了。有一个年轻人进了屋，他是泥瓦匠的侄儿，也长着猩猩似的额头。他朝述遗点一点头，谨慎地环顾一下四周，凑到泥瓦匠耳边说了句什么，泥瓦匠的脸立刻变了色，站起身和侄儿匆匆离开了。

"这个人完全没必要这么鬼鬼祟祟的。"述遗气愤地说。

姨妈什么都没说，垂着眼收拾桌子，将茶杯拿到厨房里去。

时间过去了好些天，述遗还是没有看见姨妈有任何行动。述遗开始向姨妈诉说自己在梦中的孤单感觉，询问姨妈是否能想起那个小房间，心里希望她能向自己透露点什么。可姨妈态度强硬，一口一个"记不清了"。

到了秋天，述遗才明白，根本没有人会出走。姨妈和泥瓦匠的变化是她没料到的：他们两个人都变得冷淡了，泥瓦匠不再上述遗家来，姨妈整天埋头于家务，搞得黑汗水流的，述遗想和她讲一讲话，她就敷衍过去，而且她的脑子也似乎是越来越糊涂的。以前的那种脆弱也在她身上消失了，她不再流露出伤感的情绪，完全成了个底层社会的老婆子。述遗一边帮姨妈做家务，心里一边惭愧，日子一长，竟什么话都问不出口了。

黑人的激情越来越高，话也越来越多，啰里啰唆的。而述遗，感到自己如同一只熟透了的果子一样汁液饱满。不知从哪天开始那间小房间里亮起一盏耀眼的日光灯，述遗在灯光下将面前的黑人看得清清楚楚。原来黑人并不怎么黑，只不过是乡下那种晒得微黑的皮肤，样子也很粗笨，一条腿还有点瘸。这样一个人，居然在漫长的岁月里编造了激动人心的姨妈的故事，还赢得了述遗无限的信任。梦里的事是不能解释的，比如她，一个半老的干瘪女人，现在不也激情高涨吗？在黑人的鼓励下，述遗终于打开房门向外冲去。她七弯八拐地跑过了很多的过道，就在焦急地寻找出口当中梦醒了。

"你在梦里喊了又喊，把我都喊醒了。"姨妈站在她床头不高兴地说。

"我们一定是在同一个梦里。"

姨妈冷冷地哼了一声，将门一摔就出去了。

她不可能是装蒜。泥瓦匠已经垂危了，述遗去看过他。他已经失去了那种洞察力，为晚期肺心病所折磨，像上岸的鱼一样张着口出气。述遗本想在他床边多待一会儿，但是那侄儿恶声恶气的，她只得离开。她还看见侄儿如同提起一条干鱼一样将他从床上提到地上站着，帮他换衣服。姨妈听说她从泥瓦匠那里回来，就讥讽道："你去找他释梦，完全找错了人。"述遗就在心里说："我倒是想和你谈，可惜你根本不听我的话。"随着泥瓦匠的去世，述遗找人倾诉的欲望彻底消失了。姨妈的身体还是很健康，脑子里却不再有丝毫怪念头。当她和述遗默默地坐在桌边喝茶时，一条阳光将大方桌分成两半，述遗恍然觉得对面的姨妈远在天边。

述遗逐渐学会了分身术。在冗长的梦里，她精力旺盛地冲动着，很快又开辟了新的空间。那种时候，黑人成了激发她活力的媒介。有时候，她会从那狭窄的窗口游出去，肆无忌惮地高声叫喊着："离开！离开！"她将那间房子远远抛在后面，她深深地懂得，此举是她唯一的途径了。醒来后她就不再去想梦里的事。她老练地打量着姨妈，自以为从她衰老的眼里看见了灵光一闪。

原载于《十月》1999年第5期

天空里的蓝光

阿娥在院子里玩"捉强盗"的游戏时,一块尖锐的碎玻璃割破了她的脚板,血涌了出来,她立刻哭了起来,一瘸一瘸地往家里走。在她的身后,孩子们照旧在疯跑,没人注意到她的离开。

阿娥一进门就止了哭,她打开柜子,从底下的抽屉里找出一条破布,将脚板缠起来。血不断地渗出来,她又加了一条布。她在做这些事的时候,一直惊恐地竖着耳朵,担心在后院修理木桶的父亲进来看见她。血很快止住了,阿娥解下那两条沾了血的布条,再用一条干净的布缠好脚板,然后站起来想把那两条脏布扔到垃圾桶里去。她刚一起身,门就开了,但进来的不是父亲,却是姐姐阿仙。

"那是什么?"她咄咄逼人,又有几分得意地指着阿娥的脚。

"不要告诉老爸。"阿娥哀求道。

"这么多血!你的脚!闯大祸了啊!"阿仙故意高声叫喊。

一瞬间，阿娥觉得天都要塌下来了，她急急忙忙将那两条破布藏进门后边的草袋里，一只幼鼠嗖地一下从草袋里溜出来，亡命地逃。她用力动了这几下，脚板又开始渗血了。阿仙仔细地观察了妹妹一阵，转身往后院走去。阿娥知道她找老爸告状去了，便胆战心惊地坐在竹椅上等着，她预料会有一场风暴。然而等了又等，父亲那边还没有动静，她于是想，会不会老爸太忙了（早上她看见有三个人来找他修桶），没时间来惩罚她呢？这样一想就有点放心了。她决定到柴棚里去度过这一天。她走的时候将那两条脏破布从门后的草袋里拿出来，跛着足一下台阶就将它们扔到了垃圾桶里，还从地上抓了两把枯叶盖在上头。

柴棚离房子有十来米远，里面住着阿娥的老朋友大灰鼠。一看见屋角那个草屑和破絮做成的窝，阿娥的心里就涌上一阵温暖，她知道那里面有几只小鼠，是早几天产下的，还没睁眼，昨天她趁大灰鼠外出觅食的时候偷看了那些几乎是透明的小东西。阿娥离老鼠窝远远地坐了下来。从柴棚里可以听到阿仙的声音，她到底在同老爸讲些什么呢？也可能他们是在商量惩罚她的事吧。而前面院子里，玩"捉强盗"的小孩们又在大呼小叫。

挨到下午，饥肠辘辘的阿娥终于忍不住了，她打算偷偷溜到房里去吃饭。她走进厨房，看见阿仙正在洗碗，阿仙满腹狐疑地瞪着她。

"饭菜都留在碗橱里，老爸一直在念叨你，我们还以为你出事了呢！"

阿仙的声音变得十分柔软，简直有点谄媚的味道，阿娥真是受宠若惊。阿仙快手快脚将饭菜在桌上摆好了，阿娥坐下来，宛如在梦中似的开始狼吞虎咽，一边听姐姐在旁边絮叨。

"阿娥呀，老爸说你会死于破伤风呢，你觉得怎么样啊？要知道妈妈就死于破伤风。我一贯不赞成你同那些野孩子玩，为什么你就听不进去呢？其实我早知道篱笆那里有很多碎玻璃，我去年在那里砸了几个酒瓶子，只是我没料到你会这么快受伤。不过话又说回来，你现在受伤了，我简直羡慕死你了。上午我看见你的脚肿得那么大，我就跑到老爸那里，他正在箍桶，头也不抬就问我是不是破酒瓶割的，还说那些酒瓶都是装过毒酒的，这下你没法死里逃生了呢。老爸的话弄得我心里很乱，一静下来我就想起你描花用的那些模板，你干脆都把它们交给我保存算了，你也用不上。我知道你和小梅好，她送了你那些模板，可是如果你不问她要，她就一定送给我了，你说是不是？你现在还要那些东西干什么呢？"

阿仙说到这里就皱起眉头，似乎想不通这件事，又似乎在心里谋划什么。阿娥洗好碗准备回房里去时，看见阿仙还站在灶台边傻笑，她就不理她，一个人先回卧房了。这是她和阿仙两个人的卧房，面对面放着两张床，床之间有个衣柜，上午阿娥就是从衣柜底下的抽屉里找出布来缠伤口的。现在她又打开柜子，掏出钥匙开了边上一个上了锁的抽屉，拿出那套模板。模板是桃木做的，光溜溜泛出红色，共有四件，可以描四种花样，都是用来绣枕头的，小梅告诉阿娥这是偷了她母亲的，前些天母亲还到处找呢。阿娥还不会绣花，但神奇的模板令她心醉，没事的时候她就用铅笔在旧报纸上描花，描了一张又一张，那种感觉妙不可言。她将那几块描花板抚弄了一阵之后，小心翼翼地放回牛皮纸的袋子里，然后锁上抽屉。伤口隐隐地有点痛，却不再出血了。阿娥回想起阿仙说的那些话，猛地一下有点吃惊：莫非自己真的会死？刚才她还认为阿仙是小题大做呢（阿仙从来不说谎）。还有老爸，每回她和阿仙犯了错都是给她们两巴掌，这一回倒真是例外了。是不是由于老爸优待了自己，阿仙才说"羡慕死你了"呢？老爸又干吗要把有毒的酒瓶扔在房子周围呢？阿娥想不清这些事，她懒得想，她一贯的办法总是挨时间。"挨过了这一会儿就没事了。"她总这样对自己说。有的时候，一件不好的事发生了，她就到柴棚里去躲着，睡觉，睡醒之后那件事就冲淡了很多。今天阿仙说的这件事也许是非同小可，不知怎么阿娥当时听了并没有怎么着急，现在回到房里再一重温那些话，才暗暗地有点急了起来，又怕阿仙看出自己在着急。她坐在床上，将脚上缠的布条拆开看了又看，看不出伤口有什么异样。她想，也许那块玻璃根本不是毒酒瓶上面的，老爸和阿仙都太武断了，简直武断得奇怪。阿娥决心走到村口去，只要她能走到村口，就说明根本没有问题，一个快死的人怎么能走到村口去呢？

父亲追上来的时候，阿娥已经走过了柴棚，快到小梅家门口了。

"你找死啊，还不回去躺着！"他很凶地吼道。

"我，我好好的嘛……"阿娥小声地辩解。

"好好的！就快有好戏看了！"

父亲始终板着一张脸，阿娥不敢打量他，像老鼠一样靠边溜。

"哪里去哪里去，不想活了吧！赶快死到床上去，死在外面没人收尸！"

被父亲一追一骂，阿娥的脚也不瘸了，急急地回到房里。她一推门，看见阿仙正在拨弄装着模板的抽屉匙孔，她用一根铁丝去套那把锁，听见开门的声音，她立刻扔了铁丝，一脸涨红了。

"你就这么等不及了啊，反正我快死了嘛。"

阿仙"嘭"的一声关了柜子，气呼呼地出去了。阿娥知道她又去找老爸去了。奇怪，老爸并不喜欢阿仙，两姊妹相比之下他反倒更喜欢阿娥一些，可这个阿仙，从小到大一直坚持不懈地在老爸面前讨好，哪怕老爸对她恶声恶气她也从不气馁。

阿娥躺在自己床上，闭上眼强迫自己入睡，她有点急于要自己睡着。一会儿她就迷迷糊糊的了。她在梦中误入了一片森林，走不出来了。林子里很冷，周围长着一棵棵参天大树，她接连打了好几个喷嚏，突然一低头，看见自己的脚被一根竹尖刺穿了，自己被钉在原地不能动，一阵难以形容的刺痛使她发出一声尖叫，于是她醒了。她的头发汗得湿淋淋的，但脚上的伤口倒并不痛，这是怎么回事呢？莫非梦里是另一个人踩着了竹尖，那个人才是快死的人？虽然脚板不痛，梦中的痛感却深深地留在记忆里。窗外的杨树被风吹得沙沙响，阿娥害怕再回到那个梦里去，可她不知怎么又很想回到那个梦里，以便搞清一些事。她就这样犹豫不决地半睡半醒，然而终于醒来了，因为阿仙在厨房里摔破了一只碗，弄出很大的响声。

阿娥到厨房去帮阿仙的忙，她正要去淘米，阿仙突然客气起来，从她手中抢下锅子，一迭声地说："你歇着吧，你歇着吧。"

她的举动令阿娥满腹狐疑。阿仙手脚不停地忙着,阿娥在边上看,她很羡慕阿仙干活的那种熟练派头,她自己怎么也学不会。现在她正聚精会神地用火钳将和好的湿煤滚成一个个小团子,一个一个沿灶膛垒好,她那只灵活的右手如同与火钳连为一体了似的,她的样子有点骄傲。

"阿仙啊,我做怪梦了呢,我梦见自己要死了。"阿娥忍不住说出来。

"嘘!不要让老爸听见了。"

"那不过是一个梦。"她又补充道。"不见得吧?"阿仙探询地看了她一眼又低下头干活。

吃晚饭的时候父亲一言不发,直到都吃完了,阿仙站起来收拾碗筷时,他才蹦出一句:

"阿娥不要到外面去了。"

"我好好的,我一点事都没有。"阿娥面红耳赤地争辩。

父亲不理会她,一甩手就走掉了。"真傻,真傻!"阿仙说,一把从阿娥手中夺过碗,"歇着去吧!"

小梅的家里亮着灯,一家人正在狼吞虎咽地吃饭。阿娥进屋后,小梅只是简单地朝她点了下头,示意她等着,就不再朝她这边看了。他们吃的是南瓜粥和饼子,个个吃得满面流汗,小梅的两个弟弟把脸都埋到大海碗里面去了。小梅的父亲和母亲也不朝阿娥看,他们脸上似乎都有点怒容。阿娥靠墙站着,站了好久。一家人吃完都到里面房里去了,只剩下小梅在收拾桌子。阿娥想,小梅真怪,现在爸妈都不在这里了,她怎么还是看都不看她阿娥一眼?她把碗都摞到一起,用两只手端着去厨房。阿娥也跟了去，不料小梅在厨房抓了块抹布又返身回来抹桌子，这就同阿娥撞上了。

"你快走吧，快走！我以后再去找你。"她急急地说，竟然用力将阿娥往门外一推。

阿娥从小梅家的台阶上摔了下来，她坐起来后立刻察看自己的脚板。还好，脚板上的伤口没事。一抬头，又看见小梅在焦急地朝她打手势，小声喊着："快走，你快走啊！"然后她就缩进去再不出来了。

阿娥现在真的感到有点危险了，想起父亲的命令和那神态，不由得打了个冷战。周围夜幕沉沉，黑地里有两个人提着风灯在急匆匆地走，他们很快就经过了阿娥身边，听见其中一个人说了一句："只要赶紧，总是来得及的，从前我们老家的人啊……"阿娥正要爬起来回家去，阿仙却又赶来了。阿仙气喘吁吁的，凑到阿娥脸上说：

"我不敢一个人待在房里。"

"老爸要打人吗？"

阿仙使劲摇头。

"怎么回事呢？"

"我在房里想起你的事，越想越怕，你为什么老在外面转呢？不过外面真好，这么黑，好像用不着害怕了似的。"

她很体贴地拉起阿娥的手，同她一道慢慢地在小路上踱步，使阿娥一下子大为感动。以前她一直认为阿仙在胡说八道，认为她挑动父亲来反对她，可是这一刻，她感到迷惑了，也许阿仙真的比她懂事，知道一些她蒙在鼓里不知道的事呢？她为什么把她阿娥该干的家务活全部抢过去代劳？阿仙从小头脑清楚，是个有心计的人，这一点阿娥领教过好多次了。这样一想，阿娥就对阿仙生出依赖的感觉，她把她的手握得紧了些，在心里嘀咕：万一有什么事发生，不是还有阿仙顶着吗？她那么贤淑，什么事都帮她安排得好好的，自己正应该依赖她嘛。想到这里，阿娥忽然发现自己一直在随着阿仙走，她们并没有走远，就绕着小梅家兜圈子。现在路上真是一个人都没有了，而山里刮来的风就像在唱歌似的。阿仙一直沉默着，她到底在想什么呢？还是什么都没想？

"我们到老爸那里去吧。"

转了好几个圈之后阿仙终于提议道。

她们走进后院时父亲正在黑暗中劈柴，发出的响声很有节奏。阿娥非常吃惊，不相信父亲在这样的黑夜里还可以看得见。事实却是，父亲明明在有条不紊地干活，就如同白天一样。

"老爸，老爸，我们害怕！"阿仙声音颤抖地说。

"怕什么呢？"

父亲放下手里的活，走过来和蔼地说。

阿娥看不清父亲的脸，他的声调让她放下心来，心想老爸已经不生气了。

"阿娥该不会害怕吧？阿仙要向阿娥学习才对啊。我在这里劈柴，满脑子装的都是你们两个的事。你们母亲去世以来，我总是提心吊胆的，有时半夜我都起来劈柴，要说害怕，应该是我害怕，你们有什么可害怕的呢？"

他说完这些又弯下腰去干活了。

那天夜里阿娥只要一睡着就看见那片森林，而她自己身处林中。开始的时候还只发现一只蝎子,到后来又发现到处都是蝎子,枯叶底下、树干上头、叶片后面都在探头探脑,她一次又一次地发出怪叫,惊醒过来,简直比死还难受。阿娥醒来时,往往赫然看见阿仙立在对面床上一动不动,好像在观看窗外的夜色。最后,阿娥不想睡了,她开了灯,浑身是汗地坐在床上。

"阿娥真勇敢。"阿仙的声音里有妒忌。

阿仙跳下床,挨到阿娥身旁,给她一条手巾擦汗。

"老爸沿篱笆撒那些毒酒瓶的碎玻璃时,我就在旁边,他不让我插手,他总是这样的。我白天对你说是我扔的碎酒瓶,那是虚荣心作怪。"

阿仙在沉思。阿娥忽然觉得阿仙的脸在灯光下变成了影子,就忍不住伸出手去朝她脸上抓了一把,她抓到手的东西却发出枯叶一般的碎裂声。阿仙立刻动了动身子,责备地说:

"你干什么呀!真不懂事。跟你说了好多次,指甲总是不剪。你猜老爸在干什么?听!"

阿娥什么都没听到。阿仙却紧张得不得了的样子,蹑手蹑脚地开了房门,轻轻地溜到了外面。阿娥懒得跟出去,就关了灯,坐在床上想心事。她不止一次地想到,要死死地睡一大觉醒来,那时一切都会改变。可她又怕睡着了看见蝎子,心里矛盾得很。然而迷迷糊糊的,终于挡不住瞌睡,就又走进了那片树林。这一回她紧紧闭上眼什么都不看,到醒来时天已经大亮了。

时间才过了一天,她就发现她脚上的伤口已经愈合了,可见她父亲和阿仙是在小题大做。虽然这样想,心里却并不轻松,夜里那些竹子和蝎子的梦总忘不了，那些梦又同伤口连在一起，每次都是受伤的这只脚被咬，被戳穿，部位也正好是伤口的所在，真是见了鬼。那么到外面去吧，去找小梅和别的人，也许小梅要割猪草，那么她就和她一道去割猪草，在割草的时候试探一下她，看看她对自己的态度有什么变化没有。

阿娥在家里剁完猪草后就去找小梅。

"小梅！小梅！"她伸着脖子喊。

屋里没有人应，一会儿却传来小梅父母的咒骂声，称阿娥是"扫把星"。阿娥只好从大门退出来，快快地沿着小路走，一会儿就走到了阿俊家。阿俊正在门前的菜园里平土。阿娥喊了她好几声，她才慢慢地抬起头，惊恐地左右环顾，一边做手势叫阿娥不要走近。然而阿俊的母亲出来了，妇人快步走到阿娥面前，一把搂过她的肩膀，仔细地端详她，口里说着："乖乖，乖……"阿娥很不好意思，很想挣脱出来，但妇人箍得紧紧的，不由分说地要对她表示亲昵。

"阿娥呀，你的父亲的手艺是不错，能赚不少的钱吧？不过我呀，不认为能赚钱有什么了不起，我也不想要我的儿女去攀附这样的人家，我不是那种目光短浅的人。我告诉你吧，一个人如果太高高在上了，他又知道很多常人不知道的事，那是要倒大霉的。其实啊，倒不如像我们阿俊这样，平平凡凡的，无忧无愁，像俗话说的：'知足常乐。'你的脚怎么样了？"

"脚？脚好好的嘛。"阿娥吓了一跳。

"哈哈，你不要骗我了，这件事在全村已是公开的秘密了。你想想阿仙那种人，她还瞒得住事情？看起来你有了这种事并不高兴，所以我说啊，还是平平凡凡的好。我总在想，你那老父亲，肚里打的什么算盘呢？喂，阿俊！阿俊！你锄到哪里去了，丢了魂啊？还不去喂猪！"

她突然松开阿娥，冲着阿俊吼了起来。阿俊立刻扔了锄头，撒腿往屋里跑。

阿娥想走，妇人攥紧她的肩头不让走。

"你的姐姐阿仙，是个好奇心很强的人，把自己搞得那么憔悴，我一点都不欣赏她，也不准我家阿俊同她来往。讲到你可就是另一回事了，你让我着迷。你笑一笑给我看看，笑一笑！啊，你不会笑，可怜的孩子，那家伙对你太严厉了。我不能放你进我的屋，阿俊毕竟有阿俊的生活道路。你父亲搞的那种勾当，大家都清楚，都想知道他会搞出个什么结果来，这就叫'拭目以待'，你懂得吗？"

"不懂！不懂！"阿娥用力挣扎着。

妇人将她的肩膀攥得更紧了，嘴巴贴到了她耳朵上。

"原来你不懂！让我来教你吧，听着：不要由着性子在外面乱走，待在家里的时候，不要睡懒觉，时刻张起耳朵听你父亲的动静。这种事一开始会不习惯，时间长了就好了。"

阿娥扭着脖子从妇人肩头看过去，看见阿俊和小梅站在屋门口讲话，两个人都很兴奋的样子，双手比比画画的。阿娥想起从前同她们在一起玩耍的好日子，心里很凄惶。"小梅！小梅！"她绝望地喊道。

小梅愣了一愣，又装作没听见的样子继续同阿俊说笑着。

"你这个小丫头，真是不可救药。"阿俊的母亲咬牙切齿地说。

突然妇人猛力在她背上抠了一把,痛得她眼前一黑,坐倒在地上。

到她再睁开眼的时候,妇人不见了,阿俊和小梅也不见了,就好像她们刚才不在此地一样,只有她背上的疼痛提醒着刚刚发生的事。阿娥回想起妇人说的关于父亲的那些话,虽然不太懂,也知道不是什么好事。经过了刚才这一场,她已经打消了找同伴的愿望了。她全身无力,努力了好久才摇摇晃晃地站了起来。刚才那妇人一定是损伤了她的背部,真阴毒啊。阿娥流着泪慢慢往村口走去,不知怎么她心里怀着那个倔强的愿望:一定要走到村口啊。她就像是在同她的老爸、同阿仙较劲似的。她走一走,歇一歇,路上一个人都没有,家家门口静悄悄,若不是走在熟悉的村子里,她简直怀疑自己到了外地。就连往常牛吃草的那一片坡上,现在也是一头牛的影子都不见了。阿娥终于走到了村头的老樟树下,她靠着树干想休息一下,可是周围的这种死寂又渐渐让她恐慌起来。树上有一条棕色的长蛇,荡来荡去的,朝她吐着信子,梦中的可怕情景突然全部重现了,她抱着头往回一阵疯跑,跑了好远才停下来。坐在地上脱下鞋一看,倒霉的伤口又裂开了,还有点红肿。

"阿娥快回家吧,时间已经不多了。"

她一抬头,看见父亲在她上头。真奇怪,难道老爸在跟踪她?

"我走不动。"她畏怯地抱怨道。

"来,我背你。"父亲说着就蹲了下去。

阿娥趴在父亲出汗的阔背上,思绪万千。她将小而薄的耳朵贴在父亲的躯体上,清晰地听到了男人的啜泣声。但是父亲并没有哭,那么这声音是从哪里来的呢?父亲正在数落阿娥,又说起装毒酒的瓶子;阿娥却在聚精会神地捕捉那种哭声,所以她完全不在乎父亲说些什么了。

父亲背着阿娥走了又走,阿娥发现他们不是向家中走去,却是从一条岔路往河边走。阿娥起先有点惊恐,但父亲背部发出的哭声像磁石一样吸引了她的注意力,她忘记了危险,也忘记了对家人的怨恨,一切一切都离她远去了,她凑在父亲的脖子后头轻轻地说:"我的脚已经不痛了。"

父亲笑了起来。这时他俩已到了河里,河水淹到父亲的脖子,阿娥用力撑着父亲的肩头将自己的脸露出水面,父亲的大手却轻轻地将她往水下拉;她听见顺着河风吹来阿仙哀怨的哭叫声,心里想,阿仙也许是妒忌自己吧?她闭上眼睛,在睡梦中喝了好多好多的河水,她奇怪自己不用眼睛也能看到天空里的蓝光。

阿娥第二天醒来得很晚,太阳都已经照在蚊帐上头了。

阿仙一动不动地站在床前看着她,那张脸新鲜得像早晨开放的南瓜花。

"阿娥,你已经完全好了,快起来剁猪草,这两天我都累死了,该我休息了。那副描花模板,小梅昨天来找你要回去,你睡着了,我就从你口袋里找出钥匙开了抽屉,把东西给了她。没想到她寻思了一下,又将模板送给我了,天晓得她心里怎么想的。不过说实话,你拿了它又有什么用呢?你又不会绣花。"

"是没有用。"阿娥的声音轻飘飘的。

原载于《山花》1999 年第 9 期

追求者

我是一只杂种白猫,我血管里流着波斯猫和中国土猫的两种血液;我身上的毛长长短短的,不整齐,但总的来说属于蓬松的,而不是光滑的类型;我的眼睛一只是浅蓝色一只是土黄色;而我的性情,有时忧郁沉默,有时又爱吵吵闹闹,同人计较;我踱起步来像一位王子,但吃起饭来又像一个乞丐。我在主人家过着优裕的生活,饭来张口,鱼来张口,肉汤来张口,牛肉干来了也张口就是。记不清是哪一年了(我讨厌人用日历来计时的办法),我的主人为了让我过上现在这种单纯的生活,在我刚刚步入青年时代就为我做了阉割手术。被横蛮地绑在白色的手术台上,我看见执刀者是一个满脸长着灰毛的恶棍,他用一根针在我身上扎了一下我就什么都不知道了。醒来之后我对主人充满了怨恨,拒绝进食达一天一晚(后来终究抵挡不了鱼汤的香味),我甚至计划要逃离这个家。平时主人从不让我出门,可那一天他在门口修他的自行车，门没关好，我就悄悄地溜到门外侦察了一番地形，又悄悄地溜回来了。外面的情形把我吓坏了，人来人往，噪声充斥于耳不说，哪里找得到吃的东西呢？我不甘心，后来又尝试了几次，每次都是灰溜溜地回来了。说老实话，外面这个吼着叫着发了疯一般的世界同我记忆中的完全不一样，我的这份记忆也许是祖先传给我的，那是一个沉默的世界，里面注满了不解之谜。我一贯优柔寡断，心情变化无常，所以经过许多日日夜夜的彷徨和几次失败的尝试之后，我打消了逃跑的念头，安下心来打算同主人过下去了。我慢慢地回过头来想，我干吗要如此愤怒呢？不过就是被剥夺了一种欲望而已，以我目前的这种生活方式，我的性欲是不可能满足的。试想如果主人再引进一只母猫来同我交配，我们就会不断地生产小猫，主人窄小洁净的房间就会变成动物园（我听主人说起过那种地方），最主要的是目前的宁静和单纯就会被彻底打破，我将失去我个性中的高贵，沦为一只俗不可耐的土猫，即使有的时候，我也确实很想痛痛快快地沦落一次，但那只是一种设想而已，根本实行不了。主人的这一着有点像人说的"快刀斩乱麻"，一下子就砍掉了我身上那些麻烦的关系，让我变得纯粹起来了。我这样想的时候，不知不觉地有点佩服他的预见力以及他那种残酷的果断性。我们猫，是不习惯于像人那样"三思而后行"的，我们总觉得人那种心事重重的样子很可笑，我小的时候常和姊妹们在一起嘲笑人的这种习性。主人这次行动确实是他三思而后行的结果，只是果断得让我一时转不过弯来。

　　阉割手术之后，我的性格渐渐地发生了一种变化，我的全部的欲望都集中到了食欲上头，我变得专注而又神经质。我大部分时间都像等待猎物出现的家伙一样，屏住呼吸细听。这一切都是为了什么呢？只为了一件事：吃。说来也好笑，为了这件普通的事用得着这样吗？这屋里又没有同伴同我争食，我完全可以慢慢地从容地享用我的美味嘛。但事实是，我体内发生了很大的变化，我的食欲日甚一日地变得穷凶极恶了。有时我想，这种可怕的食欲总有一天要把我弄死才罢休。不论何时，我的眼睛总跟着主人转，我揣测他的行动到了这样的地步：他一站起身，我就认为他要到厨房去帮我煮食，于是跑在他前面（当然大部分时间他没去厨房，却是去了澡堂或书房，弄得我很失落）；他一开冰箱我就认为他要拿出鱼来（而十有九次他总是拿他的饮料，搞得我愤愤的）；他从外面进来还刚走到楼梯口我就死命地叫，我想他一定给我买了好吃的，我要用叫声促使他马上拿出来给我吃；有时他沉溺于自己的思想，坐在那里一动不动，我就在房里大闹，将墨水瓶倒翻在桌子上，以使他注意我的饥饿状态。主人对我的这一套也很熟悉，他从不以我的意志为转移，该干什么就干什么，对于我的无理取闹则时常用棍子来教训。为此我曾经很悲哀，特别是有一次他打得我的脊梁骨痛了好几天的时候。但要我改变我的思维方式却是不可能的，这种方式早已成了条件反射，我想不出主人不把我的食欲当成天下第一大事的理由。我的思路是：难道可以不这样吗？而不是：主人会干什么？因为主人是一个千古之谜，我从到他家的第一天起就认定了这一点，我的一切揣测全都只能从我自己出发，也许这样的揣测与他无关，但另外的揣测方式我绝对想不出来。不错，我常为自己的思路吃苦头，但这苦头里包含着希望，也就是一定要感化主人的希望。主人则用他的棍子告诉我：他绝不被我感化。现在我已经如此敏感，主人哪怕在沙发里稍微动一动（他老是睡在沙发里头思考），我也要跳起来大喊大叫，然后朝厨房冲去，为的是诱导他记起那件事。当然他每次都不上我的当，照旧在暗淡的灯光下皱起他那狭窄的额头，继续他严肃的思索。

在我的记忆里头，猫们都有一个终生的事业，它们会在年龄的某一个阶段发现自己的事业，并为之付出一切。看来我的事业就是吃的事业，就是满足我那饥肠辘辘的肚子，我的主人用对我进行阉割的方式将我推上了追求之路。但他又为什么对我的追求如此鄙视，把我的目标看得如此微不足道，好像要抹杀那件事的存在一样呢？我不能理解，也不想做深入的猜测，那不是我的能力范围。我私下里给主人取了个绰号叫"冥想者"。他除了买菜做饭、清洁房间之外，一天的大部分时间都躺在那张破旧的沙发里头，看着天花板，眼珠子骨碌碌地转。我刚刚被他收留的时候，他偶尔还心不在焉地同我玩一玩（总是那种千篇一律的玩法：将他的一只拖鞋扔给我，让我练习追捕），很快他就对我不管不顾了，除了每天照顾我两顿饭一条鱼。我的主人家里从来没有客人来，在这里我只见过一个外人，那就是房东。那个佝偻的小老头，主人每回都将他拦在门口的过道里，他们匆匆交谈两句；房东是来收房租水电费的。房东一走，主人就"咚"的一声倒在沙发里，用手捂着自己的额头呻吟老半天，似乎是那人身上的气味熏得他头痛。而我并没闻到什么气味，说起来，我们猫的鼻子比人要灵敏好多倍呢！最让我恼火的是敏感到这程度的主人对我的需求居然又麻木不仁，我常常用我们猫的语言冲着他大喊大叫，我说一条鱼是绝对不够的，这简直是对猫的慢性虐杀，饥饿在夜间把我折磨得痛不欲生；我还说两顿饭的规定无异于刑罚，人在整整一天中的饥饿中受苦，只有两次十几秒钟的缓解，那些随时可能得到食物的野猫的生活对我来说已无异于天堂。我不知道主人听不听得懂我的表达，每当我这样狂叫时，他的脸上就出现那种沉痛的表情，是为他自己还是为了我呢？他在沙发里头陷得更深了，那一半遮在阴影里头的瘦脸甚至有些狰狞，于是我往往由于害怕停止了叫声。然而夜晚是多么难熬啊，我不习惯夜里睡觉，可又学不会主人那种沉思冥想的本领，我只好从房间的这头走到那头，不时地站在厨房门口叫几声，我还用爪子沿着食品柜的门仔细地刨，看看主人是否忘了将它关死。有一次我意外地在垃圾桶里捡到一个鱼头，当然我立刻就将它消灭了，可惜这样的意外收获很久才有一次，而且往往是美味刚一消失，懊悔便随之而来——倒不如没有找到它，痛苦还小一些。当我夜间如此虔诚地追求我的事业的时候，主人在干什么呢？他的房门关得那么死，我凑在门缝里听，什么都听不到，我用爪子刨得门响，里面也没有回应，每天夜里他就像从这个世界消失了一样。我只有从他早上起来的样子，才能推测出他所度过的是最为混乱的骚动之夜；他脸泡眼肿，头发像钢针一样竖起，颧骨上不时有被撞成青紫的伤痕，开裂的指甲缝里时常渗出血来。这个时候他最不喜欢我打量他。有一回我趁他没注意从后面打量他，没想到他猛一回头，一把抓住我，扼住我的脖子，眼里射出两道寒光，弄得我以为自己的末日到了。但他很快又松了手，仍旧看着我，目光变为深深的困惑。然后他就在我身上找起东西来，他将我的皮毛翻了又翻，像是在找跳蚤，但又绝对不是找跳蚤，因为我知道自己身上根本没有跳蚤。他在我身上翻弄时，我很不耐烦，又觉得有点滑稽和好奇。我虽骨子里尊敬他，却又经常对他的某些想法不以为然，比如现在，他到底要在我身上找什么呢？莫非我身上有他永远无法理解的秘密？我认为他是贪心，是自讨苦吃，以他那种没有限度的冥想推理能力，还有什么事情是他没有掌握的呢？后来他找累了，就坐在那里，发出一声长长的叹息，脸上出现沟一样的皱纹，他推开我，重又回到他的卧房，关紧了房门。他的举动让我有种空空落落的不踏实感；而他因为这番举动竟忘了给我喂早饭了！我狂怒地咆哮起来，发出从未有过的奇特的声音，并且发了疯一般地刨门，将门上的漆都刨掉了好几块，心里懊悔得要死，发誓再也不管主人的事了。我度过了一个酷刑般的上午，像婴儿一样哀哀地哭着，而他，一直到中午才去厨房帮我弄吃的。同样的事还发生过好几回，一次比一次痛苦。我的凄惨的事业将我推到了崩溃的边缘，面对这样一个冷冰冰的主人，我无计可施，只能在忍耐中调整自己的心态。我想，既然事实已证明了他是绝对不可改变的，我就只好改变我自己了。

然而我怎样才能改变我自己呢？莫非我可以消除自己对食物的欲望吗？以我现在的情况，那等于是要我死的另一种说法，我可不想死。我虽无法消除自己的欲望，是不是可以变成另外一只猫，比如说，我童年时代最讨厌的一只怪猫呢？我记忆中的那只猫吃起来奇贪无比，但从来不显山不露水，有时倒好像他是食物的天敌似的。我突然冒出了这种想法，这绝不是通过冥想产生的念头（我已经说过我不爱思想），而是痛苦的逼迫让我一下子变深刻了。我的很小的脑袋里居然会冒出这种念头来，自己绝对料不到；我还说不清自己要怎么做，但已经在跃跃欲试。

主人近来变得有些暴躁，忧郁症快要把他拖垮了。他从沙发里头撑起瘦长的身子，用手捂住单薄的胸口喘气，然后往厨房慢慢走去；这时我便一跃而起，插到他前面，然后在厨房绕着他转来转去，心急地叫喊。不料主人如同在梦中似的弄响了一下我的饭锅，竟又缩回他的手，忘掉了他应该做的事，转而迈步出了厨房，往厕所方向转身了。我愤怒地奔出厨房，挡在主人前面，抗议地朝他叫了又叫，我差点要咬住他的裤脚了。这时他忽然脸上变了色，挥起一脚踢中了我的头部，我立刻晕了过去。我醒来的时候已经是黑夜，我就是在这个沉痛的教训之后坚定改变自己的念头的。我觉得主人一定是在长期的孤独生活中变态了，所以凡对世俗的东西都有种反常的憎恨，我的食欲一定是每时每刻激起他的厌恶，他才会把我往死里踢。现在我要想实现自己的追求的话，必须摒弃这种赤裸裸的、直截了当的欲望表现，把自己深藏起来。

第二天是一个太阳天，我昏昏沉沉地睡在沙发后面，被踢过的头部肿得厉害，一只眼都快睁不开了。我听见主人从卧室往厨房走去，我立刻就条件反射地站了起来，但我忽然又强使自己躺下不动了。厨房里飘出鱼的香味，大约主人觉得诧异，就走到我睡觉的地方来察看。我见他来了，就装出痛苦不堪的样子半闭着眼喘粗气，其实被他踢过的地方已经不太痛了，真正的痛在肠胃里头，但我必须克制自己，把戏演到底。主人见我没动静，就回到厨房将我的饭盆端了过来，放在我嘴边，我一眼瞟见饭盆里多了半条鱼，简直心潮澎湃起来。我的全身厉害地抖动着，主人以为我是伤口痛，就拿我最爱吃的猫药来喂我，他用调羹用力撬开我的牙齿，将和着水的猫药（一种树上的果子制成的，令我们猫类兴奋无比的粉末）倒进我的喉咙，我真是通体舒畅！可惜那舒畅只延续了一秒钟，我又发起抖来。我不敢对饭盆里冒着香气的鱼望一眼，我怕自己要发狂，于是我就翻转身去，背对着主人呻吟着。好不容易等到主人离开了，我才开始享用我的美味，我百感交集，一边狼吞虎咽一边发出"呜呜"的声音。饭吃到一半的时候我忽然警惕起来，我猛地一下停止，英勇地离开盆子走到房子的另一角去躺着。我是那样地想念我的食物，难受得全身弓作一团，死死抱住自己的头。

接连好几天都是这同样的情况。主人做的饭食越来越美味，分量也更多，后来又由两餐改为三餐。而我，做出一副厌食的样子左嗅右嗅，很不情愿似的吃上几口，并且吃着饭就真的睡着了。说出来这种事你也许不会信，但不能令人信服的事偏偏发生在我身上（后来我分析自己在吃饭时睡着的原因时，把这种现象归结于我那极度疲乏的身体状态，我被我的事业累垮了，到了稍一兴奋就进入睡眠的程度）。我也不知道我是怎样做到这一切的，只知道自己正在糊里糊涂地发生变化。我对于自己的这种克制行为产生了迷醉，尤其是在享用美味的时候进入梦乡，要知道那是些什么样的梦啊！天上飞的、河里游的、地里长出来的，全部都是各式各样的鱼，鲜鱼、烤鱼、鱼羹、鱼丸、鱼饼、鱼汤，我的天！被这些美味包围着，我从早吃到晚，越吃越吃不饱……一次从这种幸福的梦中醒来后，我竟忘了面前的半条烤鱼，一心只想返回幸福的梦里！由于我在食欲方面的变化，主人的态度也彻底改变了。他不断为我的饮食操劳，一反过去的冷漠，显得满腹心事的样子，但我知道他的努力全是白费。饭盒里的美味越是好吃，越是分量多，我越要做出丝毫不感兴趣的样子，甚至厌恶的样子，有时我嗅来嗅去的，一点都没吃就走开了。这时主人的额头上就出现很多皱纹，他将我抱起来仔细察看我的皮毛，还掰开我的嘴检查我的喉咙，而我，一个劲地在他手中挣扎。他终于放开我，满脸的失落感，他找不出我的食欲消失的原因，他的推理显得无能为力。当然等他离开后我还是要去吃饭的，只不过不把饭吃完，吃一半，或浅尝几口就丢开，吃的时候也不再呜呜乱叫，不再是贪得无厌的模样，而是尽量东想西想，吃两口又转过身闭上眼，促使瞌睡快快到来。这已成了我的新习惯。为什么要让瞌睡到来呢？因为梦里有鱼，有红烧肉，有牛肉干，简直要什么有什么！去他的主人吧，为了一两条鱼就抠抠搜搜的，这种人哪里配有什么高尚的思想？一个连最根本的欲望都要否定的，心理阴暗的家伙，现在已不值得我尊重了，我就是要让他着急，让他围着我转，让他猜不透我的心思，让他那套逻辑见鬼去！且慢，让我去卧房外面听一听……这个人正在收拾他的皮箱，莫非他要丢开我远走高飞？天啊，可不要这样！

原载于《人民文学》1999 年第 10 期

顶层

"住在三十层楼房顶层的人们夜里睡觉时会不会有烦恼呢？"从前我经常思考这个问题。我住在喧闹的市中心的办公室里，我的办公室就是传达室，里面一张桌子，三把简易折叠椅，一张床。我在桌子上收发信件，夜里睡在床上。我看守着这栋三十层的公寓楼，这栋楼里人人都认识我，他们叫我老朱。

每天，这些熟悉的面孔都在我面前来来往往，他们都是些沉闷的人，就连小孩子都是垂着头走路，书包将背压得弯弯的，一脸老气。当他们出了大门，走远了的时候，我心里就有种解放的感觉。

有一天半夜我睡不着，就爬起来乘电梯到了顶层。我站在狭窄的楼道里，周围有六户人家，都紧紧地关着门。我的目光转向窗外，在下面，城市在闪闪烁烁，如同草丛中藏了很多萤火虫，真是世外桃源啊。我正打算下楼时，右边的一扇门慢慢打开了,一个年轻人的身子从门里探出来。他一点都不吃惊地看着我(在这夜半时分!),他甚至还用责备的眼神打量我(我不知道他因为什么事对我不满)。他是一个三十岁左右的人,姓马,他的目光浑浊、迟钝。虽然我每天在传达室看见他,心里还是无端地有点害怕,我竭力挤出一个笑容,匆匆地说:

"啊,对不起,我要下去了,再见!"

"站住!"他命令道。

现在他完全站到了门外,在楼道的灯光下显得很兴奋的样子,他只穿着短裤和背心,虽然初夏了,这楼上的穿堂风也够冷的。

"你既然来了,就该陪陪我。"他很干脆地说,朝我走近了几步。

"睡不着吗?有烦恼?住在这样超脱的地方还心情不好?"

我掏出香烟,递给他一支,但被他拒绝了。

"有很可怕的事。"他一个字一个字地挤出这句话,突然又大发脾气地说,"这种地方怎么能住!可以说根本就无法入睡!真是没有尽头的煎熬啊!"

一阵风吹过来,他冷得缩成一团,却还是坚持站在那里不动。我知道他是单身一个人,也从未见他带女朋友回来,就提议去他房里坐一坐,反正我也睡不着。他迟疑地望着我不肯去开门,口里反复地说:"可怕!可怕啊!"

"谈一谈吧,将心里的事讲出来就好了。"我同情地说,伸手去拍拍他的肩头。

我的手一挨上他的肩膀他就往后一跳,吃惊地看着我。

"我可不喜欢别人来碰我！不过你倒是可以进房里来看看那个可怕的东西。"

他面对着我向后退，伸出一只手从背后开了门，他这种姿态让我很不舒服。

"你进来，你进来。"他在门口侧着身子用一只手把我往里扒。

这是两间的单元房，房里没开灯，我们置身的这一间大概是他用来做餐厅的，这一间的后面才是卧室。黑暗中弥漫着剩饭剩菜的味道，小马说灯泡坏了，随即拿出一只手电筒朝天花板上乱晃了几下。我坐在他随随便便用脚踢过来的椅子上，心里感到十分压抑，压抑当中又有种蠢蠢欲动的好奇心。这个人，夜里被恐惧折磨得那么苦，他把我喊进来总不是为了耍弄我吧。他在餐桌前站了一会儿，告诉我他现在还没有勇气带我去看那个可怕的东西，他已有两夜未合眼，精疲力竭，既然我进来了，不妨充当一会儿他的守卫，以防他睡着了后屋里出什么事。他说着就走进了里面那间房，还特地闩上了门。我看见灯光黑了又亮，重复了三次，像给谁打信号似的，然后就静悄悄的了。

真荒唐啊，我傻瓜一样坐在这间脏兮兮的房里，而他在里面睡觉。我当然可以走，这个年轻人不过是夜里睡不着觉而忽发奇想把我叫了来的，我用不着对这种玩笑太当真。虽是这样想，我还是像中了邪一样坐着没动，大概里屋的人也估计到了我不会走，见鬼，他怎么估计到的呢？我站起来伸了伸腰，然后走到窗前，打开窗子，让一股风吹到我的脸上。我向下一看，真奇怪，到处都是灰灰白白的一片，什么都分辨不出，和我在过道窗口看到的完全是两样。这种灰灰白白的风景给我的感觉很不好，我连忙关了窗子，退回到那张椅子上。我有点意识到了，大概住在这么高的楼层的人看到的夜景是令人很不舒服的，难怪这小马要失眠。我将耳朵凑在小马卧室的门上听了一会儿，听见他正在里面打鼾。看来我实在是该走了。我轻手轻脚地绕过桌子向房门走去，然而我开门的声音还是惊醒了他，卧室门立刻大开，灯也亮了。

"站住！"他在我身后说，"过来！"

我转身回来，进了他的卧室。我看见他的床比狗窝还乱，到处是失眠的痕迹，毯子垂到了地上，枕头下有两只啃了一口的苹果。甚至有一只皮鞋到了床上。他打着手势让我跟他走到衣柜后面，那个角上放了一只大铁桶，铁桶里装满了脏衣服。

"搬开这个桶子，"他命令道，"然后朝下看。"

我弯下腰照他说的做了。桶子下面是一个洞，我凑过去一看，马上又弹了回来，全身无力地坐倒在地上。一瞬间我深深感到我是个意志薄弱的人，"如履薄冰"这句成语反复地在我脑子里出现。我看到的景象太难以形容了。总之，我看到了这栋大楼的内部结构，从三十层一直下到第一层，情形万分的危急，楼房的倒塌在即。现在我的腿子发软，连走出这间房子都不可能了。我的理智一定是不起作用了，不然我应该想到，我看到的一定是一种幻觉，完全不可能的事。

我从眩晕中恢复过来时，发现小马正伏在地上，将头部伸进那个洞去细细察看。他看一会又扭转脖子面向着我，口里感叹着："啊，这种折磨，像一把锯！你说谁能忍受得了？啊，这样严重的事，哎哟哟！"他的脸拉得长长的，给我一种骷髅的感觉。房间里的地面发出"喳喳"的响声,摇晃开始了。我闭上眼,等待那件逃不脱的事;我等了一气,晃动仍然很轻微,不聚精会神就感觉不到。小马还是伏在地上唠唠叨叨,那种样子就像在同情人谈话:"为什么一点都不放松?摆来摆去的,像个荡妇,干吗你?以为我离不了你吗?我早看出你想绝了我的路,呸!怎么,你又发出那种声音了,公墓里头的回音一样,第十五层的天花板处已经开始崩溃了吗?啊,啊,我实在是不放心啊……"

我的神志渐渐恢复,我打算趁他同那洞穴或洞里的怪物交谈之际不辞而别,我轻轻地走到门口。但他太敏感了,什么都瞒不过他。

"站住!想来就来,想走就走吗?"他扭转脖子严肃地说,但很快又厌烦了,挥着一只手道,"快走!快走!我没有心思管你了。"

电梯往下降的时候,我以为末日来临了呢,我居然呜呜地哭出声来。什么乡下的儿子啊,退休金的问题啊,藏在墙壁洞里的存折啊,十三楼房客借去的五十块钱啊等等要紧的事全不在我心上了,我一心一意等着那撕心裂肺的一声巨响。可是电梯只是像平常一样轻描淡写地响了一下,指示灯提醒我到了。我慌慌张张地走进办公室,倒在床上就睡。

早上上班的时间很快到了,人们纷纷从办公室窗前经过,吃惊地将头伸进来打量我,那些小小的脑袋很像骆驼脑袋。我睡我的,我顾不得这么多了,让他们去说闲话好了。最难受的是睡不着,夜里看见的景象太恐怖了,那个洞一直就通到我的办公室,也许此刻那姓马的小子正在看我呢,还有什么他看不到的东西啊。我咂吧了一下嘴。想道，活着还有什么意思呢，这么大一栋楼里的人全糊里糊涂，只有一个夜鬼是清醒的，我们这些人死了还不知是怎么死的，还有比这更可悲的事吗？可是我又离不了这里，连乡下的儿子都等着我把他接到城里来呢。我的老家在戈壁滩边上，那种地方啊，火烧云倒是漫天飞舞，要找一棵树却得走上十几里路。我在每封给儿子的信里都嘱咐他千万别出门，以免被沙暴掩埋。我就这样在床上翻过来翻过去地贴烧饼。

我躺了三天，桌上邮差送来的书报都堆成了山，房客们敢怒不敢言地从窗口看着我，让他们看吧，这些白痴，他们找不到人来接替我的，谁能像我这样一天二十四小时守在这里，拿最低的工资呢？他们心里明白这一点，所以才不敢来指责我。现在他们就是解雇我，我也不在乎了，说不定还是种解脱呢，否则不就会被压在这座大厦下头吗？第三天下午我看见那些房客开始交头接耳了，大概他们的忍耐力到头了吧。就在这个时候，我忽然又对这栋楼生出了深深的眷恋。我在这里工作二十年了，每个人都熟悉我；几乎每天，我都要乘电梯上楼去遛一遛，我不进人家的房间，就在过道里站一站，看看城市的风景；我还整理那些信件，将它们排列在窗户的玻璃上待人来取，每封信上的地址姓名我都仔细地看一看，把它们记熟，在脑子里排队；如果来了陌生人，我就缠住他左问右问，一心想要他露点马脚出来，也好显示我的权力。在我的心底，我认为这样的生活是很有意义的，这种感觉一直保持到三天前。那么现在一切是如何改变的呢？就因为那天我脑子糊涂，在顶楼房客小马的诱骗之下去了他家里,他让我看了他房里的一种奇怪的景象吗?很有可能那是他设下的骗局,三十层楼上怎么会出现那样的洞穴呢?也许是他趁我头脑不清醒,通过心理暗示让我脑子里产生了那种古怪的画面。想到这里我就一下子坐起来了。我坐起来时,正好小马走进我的办公室。小马的样子大大改变了,他穿着西装,打着鲜艳的花领带,脚下是崭新的皮鞋,头发梳得溜溜光,乍一看,我还以为是小马的兄弟呢!

"你这老家伙,居然装起病来了,白白浪费大好的时光!"他重重一巴掌拍在我背上。

"你把自己打扮成这个样子,会女朋友去啊?"

"当然啊,"他在我耳边悄悄地说,"我们的时间都不多了,要抓紧享受生活啊。"

他想起了什么,一看表,猛地一转身。雄赳赳气昂昂地往街上走去。他一走我就恢复了正常的工作,房客们自然如释重负。

小马那天在外面荡到半夜才回来,他的新西装被人扯破了,右边脸颊上有四个紫色的指头印,一只眼肿起老高。他走进来往我床上一倒,用带哭腔的声音不断地说:"窝囊呀,窝囊呀,倒不如死,倒不如死……"我看着他这副样子,回想起他伏在地上同那洞穴对话的景象,模模糊糊地感到了一些东西。

"你和我上去看那个洞吗?"他忽然用十分镇静的声音问道。

我们站在电梯间里时,他始终用两只手轮流捶打自己的头,又死命跺脚,好像恨不得跺出个窟窿来让自己掉进去似的。我跟着他出了电梯又进了他的卧房,我看着被收拾得精精致致的卧房大吃了一惊。他却不珍惜自己的劳动,往床上一倒。两只脚一阵乱抖就将皮鞋抖在床上了。

"你再去那边搬搬那桶子看。"他双手枕在脑后，嘲弄地对我说。

我走到大柜边上那个深洞所在之处，用两只手去提那铁桶。没想到那铁桶像生了根似的一动不动；我又将桶子的底部仔细看了一下，并没发现什么螺丝之类的东西将它固定在原地，到底是怎么搞的？我朝它踢了几脚，它还是蔑视地一动不动，将它下面的洞遮得严严实实的。

"没想到吧，"他冷笑一声，说，"那洞里有股强大的磁力，铁桶被吸住了，靠人的这点可怜的力气是搬它不开的。只有当我漫不经心的时候，磁力才会自动消失，就像上回那样，但是现在我的心情太急切了，所以它就拒绝我了。这下你明白了吧，它不是一个安慰，它不能安慰人，安慰这样的字眼太庸俗了。"

我觉得他处在极其混乱之中，这个可怕的深洞，这个将他吓得脸发白的魔窟，的确是他的安慰啊，人遭遇到了这种事该怎么办呢？我不是也被卷进来了吗？他很严肃、很忧郁地看着我。

"你今天上哪里玩耍去了？"我说，想转移一下他的注意力。

"我能去哪里呢，还不是我父母那里，我早上一时心血来潮就想重新做人。开始那半个小时还好好的，后来我就原形毕露了，不知怎么就和两老扯打起来，他们真是把我往死里打，说要'好好教训一下这小子'。后来邻居还报了警，因为挨打丢丑的是我，警察就不好再拘留我了，要不然我现在就在拘留所。我躺在这里就忍不住深思这件事：我是怎么变坏的呢？我看啊，根子还在那个洞上头。每回我看过了洞里的景象之后，就变得浑身是胆，像一头牛一样有劲,不过这只是种幻觉,一遇上事我就变成了乌龟。洞里那些风景就是让乌龟生出狮子胆,一种徒然的英勇。这样的事你能明白吗?"

"我不明白,不过我觉得很有意思。"

"站在干岸上对落水人说风凉话当然有意思嘛。你还是等夜里再来算了,我需要平息一下情绪。"

那天夜里我又到了顶楼,但是小马的房门关得紧紧的。我第三次敲门时,旁边的一张门开了,暴眼珠的男人冲我破口大骂,说我同小马一样,都是鸡奸犯,还说我们这样下去会搅得这栋楼的人永无宁日。

"我看见你装病就知道你和隔壁这小子吊上了。"他恶狠狠地说。

我只好回来睡觉。夜里又醒来两次,都是被喊声惊醒的,楼里有人喊救命。我条件反射地逃到外面马路上,却又看见楼房稳稳地立在面前。这样折腾两次之后就累坏了,任凭那人再喊得声嘶力竭也懒得动一动,只顾睡。

小马的事情已过去半年多了,现在他还是每天从我的办公室前面经过。他又变成了以前的那副老样子,懒懒散散,衣着不整。他看见我就垂下眼睛,我看见他就扭过脸去。我们彼此太了解了,就像两个敌人熟知同一桩阴谋一样。

1999 年于长沙英才园

原载于《青年文学》1999 年第 12 期

小怪物

我第一次见到它是在一天清晨。我有早起出门散步的习惯，我下到三楼时，有个东西从侧面蹿出来，缠住了我的腿。当时楼里的住户都没有醒来，天刚蒙蒙亮，楼道里光线微弱，我不由得心生恐惧。我弯下腰去，看见了一条奇怪的小狗，也许不是狗，而是别的什么动物。它的样子不堪入目，身上的毛都掉光了，裸露着粉红的、光溜溜的皮，只是脖子和头顶上还留下一些肮脏的白毛，但也已严重地受到了病菌的侵犯。它抱着我的裤腿，我全身都好像起了疹子似的。忽然我用力一踢，将它踢到了下面的楼梯平台上。这个小东西竟然连呻吟都没发出一声，就沉默地待在堆放着电器旧包装盒的黑角落里。我用手扶着扶梯，一步三级地跑下楼，很快就到了马路上，然后穿过马路来到一个荒废的、即将变成建筑工地的草坪，这是我常来散步的处所。我沿着这个半圆的草坪慢慢地走，思考着生活中发生的一些琐事，在心中拟出对付的方案。走着走着，东边就出现了鱼肚白，行人也多了起来，每天都来练气功的老汉也来了，他已在草坪中央摆好了练功的架势。我回家的时候到了。在路上我还遇见了两位我那栋楼里的邻居，他们是出来买早点的。直到我登上楼梯，才重又记起了那小东西。我尽量放轻脚步，但刚刚到二楼的转弯处，就听见了那小东西的呜咽。我的心跳到了喉咙口，有点毛骨悚然地接近那堆旧包装盒。我怎么也找不到它藏身的地方，只是不时听到它一声哭。也许，它钻到盒子里头去了。回想起清晨自己的那一脚，我心里说不出地后怕。我上到五楼，进了门，换上拖鞋，心里立刻平静下来了。被熟悉的床、沙发、书桌包围着，闻着厨房里灶上的稀饭发出的香味，我觉得并没有发生什么反常的事，于是安心坐下来吃早饭。

谢天谢地，我下楼去上班时那只狗没叫，也可能它已经死了。要是真的死了，不久就会发出臭气，邻居就会把它清除；要是还没死，迟早总会死的。很快我就到了办公室里，办公室里的氛围还同往常一样，喝茶，嘻嘻哈哈，谈论一些下流传闻。突然间，我忍不住冲口而出道：

"我杀死了一只小怪物！"

"真的吗？真的吗？"大家都围拢来了，"它到底死了没有？啊？"

同事们摇晃着我的肩膀，七嘴八舌地追问，个个脸上显出急迫的表情。

我很后悔说出那句话，就犹犹豫豫地回答：

"我不知道。也许死了，我踢了它一脚，踢得不轻；也许没死,一条小癞皮狗,不会那么容易就死去的吧?它的样子真可怕!"

我的回答令同事们很失望,因为我刚说自己杀死了它,现在又说它可能没死,像在卖关子似的。大家在失望之余还有点气愤,一时都不愿理我了。我只好默默地坐在那里,喝着茶,想着那小东西的命运,想着我那轻率的一脚。最近我对自己越来越没把握了。我没料到同事们会如此关心这样一件事,早知如此我就不会讲出来了。但是到底为了什么我要把这样一件与大家不相干的事讲出来呢?我到这里来上班,面前摆着文件、报纸和一杯茶,却好像是专门来讲这件事的!太奇怪了。我必须马上把这件事处理掉,不然到了明天,我又会犯同样的错误。怎样处理这件事呢?当然首先是找到小东西,看它死没死,如果死了就扔到垃圾桶里去;如果没死,就将它转移到公寓外头某个隐蔽处,总之不能让它留在楼梯平台上。但是那些包装盒都是三楼的邻居放的,我平时从不与他们来往,现在忽然去清理他们的东西,他们一定会很诧异,而我,就得反复向他们解释我早上的遭遇,这正是我最不愿意的。我已在想象中看到了楼梯右边那刀疤脸的鄙视的表情,他是一个粗人,最讨厌我这种文化人了。他一定会板着脸听我啰里啰唆地讲完自己的遭遇,然后说出让我哭笑不得的话,比如"先生的雅兴很高嘛""把小东西请到家里去,自己养着,才是真正的义举啊",等等。看来我不能当他们的面做这事,那么只有等到夜深人静去执行了。动作一定要轻,如果小东西叫起来就要采取果断行动,不然的话搞得惊天动地,人家还以为来了贼。

我上楼的时候竖着两耳，但完全是多此一举，因为我的脚刚一跨上那梯级，我就听到了一阵狂暴的呜咽声，那声音响彻整栋楼，我每走一步都心惊肉跳。令我不解的是邻居们的态度，从楼上走下来的几个人显得很平静，边走还边谈论着什么事，我听见他们说起股票呀、奖金呀什么的，不过也许他们是装出这种样子。我终于到了那堆包装盒面前，那些盒子猛烈地摇晃着，快要倒下来了，小东西的呜咽也一声比一声凄厉。我一个箭步跨上前，首先将顶上的盒子搬下来，然后依次将其他盒子也搬开，只剩下里面发出叫声的盒子。我凑近去看，看见了那小家伙，它缩在一角，大大地消瘦了，体积比昨天减小了一半，嫩红的病变的皮肤上出现了很多皱褶，头上那些稀稀拉拉的毛也掉光了，只有脖子上还滑稽地留着半圈毛。这样一个患病的小东西居然可以发出分贝那么高的声音，真有点奇怪。我无意中同它的视线相遇了，它看着我，不但不畏缩，还咄咄逼人。它分明警惕着，身上那些红红的皱褶颜色更深了，它似乎随时准备朝我扑过来。我当然用不着害怕它，它看上去如此病弱，身体已收缩得只比我的巴掌大不了多少了。我对它的感觉是一种说不出口的恶心，恶心的根源是它那病变的皮肤。我经常听人说起癞皮狗，也许这是我第一次亲眼看见。隔近了看，就看见那皮肤上布满了针尖大小的深红色疹子，就是这些密密麻麻的疹子使皮肤呈现深色的。我从未听说过癞皮还会有疹子，所以是不是癞皮病还很难说，也许是某种可怕的传染病。但我不能久留此地，一楼已经有脚步声响起了，我从包里掏出一条大毛巾，猛地一下罩住小东西，搂紧它，撇下一地的狼藉就往楼下跑。它在我怀里用力挣扎着，我边跑边死死地捂住它，决不能让它钻出来被别人看到。我一到楼下就拐弯，我知道后院有个堆放建筑器材的旧工棚，就笔直往那里奔去。

我将它放在一辆废弃的斗车里面，毛巾也不要了，就让它躺在上面。它倒在毛巾上头，已经没有力气再站起来了。我想把好事做到底：首先回去拿些香肠来喂它，让它吃饱，然后对它进行处理，比如说，将它扔进旁边那口井里淹死。然而它突然叫起来了，它就站在我的毛巾上头，冲着我凶狠地狂吠，它的眼珠血红，全身密密麻麻的红疹子都从皮肤上凸起，那情形真是不堪入目，把我吓坏了，我的脑子里闪出"狂犬病"这个词，哪里还敢去接触它。我只想自己有隐身法，马上就地消失，免得再看见这病毒肆虐的、恶心的皮肤。我的双手也开始发痒了，必须马上用酒精消毒。我跑出老远，上了二楼，还听得见它那暴君一般的吠叫。

我惊魂未定，用发抖的手来回擦着酒精棉球，将被它弄脏的衣服换掉，打算用开水煮一煮，然后就躺到了床上。

黄昏凝聚在窗户上，满屋子都是那种暧昧的光线，我又心神不安了。我走到窗前朝下一看，立刻看到了自己最不愿看到的情景：很多人都在往后院那块地方走。接着就有人敲我的门了，那人彬彬有礼，但敲了又敲。

"我想来你这里坐一坐，你不会不欢迎吧？"

是那刀疤脸，口里嚼着槟榔。

"真的吗？"他探究地看着我，一口吐出槟榔渣，"像我这样的粗人，可说是无论哪方面都很粗陋，很多小节问题都注意不到，哪怕门外火山爆发，自己照旧在屋里面睡大觉。到底你有什么理由要欢迎我来聊天呢？"

"并不像你说的那样。一个人，不可能什么事都要细想出它的缘由来。你是老邻居，愿意来我家坐，我很高兴，就这么简单。"

"可是我不得不顾及一些影响呀。比如你弄出了那么大的响声之后，我还可以假装什么都不曾发生过吗？请你设身处地为我考虑一下吧。"

"当然，当然。"我含糊地应答着，开始发起抖来。

我无意中瞟了窗外一眼，看见天已经全黑了。我想，在这样的时候，一个这样的人要同我过不去，我该怎么办呢？难道可以大声呼救吗？那还不让人笑掉牙？何况这个人规规矩矩地坐在那里，根本不像要采取行动的样子，他只是来告诉我，说我使他陷入了困境而已。他在我房里走了一圈，走到窗前，将头伸到外面探了几探，缩回来，不高兴地问我：

"这就是你这里可以看得到的景象？"

我点了点头。

"你看得到什么？你什么都看不到！"

他气冲冲地离开窗口，他要走了。

我松了一口气。可是他走到门口又回转身来，将我桌上摆的景泰蓝花瓶端起就走，说是要给我点厉害看看。那花瓶是我房里唯一值钱的东西，放在那破旧的书桌上本来就挺刺眼的，可那是我父亲的遗物。他出门一会儿，我就听见尖锐的一声巨响，花瓶已被他打碎了。我苦笑了一下，并不十分惋惜，然而房门又被猛力敲响了。我懒得去开，刀疤脸就从外面用脚捅开门。

他进来后立刻"嘭"地关紧了门,一脸惨白。

"那家伙从楼梯那里蹿到我身上,我的天!"

"是一只光溜溜的小动物吗?"我竭力镇定自己的声音。

"光溜溜?谁说得准!显然它想咬死我!要不是花瓶的响声吓走了它——你看这裤腿!"

他的裤腿竟然被撕成了一条一条的,惨不忍睹。我觉得自己站都站不稳了,但刀疤脸还不放过我,抓住我的胸襟用力摇晃,似乎要我回答他心里所有的疑问。突然他松开我往厨房躲去,原来是门边又响起爪子刨木的声音。我的眼珠子慌乱地四顾,但没有找到可以防卫的武器,幸亏刨门的声音一会儿就停止了。我回头一看,刀疤脸居然将厨房的门都关上了,他这种神经质的反应使我联想到那小东西的攻击是何等恐怖。过了好久,他才战战兢兢地从厨房出来,他捂着胸口问我:

"床铺好了没有?"

"什么床?"

"我的床呀!这种情况之下我还敢出去?至少也得等到明天。再说即算我敢出门,门一开那怪物蹿了进来,你往哪里躲?"

"假如到了明天早晨它还不走呢?"

"过一天算一天吧,你还想把自己的一生都安排好?"他鼓圆了眼睛。

看到我一脸的沮丧,他又将口气放缓和了:

"遇上了这样凶暴的怪物,也是你自己的错,现在只有收拾残局了。明天你就不要去上班了,反正暂时也出不了门。我听人说你今天在办公室里闹了笑话,有人还要找你算账,所以你明天最好待在家里。好在有我和你在一起，胆子也壮些。"

我把我的床让给他，自己在地上打了一个铺。我忙碌的时候，他一直站在窗口那里发呆，就好像把发生过的事全都忘了似的。我懒得去管他，就躺在地铺上看报纸。把当天的报纸看完，我又上了一趟厕所，吃了一些自制的冰梅汤，就打算睡觉了。看见刀疤脸还在那边房里发呆，我心里虽害怕，神经已经松弛下来了。我在迷迷糊糊中被刀疤脸推醒，他看着我，迟迟疑疑地说：

"我没睡，我怎么能睡啊？我担心着外面那小怪物呢，你认为我应不应该出去看一看？也许它现在已经不咬人了呢？我们这样做是不是太过分了啊？"

"它将你的裤腿咬成那样，你还要去找它？"我又气又怕，一下子从床上坐了起来，准备躲藏。

"你这家伙，不要冲动嘛！我想我们这样躲着总不是个事，你躲得开吗？刚才你睡觉的时候我就在考虑这事的来龙去脉。我虽是个粗人，原则上的事心里还是有数的。一开始，它没惹你，是你自己惹的它，你好好反省一下，看是不是这回事。"

"你是不是想把它放进来呀？"我瞪着他问道。

"你看呢？"他反问说，"难道我们不应当为它操一操心吗？要是你看见它那满含泪水的绝望样子……现在它不找别人，专门找我们，你想想看，找到五楼来了，还有什么地方是它找不到的啊！"

"万一它闹出人命案子来呢？"我的声调都变了。

他垂下眼，摊开手，说：

"那也只好听天由命了，是你先惹的它。"

我看见他往门那里走,我急急忙忙地将自己关在里面这间卧室里,上了锁,又把床拖过来挡住门。我听见他开开外面的门出去了,却没有推门进来,以后就一切都静悄悄的了。

　　很长时间过去了,已经是半夜,外面房里仍是一片寂静。我下定决心打开门,又把外面房里的灯也打开。奇怪,根本没有什么异常。我的目光扫向桌子——那只花瓶倒的确是没有了。我决定将外面这张门也打开。我拼足了劲,猛地一开,果然有个东西落在我脚背上,但却不是那个小怪物,这个东西太轻飘飘的了,而且一动不动。我走回里面拿来手电筒一照,照见一团肮脏的兽皮,上面还沾着血。那正是我熟悉的、小东西的皮,有人将它处理了,很可能是刀疤脸。这个丧心病狂的变态者,我心里对他充满了仇恨。

　　　　　　　1999年9月7日于长沙英才园

　　　　　　　　　　原载于《芙蓉》2000年第1期

生活中的谜

　　我和妹妹的寓所在密集的住宅群当中，那是阴暗的一楼，两套连在一起的单元房。我们各住各的，来往密切。我们兄妹都是单身，这种事在这里有点奇怪。我妹妹是三十八岁的老处女，她在三十岁时有过一次结婚的机会，就在婚礼临近时，未婚夫坚决地断绝了同她的关系。失去了那次机会令妹妹懊悔万分，经常在找我诉说时"恨不得将自己的舌头咬下来"。这是多年前的事情了，现在她早已平静下来。其实想一想我倒觉得那家伙走了是件大好事，那个贼一样的小男人，从这门亲事的初始就打定主意要占便宜，他在妹妹这里晕晕乎乎地过了几年不劳而获的好日子，后来终于厌烦了。讲到我自己，我属于那种不值一提的人。我在一家政府机构上班，我的具体工作就是为领导送文件，有时打一打字，在走廊上的宣传栏里贴一贴通知，总之属于打杂一类。我年龄老大不小了，提升的希望看来很渺茫了，我的人缘也不怎么好。连我自己也想不通,混来混去的,混到了四十岁,怎么就混不出个人样。话说回来,虽然混不出个人样,大的坎坷也没有,并且遇到危险也可以随时化解。我坐在办公室里发呆,就回想起自己在这四十年当中养成的性格,有时想着想着就害怕起来,我深感自己是如此放任自己的弱点,随波逐流,"不学好",一味懒惰,做人处处图个轻松,这样下去会不会有一天大祸临头呢?我想起一些琐事。

那是不久前,上班的时候处里的老张进来了。他一进来就将门反锁,坐在我的办公桌上,跷起二郎腿,然后他就开始攻击同事中一个姓廖的。当他大约说了一刻钟时,我就忍不住附和他了,我们同仇敌忾,你一句,我一句,将那人说成一堆狗屎,双方都有一吐为快的感觉。其实说心里话,这个姓廖的的确坏,但还没到同我过不去的地步,他大约只是同老张过不去罢了。

过了几天,姓廖的又来找我了。也是一进办公室就将门反锁,轻轻地溜到沙发上坐下,还脱掉鞋将一条腿盘起,看样子打算待好一阵子。

"听说了老张的问题吗?"他压低了声音说,还回过头去看了一下门。

"他出事了吗?"

"嗨,岂止出事,有好戏看了,精彩的好戏!不过我倒并不幸灾乐祸。说到个人人品,这个人是很有问题,我相信你也会有同感,但我不是那种落井下石的人,对不对?"

姓廖的睁着两只斗鸡眼似乎在努力回忆,然后他就用伤感的调子谈到老张在往昔所做的一桩又一桩对不起他的事。开始我一直没开口，可是后来他谈起的一桩事涉及我，而且老张在那件事上的举动恶劣已极，将我等一大批人都带了进去，搞得后来领导将我们都叫去臭骂一顿，还罚了款，这老廖也是被罚款的当中的一员。我听他说得入情入理，就也加入了控诉，当然我和他都忘不了一边说一边声明"同张并无私仇"，只是看不惯他的邪恶的处世方式。这个时候我就想还是老廖有正义感，他讲的事有根有据，我先前不应该同老张这个坏蛋一起说他的坏话。声讨完老张之后，我和老廖的心一下子紧贴在一起，我们约定，刚才说的这些话"只有你我知道"。我之所以倾向老廖还有个原因，即他性情柔和，虽常常令我感到腻味，在进行这种关键性的谈话时却善于领会对方的心情，显得很体贴，这一点上老张比起他来就差远了。所以现在我就沉浸在同老廖的友谊之中了。

和老廖谈话之后过了很久的一天，我正在回家的路上，同事老文从后面追了上来。在我的印象中，老文是个严肃的人，办事一丝不苟，所以他提升得也很快，现在已做到了处长。这个严肃的老文开门见山地问我：

"听说了廖、张二位的问题吗？"

"出问题了？"

"也不是什么大问题，不过这种事啊，我还是早点提醒你的好，听说同金钱有关。老于啊，我们同事十多年了，你觉得我这人怎样？"

他目光炯炯地看着我，看得我不好意思起来。

"当然，您的人品没话说，您严肃、正直，我敬佩您。"

"不，你说错了，我没有你说的那样高尚，我这个人只有一个特点，那就是从不害人。谁见我害过人来着？所以今天，我要劝你离那两位远一点。当然我和那两位并无利害冲突，但我对你的看法绝对比那两位要好，这是经过了多年的观察得出的结论。我看人，决不凭一时一事，也不凭感情冲动，这一点你也知道的。我今天等在这里就是为了同你谈话，我们是同辈人，你的事就同我自己的事一样让我牵挂在心。我这人不苟言笑，很多人以为我心肠冷酷，那是他们不理解我，其实我是冷在面上热在心。"

我万万没料到老文会突然对我作这样一番表白，我很感激他，也有点别扭；我同大家一样喜欢参与对某人的议论，但却不习惯这种自我披露。为了岔开他，我就问他张和廖的问题的详情。他说了好一会，我终于听明白并没有很大的事情。的确是有些问题，但根据经验，这些问题绝不会爆发，廖张二位也不会完蛋。跟着老文的思路转来转去，我突然一下领悟到，原来老文是要和我套近乎！我受宠若惊，顿时觉得他的话句句入耳，贴心，觉得相比之下，张、廖真不是东西，不但做人谈不上一点严肃，简直处处恶劣，人品低下。不过这老文为什么要同我套近乎呢？莫非是他有什么难言之隐，要我去给他做替罪羊？我紧张起来，等着他说出下文。然而却没有下文，他说了好久仍是关于廖、张的劣迹，以及他自己对我的好感，一直说到分手。分手之后我很兴奋，觉得自己也许从此多了一个朋友。想想看，一个位置比我高的人，一个正直又有点古板的人，现在已经垂青于我了，而且还将我同廖、张之流区分开来！要知道平日里，我是一直认为自己是与廖、张同流合污的，就是我想要不同流合污也似乎做不到。不管他是什么原因垂青于我，于我总是一件极好的事。

同老文这次谈话后，我觉得自己应该显得和廖、张这样的乌合之众有所区别了。像他们这种人，凡比他们位置高的人看都不看他们一眼，当然是永远不会有提升的机会的。我以前和他们混在一起，是因为只有他们愿意同我混，天性怕孤独的我就这样混到了今天，养成了很多劣习。而现在，我虽然仍然看不到提升的机会，却有一个圈子外的人找我来了，这一件事就说明我同这些人还是有所不同的，只是历史的机遇阴错阳差，我性格里隐藏的那些因素没有得到发挥，我也就不知道自己还有没有可能做另外一种人。这就是最近发生在我身上的事，我一想这些事，心里就很不安。

当机关里这些变化发生的时候，妹妹在家中也相应地发生了很大的变化。妹妹的性情比较孤僻，与人来往的面也比较窄，仅限于儿时的几个老邻居和一个远房表姐，那几张面孔我早看熟了的。可是最近有一天我下班回家，赫然看见她和我的同事小金（也属乌合之众）站在门口谈话，还很亲密，就像是姐弟俩似的，只差没勾肩搭背了。这可是稀奇事，因为妹妹，即使在三十岁同男朋友恋爱的时光，也是古板得不行，在路上都是各走各的，隔得很开。

"哈！回来得正好！小金为你的事专程来拜访，我们已经谈了半天了。"

妹妹爽爽快快地说，完全不同于她往常的态度。

我一边开锁，心里一边琢磨到底是什么事，小金又为什么破天荒到我家里来了。

我和他在桌边坐下，妹妹穿梭着为我们倒茶，殷勤得换了个人似的。小金垂着头，一口接一口地叹气，过了好久才抬起头来看着我说：

"我说老于啊，你怎么还蒙在鼓里，我们被人出卖了呢。"

"谁？"

"我说不出口那个人的名字，当着你的面这太难堪了；过几天你就会知道的，真是人心莫测啊。"

我正要追问他下文，忽然记起我几天前下的决心，我不是已经打算同这群乌合之众划清界限了吗？怎么现在还同他扯是非呢？这样一想连忙住口，假装站起来找一样重要的东西，找着找着就将小金和妹妹扔在那里，自己进卧房去了。我在房里站了好久，听见那小金出了门才走进客厅。妹妹走过来问我道："你干吗要躲起来？"

我马上一脸严肃，询问小金的来意。妹妹脸上显出从未有过的迷惘的表情，似乎在回忆一段往事。过了好久她才回答我。

"他不是来找你的。"她终于说。

"那么这个流氓倒是来找你的了？"我的怒火在往上升。

"是啊，我正在想，你的命怎么这么苦呢？"她仍是神思恍惚的样子，说着话就走开了，将我一人扔在那里。

我预感到出了大事了，也许我被出卖了，出卖我的人可能就是这个小金，还加上廖、张之流，他们什么构陷的事都做得出来，也许我已经面临失业了。不过仍有疑点：如果是小金他们到上级面前去诽谤了我，那为什么他又跑来找我妹妹，并且突然和我妹妹这么热乎呢？如果说他们由于嫉妒我和领导老文的关系，就去散布流言，甚至诬告，这是最符合他们的本性的。他们正是这样一群臭不可闻的家伙，大家挤呀，蹭呀的，弄得每个人身上都是同一种气味，分不出你我，这样他们的目的就达到了。可是小金为什么要来告诉我呢？他们绝不可能同情我，我从未见到他们同情过任何人，那么小金来这里是看上了我妹妹？这件事太荒谬。我妹妹已经徐娘半老，而小金还是一个小伙子；何况在机关里我曾撞见过他说我妹妹的坏话，用刻毒的怪话逗得听的人哄堂大笑；现在要说他会对我妹妹产生兴趣，就如同说一只猪对乌鸦产生兴趣一样，太不可思议了。他来这里到底是为了什么呢？我妹妹可不是一盏省油的灯，这些年她锻炼得非同凡响了，他骗不了她，如果他怀着骗人的想法来这里，妹妹会叫他偷鸡不成蚀把米。我不能再想下去了，我眼前都要发黑了，因为怀疑不得不转向了同我朝夕相处的人。

我毫不犹豫地将这件事向老文汇报了。老文说我的消息"来得很及时"，还说这一回他要给这几个捣乱分子一下"迎头痛击"。他早就在等这个机会，张局长也同他一样在等这个机会，他们这一阵一直在"引蛇出洞"。老文的话让我觉得很解气，我虽还有点恻隐之心，但心里对这群乌合之众的厌恶终究占了上风，想想看，居然跑到我家里来了，多么放肆啊！

"在目前的情况之下，你自己打算怎么办呢？"老文盯着我的脸问道。

我想了想，说："当然，我要同他们划清界限。以前的事都是因为没有同您交往才发生的,我意志软弱。"

"界限是划得清的吗?"老文脸上浮出笑意。

"我想,只要我保持同您的交往(我不好意思说"友谊"),慢慢努力,总会有成效的吧。"

"你确信我同你的交往会有那样的效果?"

"我不知道。为什么不会呢?您是我尊敬的人,您同我过去交往的这帮人水火不相容,我要改变自己,就要站到您这一边来。"

"你真是个老天真啊。"老文摇着头,大概在心里冷笑。然后他撇下我回办公室去了。

弄了半天原来是一场空,原来老文根本没把我当自己人,他来拉拢我,也许不过是为了掌握我们这伙人的情况,以便想出对策来。但是这种看法也很难成立。他在谈话时什么都不瞒我,也不怕我到同伙中去告密,这说明他还是信任我的,而且对我有十足的把握。他只是认为我还需要改造。我该如何改造自己呢?也许要痛下决心,同那些人一刀两断,把立场转到领导们一边来?可惜领导又并没有给我什么许诺,也没有讲明他们对我的看法,要是我一下子改变自己的形象,同事们还以为我疯了呢!一方面,老文确实对我另眼相看了,以前他对我和我的同伙们是不屑一顾的;另一方面,他又根本不把我看作和他同一层次的人,而是看作有点傻气的下级同事,这令我感到委屈。老文的这种态度对我来说并不是毫无希望的,多少年来,我一直想力求上进,打掉自己身上的惰性,只是因为没有动力,又找不到督促我的人,我才这样得过且过到了今天。现在转机到来了,我再不尝试一下就来不及了。老文显然是深知我的劣根性,所以他才不相信我同那些人划得清界限,其实他心里比我还急。我一定要做出一个样子来给他看,不要辜负了他的信任。那么妹妹又是怎么回事呢?我和她天天在一起,原来一点也不理解她。我总认为我在单位上的事是我的私事,我自己能处理好,所以很少同她谈论,现在看来她早就介入了我的事,把那种错综复杂的关系网都搞得清清楚楚了,甚至比我还清楚得多。我一贯有点怜悯妹妹,认为她将自己的生活弄得一团糟,根本没有能力建立什么秩序。现在她反而来怜悯我了,这使我恼羞成怒。想来想去,不为自己,即使为了大家,我也得改变性情,重新做人。

昨天妹妹很晚都没回家,这在她是很少有的。今天吃早饭时,她走了进来,眼都不抬地对我说:"你要把自己的事处理好啊。"

我勃然大怒,猛地一下从桌边站起来,吼道:

"请你开诚布公好不好!凭什么你来干涉我的私事?"

她有点吃惊,但口气平静:

"这并不是私事,这也是我的事。"

"那你说说看到底是什么事?"

"我不说,你心里有数。"她恶意地看了我一眼。

当时我的心情实在是糟透了,差点被一口馒头噎死。我一拳打在自己的太阳穴上。

"你这样自暴自弃,实在不像话。"她又说。

"那你说我该怎么办?"

"向大家说明情况。难道不应该吗?你不想做他们一伙的人,可是你多年来一直是他们一伙的；现在你去说明你的立场，没人会相信，因为大家都很懒散，懒得不愿转变观念；但你一定要不断说明，决不放弃。"

"你是盼我早点死啊。"

妹妹"哼"了一声就走开了。一会儿，我就听见她同小金那流氓在那边房里大声说话，他们还打开录音机放那种靡靡之音，他们的行动完全是矫揉造作。我当然不会蠢到按妹妹的指示办事的程度，我必须马上离开，这也是一种姿态，向那些人表示我一点都不在乎他们暗地里搞什么鬼。

我到哪里去呢？今天是休息日，以往的休息日我都是在家里度过的，吃零食，看报纸，研究棋谱，一下子就打发了一天。我从未想到自己还有在外面打发休息日的时候。我记起自己已经有好久没理发了，就走进理发店。理发店里只有我熟悉的何师傅和他的徒弟——瘦伶伶的小龙。何师傅帮我剪发时，我闭上眼想自己的心事，心里盼他慢慢剪，剪得越久越好。但是他终于剪完了，一只手在我肩上轻轻地按了一下。我睁开眼，同何师傅的目光对视了一下，但他立刻就垂下了头，他的样子显得很慌张。那瘦伶伶的小龙双手提着白色的围布，好像打不定主意要不要帮我围上似的。最后，何师傅一挥手，小龙将围布像风帆一样用力一抛，围在了我的脖子上。然后我去洗头。不知怎么，在流水中，我感到小龙的指头像铁爪一样，抓得我的头皮生痛，我差点叫出声来。而且他又洗得特别久，仿佛迷上了这项运动。终于我说出口了："算了吧，你把我的头皮都快揭下来了啊。"

我这句话闯了大祸。这小家伙竟然往后一跳，坐在地上呜呜哭了起来，扔下我满头满脸的洗发水泡沫坐在那里。我只好自己动手，三下两下将头洗完，胡乱揩干，弯下腰焦虑地询问小家伙："怎么啦？怎么啦？"

"没想到你还会嫌弃我们的服务啊！"何师傅的声音从上头响起。

他双手叉腰，竖眉怒目地站在那里。

"这多不好，"我赔笑解释道，"我并没有为难他啊。"

"看不起我们，你走好了。"何师傅冷冷地说道。

"可是头发还没理完啊。"

"理完了！"何师傅手一挥，"所有的事全完了。你这个投机钻营的势利小人，今后用不着来这里了。"

我狼狈地顶着一头湿漉漉的、参差不齐的头发出了门。刚走到街上就听见小龙朝我吹口哨。现在我到哪里去呢？我一边慢慢移动步子一边打主意，不知不觉走到了老文的家门口，一抬头看见老文在门口向我招手，笑眯眯的。

"稀客来了。"他说。

他像一位忠厚长者一样将我揽进屋里，他老婆的脸上也浮出了极忠厚的笑容。他们的笑容像春风一样吹走了我心上的阴霾。我被舒舒服服地安顿在一张靠椅里，手上端着一杯香茶。

"你的头发是怎么回事？"老文耸了耸眉毛说道。

我将我的遭遇述说了一遍。

"啊，那个流氓。"老文若有所思地点头，"他是小金的姐夫嘛。事情只要一发生，连锁反应就没个完，你可要沉住气。另外，休息日最好待在家里，不要到那种地方去。你今年多大？"

"四十岁。"

"也不小了嘛。昨天我和栗主任还在议论你的年龄呢。"

老文懒洋洋地躺在躺椅里，仰着头，朝天花板翻着白眼。他的老婆围着他忙忙碌碌的，她搬来一张软凳，将老文的双脚脱掉鞋子，放到软凳上。但老文一激动就要站起来，因而就顾不得穿鞋，赤着脚站在地上。女人十分焦急，涨红了脸拼命朝他做手势，老文偏不管，只顾顺着自己的思路说话。

"你这个年龄啊，十分微妙，你也知道，提拔的事同年龄是直接有关的。该死，我又把脚踩脏了！我已经把底全透给你了，你自己仔细考虑考虑吧。"

他重又坐下去，懊丧地用袜子擦着弄脏的脚板。他老婆在旁边轻轻地说："你看他有多么狼狈！"我站起来要走，老文一巴掌将我按下去，要我等一下。

"我来告诉你一个秘密吧，小金也是我的耳目呢，要不然啊，你怎么会在家里碰见他？你妹妹知道这件事。"

"您派了小金来监视我的？"

"哈哈，不要说得这么难听嘛，什么监视，你要是连我都不信任，还有谁可以信任！我在机关里可是口碑极好的。"

"那么您是想让小金同我合作？"

"瞧你，越扯越离题了啊。你不要在外面溜达了，人言可畏啊。你听我的话，快回去，定下心来，想一想工作上的问题。"

我轻一脚重一脚地在街上走，心里头懊悔莫及，却不知道究竟懊悔什么。我看见姓廖的站在小酒店的柜台前喝酒，大概他也看见我了，于是他一眨眼就不见了。我正在乱走，妹妹从马路那边气喘吁吁地追过来了。

"你看看自己有多么出格,这种事我都不好意思让人家知道!你这样疯狂,满街的人全在望着你!呸,下流极了!为了什么?就因为我同一个微不足道的小伙子多讲了几句话,你就妒忌,真是低级趣味呀。走,跟我回去了!"

她扭住我的手臂,将我往回家的路上拽,我不好意思反抗,再说我也没地方去,就顺水推舟,乖乖地跟她回家了。我心存侥幸地想:也许家里的秩序已恢复正常了?

我走进屋里,坐下来看报纸,竭力做出什么都没发生的样子,我甚至还嚼了一颗槟榔,接着妹妹进来了,仿佛是随口说起:

"这个小金啊,为了寻你把自己的脚都摔伤了,现在只好住在我这里了。你看,你真是个重要人物。"

1999年10月5日于长沙英才园

原载于《莽原》2000年第1期

传说中的宝藏（之一）

　　田老汉终于如愿以偿，从生产队分得了他屋后那座小山，是几个人合分，另外还有两家有份。
　　他还是做孩子的时候就听祖父说过，那山里藏有一箱银圆和珠宝，是他们做官的祖先在兵荒马乱的年月藏在里头的。田老汉记得小的时候，他父亲没事就一头扎进那山里头，用一把两齿锄在茅草里到处挖。有时到了吃饭的时候，母亲喊破了喉咙他也不出来。父亲死了之后家中的生活变得贫困起来，田老汉的大半生就在终日忙于田间劳作中过去了，简直连喘口气的机会都没有，回忆起来这一生就像一些淡淡的影子：为母亲送终，结婚，生子，为两个儿子娶媳妇，然后同儿子分家独过……怎么一下子就到了五十多岁呢？现在他倒是清闲了，两个儿子每月将柴米送过来，自己只要把菜种好就可以了。人一清闲，心里的欲念，那不知不觉压抑了五十年的欲念就蠢蠢欲动了。不知从哪一天起，他也开始像他父亲一样背着一把两齿锄往山里跑了。

田老汉的老婆很生气，她希望田老汉多待在家中干家务，她自己要带孙子，还要养猪，忙不过来。再说她也不喜欢自己的男人神秘兮兮地老往山里钻，村里已经有人议论了，说田老汉的这种行为是一种"病"，还有人说他想盗墓发财。没人知道田老汉的心事，奇怪的是连他老婆都不知道，田老汉从未向她吐露过关于银圆和珠宝的事，这也许是出于他一贯的谨慎，也许是前几年里头劳累受苦，早把这事忘了。虽然生气，田老汉的老婆又没有办法阻止他。这些日子里，她发现田老汉连菜地都整得马马虎虎的了，时常拄着锄头在地里发呆。女人想来想去，决定要惩罚一下男人。这天上午她喂完猪，收拾好那两间土砖房，就带着两个孙儿上大儿子家去了。她想饿男人一餐饭，看他的疯劲能不能减少一点。

田老汉的老婆带着孙儿走进堂屋，看见大儿媳正担着水往水缸里倒。

"怎么这时分了才挑水？"她问。

"他已经一天一夜没回家了。"儿媳指的是大儿子。

"哪里去了？"田老汉的老婆吃了一惊。

"山里吧。"媳妇满脸苦恼的样子，将扁担随手往地上一扔，"都是公公在捣鬼，他们有那么多秘密，全瞒着我，我算这个家里的什么人？"她说到这里狠狠瞪了婆婆一眼。

媳妇显然把她也当作捣鬼的一伙了，田老汉的老婆很悲哀。既然同媳妇话不投机，她还是快点离开这个是非之地为好。她说了个借口抬脚要走，小孙子却不肯，他要从碗橱里拿炒黄豆吃。媳妇不高兴地抓了一把塞进他衣袋里，气呼呼地说：

"不如大家都去见阎王！"

田老汉的老婆沿着那条水沟往家中走的时候，听见有人唤她在娘家的名字，她回过头去，却什么人也没有；她再往前走两脚，那人又唤了一声，她又回头，还是什么人也没有。她感到毛骨悚然，就弯下腰去问大孙子："听见有什么人在叫我们吗？"大孙子若无其事地回答："是爷爷在山里叫你。"田老汉的老婆全身抖了起来，对孙儿提高了嗓门。

"你撒谎啊，山里离这里有两里路，你怎么听得见的？啊？"

孙儿委屈地看着奶奶，小声辩解：

"我是听到了嘛。"

"他叫些什么？"

"反正是叫你，别的我就听不清了。"

田老汉的老婆左右环顾了一下，将两个孙儿牵到身边给自己壮胆，继续往前走。她加快了脚步。快到小桥的时候，天色阴了下来，半空中冷不防响起凄厉的老男人的声音：

"二秀啊！"

田老汉老婆腿一软，跪到了地上。两个孙子乱成一团，用力撕扯着她的衣裳，哭喊着："奶奶！奶奶！"

她老半天才恢复了气力，拍打着身上的灰站起来，再一次问孙儿：

"你们听见了谁在叫我们吗？"

"我们什么都没听到。"两个孙儿齐声回答。

"天哪！"她喃喃地说，把孙儿的手抓得更紧，一路小跑起来。

田老汉和大儿子待在一块大岩石上头抽烟，两人都已经疲惫不堪了。

"敏菊，你回去吧，媳妇在家里不知要怎么生气呢。"田老汉对儿子说。

敏菊翻了翻眼珠，迷惑不解地问父亲说：

"这种事情，怎么就不知疲倦啊？我每挖一锄头下去，马上又想着第二锄头会有出息，就这样挖呀挖的，一夜飞快地过去了。爹爹，您还能记起那个故事里的一些事吗？您再仔细想想看。"

田老汉闭上眼沉思了好久，不住地摇头。他的确快要忘光了，在残留的记忆中，祖父那苍老的声音充满了诱惑，但具体说了些什么细节实在是难以打捞出来了，也不能给他任何启示。何况这是他六岁那年的事，即使祖父告诉了他什么诀窍，他也听不懂啊。他有点怜悯地看着瘦弱的大儿子，心里升起一股负疚感。当初分配土地时，媳妇们都希望多分些田，可以增加收入，只有田老汉一个人，死死咬定了要这座山，这就使得大家经济上都紧巴巴的了。谁都知道这座山土质不好。什么都种不了，只能任凭它长些茅草和小灌木，所以田老汉从这座荒山得到的唯一好处就是有柴草烧火。

"爹爹要是想不起来，我们就还是老老实实地挖吧，总有一天会挖中的。有时我也想，要有部推土机把这座山推平，东西不就出来了吗？然后我又一想，那又有什么意思呢？还是一锄一锄地挖来的有意义啊。"

田老汉扑哧一笑,用力在儿子背上拍了一巴掌,内心活跃起来。他回想起自己在挖掘的过程中碰到一些很松的土,那也许是他父亲当年挖过的地方。父亲是否已将这座山挖遍了呢?是不是他已经发现过那些东西,将它们弄出来好好地欣赏了一番,重又将它们埋进了深土下面?据母亲说,他父亲是那种藏而不露的人,从不将自己的心思对任何人说,如果说他要独享喜悦的话他很可能那样做的。再想下去,如果父亲要埋藏已经找到的宝藏,他一定要将它们埋得更深,这就更增加了寻找的难度。如果真是这样,他就应该专门去挖那些松土。抱着这样的想法,他曾在一块岩石下头连续挖了三天,到头来还是一无所获。现在他就坐在那块石头上,脑子里不断地涌出那些兵荒马乱的场面,一只号角在半空吹了又吹。在奔跑的人群里头有一个驼背,驼背的身影往往跑着跑着就消失在倒塌的围墙后面,另外那些跳跃着的影子很快就把他遮蔽了。到这种场面再出现的时候,驼背又出现了,又是从人群里头跑出来,脱离开去。田老汉就想,这个驼背,会不会是祖父过去故事中的一个人物呢?

"我还是继续挖吧,"敏菊打断了田老汉的沉思,一边啃着从背袋里拿出的干粮一边起身,"我们分头干,下午再到这里会合。"他消失在很高的茅草里面。

大儿子是出其不意地加入他的工作中来的。起先,田老汉只顾沉浸在自己的热情里面,根本没想过要和人分享。他的脚一踩到这座荒山,血液就往脑袋上头涌去,很多声音在他身体里头喊喊叫叫的,每次他来不及多想就给自己设定一个目标,一股劲地挖下去。那一天是个北风天,田老汉低头忙乎着,忽然听到背后传来挖土的声音，他以为是自己挖土的回声，就停下锄头来听，那声音还是一下一下地传过来。田老汉震惊了，简直有万念俱灰的感觉，因为这个秘密不再属于他一个人了！他认为那人一定是拥有这座山产权的另两家中的一人。他站在原地等待着，那人还是不远不近地挖着，总不过来。最后，田老汉忍不住了，就扒开茅草一路寻过去。他没想到会看到儿子那撅得高高的屁股，这个发现给他内心带来某种缓解。多么奇怪啊，儿子怎么知道他的秘密的呢？他喊住了敏菊，问他挖什么，敏菊就笑嘻嘻地反问他："您挖什么呢？"田老汉沉下脸来，叫敏菊少同他开玩笑，敏菊就承认自己根本不知道父亲在挖什么，只是在心里认为这件事一定是很有趣的，就模仿起他来。田老汉叹了一口气，把那个祖传下来的故事告诉了儿子。从那天起这件工作就变成了父子两人共同的工作。儿子年轻气盛，想法多变，总有新的意见提出来。比如前不久，他说他思来想去，觉得院子里的那口水井很可疑，曾祖父会不会挖出那些宝贝后，将它们扔到井里面去了呢？他的想法搞得田老汉有一阵子很沮丧，因为把井里的水抽干弄出宝贝是绝对做不到的，他们没钱去租抽水机。儿子多变的性情常常弄得两人都很不舒服，因为这就得不断停下工作，去进行那种肯定是没有结果的商讨，讨论来讨论去的，两人都对工作本身从心底生出深深的厌恶来，恨不得立即摆脱。有时田老汉看着敏菊的背影就忍不住想：谁叫他半路插进来的啊，简直是个祸害！虽然不高兴，整体上田老汉对儿子还是满意的，因为他的加入，田老汉的神经现在总是绷得紧紧的，振奋得很，如果儿子不来的话，他自己一味挖来挖去，不定脑子已经痴呆了呢。

　　田老汉回到家中已是掌灯时分了，他走进院子，看见屋里一团漆黑，心里很奇怪。进了屋，听见老婆的声音从黑暗中传来：
　　"你们不让老祖宗安息，我也活不成了。真是贪婪啊。"
　　"怎么回事？"田老汉的心跳到了喉咙。
　　"到处都是老祖宗的声音，路上呀，屋檐下呀，灶屋里呀，茅厕里呀，唤个不休，我的胆都要吓破了，还怎么活下去？你吃饭吧！"
　　老婆将桌上的碗钵顿得哗哗响，就是不点灯。田老汉往饭桌前一坐，两根筷子就戳到了他下巴上，是老婆递过来的。
　　"不点灯怎么好吃饭？"
　　"凑合一下吧，熄了灯那些声音才不叫了。刚才我以为末日到了呢。"
　　田老汉胡乱吃完饭，将碗筷往桌上一扔，摸索着去找自己的烟斗。
　　"你不用找了，那东西已被我放进灶膛里烧掉了。"
　　"为什么？"田老汉咆哮起来。
　　"你听我说就知道了。今天下午我站在这里筛米，看见烟从壁橱里冒出来，我走过去拉开壁橱的门，看见你那该死的烟斗燃着呢？你听明白了吗？没有人抽它，里面装满烟丝燃着了！这是不是中了魔？莫非老祖宗坐在壁橱里抽烟？后来秦妈来了，她命令我把那东西烧了。啊，你听，你听！"
　　田老汉的老婆说着话就溜进卧房去了。

田老汉摸索着到碗橱里找火柴，找了老半天也没找到，他心里想，一定是老婆藏起来了，不由得怒气往上冲。他用巴掌一扫，将四五个碗一股脑扫到地上，在瓷碗的破碎声中，田老汉发现门口站着一个高个子的男人，那影子一动不动。田老汉想起老婆的话，一时脚下发软，竟然跪了下去。

"很好嘛。"那人说。

"你是谁？"

"谁，还能是谁，您的表侄儿呀！"

田老汉羞愧地站起身，在心里对自己说：到底怕些什么呢？他朝表侄儿走过去，看见表侄儿掏出打火机来打火抽烟。火苗一升起，表侄儿的脸就映了出来，那张脸根本就不是表侄儿，是一个暴牙塌鼻的中年人，田老汉从未见过这个人。火苗熄掉了，仅听声音的话，田老汉又觉得这个人确确实实是表侄儿。难道自己老眼昏花了吗？不知什么时候田老汉的老婆又潜入了这间房，她蹲在田老汉脚边扯他的裤脚，田老汉蹲下去时，她就小声对他说："就是这个人，这个人满屋子叫我，真该死啊。"

"表叔，您还有一个地方没挖到，就是进山的路口那里，我看见那里的土好好的，就知道您完全没把注意力放在那里，您是怎么想的呢？"汉子背对着他们说。

"挖了又怎么样，没挖又怎么样？"田老汉故作镇定。

"这种事谁能预测呢？"汉子的语气简直有点苦恼了。

仿佛被汉子的情绪所感染，田老汉的心里也生出莫名其妙的悲苦，他想站起身去点灯，然后同这位汉子好好聊一聊，既搞清他是不是自己的表侄儿，也探听一下他对自己的事业到底知道多少。但是老婆死死扯住他的裤腿，让他动不了。田老汉好不容易挣脱了老婆，那汉子已经开始向外走了，田老汉喊他留步，他好像没听见，径直穿过院子，消失在那边路上。

"疯子！疯子！"田老汉的老婆愤愤地说，"烟斗是不是他点燃的？"

那天夜里老两口小心翼翼地将大门上了两道闩，还抬了桌子抵在门后，然后才去睡。田老汉的老婆一次次惊醒，每次都听见那汉子在门外叫她在娘家的名字。在她听起来那汉子的声音十分苍老，令她想起"老祖宗"。她心里一烦就推醒田老汉，问他听到没有，还说"都是你在山里瞎捣鼓带出来的灾祸"。田老汉不理她，由着她数落，在数落声中很快又睡死了。

田老汉早上醒来，看见老婆肿着脸在梳头，不由得心中一悸，想起夜里的事，想着想着脑海里就浮出"家破人亡"这几个大字，自己脸上也变了色。

"我今天不去山里了，留在家里整地。"

"没有用的，你不去，敏菊也要去的，他正在兴头上呢！"老婆看都不看他说道。

"原来你已经知道了。"

"我知道什么？我什么都不知道，也不想知道，这有什么区别吗？"老婆这回掉转头，瞪着他。

田老汉看见老婆脸上呈现出死亡的迹象，他的心揪成了一团，他跌坐在床沿上，叹着气说："真可怕啊！"

连他自己也觉得莫名其妙的是，看着老婆进了厨房，他又飞快地钻到杂屋里，提了那把两齿锄就出门了；连洗脸都没来得及。他到了山上，红日已经东升，朝下面一看，看见敏菊已经从另外一条路下山去了。想起他竟然就着月光又在山上折腾了一夜，田老汉心里不由得十分羡慕，觉得到底是年轻人精力充足。大儿子同小儿子完全是两回事，小儿子很早就外出跑运输，家里的日子过得红红火火；大儿子一直守着这几亩田，哪里都不去，过着贫苦的生活。田老汉此前同大儿子的关系一直比较冷淡，这个大儿子太像他自己了。从表面是看不出一个人的内心的，他自己不也是到老了欲望才喷发出来吗？像敏菊这样的痴情，在山里头待两天两夜，恐怕只好用"中魔"来形容了。一贯木讷的敏菊显出来的激情就连田老汉都自愧弗如。昨天敏菊告诉他，他已经找到了一个洞，并且往那个洞里挖进去好几米了。敏菊会不会同老祖宗一样，自己已经找到了那些东西，因为怕别人知道，就做出继续寻找的样子在山上挖来挖去的呢？或许他夜里竟是在欣赏、守护那些宝贝？不然的话，这种畸形的激情也太没来由了。田老汉一把事情想得复杂了心里就生出对自己的不满来。怎么连儿子都不信任了呢？既然不信任，当时又为什么要把秘密告诉他呢？心里七上八下的，也没心思挖地了，就寻找起儿子说的那个洞来。这座山只有这么大，总能找得到的吧。

"敏菊啊敏菊，"田老汉在心里数落道，"你不该瞒着老爹啊，你在山上待了两天两夜，说明有什么重大变故发生过了，你这颇有心计的家伙，怎么就不向老爹透一点儿风呢？"

不知不觉地，田老汉又觉得自己不能相信儿子了。

那天傍晚，田老汉看见敏菊和媳妇两人在有说有笑地晒青菜,心里不由得"咯噔"一下,对自己白天里的判断怀疑起来。倒是媳妇替他解开了这个谜。

"弄了半天原来是为了这个破烂!"她踢了踢脚下一个制作粗糙的铜香炉,大声对公公说,"人的贫穷是前世注定的,发横财的想法最要不得!"

田老汉和大儿子不好意思地对视了一秒钟,两人都移开了目光。

田老汉将脸转向落日,在那个地方,有一座高大的古亭,数不清的蝙蝠在环绕古亭飞翔,它们在空中编织着老祖宗留下的那个梦想。

原载于《创作》2000年第1期

传说中的宝藏（之二）

田老汉将脸转向落日，他的眼珠像被蒙了一层雾似的总看不明白，他知道在那个地方，有一座高大的古亭，数不清的蝙蝠在环绕古亭飞翔，它们在空中编织着老祖宗留下的那个梦想。当光线的热力从他脸上消退时，他便在假寐中进入过去的时光。

那一年，血气方刚的他带着老婆二秀和大儿子，离开这田家大屋到外面去谋生活。他去的地方是农场，每天在烈日下暴晒，稻田一眼望不到头，湖水浩渺无边。他只干了一个夏天就支持不住了，躺在门板搭成的铺上发着疟疾，门外有老男人不住口地喊着他的小名。似乎是第三天吧，门外出工的口哨声刺破黎明昏暗的天空，二秀从外面进屋来，跪在铺边，凑近他的耳边说：

"那个人死不肯放过我们一家，现在还等在外头呢，你可千万要挺住啊。他口口声声提到一箱珠宝，真不知他安的什么心？"

"谁呀？"田老汉听见自己那仿佛从墓穴发出的声音，脑海里浮出一些灰色的影子。

二秀猛吃一惊似的跳起来，冲到外面去了。田老汉费力地翻着身，他梦见自己赤脚站在雪地里，他的头顶上是一个奇大无比的捕鸟的罩子，边沿用一根粗棍支撑着，棍子上系着麻绳，麻绳通到远处的灌木丛，那后面蹲着一个穿黑衣的汉子。莫非自己变成了鸟？他感到脚指头冻得生痛，低头一看，果然看见一对鸟爪。他竟然吓得哭了起来，不过却没有泪。他醒来时已是黄昏，一旦恢复神志，马上记起珠宝箱的事，一问老婆，老婆矢口否认，说没听任何人谈到过这种事，还埋怨道："田老大，你这个糊涂人啊。"

回到田家大屋以后好久，他还时常想起那噩梦似的半年湖区生活。每次问二秀他发病的那些天到底发生过什么事，二秀就摇着头说："不记得了。"她说她要做饭，照顾病人，还要盯着儿子敏菊，怕他掉进门口的水渠，成日昏天黑地，根本就没有精力去管周围的事。二秀的回答总让田老汉生气，他觉得她是故意卖关子。她一直埋怨他那年不该将全家带到那个"鬼门关"去，差点命都丢了。她还说，即算在他发病时有人叫他，那也只能是那些在外头游游荡荡的鬼魂。想想看，他们一家在湖区人生地不熟，谁会来管他的事呢？田老汉听了老婆的这种话就流冷汗，自言自语道："终究是不放过的啊。"

儿子敏菊对湖区则是另外一种记忆，回来之后好久还用神往的口气提到湖区的白莲藕和菱角；时常盯着门口这座山发呆，因为二秀总对他说翻过这座山就到了湖区，湖里的大鱼比人还大。有一天，二秀没留神，敏菊一个人走到山里去了。太阳快落山了他们才在山半腰的小路上找到儿子。他还记得他们同儿子的对话。

"敏菊，你坐在这里想什么？不害怕吗？"二秀问儿子。

"不想什么。我等那个人来。"

"谁？"他脸上变了色。

"埋珠宝的人呀。"

儿子似乎很厌烦他们的盘问，远远地跑到他们夫妇前边。他问二秀究竟是怎么回事，二秀说她也搞不清，她从来没有同儿子讲过这种事，儿子的举动太奇怪了，让人不安。

田老汉回忆着这些琐琐碎碎的往事，总觉得自己没法深入任何一件事情里头去，一切都浮在记忆的河面上，而每一件小事，又似乎全不是表面所显示的那种样子。这几十年混混沌沌的日子是怎么过来的呢？忘记了的事又是怎么在记忆里苏醒的呢？当然更可能的是，什么都不曾忘记，不但没忘记，还在一天天加深那记忆，时光对他们开了一个多么大的玩笑啊！

在渐深的暮色里，古亭显得有点阴森，田老汉又听见那种无意义的呢喃声在远处响起，仿佛是某人在召唤游子。他想，敏菊怎么会变成今天这种样子的呢？刚才他还听见敏菊在打老婆，棍子都打断了一根。两兄弟分家出去之后，小儿子心眼活，租了部车常年在外帮人运河沙，后来居然买了部车，日子越过越富裕。敏菊死脑筋，守着几亩田，连吃饭都紧巴巴的。又因为眼红弟弟家，就不准老婆上那一家去，心里一闷就要打人，往死里打。媳妇要离婚，跑了两次乡政府，眼看要批下来了，到底丢不下两个小孩，就又留了下来。有时田老汉看着敏菊的背影，觉得那种饱经沧桑的样子根本不像三十多岁。要是儿子当初留在湖区会怎么样呢？只要当时一咬牙，挺过那一阵，说不定他们会在那种地方扎下根来吧？儿子竟会知道那个祖传的故事，真是没想到啊。也许他也见过了那老男人，也许他们在湖区时，真有那么一个人。这些年，他们父子之间从未讨论过这种事，但田老汉从敏菊那阴沉的脸色，从他偶尔观察到的他眼底那种奇怪的闪光里，感到他并未忘却童年的记忆。田老汉不知大儿子会怎样实现他心中的渴望，看他打人的样子，他真有点胆战心惊。

田老汉天黑了才进屋吃饭。二秀又没点灯，躲在房里不出来，让他一个人在黑暗里摸索着找碗筷。田老汉知道老婆心里有怨气，只好一个人默默地吃饭。吃着吃着，心里又一阵阵地感到很愧疚。他仿佛看见日子年复一年地从他面前溜走。这几间父亲留下来的老屋越来越颓败了。而他自己，到了老年居然成了游手好闲的二流子，一天到晚钻在山里头，寻找一堆子虚乌有的东西，简直不成体统。会不会二秀什么都清楚，早就同儿子细细讨论过了这事，反过来他们俩瞒着自己呢？要是在湖区生活那段时间他们母子俩就对他订下了攻守同盟，那是多么可怕的一件事啊。很可能在那个发疟疾的夜里，发生过阴森恐怖的怪事。田老汉还记得那天夜里二秀冲出去之后就没回来，似乎是第二天中午才归屋，他自己已昏昏沉沉，根本搞不清时间。为什么女人这些年里从未提及那天夜里的事呢？

田老汉想抽烟，但黑黑的，找不到火柴；他想找油灯，油灯也不见了。

"我不过在山上多待了些时间，你就这么整治我，这日子还过不过？"他高声朝里屋喊道，还急躁地拍桌子。

这样又喊了一遍，里屋的灯就亮起来了，听见老婆在里面同谁说话。田老汉诧异地摸过去推开门，房里一个人也没有，煤油灯幽幽地亮着，筛了一半的米和谷摊在地上。田老汉瘫坐在床上，恨恨地想着老婆这些日子的背叛。一赌气，干脆不洗脸不洗脚，倒在床上便睡，睡了一气想起还没吹灯，爬起来一口气吹灭了又倒下。

他被叫醒的时候是下半夜。老婆二秀从外面回来，浑身散发出枯叶的味道。

"你听见没有？"她紧张地说，牙齿在嘴里打架。

在屋外，有人在挖他们的宅基，一下一下地挖得很猛，整个房子都震动了。田老汉的血涌到了头上，连忙穿好鞋到外面去看。

月光下，敏菊那瘦长的背影在挥锄。

"住手！你这个忤逆子！你不想活了！"

他冲上去给了儿子一巴掌。敏菊一个趔趄，险些跌倒。

"舍不得呀？"儿子捂着脸，冷笑着说。

然后他就赌气似的将锄头扔到沟里，拖着步子回自己家里去了。

田老汉看着儿子的背影，呆呆地站在原地。月光照着被挖了一个缺口的宅基。直到儿子的身影看不见了，他才想起得花一天的时间来修补宅基。他记起昨天媳妇告诉他，敏菊一连两天没下山，发了狂似的在山上东挖西挖。田老汉由此判断，儿子一定是不耐烦了才来挖他的房子，像是报复他又像是提醒他。他打量着在夜气中瑟缩的土砖屋，觉得实在不像个埋藏珠宝的处所。敏菊为什么要怀疑这栋房子呢？这房子还是他父亲在世时盖的，莫非敏菊猜出了爷爷的心思？田老汉双手一拍大腿，口里"啊"了一声，脑子也灵动起来。他自言自语道："这小子想得真远啊。"

二秀远远地站在宅院里看见了这一幕。

田老汉走到老婆面前迟疑地开口说：

"我们家里有个祖传的故事，同一箱珠宝有关。"

"哼。"二秀扭过脸去。

他失魂落魄地回到房里躺下，竟然马上睡着了。他梦见自己同儿子抢着一把锄头挖宅基，直挖得房子轰隆一声倒下，腾起的灰雾迷了眼，什么都看不见，就用双手在砖堆里到处乱摸……

二秀其实是个猜不透的人。她每天顺着一对蒜泡眼在家里干活，做饭、喂猪、带孙子。她很少外出，也从不和外人交谈，对田老汉和大儿子心中那种非分的希望也似乎毫无兴趣，既不问，也不谈论，每天该干什么还干什么。但是田老汉知道自己无论有什么想法，终究是瞒不过她的。这个老婆是由田老汉的父亲当年为他定下的亲，田老汉还记得父亲介绍她说："嘴巴紧，不会坏家里的事。"那个时候他还不太听得懂父亲的意思。现在想起来父亲真是有先见之明,不过这对他来说到底是好事还是坏事呢?有时候,田老汉倒希望她大声反对自己心中的这种发财妄想,比如扔了他的锄头、不让他上山之类,这样的话他可能要重新考虑自己的计划了。可惜绝没有这样的事发生,她冷冷地看着自己同大儿子在山里瞎挖,根本不出来反对。不止一次,田老汉感到她在暗暗地等一个什么契机,或者说等他田老汉自取灭亡。最近她就像得了健忘症似的,田老汉回到家饭也没得吃,泡茶也没有开水。一问她呢,她就说自己也有好多事要操心,免不了出差错,还横着眼瞪他,像要责骂他,像要冲他喊一句"岂有此理"。田老汉一思忖,觉得自己的确太不像话了,用"老来疯"形容一点都不过分。

"当初生产队分土地,我要了这座山,你也同意的。"

田老汉竭力平心静气地同老婆讨论。他想干脆把事情挑明了大家心情舒畅。可惜二秀并不欣赏他的勇气,二秀很讨厌他的表白,听都不爱听。

"你家世世代代围着这座山转,在村里又不是什么稀奇事。"

二秀朝地上啐了一口,接着就走开了。

原来二秀也是早就知道那个故事,原来几十年里头她一直在装作不知道。这样看来,她真是如父亲说的"嘴巴紧"啊。有人在山里埋着珠宝的故事,难道是父亲告诉她的吗?父亲早就死了,也没办法将他从地里挖出来问个明白了。总的来说,田老汉不相信父亲会告诉一个媳妇关于自己家族的秘密,尤其像二秀这种心机很深的媳妇。二秀说,他家的事在村里不是什么稀奇事。这显然是在夸大。他和敏菊背着锄头上山乱挖,的确引起村人的嘲笑。嘲笑归嘲笑,他们并未提那件事,只是笼统地说这父子俩"发了疯"。这么说,敏菊也是听了二秀的传授才上山的啊,他却胡说什么"稀里糊涂地跟了爹爹来,想发现点什么"。一想起这母子二人当年背着他讨论这种事,田老汉的情绪变得十分恶劣了。他恨那位死了多年的父亲,他觉得一切都是他的阴魂在作怪,就是他把自己搞得一贫如洗,现在连自己住的房子都保不住了。敏菊每次走到门口就打量门口那被他挖坏又修好的宅基,冷冷地笑着,心中认定宝贝就藏在那里。

一早就刮秋风。田老汉在山里多待了一会儿,一回家就感觉头晕,还咳起嗽来。他躺在床上放下帐子,山上的情景像走马灯一样在脑子里转个不停。

起先是他和敏菊约定分头干,中午再到一起交流情况。敏菊背着锄头往山顶爬去,他则留在原地。他站的地方有棵大杨树,树周围的土比较松,昨天他就抱着希望绕树掘了一圈,今天他还要继续往深里掘。他正在认真工作之际,一抬头,看见下边树丛里闪过一团蓝色的东西,他揉了揉眼用力一看,是一个人匍匐在地上。那人也在找东西,不过是用一把小耙子在乱草里耙,屁股撅起,田老汉看见的一团蓝色就是这个人的屁股。那人似乎有所觉察,窸窸窣窣地弓着腰跑掉了。田老汉又发现还有另外的人在山上,其中竟然还有一名妇女,穿着花衣,跪在地上用煤耙子用力刨。田老汉心里一阵恶心,悄悄地想:这不成了"全民挖山"了吗?他跌跌撞撞地下山,眼前一阵阵发黑;他经过那些人身边时,甚至听见他们在草丛里小声说话。这到底是怎么回事呢？到了山脚，回身一望，几乎要倒在地上：山里到处都是人。

他走进院子时老婆正在晒茄子，他将见到的情况告诉她。

"现在是捡秋菌的季节嘛。"

"屁！这种荒山里什么时候长过菌子？"

"你总在凭老经验想事，你有那么多经验，还用得着去山上乱挖？哼，我还不了解你！"

田老汉在帐子里头想起这些事又变得气呼呼的。他听见敏菊从外边进来了，后来又听见媳妇的声音，还有二秀的声音。他们三个人在隔壁搬那只大柜，"哼哧哼哧"的。

"搬走好，都搬走，这屋里住不得了。"二秀在说。

田老汉的头痛得要炸开了，他猛烈地咳了一阵，后来就虚弱地呻吟起来。

那三个人在前面屋里干得热火朝天，似乎把房里搬空了。

"父亲将这老屋留给我，到底图个什么呢？"田老汉四分五裂的脑袋里出现这句话，他不敢往下想了。

原载于《十月》2000年第5期

传说中的宝藏（之三）

辣椒开花的时节，老婆二秀在地头向田老汉吐露了一条线索：的确有一个人在追踪他，不知道那人要干什么。

田老汉心中那团模模糊糊的东西经二秀这一挑明，就慢慢地成形，并且发出声响来了。那个人最初的出现可以追溯到田老汉在湖区的那段狼狈生活，那时这个幽灵现了一下身就消失了，田老汉当时只是隐隐地感到他同二秀之间有交易，他也知道从二秀口里是什么都问不出来的。时常在恍恍惚惚之中，他竟觉得二秀比他的祖先还要古老。有一回她在弯着腰洗菜时，田老汉眼一花，看见她在水里舞动的双手变成了一节一节的骨头。因为不知道那个人在他生活里要起什么作用，田老汉心里很压抑。看来这二十年，他总在不远不近地跟着自己，老婆和儿子都撞见过他好几次，只有田老汉本人还不曾同他谋面。那个人同老祖宗埋下的那一箱珠宝又是什么关系呢？也许是田老汉同儿子最近这种狂热的挖掘惊动了他，他才出现得频繁起来了吧。那天田老汉同儿子在山上待到半夜，两人都看见了树丛里那团黄色的光，那团光移动着，忽远忽近的，敏菊说他已经同那人见过面了。田老汉细问敏菊，敏菊就做出嗤之以鼻的样子，老气横秋地说："很多事情都难讲出个来龙去脉。"那个夜里的事几乎使田老汉心如死灰，好久都没有同儿子一道去山上。

　　他开始在心里诅咒自己的父亲了。死了那么多年的父亲，原来每天在他周围兴风作浪。田老汉不能想象，一个人在活着的时候怎么能到处埋机关，设圈套，用非常的手段全盘控制自己的后代的生活，这样一种处心积虑是出于什么样的古怪理念。在父亲活着时，他同他的关系一直比较冷淡，这种冷淡不是漠不关心的冷淡，而是有种冷眼旁观的味道——田老汉将父亲的一举一动都铭刻心底，他下意识地相信自己未来的分析能力。结果怎样呢，结果是最不理解父亲所作所为的就是他。田老汉就想，其实父亲自己也不理解自己编织的阴谋网，他只不过是遵循祖先的理念行事罢了。也不知是从哪一天起，二秀和敏菊就同他对立起来了，有段时间田老汉不得不认为：二秀是父亲安插在他生活中的钉子。时至今日，他还记得父亲将这个童养媳带回家中的情形，记得二秀那种老练的、不卑不亢的神气。湖区发疟疾的那一段是他一生中最艰难的时刻，当他躺在门板上进行生死搏斗的时候，二秀却始终处于亢奋状态，跑进跑出的。田老汉分明感到她在起劲地同外面一个什么人为某事讨价还价。后来他们一家就离开那间棚屋回到了家乡，她也似乎毫不留恋。留恋那段地狱般的生活的反倒是不懂事的小敏菊。

"我们的祖先对我们有过一些什么样的要求呢？"

田老汉在心中默默地说出这句话。他想不出那个问题的答案，他只知道自己无法放松自己去过一种安逸的日子。不光他，老婆儿子也是同样，他们绷得紧紧的，一直在和什么人较劲。什么人呢？总不会是那个人吧。

"田老大啊田老大，我十五岁跟了你，真是没过一天好日子。这是个什么家呢？要财产没财产，要希望没希望，活像口棺材。我总在想，你这个人啊，不会一生出来就是这么干瘪瘪的吧，这种事总是有它的原因吧。这个家被你经营了几十年，现在成了这个样子，你是如何想的呢？"

这一通话是二秀半夜里从隔壁房里的床上爬起，举着油灯走进田老汉睡觉的房间，站在田老汉的床前说的。油灯将她那张脸照成了绿色。起先田老汉只听见有个老男人在耳边唠叨，后来睁眼一看，才看见老婆。他正要对她讲话，她却又举着油灯回她的卧房去了。田老汉并没有听见她讲话，却在心里记下了老婆的话，那些话不是声音，是一些字。他觉得自己羞愧难当，他决计不去想老婆的话，就像她什么都没对他说过一样，本来他就没醒过来嘛。

他没事一样坐在桌边吃饭，二秀又开口了：

"当初要是分了沟边那块地，现在也不会餐餐吃咸菜了，那可是块种西瓜的好地。你和敏菊偏要这荒山，说要了这山心里清静，现在清静了没有呢？你和敏菊要再去山上呀，全村的人都会跟你们去了，就像搞大生产运动一样。"

"搞大生产也好,总比听你诉苦强。"田老汉忍不住顶了她一句。

"我真是不想和你吵啊,你记得老爹死前说的话吗?"

"他说了什么?"田老汉茫然地停了筷子的动作。他真的记不起了。

"哈,原来你早忘了。"二秀的心情突然就好起来了。

田老汉知道在这种谈话中自己只能甘拜下风,因为他什么都丢弃,而老婆什么都收藏。沮丧之际又听见媳妇在院子里哭,肯定又是挨了敏菊的棍子。媳妇真是生得贱,摊上这种男人还不出走,这个家里到底有什么东西吸引她们(媳妇和二秀)呢?于是他的思路又一次回到老祖宗的意图上面。

二秀走到院子里去,媳妇就停止了哭泣。过了一会儿,田老汉竟然听到两个女人在哈哈大笑。看来这个家的凝聚力还大着呢,要不敏菊怎么会死守着几亩老田节衣缩食,不去外头赚钞票呢?小儿子运河沙赚了钱,他不光眼红,简直满腔仇恨。昨天下午小儿子家的猪跑到他院里,他用木棒打断了母猪的脊骨!那要多大的力气啊,想一想都毛骨悚然!敏菊之所以如此暴躁,一方面是自己赚不到钱,另一方面也是因为想通过自己所愿意的方式搞钱,心里急。田老汉知道这个敏菊,你就是打死他,他也不会去运河沙。湖区的生活在他心灵里留下了烙印。在湖区的时候,天天想的都是发财,那种意外之财,比如从湖里叉到一条大鱼,比如打到几只野鸭,等等。经历了那种希望与失望的人才不会屑于去运河沙呢。如果没有意外之财,几亩薄田维持最低的生活对于敏菊这样的人来说当然不够;而假如去运河沙的话，心里头的那种渴望就会消失。所以阴沉暴烈的敏菊，实际上日日沉浸在热烈的想望之中，他才不会放弃这种生活呢。那么媳妇呢？她做出委屈痛苦的样子，说不定心里藏着精明的算计？

有那么一天，田老汉决心要摆脱这一大堆莫名其妙的纠缠，去过一种清静的生活了。天还没亮他就在井边用井水冲了个澡，换上干净衣服，然后带上干粮去他二弟家。

二弟家在邻村，有三十多里远。田老汉一直走到天黑才到了他家。远远地田老汉就看见他家已掌灯吃饭了，大黑狗亲切地迎了上来。进了屋，田老汉才想起二弟家可能并不欢迎自己，各家有各家的烦恼嘛。他的打算是在二弟家住几天，把家里那些事都撇干净，换一副脑子再回家。以他这一生的经验，很多事都是越想越糊涂，越无希望，要是放下不想，反倒会出现另外的路。

二弟不声不响地替田老汉盛了一碗饭，将桌子中央那盘豆角推到他面前。其他的人都不说话，埋头吃饭，看来田老汉没猜错。弟媳第一个放下碗到厨房去了，田老汉听见她在厨房将铁锅弄得"哐当哐当"刺耳地响。两个侄女儿交头接耳地说："妈又发疯了。"

吃完饭，将烟斗递给田老汉，二弟才开口："我们这边这阵关于你们一家的谣传很多，是怎么回事呢？听说爹爹在夹墙里藏了东西，大侄儿要拆掉房子？"

"你还相信这种事啊，村里人唯恐天下不乱造谣罢了。"

"我也是这个看法。天下爱捣乱的家伙多着呢。嘿,你们两个站在这里干吗?还不收了碗到厨房去!"

两个侄女磨磨蹭蹭,口里小声骂粗话,临走还将一张椅子踢倒。田老汉想,到了二弟家,还是纠缠这些老问题啊。

侄女一离开,二弟又凑近来问他:

"真的拆了房?拆出什么来没有?"

"不过是他要挖宅基,被我骂走了。这种老屋,和牛栏差不多,里面能藏什么东西?真是想得出!你说是不是?"

"那件事你还没死心?我那时听说你们要了那座荒山,我就知道你没死心,你和老父亲性情差不多。"

"胡说!我和他根本不一样,我已经打算放弃了,这才到你家来待几天的。"

"你这是何苦呢,"二弟盯着他的瞳仁拉长了声音,"世上谁不想发财?我们是没那个命罢了。爹爹他只器重你。"

睡在二弟家的那一夜,田老汉感觉就像睡在一个大的墓穴里,有人在地底深处通宵不停地挖,田老汉就是睡着了也听到挖掘声和喘息声。他只好用被单蒙住头,但还是听得见。好久好久,他终于确定那声音是从他身体内部发出来的。为了进一步证实,他就披上衣端着油灯去察看。他走到外面,挖掘的声音响得更大了,很像从厨房后头的堆房里发出的。于是他慢慢地绕到堆房,他刚一靠近,房门就"吱呀"一声开了。是大侄女,鬼一样披着头发,手里拄着一把镐。那房内,已被她挖出了一个坑。半夜三更的,她挖什么呢?这里也有珠宝吗?他想问侄女,又怕被她抢白,就愣愣地立在月光下。倒是女孩先开口,她怨恨地说：

"我们大家差不多死了心了，你偏偏跑了来。你跑了来又什么都不干，躺在那里睡大觉。我看你这个人啊，长辈不像个长辈。你来干什么的呢？"

田老汉被她质问得很惭愧。回想起家里那一摊事，又很诧异，怎么会到处都是这一式一样的情况、一式一样的纠缠呢？会不会老爹对家里的每个人都做了形式不同的安排？下雨天的时候，父亲在屋檐下放了个破碗，要他数那碗里的水滴，真是亏他想得出啊。这时侄女目光炯炯地瞪着他，他无端地害怕起来，手中的油灯都差点掉到了地上。他掉头便走。

"嘿！你！停下！"侄女嘶哑着嗓子大叫。

田老汉穿过鸡舍时，引起鸡笼里的鸡一阵骚动，这时他看到二弟卧房里的灯亮了，两老趴在窗口朝外看。弟媳激动地说："干出这样的事来，真是遭人恨！"接着就听到啪啪的脚步声，似乎从地下钻出了不少人。田老汉摸到自己睡觉的房门口，脚下被什么东西绊了一下，低头捡起，原来是他随身带的装干粮的布袋，还有草帽和水壶。房门被锁起了，这件事一定是弟媳干的。他只好退回堂屋坐在椅子上等天亮。黑暗中往事又出现了。

二弟因为模样生得周正，很小时就被父亲送给富裕人家做儿子。起先二弟在那家人家过着娇养的日子，突然那家人家遭了噩运，两夫妇自缢身亡，家业也被没收了。二弟成了孤儿。这个时候，按理父亲应该将二弟接回来，可是田老汉听村人说父亲任凭二弟成了乞丐，流浪到了城市街头。然后就好长一段时间没有他的消息。直到几年前乡下分田时他才带着一家人回来，不知怎么却在邻村落下了户,还盖了房子。那之后不久田老汉就开始同二弟家来往了,一年里头相互走动三四次。他和二弟都闭口不谈从前的事,也不谈父亲,见了面大多数时间都是沉默,双方都不知对方到底在想些什么。二弟家的房子比田老汉从父亲手上继承的那几间老屋要气派多了,大概是他在城里弄的钱盖的。田老汉第一次造访他家就感到他的屋子里有种说不清的氛围,他的老婆和两个女儿都是那种很厉害的人,对田老汉很警惕,似乎有什么事要防备他。防备什么呢?以为他要打他们家财产的主意吗?这又从何说起呢?

想着这些事,田老汉后悔不该来这里了。然而就在他打算起身不辞而别时,二弟从房里出来了。借着朦胧的晨光,田老汉看出他也度过了一个不眠之夜。他沙哑着喉咙对田老汉说:

"你知道我为什么选这个地方盖房子吗?因为这个村里也有一些传说啊。我想,要是你挖不到那些珠宝,恐怕它就藏在我这边了。你那边是老屋,我们的老爷爷狡诈无比,他才不会将宝贝埋在那里呢!这些年我等着看你的戏,你要是罢休了的话,我可不会罢休。最近我才看出一点眉目来了。"

"我要走了。"

"刚来就走吗?你起先不是这么安排的吧?"

"不是。不过没什么关系,反正得走。"

"那就走吧,我不送你了,怕引起村里人议论。"

在外面,雾蒙蒙的田野里,很多人在雾中穿梭。那种情景令田老汉想起儿时的事。那时二弟还在家里,父亲带他俩去很远的镇上赶集。也是这种雾蒙蒙的早晨。走到半途,父亲嘱咐兄弟俩站在原地等他，因为他要上厕所。他俩眼巴巴地站着，父亲却没再出现。赶集的人一拨接一拨地走了，二弟哭起来。幸亏他还记得回家的路，不然会不会那一次他也成了流浪儿呢？后来父亲对这事没做任何解释。田老汉边走边想着这些遥远的事，田里那些人的说话声给他一种亲切的感觉，但他也知道那些眼光都怀着敌意。这个地方离大河很近，人们的见识都比较广，这些见识广的人却什么都不放过，至少田老汉是这样觉得的。也许埋伏在山上的草丛里，看田老汉挖山的那些人里头就有他们。田老汉想，要是儿子敏菊也来了就好了，他眼力好，一定能从这些人当中认出一两个人来。现在，他只好匆匆加快脚步，他知道过了那条港就不会有人了。

他回到家中时，二秀已收完豆角了。

"敏菊昨天也不见了，我还以为他同你一块去二弟家了呢。"她说。

二秀进屋点亮油灯时，田老汉百感交集。他听见房子里有窸窸窣窣的声音，尤其是堂屋的黑暗中，像是一些野猫在那里追咬。他问二秀听到没有。二秀正端着饭从厨房出来，回答说：

"早就是这样了，耳根不得清净，我已经很习惯了。"

田老汉将油灯移到堂屋，摆在柜顶上，他的目光顺着亮光扫来扫去的，他听见卧室里又在弄得大响。他正要去搞清楚，二秀催他吃饭了。

"熄了灯之后呀，比这可怕的事多着呢。"二秀说，"你想想看，还能是谁？"

两人闷着头吃饭,却又听到敏菊在打老婆,儿媳杀猪般号叫着,冲到外面去了。二秀欣慰地"哦"了一声,她听见敏菊已回家就放心了。田老汉要告诉她二弟家的怪事,她不耐烦听,说一点都不怪。"那种人家当然是乱七八糟的,只有你才有闲心去搞调查工作吧。"

田老汉又端着碗走到了院子里,他发现敏菊也端着碗从他自己家过来了。儿媳妇和两个孙子站在门前,都端着碗在吃。

"明天还去山上吗?"田老汉问。

"说不准啊。"敏菊回答。

过了一会,忽然又听到那个苍老的声音在后院那里喊:"敏菊啊——"

田老汉失手将筷子掉到了地上。他弯腰捡起筷子,朝敏菊看,敏菊的脸已被夜色罩住——刚一眨眼天就全黑了。他问敏菊听见那个声音没有,敏菊就若无其事地回答说,他懒得听,要是天天注意这种事,还不累死啊。田老汉想用自己的感觉说服他,他就急躁起来,连连往地上吐唾沫,然后一扭头走开了。

田老汉转身看屋里,看见屋里灯灭了,还有敏菊家里,居然也灭了灯,像大家约好了似的。

原载于《岁月》2000 年第 8 期

算盘

前一天有人给皮普准打了一个电话。约他到白云旅馆去见面。那人是家乡的一个亲戚,皮普准已忘了他的名字,他自己在电话里也没有作自我介绍,只是问皮普准记不记得他,然后就哈哈大笑,说:"你总算记起来了啊。"但皮普准并没有记起来,所以就很惭愧,也不便再问他,只是唯唯诺诺的,最后还答应了同他见面。一放下电话他又后悔起来,怎么能随便答应同一个不认识的人见面呢?当时皮普准的老处女妹妹正坐在桌旁补窗帘,因为昨天她将她房里的窗帘烧了一个大洞。她眨着一只三角眼,嘲笑皮普准"不甘寂寞"。"说不准会带来家乡的消息呢,这可是千载难逢的好机会啊。"她又严肃地补充道。

城市的建筑总是灰蒙蒙的,肮脏、恶俗、缩头缩脑,白云旅馆就是这建筑群中的一座。皮普准撑着伞,穿着难看的套鞋,一路噼里啪啦地上了麻石台阶,进了大门。因为停电,厅里一片昏黑,有几个影子似的接待员围成一堆在聊天,他们的声音忽高忽低,几个脑袋一会儿凑到一起,一会儿又散开了。皮普准在厅堂里站了一气也没有人来接待他,雨伞上流下的雨水在光滑的磨石子地面上已聚成了一大摊。皮普准喊了一声接待员,他的声音细得让他自己吃了一惊,他又可着嗓门喊了一声,声音还是不大,而那几个脑袋又聚拢了,正在聚精会神地谈论某件事,没人听见厅堂中央这个孤零零的家伙发出的细细的喊声。皮普准感到气闷得很,就又慢慢地踱到外面的台阶上去。雨已经停了,有几个挑着青苹果的小贩从人行道上匆匆走过。一个穿黄衣服的小老头,他的雨伞被风吹得歪向一边,挡住了一名小贩的路,那小贩就放下担子,走上前去将老头一推,老头跌倒在地,手里的伞也被风吹出老远。小贩们嘻嘻哈哈地走远了之后,老头才爬起来去捡他的伞,也许他将伞拿到手中之后才发现雨已经停了,于是收好伞,脚步匆匆地朝皮普准所站的台阶爬上来。皮普准侧着身子准备让他从自己身边过去,却听到他在说:"刚好我一跨进门就来电了,这种堡垒里的事变化莫测。我们这就到里面去谈吧。"

皮普准记起了他的声音,有点吃惊,他朝厅里一望,到处亮堂堂的,刚才围在一堆的那群人已经散了,现在正各就各位,坐在柜台后面工作。老头将皮普准带到里面的休息处,示意他在沙发上坐下来。在明亮的灯光下,皮普准将老头(并不太老)的面貌仔细地看清了,同时他也就确定了:自己不认识这个人。但他的确说着满口的乡音,引得皮普准浮想联翩。

"老家遭了水淹,房子都浸在水里头,我蹚着水走了三天才到县城，听一个过路的说，家里霍乱流行了。我嘛，是在外面跑推销的，听说了家里的情况干脆就不回去了。一路上总听到传说，说家里的大水十天半月的退不了，有的人住在树上，快变猴子了。其实啊，既然已经出来了，又还挂记家里那点事干什么呢？可人就是改不了本性，心里一烦，就想起找老乡出来聊一聊。家里好多人都还记得你呢。"

皮普准眼前出现了老家的那套土砖房，那是挨着主建筑边上搭的几间偏房，房里黑洞洞的，糊着旧报纸，灶屋只有一人多高，一烧火煮饭就满屋子浓烟滚滚。屋后的山坡上有个小煤窑，出煤口只有半人多高，出煤的时候那些工人像地底钻出来的泥鳅，从头到脚都是乌黑的，身后都拖着一大筐煤。皮普准最喜欢在出煤的时光蹲在洞口观看，大约七岁的他对那些地底的探险者特别佩服，觉得他们比那些外星人还要神秘。佩服之外又觉得十分疑惑，因为这些人将身上的煤屑洗掉，换上干净衣服，就和常人没什么两样了，地底深处究竟是怎么个情况，从他们嘴里是一点都问不出来的。皮普准曾经缠着一个半大小子问了又问，还用偷来的父亲的纸烟去贿赂他，得到的也不过是含糊的描述，那小子只是一个劲地重复："见了就会知道，怎么能随便说乱说呢？"因为穷得太厉害，家乡的人都不爱说话，以此来保存精力。皮普准的一肚子疑问只能藏在心里。这是些什么样的人啊，在节约粮食方面他们的做法简直空前绝后，就连白菜的根都不扔掉，切碎煮熟用来喂鸡。很多年过去了，离家在外的皮普准渐渐淡忘了那一切，自从父母去世后更是连想都很少想起那地方了，只有那小小的煤窑还时不时地出现在梦里，每次都是历历在目。

"山坡上的小煤窑总还在吧？"

"什么小煤窑，前些年改成大矿井了，去年那次塌方事件你也没听说？真是孤陋寡闻啊！那件事很怪，矿井全部坍塌，连井口都消失了，无声无息的，任何营救都没办法进行，差不多全村的劳力都埋在里面啊。幸亏我在外头跑推销，不然你今天也见不到我了。要是你现在回去，还可以找到那矿井的旧址，那地方水淹不到，地势那么高嘛。他们说，井下那些冤死鬼到了夜里就一排排站在山坡上呢！想起这些不好的事，我一点回去的欲望都没有了。"

谈起家乡的情况，老头黑黄多皱的脸上出现一种奇怪的表情，就好像他在故意轻描淡写，其目的却是责备皮普准似的。责备他什么呢？皮普准忽然想起一件事来。这个老头，从多方面情况来判断他的生活应该很潦倒，他怎么会有钱住这么好的旅馆呢？莫非是为了在家乡人面前摆阔才临时住了进来，然后马上约他见面？他会不会有什么事有求于他呢？

老头看出了皮普准的疑问，他仿佛是随便说道："我并不住在这里，我当然住不起，我的住处臭气熏天，你不会愿意去。我之所以选择这里会面，是因为这里的人与众不同，他们不会赶我走，我对他们讲过几回家乡的故事，把他们都吸引住了，巴不得我天天来呢。我告诉他们说家乡的树林里蘑菇多得吃不完，马上就有两个小伙子收拾了行李要跟我回家呢，他们都有点怪。"

皮普准在脑海里用力搜索，想找出家乡的点滴回忆来同老头谈论，他白费力气地搜寻了好久，发现自己除了那个小煤矿以外，对家乡几乎是一无所知，比如老头所说的树林里面的蘑菇，他就一点印象都没有，到底有没有树林也搞不清了，是忘记了呢还是本无树林，是老头的捏造？或者老头所说的家乡和他的家乡根本就是两处地方？他记忆里只有一群模模糊糊的土砖屋，屋前有一些瘦鸭在觅食，即使是当炊烟从烟囱里升起时也不能减少那地方的凄凉。所有的人唯一的收入就是做土砖卖，因为那里的土特别适合做这种砖。他们在毒日下从早做到晚，土砖排在地上一眼望不到边，一到下雨他们就关上房门不出来了。皮普准对家乡的人一点兴趣都没有，只是有点诧异：那些做砖的土怎么总也用不完呢？他的兴趣全在那些外乡人身上，也就是小煤窑的工人身上，他觉得只有这些钻到地底下去的人身上才会有故事，这是些摸不透的人，休息的时候坐在一口浑浊的塘边看鸭子游水，一到夜里就消失得无影无踪。按老头刚才的说法，似乎是家乡的人后来都成了矿工，再后来又都被埋到了地底下。皮普准完全不同情那些人，他觉得他们早就被埋掉了，要不然他又怎么会不能区分他们当中的任何一个人呢？每次想起都是那一式一样的灰头土脸，哪怕他们现在一排排站在山冈上他也不会觉得惊奇。

"你推销什么啊？"皮普准问。

"很难说有什么具体的东西。不如说我什么都推销，只要是家乡出产的东西，只是除了煤，我们那里的煤有毒，这件事报纸上报道好几次了，那种煤一烧起来啊，漫天绿烟，连鸡都一群群死掉。"

"家乡出产的除了煤以外就只有土砖，现在还有谁需要土砖啊？"皮普准听出自己声音里的虚浮，他感到很难同老头深入交谈。

"你说得对，所以他们很久以来都不做土砖了，全成了煤矿工人，当时还是一大时髦呢！"

老头的面容活泼起来，又开始谈论那些被埋在地底下的人，说起一桩一桩的恐怖事件。但是皮普准已经对他的话不注意听了，他正在想他自己的变化。从前，他认为自己还保存着很多古老的记忆，现在来了一个家乡人，他才发现，那些记忆早就消失了，即使是别人的提醒也不会在大脑的黑暗里擦出一点火花，真是叫作忘得干干净净。

在外面，太阳已经出来了，厅堂里的灯却忽然一下又都黑掉了，客人和接待员像幽灵一样在厅里飘来飘去，各走各的，没有人交头接耳。皮普准直到现在才注意到厅堂里为什么会这么黑——因为没有窗户。这里就连大门都是窄窄的一条，人们的身子擦着门边进进出出。前面那一排柜台的左边有一道楼梯，两个客人正一前一后沿楼梯而上，因为他们端着蜡烛皮普准才看见他们，而皮普准和老头坐的地方离大门相当远，现在黑得连对方的面孔都看不清了。听见老头在咕噜道："这地方非同一般……"他说着就站起来，走向那边的两个接待员。隔得远远的，皮普准只能模糊地看见他们三个人凑在一块说话，老头又不断地用手指着皮普准，使他不安起来。这时皮普准又听到附近有人在重重地喘息、呻吟，他越发坐不住了，就打算偷偷溜掉。他的屁股刚一离座位，就有人将他的两只手臂都反扭到背后了，好像是两个人干的，但看不见他们的脸。

老头在那边对抓他的人指了指地下，又继续和那两个接待员说话去了。皮普准被押着穿过厅堂，往柜台右边走去，这时他才看见柜台的右边也有一道楼梯，却是通往地下室的。听见那老头急匆匆地追了上来，嘱咐抓他的人说："703号，703号……"很快他们就下到了地下室。奇怪的是地下室的过道里亮堂堂的，巨大的灯泡密密地成一排挂在头顶，耀眼的光刺得皮普准的眼睛很不舒服。一低头，看见脚下五彩的瓷砖排成旋转的花纹，他看了一眼头就晕起来。走廊两旁的房门都半开着，似乎里面都有很多人，那些人都在抽烟，浓浓的烟味弥漫在走廊里。他们在一张关得紧紧的门前停住了，皮普准右边的男人松开他的手，挥起一脚朝那张门踢去，门锁哗啦一响，自动弹开了。左边的男人将皮普准往房里用力一推，他跌了进去，那两个人随即从外面关上了门。皮普准坐在房间里的地毯上，看见房里已经挤了不少人，这是旅馆的客房，中间两张大床，靠窗的地方有沙发和桌子。两张床上大约坐了十来个人，沙发和桌子上也都坐满了人，还有人也坐在地毯上。一个脸上没有表情的中年人走过来，递给皮普准一根烟，并称他为"新来的"。

"新来的，怎么样啊？不习惯吧？"

"这是什么地方？"

"老掉牙的问题了。还是多回忆一下吧，也许能想起点什么来。"他善意地说，"刚来都这样，什么都想不起来，我们都吃过那种苦，现在都挺过来了。"

"我也会挺过来吗？"皮普准天真地说，对自己说出的话吃了一惊。

"那当然，就和他一样。"中年人顺手指着躺在地毯上的秃头说。秃头男人在地毯上蠕动了几下，吐出一口浓烟，道：

"你为什么老站着？是不是自认为高人一等？多么可笑的家伙！"

皮普准迟疑地坐到秃头身边，秃头伸出一只手将他用力一扯，扯得他倒在地毯上，他觉得后脑勺湿乎乎的，好像是地毯上有人吐了一大口浓痰，他用手去摸，手上也沾了痰，他就将手使劲地往地毯上擦。这时他听见秃头说：

"算了吧，不要擦了，真不像话。还是抬起头来看看我吧，我是谁你都看不出来吗？真令人痛心啊。"

秃头爬到他面前，将手伸到自己口袋里摸索了一阵，摸出一只很小的算盘来，他将算盘递到皮普准的眼前，问皮普准说："这是什么？"皮普准回答说是算盘，他就不高兴地翻了他一眼，缩回他的手，将算盘放在地上拨弄起那些珠子来。皮普准问他算什么，他更不高兴了，放下算盘就朝他吼了起来：

"非得算什么吗？我什么都算，什么都不算！这个东西原来是你的，你竟认不出，你那么久没有拨弄这些珠子，把自己的事早忘光了！你看看你自己这副样子！"

"那么你到底是谁呢？"

"这种话从你口里说出来，要把我笑死！"

"是不是同山坡上的小煤矿有关？"

"你总算摸到一点边了，可惜你弄错了，那种地方一片汪洋，死鱼倒不少，哪来的煤矿？"

"人在水里头如何过日子呢？"皮普准问，对秃头男人发生了兴趣。

秃头男人却不回答，往沙发那边滚过去，滚到一堆人中间，消失在喧嚣的谈话声中了。皮普准看见他的小算盘遗落在地上，就捡起来摆弄。这时他才发现算盘上的珠子一动不动，原来是个模型。这个模型给他一种异样的感觉，有点新鲜，有点隐秘的激动。他扫了周围一眼，仿佛看见房间里有一些暗门，个个通往不同的地方，有的门还半开半掩的，但房里的人大概都没发现这些门，要不他们还不出去透一透气呀？房里的烟熏得他晕乎乎的。奇怪的是皮普准一放下算盘，那些门就消失了，墙壁平平板板的，没有一丝痕迹。他将算盘放到耳边敲了敲，小东西竟然发出金属的响声，极刺耳，吓得他手一松，算盘掉在地上。皮普准坐在地上，呆呆地看着小算盘，看了一气，才用发抖的手去接触它。他的眼珠子又往四周溜了一圈，生怕人家注意到他的窘相，但那些人都在吞云吐雾，都在聊天，没有人朝他看一眼。他连忙将算盘塞到自己的衣袋里，站起身就想往外溜。这时墙壁上的那些暗门又出现了，其中一张徐徐地打开，像被一只手推开的一样，而门后并没有人。皮普准小心地跨过几个躺在地上抽烟的人，朝那张门走去。

"偷了东西就想跑啊！"秃头在背后刺耳地大笑起来。

皮普准的额头"咚"的一声碰在墙上，他这才发觉墙上根本没有什么暗门。

"你不要急，不要急，我不会向你索取的，那本来就是你的东西，是我从一片汪洋里打捞出来的，现在物归原主，也是为了让你不要忘本的意思。"

秃头一边解释一边将皮普准领到了外面的走廊上，然后郑重地向他告别，说道：

"在这种雨天里，只有像你这种人才会撑着伞穿着雨靴到这种地方来，家乡的召唤一定是回荡在你的心底了。住在这种阴沉的城市里，不是一件容易的事吧？你也不要太悲观，那些角角落落里头，总是聚集着我们这些跑推销的人，你只要同我们接上头，就会得到家乡的消息，大家都惦记着你。你好走，再见！东西请收好！"

皮普准又看见了走廊里那些巨大的灯泡，雪亮的光弄得他的头很痛。他就跑起来，他拐了一个弯又拐一个弯，一共拐了五个弯还没有到达大厅，看来他走的不是原路，这个旅馆的地下室居然大得像一个地下王国。他放慢脚步溜达起来，观察着这些一模一样的房门，一模一样的大灯泡，房门都关着，他碰不到一个人。走着走着，他变得瞌睡沉沉的，连眼睛都要睁不开了。这时有个声音在后面说：

"怀里揣着宝贝，就想回家了吧？"

接着一只手臂搂住了他，推着他往边上一张门走过去。那张门一打开，皮普准就看见了阴沉沉的旅馆大厅，而搂着他的这个人就是打电话约他来的这个人。他又说道：

"回去以后可不要忘了我们，没事的时候就在心里好好地算一算。"

然后这个人就在大门口同他告别，还像木偶一样做了个告别的手势。外面灿烂的阳光使皮普准眼前一黑，昏乱中不由自主地将手伸到裤袋里摸到那只算盘，他吃了一惊，因为那算盘已经长大了好多，他因为这个发现心里惴惴的，于是急忙将雨伞撑开遮住自己的脸。他就这样撑着伞穿着雨鞋在燥热的阳光里硬着头皮地前行，生怕被人看到自己。

回到家的第一件事就是将那东西拿出来放在桌上。细细一打量他又觉得这算盘模型还是原来那么大，但却轻了许多，放在耳边敲一敲，发出塑料的声音，而原先他以为是金属。妹妹从她自己的房间过来了，用平淡无奇的声调说道：

"这不是你上小学时用过的算盘吗？哪里来的呢？"

她伸出手将算盘拨弄了几下，那些珠子竟然活动起来，发出粗粝的声音。

"发生了一件非常奇怪的事，家乡来人了。"皮普准红着脸激动地说。

"那是迟早的事。听说那里被水淹了，不过反正人也死得差不多了，淹不淹也就那么回事。"

"原来你全知道！你也和我一样坐在家里，从哪里得到消息的呢？"

皮普准像看怪物一样瞪着妹妹那张蜡黄的脸。

"消息的来源总会有的，这类事其实很普通，丝毫不必大惊小怪嘛。说实在的，我们住所的地理位置很不错呢。"她说着就走到窗口，用手指着前方说，"你看，那里头什么没有啊，简直是个聚宝盆呢。"

皮普准只看见天上有一大团云，强烈的阳光射在云团上，给人十分不安的感觉。他想到那些低矮的建筑里头住的那些跑推销的人，想到他们所掌握的关于他的秘密，突然浑身难受起来，加上又记起了后脑勺上沾的那些脏东西，简直如坐针毡。他提高了嗓门对妹妹说：

"我必须马上洗头。你想不出我刚才到过的那种地方是什么样子。"

三天之后，皮普准又鬼使神差般地去了那个地方。他站在那里看，看见旅馆的左侧有条细长的小巷子，巷子的一边是高墙，一边是居民房屋。房子是陈旧的两层瓦屋。家家都将白色的被单从楼上用竹竿挑出来晒，被风吹得哗啦啦的，像一些白旗。他在巷口踌躇着，记起了跑推销的人关于他的住处的描绘，也许这些两层的矮屋都是些私人的旅社？所谓"角角落落里"显然是指这种地方了，他在城里住了这些年，眼看着这些小巷子都快绝迹了，没想到这地方还有一群这种建筑。那么就还是进去看看吧。他随便走进一家挂着招牌的店铺，那种被称为前店后厂的铺面，铺里摆满了珍珠，都是那种粗货，后面的厂房里传来刺耳的磨砂轮的锐叫。皮普准站了一会儿，柜台后面的伙计就板着脸问他是不是要买珍珠，那表情就好像看出了他是一个贼似的。皮普准一愣，觉得这张脸有点熟悉，有点像他魂牵梦萦的那张脸，也就是说有点像那个泥鳅一样从地底下钻出来的，他从前给他送过香烟的家伙。但他又想，该没有这么巧的事情吧。他的脚一边往外移他一边回头打量那伙计，一直到他走出门，那伙计始终不吭声，低着头在那里数钞票。皮普准在被单哗啦啦的噪声中信步走到了小巷的中段，看见右边有一条更窄的巷子，一些打工仔模样的汉子站在各自的门口用塑料盆里的水擦洗上身，洗完就将水倒进地上的麻石缝里，蚊蝇从那些缝里往上飞。皮普准看了一会儿正要离开,忽然听到有个人叫他的名字,那人是一位中年人,样子很吓人,张牙舞爪地朝皮普准靠近。皮普准正想撒腿跑掉,那人讲话了:

"到处都是暗探,你往哪里跑呢?"

他的声音却很柔和,甚至有点甜蜜,皮普准就站住了。

"你跟我来,我们收着好多你的东西呢。我们这里可说是'麻雀虽小,五脏俱全!'当年你对我们那么感兴趣,我们大家都没有忘记。"

他拽着皮普准的手臂往一间低矮的木板房走去。房里的木地板上躺着一名老妪,样子很像患了病,额头上还敷着一块毛巾。中年人弯下身对老妪嘀咕了几句,老妪翻眼看了看皮普准,很厌恶地扭了扭脖子,说:"就是这个人让我儿子失望了吗,我没想到他的样子这么难看。"中年人连忙跪到地板上,一迭声地对老妪解释,说皮普准并不是特别难看,只是因为他思想狭隘,脸上的表情就令人讨厌,这都是同家乡长久隔绝的缘故;再说城市里的灰这么重,把人都蒙在里头,几十年住在这种地方,不变蠢才怪呢。老妪一直紧紧地皱着眉头,听了中年人的反复解释,眉头才渐渐展开了一点,她决心不让皮普准来搅扰自己,她对皮普准的蔑视是根深蒂固的。皮普准的目光从那张门射向后面那间光线阴暗的卧房。一开始他什么都看不见,后来才依稀看出卧房的墙上还有一张门,那张门微开着,通向更后面的一间房,也许第三间房后面还有一间房,这种奇怪的结构让皮普准吃惊得发出"啧啧"的声音。皮普准一发出"啧啧"的声音中年人就说:"您看这个白痴,无论对什么都感到惊奇。"老妪听了他的话就扑哧一笑，笑过后说自己头痛"好多了"。皮普准抬脚往后面房里走，中年汉子立刻跳起来拦他，这时老妪一声呵斥，要汉子别管皮普准，说："让他开开眼界也是好的，这个可怜的人走投无路了，这种情况我见得多。"

皮普准的一只脚跨过那张门，立刻感到一阵恐怖，像有一股阴风将他往那里面吸似的，他本能地一缩，又跌了回来。他坐在地上头痛欲裂，听见老妪在对中年汉子说："这种人啊，你看看他那副贪心的样子吧，什么好处都不想放过。"接着皮普准又听见老妪称中年汉子为"谭师爷"。这个名字皮普准熟得不能再熟了，可就是想不出在哪里听到过。地板擦洗得很干净，房里有阵阵幽风，给人舒适的感觉，皮普准的头痛减轻了。他呆呆地看着里面那间房，然后又企图看到更里面的第三间房，以及猜想中的第四间房，他想不出这些房间施了什么魔法。现在他真的觉得自己成了白痴。谭师爷推了推他，要他注意老妪的表情。

"你看她有多么苦，这都是离乡背井留下的后遗症啊。今天早上得到你要来的消息之后，她老人家就一直在这里呻吟，她的日子真苦。"

"她为我的事苦恼？"

"正是。你这白痴，总算猜对了一次。她老人家盼你来，可你又是她最讨厌的人。你想这么多年都过去了，我们熬到了今天，差不多把往事都忘光了，突然间，她却打发她儿子去和你联系，这种事怎么不令她后悔？你没来时，她睡在这里几乎昏迷过去了。嘘，你瞧，她睡着了。"

谭师爷小声地问皮普准在前面那栋旅馆楼里待了多久，碰见了一些什么人，皮普准就伸手到衣袋里拿出那只算盘给他看，一边对他细说自己的遭遇。谭师爷只是瞥了一眼算盘就掉转了目光，皮普准发现他只对旅馆地下室的结构有兴趣，他不断提出问题，问他当时印象中拐了几个弯，过道是长还是短，每一条过道两旁大约有多少房间，他找到过几个出口，等等。皮普准实在记不得了，就含糊地说出些不太有把握的数字。他被他缠得烦躁了便说：

"你还不如自己去看看，又离得不远嘛。"

"我？"谭师爷责备地瞪了他一眼，冷笑道，"你以为人人都可以到处乱走？要不是她老人家打发她儿子去同你约会，你可以到那种地方去吗？不信你看看门外。"

皮普准走到门口，他看见他先前停留过的巷子口正对着一张铁门，铁门里头有个屠夫模样的人，正用一把柴刀往一个女人身上砍去，那女人竟不叫喊，她肩上挨了一刀之后，屠夫又砍向她的大腿。门里头的情景唤起皮普准的记忆，他想起来那是旅馆的一张边门。这时里面又走出几个他看着眼熟的接待员，而屠夫已将女人砍倒在地，还在挥刀乱砍，那些接待员却像没看见似的站在门口发呆，其中一个指了指天，大约是说要下雨了。皮普准不想回屋里了，他想从正门进到旅馆的大厅去，他想，在那种地方，临着大街，总不会有谋杀吧。他走了几步，谭师爷就追上来了，谭师爷紧紧地跟着他，并不开口。走到旅馆的台阶上，谭师爷停住了，说："我就在这里等你，你可不要后悔啊。"

大厅里头灯光明亮，人头攒动，皮普准绕过人群走到柜台那边，然而怎么也找不到通往地下室的楼梯口了，面前只有一堵墙。会不会记错了位置呢？他又转到柜台的右边，右边也只有一堵墙。他只好返回柜台去询问接待员，那位接待员正在啃一根玉米棒，满嘴的玉米，他用手含糊地朝前一指，说："上去！上去！"他的意思是要皮普准去乘电梯。但电梯前已排了长队，外面还不断有人拥进队伍，一时半时是进不了电梯间的，何况皮普准也并不是要上楼，他要到地下室去，去看望那些熟悉他的人，而那些人的面孔他一个也不认识。

"到地下室去怎么走？"他还不死心，又拖住一个匆匆而行的服务生问。

那人看了看他，忽然将两个指头放进嘴里，发出刺耳的呼哨音，很多人立刻将他们团团围住。皮普准看见这些人全都是穿制服的接待员和服务生，他们围着他，但并不对他下手，而是相互窃窃私语，好像在等什么人。过了片刻，那人终于来了，是那名屠夫，手里拿着刀，还裸着上半身。皮普准看见他大踏步过来，自己就脚一软，眼前一黑，坐到了地上。他看不见眼前的人，只觉得自己被推推搡搡的，他估摸着下一步就是刀子砍下来了。

当所有的人都散去，他也渐渐恢复知觉的时候，他发现自己坐在旅馆外面的台阶上，面前是一尊石头羊。谭师爷背对着他在一边抽烟。皮普准不好意思地站起来，拍拍身上的灰，转过身去看大厅，没想到大厅的门已经关得紧紧的，上面贴了张黄纸，写着"今日停业"。他听见门里头传出呜呜咽咽的哭泣声，还听见一些人在里头奔跑,他心潮起伏,往事如同浪头一样扑面而来,不知不觉,他的脸贴到了那张门上头。

"在那静悄悄的地底,暴乱时有发生,这就是矿工们为自己的职业陶醉的原因。当你询问他们的时候,他们是绝对不会讲出来的,因为那种遭遇无法讲述。"

皮普准的脑海里出现了以上的话,他用左手拍了拍衣袋,那算盘好端端地放在里头,发出柔和的沙沙声。

原载于《作家》2000年第2期

阿娥

我们在院子里跳绳，两个人甩绳，五个人跳。我们刚开始跳不久，阿娥就跌倒了。她慢慢地倒下去，脸色发青。孩子们无比惊慌地围成一圈，有人叫来了阿娥的父亲。那父亲是这里的箍桶匠，有一张饱经沧桑的老脸，腰部像被打断了似的弯成九十度，看上去不像阿娥的父亲，倒像她爷爷。他走到阿娥跟前，搂起她的上身就往家里走，而阿娥的下半身就在地上拖。看来这位父亲已经熟悉了女儿的发作，一点都不感到奇怪。有知情的女孩告诉我说，阿娥真可怜，生下来就有这个毛病。远远望去，阿娥像一具尸体，那位残疾的父亲一摇一摆地拖着她走。

整个春天我们玩疯了。家长们天黑时站在屋前的台阶上喊我们当中某个人的名字，跳起脚来破口大骂，那个人就如老鼠一样悄悄溜回去吃饭。天天如此。也有挨打的，被打的孩子拼出吃奶的力气惨叫，家长听得烦，只好暂时放开他们。但我好久没再见到阿娥，她父亲那"老鸭"似的身影倒是常出现。

男孩小正问我愿不愿去看阿娥，我怦然心动，尾随他在一栋又一栋的老屋之间穿梭。我们最后停留在一栋破旧的木屋前面，小正让我骑在他肩上，凑到高高的窗前往里看。我看见房间正中有一只玻璃柜，阿娥就睡在柜子里，她没睡着，不时动一动，打一个哈欠。我还要看个仔细，小正就不耐烦了，叫我下来。

"她怎么会睡在那种地方？"我惶惑地问。

"她有病，那是隔离室。"小正得意扬扬地介绍，"不是怕她传染给别人，是她自己需要隔离，不然啊，活不过明天。"

"那她还跳绳？"

"短时间出来活动一下是可以的，我看那对她没什么坏处。"

他一本正经地伸出手掌，我给了他两块钱。

我还想从门缝里偷看，远远地那只"老鸭"过来了。

"快跑！"小正猛地扯了我一把。

我们两人一齐飞跑，穿过那些老屋，又到了院子里，我们在途中还撞翻了一户人家晒在天井里的干木耳，撒了一地。

一想到玻璃柜里头的女孩，我就心跳脸发红，恨不得马上把这个发现向一个人吐露。

这样的机会终于来了。我邀了细碎去山里挖蕨根，我们避开那些个男孩，钻进阴暗的壕沟。在收获了一些肥大的蕨根之后，我压低喉咙向细碎吐露了这个秘密，我还添油加醋，将阿娥形容成一条蟒蛇，夜里游出去吞吃小鸡。细碎立刻就尖叫起来，跳着爬出阴暗的壕沟，将采集的蕨根撒了一地，抱着头痛哭。

我跟在后面慌慌张张地向她道歉，我不明白自己什么地方得罪了她，让她这样感情冲动。可是只要我一张口，她就更厉害地尖叫起来。我心灰意懒，扔了那些蕨根怏怏地往家中走。还没到家，细碎的妈妈就追了上来，狠狠地指责我，说我"欺负女孩子"。我想张口辩白，她又横蛮地打断我，威胁说：

"有些事，不可以乱说的，管好自己的舌头吧。"

平白无故地被人抢白一顿，我感到自己掉进了一个深渊，这个深渊是一个没有底的谜。我想去找小正问一问，小正也躲着我，远远看见我就一溜烟跑得不知去向。

傍晚的时候，大人们骂人骂得特别凶，很多人都在指桑骂槐。他们骂自己家的小孩和一个贼搅在一起，还说要打断他们的腿子。我不敢听，又不得不听，我觉得自己成了过街的老鼠。所有的孩子全回家了，还有两个女人在骂。妈妈见我躲在门背后倾听，就走过来将我揽在她怀里，她的粗糙的、被劳作弄得变了形的大手抚着我的背，一声接一声地叹气，就像我闯了大祸，不可挽回了似的。

"什么事也没有，妈妈。"我不服气地说。

"当然，当然，能有什么事呢？好孩子。"

她的惶惑不安的目光对着面前的那堵墙，那样子分明是告诉我大难临头了。我突然很恨她，这种感觉是常有的，但这一次，我觉得她和外面的人们是一伙的。我一用力就从她的手臂里挣脱出来，弄得她差点栽倒在地。

因为所有的孩子都躲着我，我只好自己和自己玩。我在泥地上玩一种攻城的游戏，让两个城堡里的武士相互进攻。我口

261

里喊着"冲呀！杀呀！"的，忙个不亦乐乎。我还让甲城的武士挖了一条运河，通到乙城的地底下，将院子里的那摊污水引过来，让乙城被污水淹没。我聚精会神地干着这一切时，突然看见一只穿着皮鞋的女孩的脚将我的城堡踩塌了，我吃惊地抬起头，看见阿娥叉着腰站在我上头。

"你这个懦夫！"她傲慢地说道，"谁要你来多嘴啊，你搞得清这些事吗？"

"阿娥，阿娥，他们都不理我了，你要是再不理我，我该怎么办啊！"

我差点要哭出来，情急之下抓住了她的一只手。

"当然，我会理你的。"阿娥突然扑哧一笑。

她任凭我抓住她的手。而我，就像获得了批准似的，还将我的脸颊往这只冰凉的手上贴。奇怪，我的脸一贴上去她的手心就有了热气，而且越来越热，像发高烧似的，她的两只长得很拢的小眼睛则目光闪乱，我觉得她要发急病了。我连忙将脸颊脱离了她的手掌。她用空着的那只手揪住自己的胸口，困难地喘气。

"阿娥，阿娥，你不会晕倒吧？"我害怕地问她。

好久好久她才平静下来，指了指身边的大石块，示意我同她并排坐下。她的手又变得冷冰冰的，一脸难看的样子。我看见院子那边的门洞里有几个脑袋晃了一下，很显然是前面街上的孩子，他们看见阿娥和我坐在一处就躲起来了，真是怪事啊。阿娥锐利地瞥了我一眼，说道：

"我现在见不得人了，都是因为你，你自私自利，不顾后果。"

"我完全不知道,我蒙在鼓里。啊,我敢发誓,要是我知道,我就把这只手砍掉。"

我说这些话的时候,脸上一定变了色。我希望阿娥说下去,这样就会把个中的缘由说个清清楚楚,一切就会真相大白。我握着她的手等了又等,她却并不开口,像在想其他的什么事。我想,阿娥的世界到底是个什么样的世界呢?她一定觉得我十分荒唐吧。阿娥的沉默是那种很宁静的沉默,她显然不希望我开口,似乎她预先就知道我的疑问太多了,回答起来没个完。终于她叹了口气站起身来,说她要走了。我想送送她,她做了个制止的手势。她走路的样子和她父亲一样,很像鸭子。我猜测她是回到她的玻璃柜里头去,这样一想不由得很害怕,要是她刚才死在我身旁,那可是不得了的大事情。

那些天我神魂颠倒,总是想往阿娥家那边跑。门是关着的,我不敢喊门,窗户又太高。我心事重重地在外面徘徊,阿娥的父亲一出现,我就假装在屋檐下玩修城堡的游戏。有一天,阿娥的父亲进屋后,同阿娥在房里高声说话,我在外面全听见了。那父亲问:"外面那野小子是怎么回事?"女儿就回答:"大概是妒忌我吧。"然后还说了些其他的,总之是我难以理解的话。阿娥的声音就像从一个坛子里面发出来的一样,伴随了嗡嗡的回音。

有一天阿娥终于出来了,病恹恹的。她用蔑视的目光扫了一眼我砌的城堡,懒懒地在椅子上坐下了。

"太阳多么好啊,阿娥!茶树开花了呢!我们去山上捉小鸟吧。"我想讨好她。

"我不能晒太阳。"她简短地说。

"真可惜，真可惜，长年躲在那种柜子里，多么可怕！"

"你这蠢货，柜子里才有意思呢。我只要一出来就难受，你没看到吗？阳光使我的血变黑，花粉使我的气管黏膜肿胀，最糟糕的是，我在外面无法想事情了。我想出来的那些个事，你永远想不出。你这样的人就只会玩这种古老的游戏，因为人人都玩这种游戏，真是乏味透了。"她一边说一边往房里走。

我连忙紧紧地跟上去，阿娥似乎也不反对我参观她的家。玻璃柜很精致，同房里简陋粗笨的陈设形成鲜明对照。长方形的体积比一个大人的身材还长一点，前面是一扇推门，四根闪亮的不锈钢柱子上面车出漂亮的螺旋花纹，立在柜的四角作为支撑。那柱子简直有点豪华气派了。玻璃门的一侧嵌着一根管子，管子连到一台小小的机器上。阿娥说这个机器一开动，玻璃柜里面就可以保持真空状态。"那种情形啊，妙不可言。"我弯下腰去看那台机器，正在这时外面响起了咳嗽的声音。阿娥立刻将我往外推，小声说："快走，快走，你的气味留在房里，父亲要暴跳如雷。"她猛地一用力，我跌倒在门外台阶下。我还没来得及爬起来，就被阿娥的父亲揪住了后面的衣领，他将我用劲往泥地上撞，撞得我前额流出了血，一共撞了十多下他才罢手，我大概后来晕过去了。

我不记得那一天我是怎样挨到家的，我精神上受到的打击还远远大于头上的伤。妈妈在我床边轻轻地哭着，反反复复地说要为我报仇。

"您怎样去报仇？"我不耐烦地打断她。

我从肿起的眼皮下看见她一脸的茫然。

"是啊，我怎样去报仇呢？"她犹犹豫豫地嘀咕道。

我躺在家里的那些日子是最最黑暗的日子，一个丧子的老女人在门外通夜通夜地号哭，我觉得世界的末日要到了。一天夜里我刚睡着，就有人弄我额上的伤口，那人猛地一下将伤口上的痂揭去，我在钻心的疼痛的袭击之下发出怪叫，随之看见匆匆离去的老女人的驼背。伤口的血流得满脸都是，紧接着母亲举着油灯出现了，她为我折腾了好久才将我安顿好，她不听我的解释，硬说是我自己做噩梦将伤口弄得裂开的。我闭上眼，伤口一跳一跳地痛。我想，那老女人一定是把我当成了她死去的孽子，恐怕她才是寻上门来报仇的。这一次的伤口恶化在我额头上留下了很大的疤。

阿娥是在第十天到来的，刚好是我战胜了炎症高烧的那一天。女孩的脸白得像纸，一溜就到了床前，口里一迭声地说："抱歉，抱歉。"她凑着我的耳朵小声问我是否有人在我病中来骚扰。我就说了老女人的事。

"她是弄错了人吧？"

"不会吧，我看这事是父亲的主意。"她神情恍惚地说。

"你睡在玻璃柜里也是你父亲的安排吧？"我怨恨地讥讽她。

"嘻！不要乱说嘛，现在我们俩已变成一根藤上的瓜了。就因为你闯到我家里去，事情才变成了这样。"

她这样一说，我的气全消了。我想坐起来同她握握手，可是窗户上有几个脑袋闪了一闪，他们是街上的孩子。接着我又听见那些大人在指桑骂槐了。我打了一个冷噤,将双手缩回被子里。我看见阿娥如同遭了霜打的菜秧,她身上那件外套像要将她细瘦的肩头压坏似的,她一脸痛苦。

"我要回去了,这里的空气我受不了。"她声音微弱地说。

她还没出门我就闭上了眼。那一天余下的时间我一直在思索这个问题:她来干什么呢?是她父亲派她来的吗?我越想越不安。接着我又想到阿娥的处境,又觉得她绝不是她父亲的帮凶,而是被她父亲掌握的工具。我对她的看法总在两极之间摇摆着。

我在养伤的日子里暗暗地在心里制订了一个计划,这个计划谁都不能告诉,妈妈也不能。伤一好我就跑了出去,我不理睬那些孩子,独自一个向前跑。奇怪的是这一来,大家都驻足向我张望,就像看呆了一样。我心里又有点得意扬扬,步子迈得更高,好像胯下骑了一匹马。我跑呀跑的,跑到了山脚下,我抱住那棵大松树时才猛然醒悟:我跑过头了。那边街上的孩子们大呼小叫的声音顺风隐约传来,使我陡生一种平和的幻觉。我回转身往阿娥家里跑,在快到她家的那道围墙的前面我停下了,我看见阿娥正好病恹恹地坐在屋前。

"阿娥——阿娥!"我轻轻地唤她,手里捏着一把汗。

阿娥的眼睛一亮,立刻站起来小跑步朝我过来了。

"你怎么竟敢又到这里来,不想活了吗?"她低声地、严肃地说。

"阿娥,我是来邀你的,我们跑吧,翻过这座山,到我舅舅家里去,他会收留我们。我这位舅舅,从不大惊小怪。我们跑吧!"

阿娥出乎意料地没有表示反对，甚至显出很神往的表情，口里念叨着："山那边——山那边，好主意，我还从未到过山那边呢！哈，你这小鬼！"她伸出一只手轻轻在我头上拍了一下，重又陷入了幻想。

"还等什么，跑呀，跑！"

我牵着阿娥跑了几步，她就甩开我独自飞奔了。原来她根本没病，她跑得同我一样快，甚至还要快，我第一次看见她脸上泛起了红晕，红得像两朵花，汗珠从她鼻尖冒了出来。真是奇迹啊。我们又到了那棵松树底下，这就要准备爬山了。我还是有点儿担心。

"阿娥，你真的愿意抛开父亲吗？"我问。

阿娥笑了起来，说我太啰唆，还说父亲是抛不开的，一个人怎么能没有父亲呢？"你也抛不开你父亲。"她补充道。

"那你还跟我走？"

"我跟你走，是因为这很有意思。你这个小萝卜，我们走吧。"

我虽然有点沮丧，但毕竟和阿娥在一处了，我把她骗出来了，那个老混蛋不知道要怎样伤心呢。我们开始爬山，阿娥兴致比我还高，不断向我打听舅舅的事，我把我知道的差不多全告诉她了，她还不满足，纠缠一些细节不放。

简直是一眨眼工夫，我们就翻过了那座小山。风呼呼地吹着树林，青色的屋顶像在林海间浮动的老乌龟。

我和阿娥都累得躺在木沙发上面喘气。舅舅和舅妈都是特大的块头，像两座房子一样在我们眼前移来移去的。我从下往上盯着他们，忍不住要笑。

"阿娥到底从老魔王手里逃出来了啊。"舅舅的声音在胸腔里嗡嗡地响起。

后来我坐起来告诉舅舅，我们要在他家里长住了，因为阿娥再也不能忍受她原先的生活。阿娥根本没有病，是那个老混蛋让她过着非人的生活。至于说到我母亲，她一定会同意的，她自己也常常和我开玩笑，说要把我送到舅舅家去住。我说这些给舅舅听的时候，阿娥就在一旁踢我的脚，说我"瞎说"。

"阿娥自己是怎样个打算呢？"

舅妈一边问一边将阿娥一把拢到自己怀里，让她坐在自己肥胖的大腿上，那地方就像一只大沙发。她的这一举动搞得阿娥有点受宠若惊。

"我没有打算，我没有打算！"阿娥的脸涨得通红。

舅妈慈爱地抚摸着小姑娘稀稀拉拉的头发，哈哈大笑。接着舅舅也笑，房里就像打雷了一样。我突然有些厌恶，我没想到他们俩变得这么讨厌了。为什么要刨根问底呢？但是阿娥坐在那"沙发"上显然很舒适，她头一歪，竟然睡着了。舅妈就站起来，将她像一只鸡一样夹在腋下往房里走，安顿她睡觉去了。

吃晚饭时阿娥还没起来，舅妈说她睡得昏昏沉沉的，不忍心叫醒她。我总觉得舅妈的话还有些别的意思，像是在责怪我。我不该把阿娥叫到这里来吗？舅舅则显然很高兴，用巨大的手掌轻轻拍我的肩头，说我"有出息""居然用这种高招来对付那老魔鬼"。说着又叫我将事情的来龙去脉详详细细告诉他一遍。于是我就从男孩小正带我去阿娥家偷看玻璃柜说起，拖泥带水地说了好久。舅舅听得津津有味，不住地插嘴说："真高明！""绝妙！"弄得我又莫明其妙又不好意思。那顿饭吃了很久，舅舅将所有的底细全摸得清清楚楚之后就对我宣布：我和阿娥可以住在他们家，爱住多久就可以住多久；当然我就是明天就离开也是可以的，腿长在我自己身上。舅妈则一个劲地嘱咐我："要担心阿娥的病啊，这样的女孩活不长。"

那天夜里我和舅舅睡在一间房里，阿娥和舅妈睡在隔壁。舅舅一上床就鼾声如雷，震得床架都吱吱作响。月光很亮，窗外有种可疑的声音在持续地敲打，很像有一个人在窗外要进来。过了好久，我实在忍不住了，就起身去看个究竟。我看到的景象使我大吃一惊，原来是阿娥在用一根木棍敲击窗棂，她披头散发地坐在一棵树的树枝上，那树枝正好伸到我的窗口。

"你疯了啊，这样会着凉的。"

"我本来就是病人嘛。"

"你才没有病呢。"

"你只看得见表面现象。"

"我要睡觉了啊。"

我说着就关了窗户，躺在小小的行军床上一动不动。敲击声不再响了，后来我听见"嗵"的一响，大约是她从树上跳下来了。朦胧的光线中，对面床上那座山动了起来，舅舅打了个喷嚏，问道：

"是小妖精在外面闹吧？"

"是阿娥，她不睡觉，坐在树上玩。"

"她就是那种人。不要管她，管得太多你的脑袋要炸开。"

舅舅又打起了鼾。慢慢地，我也在那雷声中入睡了。我睡不好，一次又一次被那些乱叫的雄鸡吵醒，不知舅舅干吗养这么多雄鸡，几乎每隔十几分钟它们就打一次鸣，也可能是家里来了人，鸡们觉得一切全乱了套。它们的鸣叫在夜半响起简直震耳欲聋，而舅舅全然不知。

吃早饭时阿娥又没来，舅妈说她"整夜都在外头跑，现在还没回"。舅舅则低头喝了一口羊奶，微笑着补充道："她就是那种人。"

我们吃完饭，舅妈要收拾桌子了阿娥才回来。她衣衫不整，样子憔悴得可怕，走路也东倒西歪的。她扑到桌上，抓了一个馒头就狼吞虎咽起来。这时我才记起她昨天还没吃晚饭。舅妈在旁边用赞许的目光看着她吃，敦促她多吃。可是阿娥只吃了半个馒头就放下了。她伏在桌上，微弱地呻吟着，说自己"恐怕要死了"。

我提心吊胆地陪着她。因为是我将她叫出来的，要是她真的出了问题，我恐怕要被她父亲打死，不死也要打成残废，这一点是肯定的。奇怪的是舅舅舅妈倒并不着急，也许他们认为阿娥在装假吧。我知道阿娥不是装假，才一天时间，她的模样就大大地变了，她的嘴角垂下，额头上满是皱纹，就连我熟悉的手也一下子干枯得如同老妇的手。

舅妈推开我，像昨天那样将阿娥夹在她腋下，往房里走去。我对舅妈的粗暴动作感到很愤恨，我太担心阿娥了。

"她这种样子我见得多了，不会有问题的。"舅舅说，"她可不像你这样傻兮兮的，她从小很伶俐，反应快，她知道自己要什么。比如这回,你以为是你将她骗到这里来的吧?其实呢,却是她将你骗到这里来的,哈哈哈……"

他笑得不想笑了,这才郑重其事地对我说:

"今天我要带你去看一个人,你看了他可不要害怕。"

我和舅舅出门之前去阿娥房里看了看她。她在薄薄的被子下面一阵一阵地痉挛,牙咬得咯咯作响。我实在不放心她,可是舅舅拖着我往外走,轻描淡写地说:"不要紧的,从前的发作比这厉害多了。她那位慈爱的老父亲的心血总算没有白费啊。"

我们穿过了一片又一片的水田,农夫们一律停下手中的活,分外吃惊地呆立原地。舅舅不理他们,像骆驼一样缓缓前行。受了他的感染,我这个小不点儿也趾高气扬起来,昂首挺胸地紧跟在后面。一直到走完了田间小道,到了山里,我才敢问舅舅:

"那些人为什么事吃惊啊?"

"因为我很少出门吧。他们预感有重大变故要发生了。你同阿娥住在我家,在村里无人不知。尤其是阿娥,疯跑了一夜,恐怕每一家都去拜访过了。"

舅舅虽然笨重,爬起山来却很矫健,连气都不喘,让我大大佩服。晚春的山风舒适地吹在脸上,我还沿途捡了些松蘑呢。我差不多都快把病在家中的阿娥忘记了。这时舅舅放慢了脚步,说起阿娥来。他说阿娥是个永不知满足的女孩,生下来后从早到晚哭泣,谁都哄不住。阿娥的母亲就是被她累死的,她死在阿娥两岁那一年。后来阿娥的父亲为她做了那个奇特的玻璃柜,让她睡在里头,她马上安静下来了。

"阿娥的父亲年轻时是我的同伙,我们一道淘过金。那家伙和我一样吃不了苦，很快跑回来了。我们都没料到他会有这样一个女儿。我和你舅妈永远忘不了那一天，当时玻璃柜还没完工，阿娥的父亲正在安装一根柱子，灵活的小阿娥立刻就推开玻璃门爬了进去，然后又将柜门关上了。我们全都看呆了！这样的女孩，哎哟哟！"

我们走了又走，我捡的蘑菇将篮子都装满了，舅舅嘲笑我是"专爱蝇头小利"。翻过第二座山头，快到中午时分，舅舅指着远处山坳里的一座小茅屋告诉我说："就在那里。"我问舅舅那是什么地方，他说到了就知道了，我忍着好奇心加快脚步。可是舅舅却又不走了，坐在路边的茅草上说要休息，于是我也挨他坐下，大概的确是累得很，我一靠着舅舅立刻就睡着了。我在迷迷糊糊中听见舅舅在和人说话，嗡嗡嗡的，像拉风箱，似乎那人向舅舅询问一件事，舅舅告诉他一切准备就绪，只有一个小小的障碍，这一个障碍由他来负责。还说了些别的，都是很奇怪的事。我越想挣扎着醒来，越是醒不来。我觉得自己是在一间封闭的地下室里，舅舅和我在一起，而那个和他谈话的人，则同我们隔了一道门。最后我将指头放进口里用力一咬，终于醒了过来。我莫名其妙地四周环顾，听见舅舅在说：

"这就是那茅屋，我们已经到了。"

我是在一张简陋的床上，旁边躺了一个人。我立刻看见了一道熟悉的目光，吃惊得差点跳起来跑掉。舅舅用大手抓着我，要我别怕。那个人从头到脚被缠在绷带和纱布里头，只有一只溃烂流脓的手露在外头，我看见他的手背已烂到了骨头。这个人会是阿娥的父亲吗？前不久他还有那么大的力气来搡我呢。

"这家伙连话都讲不出来了,你怕什么呢?"舅舅又说。

茅屋里的气味令人窒息,那气味显然是从眼前这个人身上散发出来的。我记起我有一次在山坡下挖蚯蚓时挖出一只死猫,那气味就同这一模一样。现在这个活尸躺在这张烂竹床上,那只惨不忍睹的手轻轻地抖动着,他似乎忸怩不安。我当然不再怕他了,我心里还很高兴呢,这下可好了,他再也管不住阿娥了,我和阿娥彻底解放了!我一高兴,脸都泛红了,这时我碰上了舅舅的眼光,他那双莫测的灰黑眼珠显然看穿了我的小算盘,他的目光中含着责备。后来我才知道,我的打算不过是一厢情愿。我这个人,长到十三岁,做起事来就总是一厢情愿的,很少考虑周全。

在沉默中坐了一会儿,我忍不住了,扯着舅舅要离开。舅舅打开我的手,呵斥道:"胡说!"他说他要替好朋友换绷带,这就是他来这里的目的。听了他的话,我真是很消沉。舅舅替这个人换绷带,先从肚子上换起。他像杀猪一样地叫,叫得我实在忍受不了。我要出去,舅舅又不允许。我不敢注视这个人,只匆匆地瞥一眼那副惨状就吓坏了我。他全身没有一块好肉,很多处皮肤都呈现出腐败的紫黑色,被揭下的绷带上竟粘着一块腐肉。难以描述的臭味使我几乎要晕过去。舅舅手持一把大镊子,用棉球蘸着一只陶钵里的盐水帮他洗伤口。不论这个人发出什么怪叫,舅舅始终耐心耐烦,有条不紊。看着舅舅那巨大的背影,我觉得他就是一座山,压在那个可怜的、绝望地在他手中蠕动的家伙身上。后来那家伙的叫声渐渐微弱下去了,舅舅还在甩开膀子大干。到他用新绷带将这个人全身缠好时,他差不多是无声无息了。

"他终于睡着了。"舅舅指着床上那一堆纱布裹着的东西说,"我是干这种工作的老手了。他们一开始总是吵得厉害,到最后就一声不响了。"

舅舅说这些话时含着笑意,使我身上起了一层鸡皮疙瘩。我怀疑床上这个人已经死了,这种怀疑越来越厉害,因为过了好一会,他还是丝毫动静都没有。我趁舅舅不注意用手猛地扯了一下那人的脚,脚的僵硬程度吓坏了我。我要往外跑,舅舅拽住了我,命令我乖乖地待着。接着他又要我注意这个人的眼睛。我这才看见他还睁着眼,眼里射出让我害怕的光,就像那次他揍我时的那种目光,厚厚的绷带也遮不住他那种恶意的流露。这时我虽害怕,更多的还是幸灾乐祸。我想起家中的阿娥,不知道她此刻怎么样了,要是她能够在舅舅家恢复身体,不就用不着回她那个可怕的家了吗?看情形,她已经不会有家了,这老家伙一死,她完全解放了。我问舅舅老坐在这里干什么,舅舅就说是为了陪陪这位老朋友,还说他太寂寞了。我又问这个人是怎么受伤的,他又是怎么到这个茅屋里来的,舅舅回答说全是阿娥干的好事。然后他就不让我问下去了,斥责我"多嘴"。

我耐着性子在那茅屋里待了好久,那家伙的眼珠始终跟着我转,搞得我怪不舒服的。我想,要是他的伤好起来痊愈了,不把我撕成碎片才怪。然而阿娥和这一切到底有什么关系呢?从时间上推测,是她父亲病倒一段时间之后她才同我出走到这里。难道她将父亲弄成了这个样子,又请人将他抬到了这个茅棚里?莫非昨天夜里她来过这里了?

我们回家时舅舅从他的提包里拿出一把新锁，将茅屋的那张门锁起来。这时那箍桶匠又在里面发出杀猪一般的叫声，从声音听起来他一时还死不了。舅舅说，他将阿娥的父亲锁在里面是为了免得阿娥进去，阿娥要再到这里来，就只能隔着门同她父亲对话了，这对他们两人身心都有好处，因为两人的性格都是一样的疯狂。一直到我同舅舅走过了枞树林，还可以听到阿娥的父亲那凄惨的叫声。这时舅舅身上那股劲头全消失了，他紧紧地锁着眉头，走一走又歇一歇，不知道他在想什么。我因为惦记着阿娥，就催舅舅快点走，我说照他这样磨蹭天黑都到不了家。舅舅见我老催他，就生气了，说道：

"慢慢走有什么不好？两个饼子都让你一个人吃了，你又没挨饿，急什么？说不定天黑了在这山上还会碰见阿娥呢！"

"阿娥？你怎么知道她会走我们这条路呢？"

"到她父亲那里去只有这一条路。"

糟糕的是舅舅忽然又说他瞌睡来了，一边说就一边在一块光滑的圆石上侧身卧下，打起鼾来。我又气又怕，想丢下他一个人回去，可又忘了回去的路。天已经渐渐黑下来了，砍柴的人也担着柴回家了，他们在舅舅身边停下来，满腹狐疑地将这个胖子打量了好久，向我提出种种问题，弄得我恨不得自己变成一块石头，他们犹疑不定地将我看了又看，这才担着柴离开我们。走了不远他们又放下担子折回来，一把抠住我的肩膀摇晃着，问我："到底要在这里搞什么鬼？"他们三个人紧紧围住我，像要把我吃了一样。他们的吵闹声一点也没影响舅舅，他照旧在石头上打大鼾。这些人见从我口里问不出什么来，就将我猛力一推，我撞到大松树的树干上头，眼冒金星倒在地上。那些人怕闯祸，连忙逃跑了。我慢慢爬起来，简直气疯了，就用脚去踢舅舅，踢了好几脚，哪里踢得醒。幸亏这时树林里响起了舅妈的喊声，我连忙答应。舅妈顿着脚，气急败坏地给了瞌睡虫几个响亮的耳光，舅舅才醒过来。他委屈地摸着火辣辣的脸，问出了什么事。

"阿娥回去了，你这老废物，什么事都弄不清！"

"呸！简直不可思议，她就这样走了？连父亲都不要了啊？"

"当然走了！谁叫你插手她的事。我早告诉过你，她的主意大得很！你瞎搅和些什么呀，我的天！今天下午你妹妹也来过了，她说她想通了，不要儿子了，就让阿林给我们做儿子，可是我才不想要她的儿子呢。我怎么看也觉得他像个小流氓。想想看，竟敢拐了女孩子到我们家来！"

突然他们两个人都把气发到我身上来了。舅妈说我母亲是要"甩包袱"，使她和舅舅的晚年生活不得安宁；舅舅也唉声叹气，坐在石头上诅咒我母亲，还要我做出保证，明天一早马上离开。形势变成了这个样子，我当然一天都待不下去了，我立刻答应了舅舅。我一说出同意回家的话这两个人就同时松了一口气，舅舅在舅妈的搀扶下费力地从圆石上爬下来，然后倚在她身上，一拐一拐地往回家的路上走。这时月亮已经出来了，我前面这两个大块头的背影变得朦朦胧胧的，很像受伤的大黑熊。我想起舅舅早上出门时精神饱满的样子，以及后来他替阿娥父亲换绷带的那股劲头，我不明白一天下来，他怎么会变成了这种情形。还有我母亲，居然因为我的出走就不要我这个儿子了，我和她之间的关系原来这么脆弱。他们一边走一边呻吟、喘息，到后来竟哭了起来。舅舅一边哭一边诉说，他说到阿娥父亲所过的悲惨生活，说到他的小小的梦想，也说到他忍耐痛苦的能力，他的不变的决心。我并不完全懂得舅舅的激情，只是在这样的月光下，周围晃动着这样的树影，脚下踩着这样嚓嚓作响的枯叶，想起前途，我也恨不得大哭一场。我就试探性地干号了几声。我一哭，他们俩就都不哭了，停下来转过身，很好奇地看着我。于是我马上住了嘴。舅舅显得很失望的样子。

"哭，哭呀！"他催促道。

可惜我哭不出了，也不知道舅舅到底从我身上期望些什么，又因为这种暧昧不明而烦躁起来。

回家的路走了很久很久，到家时已是深夜，那些雄鸡听见我们回来就发疯地乱叫了一通。坐在油灯前喝稀饭时我才记起，我将那一篮松蘑扔在山上了。难怪舅舅嘲笑我"专爱蝇头小利"。喝完第二碗稀饭的时候，我听见灶屋里有响动。

"是野猫吧？"我问。

"是阿娥回来了。"舅妈若无其事地说，"她想走回头路，她什么都想得出！"

我走进灶屋。看见阿娥在油灯下削莴笋，那是为明天的早饭准备的。阿娥的头发梳得整整齐齐，衣服也很干净，和早晨那副样子完全不同了。我走过去挨她坐下，帮忙一道削。

"阿娥，我看见了你父亲呢！"

"不要提他，我不喜欢别人对他说三道四，你并不了解情况。"阿娥柔和而坚决地说。

"你不走了吧?"

阿娥不回答我的问题,双手灵巧地挥动着,一会儿就把莴笋全削好了。她用簸箕盛着莴笋去洗,她的样子就像一个熟悉家务的村姑,我简直看呆了。阿娥回过头来朝我一笑,露出她的蛀牙,然后对着房里噘了噘嘴说:

"什么时候了,你还不去睡,舅舅要生气了啊。"

这是在舅舅家的第二夜,已经是下半夜了,雄鸡的打鸣一声接一声。我虽然累坏了,却一点睡意都没有。我听见阿娥一直在厨房弄得水响,她哪里有那么多东西洗啊?听着阿娥弄出的响声,我心里又有了希望,于是开始策划一些稀奇古怪的事,那些事里总是两个主角:我和她。我们跑呀跑的,撇开了她父亲,扔下了我母亲,连舅舅舅妈都不要了,后来阿娥跑不动了,我就背起她跑,我成了大力士,跑过一座山头又跑过一座山头,要是她抱怨,我就连她也扔下,一个人跑,这一来她就会央求我带上她……或者我们根本不跑,爱住在谁家就住在谁家,她父亲管不了她,我母亲也管不了我,舅舅也拿我们没办法,那些小孩更不敢朝我们瞪眼,大人们也不敢指桑骂槐。如果阿娥还是想睡在玻璃柜里,那也很好,我要把她的玻璃柜搬到院子里去,让她晒晒太阳。我想到第五个方案的时候天就亮了,舅舅如雷的鼾声平息下来,他一翻身就坐起来,问我看见阿娥没有。我回答说阿娥在厨房里洗菜呢。

"你上当了!"舅舅吼道,"你这个痴呆,她看她父亲去了!"

我连忙趿上鞋到厨房一看,果然阿娥不在。夜里是谁在弄得水响呢？

"我说的没错吧？"舅舅洋洋得意地说，"这个小家伙心计很深的。幸亏我将门锁上了，要不然啊，她会将她父亲身上的绷带拆得乱七八糟的，那种神经质的发作我们都领教过，那都是因为她爱父亲爱得太深啊。"

早上我在餐桌上吃饭时差点被一口玉米糕噎死，我心不在焉，吃得太快了。好不容易缓过气来，一抬头看见两个男孩站在门口，他们是老屋那边的男孩，居然跑到这里来了。我朝他们一瞪眼，他们立刻隐藏起来。舅舅也看见了他们，他说：

"阿林的举动真是牵动了众人的心啊！"

舅妈好奇地起身到外面去看，我听见她在和那两个人说话，说了好久她才进来。

"他们不是找你的，是找阿娥，你去和他们说说啊。"舅妈看也不看我说。

我来到外面，那瘦高个子走拢来告诉我，阿娥回不去了，她的房子已经被愤怒的家长们拆掉了，那玻璃柜也被砸了个粉碎，家长们边砸还边说："让她去做野鬼。"他的目光闪烁不定，似乎很不情愿地讲出这些话，而他的同伴则站得远远的不过来，冷冷地斜睨着我。末了他要我转告阿娥，千万不要回去，家长们正在到处找她。我想告诉他我和阿娥不怕那些大人，我们偏要回去，看他们又敢拿我们怎么样。但我没说出口来，这男孩一副冷淡样子，好像认为阿娥的事同我不相干，他只是要我帮他转个口信罢了。我请他们俩进屋，他们坚决不肯，另外那个男孩已经爬到树上去了，正在向远方瞭望。事情变得复杂起来了，不知道这两个孩子还要待多久,万一阿娥回来了,他们会如何对她描述家里的事?

舅舅见我愁眉苦脸的样子就笑起来。

"树上那两只猴子在威胁你吧?我帮你把他们弄走好不好?"

他说着就走到那棵树下,拍着巴掌要两个男孩下来,他告诉他们阿娥去她父亲那里了,还向他们指点那条路该如何走。舅舅这种举动搞得我激动不已,我在旁边高声叫喊说没有那么一回事,阿娥根本没去那种地方,她正在房里的床上躺着呢,她病了。两个男孩听我这样说,立刻一前一后溜下来,焦急地喊道:"阿娥!阿娥!"并且就要往房里冲。

"阿娥在她父亲那里。"舅舅拦住他们严肃地说道,"照我指的路走就可以找到。"

这个时候我真是恨舅舅,我用力拽他的衣服后襟,把他的罩衫都拽坏了。眼看那两个心术不正的家伙一溜烟跑过了小山坡,很快消失在视野中。我愤愤地从地上抓了一把泥沙,摔到舅舅身上。舅舅拍打着衣服,问我为什么要生这么大的气?让阿娥早点知道家里的情况不是应该的吗?

我无聊地到处溜达了一会,就蹲在那条沟边上等待事态的发展。沟里有只老螃蟹,住在一块大石头下面,去年我来舅舅家就同它熟悉了。我看见它爬出来,张望了一会,又慢慢地缩进去了。我动了动石头,它就不再爬出来,而是一声不响地待在它的阴暗的巢里。我想不出这种情形已经有多少年了。可以肯定老螃蟹一定是十分自信的,它伏在巢中,不但听见地面的响动,也听见地底的变迁。它的背上有种奇怪的花纹，大概记载了它经历过的重大事件。那会是一些什么样的事件呢？它的古老的家族一定是在对面山上的山涧里，什么原因使得它移居到了有人的地方呢？

当我沉思着螃蟹之谜时，舅舅和舅妈正并排坐在灶屋里抽烟，两个人用的都是那种很长的竹竿烟斗。我走进灶屋，被烟呛得咳起嗽来。他们都不理我，似乎要让我意识到自己所犯下的错误。我在灶屋里站了一会儿，怏怏地来到舅妈的卧房里。我看见床上摆着阿娥的一个头饰，是一个牛骨做的眼球，那是阿娥天天戴着的东西。窗台上有一个铁匣子，我打开紧紧盖着的盖子一看，竟是一匣子泥土，泥土中央有一粒刚刚发芽的种子，这情形给我一种很怪异的感觉，我就让盖子敞开，使这粒种子可以透一透气。窗台上还有两个新鲜的泥土脚印，大概是阿娥的，我想象着她夜间就从这里跳进跳出的。我正要离开，又被房里一种骚响吸引住了，我弯下腰去看床底下，看见了阿娥。她的双手被反绑在背后，满脸沾着灰尘，正在床底下扭来扭去的。"阿娥！阿娥！"我沉痛地唤道，一边钻到床底下去解救她。但是阿娥不需要我的帮助，她用脚狠狠地踢我，踢得我无法挨近她，只得沮丧地爬出来。

"阿娥，我们离开吧。"我蹲在那里向她哀求道。

"走开！"她大叫，痛苦得要发狂似的。

因为害怕，我暂时退出卧房，我焦急万分，将耳朵紧紧贴到门上细听。阿娥的脚暴躁地踢得床板"咚咚"作响，很远都可以听到。舅舅和舅妈却安然在灶屋里抽烟。他们为什么要将她捆起来，她又为什么不准我解救她？我就是想破了脑袋也想不出这里面的关系。从前我一直以为最难理解的人是阿娥，现在看来恐怕应该是舅舅。昨天夜里我还给舅舅取了个绰号叫"熊老爹"，熊的样子看上去又笨又温顺，其实随时可以吃人。他颇有心计地，缓慢地安排好每一个细节，很可能是为着那最后到来的、嗜血的快乐呢。想到此处我怒不可遏地向灶屋冲去。

"小家伙干吗这么激动？"舅舅冷冷地说。

"把阿娥放出来，不然这屋里就要出事。"我一个字一个字地从牙缝里挤出来这句话。

"原来这样。好嘛，好嘛，我这就去放，你以为你是什么人？啊？"

他和舅妈猥亵地相视一笑，两人同时放下烟斗，朝卧房走去。

阿娥听见他们进去就移到了床外边。舅舅弯下腰一把将她提起来，舅妈拿了一把剪刀"咔嚓"一声就将缚着她双手的布条剪断了。阿娥扑到舅舅怀里大放悲声，那情形很像受了委屈的孩子向父母撒娇。舅舅的大手抚摸着阿娥的头，任凭她将脸上的灰都擦在他身上，口里一迭声哄着她说："好啦，好啦，没有阿娥过不去的河嘛。"

舅妈也附和说："阿娥就是心狠，什么都做得出来。"

阿娥哭完后就去洗脸，洗完脸回来样子显得轻松了好多。再过了一会儿她简直就高兴起来了，一边帮舅妈腌萝卜一边口里还哼起了歌。我实在没法知道她心里想些什么。

舅舅坐在碗橱后面的阴影里。我走过去轻声问他为什么要捆阿娥。

"我们担心她要自残。那样两个小流氓,什么事干不出来?他们肯定已经踢开门,把我的老朋友抛尸野外了。我从他们眼里就看出了他们的决心,这种事迟来不如早来。"

"阿娥就不管她父亲了?"

"我们不是将她捆起来了吗?她在床底下滚了一天,痛不欲生呢。刚才你母亲来过了。"

"来干什么?"我警惕地问。

"来送你的衣服。她真是个一辈子泡在苦水里的女人。周围那些人都仇视她,她一直努力巴结他们,我想最后她总会达到目的吧。"

舅舅陷在久远的回忆中,眼睛眯得细细的,打了两个大大的哈欠,抱怨说真是困死了,就去睡觉了。我突然也很想睡,到这里来之后我还没好好睡过呢。我晕头晕脑往舅舅卧房里走,阿娥在过道里将我拦住了。我问她有什么事,她说她心跳得厉害,估计她父亲已经出事了,那两个"冒失鬼"(她就是这么说的)要了他的命。我睡眼蒙眬地说:"你刚才不是很高兴嘛,还哼歌子。"她立刻脸一沉,说我太不懂事,八辈子也长不大,她本想在一些事上依靠我,现在才知道看错了人。又说我好比一只猪,吃了睡,睡了吃,对身边的大事一概没有感觉。她的一顿呵斥没有赶走我的瞌睡,我简直睁不开眼了,干脆就在过道的一个木箱上倒下便睡。这一来她更生气,跺着脚抓了一把鸡毛掸来抽我的腿,那东西抽起来并不十分痛,我就一边打鼾一边听她的数落,我将她的话全听进去了。梦中看见舅妈将她弄走了，舅妈说的最后一句话是"不要指望白痴会开窍"。

一醒来我就觉得很后悔，我不该惹阿娥生气，我辜负了她对我的信任。很多狗在外面发疯般地叫，我刚才就是被它们叫醒的。我急忙去找阿娥，她不在家里。舅妈在我身后冷冷地说："要利用别人了就来找，这种人最卑劣。"我看着外面暗下去的天色，心里难受得厉害。我刚才不该睡觉的，难道就一刻都忍不住了吗?要是我拼命忍一忍，阿娥也不至于对我如此失望吧，我真是缺乏意志力啊。我想到外面去找阿娥，但是舅妈不准。一吃过晚饭她就扔给我两个筛子，叫我筛米。

我在油灯下三心二意地筛着米，筛几下又停下来去听外面的动静。还是那些狗在叫，再就是山风发出的"呼——呼——"的声音。

舅妈走过来抓起一把我筛过的米看了一下，大声嚷嚷：

"怎么筛的，米里尽是糠！你在欺骗我们呀！你这个寄生虫！"

我实在忍无可忍了，就将筛子往地下一扔，也冲着她大叫：

"我不干了！我要走！这里简直是个牢房，你，还有舅舅，你们是魔鬼！"

我一叫，舅妈愣了一愣，忽然一点气都没有了。她将我拉到油灯下打量起来。这时舅舅也来了，两人交换着目光，叹着气，坐下来抽烟。我重申我要走。舅舅慢慢摇着头，问我有什么打算。我说去找阿娥。"然后呢？""同阿娥一起回家去。""想得倒好！"他们两人异口同声地说。我不想再理他们，就转身想往卧房里去拿我的衣服。

"哪里跑？"舅舅的大手将我一拦。

我发现舅妈也显出了仇视的样子，她手里紧握着一根棍子，好像马上要冲过来抽我一顿的样子。我本能地抱住头，蹲在灶台下面。他们俩迈着沉重的脚步走出厨房，然后又将厨房门"咔嚓"一声锁上了。接着房里什么声音也听不到了，只有远处渐渐息下去的狗叫声。在这个绝望而古怪的时刻，我突然想起了母亲，我记起舅舅告诉我说母亲今天来过了，如果她不是为担心我而来，那是来干什么呢？生平第一次，我怀疑起母亲来。她会不会同现在的事有关呢？既然我一点都不曾懂得舅舅，也许我同样不懂得她？他们兄妹俩到底是什么样的人呢？我是在母亲愁苦的目光和唉声叹气中长大的，她于无言中告诉我，我的出生是一件很不好的事。从我记事起，我就一直在反对她的这种结论。起先我小心翼翼，避免犯错误，我这样做的时候却看见母亲的眉头并没有展开，言谈中反倒流露出认为我是先天体质孱弱，因为怕死才这样谨小慎微，完全不像个小孩。那时候，我常常在半夜被她的啜泣声惊醒。她坐在我的床头，像幽灵一样盯着我，弄得我浑身发抖。终于有一天，我下定决心解放自己，我不再顾忌，想干什么就干什么，甚至连母亲的教导也不放在心上，时常还有意违反，做些出格的事，比如跳进泥塘把一身全弄脏，躺在外面装死人吓唬过路的人，等等。我越放纵自己，母亲越悲哀。有一次她竟对来我们家的亲戚说："这孩子对噩运来临有种天生的预感。"当时我刚好从外面玩耍回来，听到了这句话，我脸都白了，只觉得呼吸不畅。当天夜里我想了整整一夜。到了早上我终于忍不住去问她，我说我必须知道我是不是真的一生下来就有种致命的疾病？如果有，应该告诉我，而不是隐瞒，这样我就会注意照顾自己，防止疾病发作，这也是她做母亲的义务嘛。母亲平静地从梳妆台前转过脸来，对我的猜测矢口否认，还责备我不该走火入魔，胡思乱想，她说要是都像我这样成天去设想一些没影的事，那还活得下去吗？虽然她说得很诚恳，但她为什么愁眉不展呢？我又怀疑是不是她自己有大难临头了，我密切观察了她好久，没有发现什么苗头。日子平静地过去，我确定下来母亲还是在为我苦恼，这种没来由的担忧真是惹恼了我，我后来就更加胡作非为了。和阿娥的事就是在这种冲动下做出来的。我以为母亲会追到舅舅家来指责我一通，或者是不许我同阿娥来往。结果呢，情况要严重得多，她伤透了心，为了这点事就不要我这个儿子了。是不是她本来就想摆脱我，现在正好有了借口呢？她在心里头抱怨了十三年，现在我终于自己走了，她松了一口气，这种情况不也是很有可能的吗？或者是她一直在默默地促使我出走——用她那种惹怒我的表情，而舅舅，也早就同她有过某种约定？总之因为孩子一次次小小的出走就同他断绝关系，这种轻浮的举动不像她做出来的，会不会是舅舅他们骗我？这样一个日夜为我担忧的母亲，她的举动肯定有另外的理由，不会像舅舅说的那么冷酷。当然舅舅之所以要那样说也有他见不得人的理由吧。假设她匆匆跑到这里来，对舅舅他们说不要我了，然后又匆匆回去了，那么这种离奇的举动一定是一连串事的后果。现在细细一回忆，恐怕是我刚接触阿娥她就起了尽快摆脱我的念头。莫非我是她身上的一个毒瘤？莫非阿娥的出现是对她的致命打击？

油灯已经灭了，有两只母鸡发出一高一低的两种鸣叫，彼此呼应着。我躺在灶角的柴堆上，可以听见舅舅房里传来隐约的鼾声。又等了一会儿，我就站起身去推窗户，没想到窗户上是固定的、打不开的木格子，我推了好几下它都纹丝不动。我又去踢门，踢了好久，脚都踢伤了，房里还是一点动静都没有。情急之下我叫起了"妈妈"，我叫呀叫的，喉咙叫嘶哑了才停下来，这时发觉四周出奇地寂静，连那两只母鸡都不出声了。把身上的力气全发泄完了之后，我就倒在柴堆上入睡了。朦胧中听见开门的声音，一个黑影慢慢朝我移过来。我闻见了阿娥的气味，她轻轻地在柴堆上坐下来，然后就开始哭。

"阿娥！阿娥！"我搂着她的肩膀唤道。

"你知道我是谁？"

"谁？"我毛发竖立。

"我是你姐姐！我的父亲，也是你的，他今天死了！"

"阿娥！阿娥！"我猛摇着她，就像摇一棵小树。

后来我听见她在呻吟，呻吟当中夹着绝望的喃喃低语："他死了，他死了……我却还活着，这是怎么回事？当然，我已经知道了该怎么办。"

一盏油灯突然在门口亮起，舅舅和舅妈衣装整齐地出现了。舅舅拍着手说：

"好哇，好哇，姐弟终于团圆了！这样的大团圆什么时候发生过？这不是世界奇迹吗？我的天！"

"下一步该去妈妈那里了。"我不好意思地说。

我刚说了这句话阿娥就气愤地从我臂弯里挣脱出来，一连朝地下"呸"了好几声,看她的神气恨不得给我几个耳光。

"你得罪她了,"舅妈说,"阿林真是一点都不聪明。"

"阿林的确有点蠢。"舅舅也说。

"你们到底想干什么?"我不顾一切地嚷起来,"为什么要折磨我?是想告诉我什么深奥的道理吗?那为什么不说出来,要设下这重重的圈套?这一切,让人既不能动,也不能逃,这是为了达到什么样的目的?就算那个人真是我父亲,我也决不把他看作父亲,他一直想要我的命,他……"

我还没说完阿娥就跳起来,"啪啪!"给了我脸上重重的两巴掌。她的力气真是惊人,瘦瘦的手掌像钢鞭一样。我差点被打晕过去,抱着头在地上滚来滚去,我的两边脸都麻木了。

阿娥的抽打令我想起她父亲,那一次,他也是这么毫不留情,这么下死力揍我,这两个人打人的方式真是太相像了。疼痛中听见舅舅和舅妈在议论,他们称赞阿娥,说她有她父亲昔日的派头,将来恐怕会是"女中豪杰"。我还在地上呻吟,他们就一齐出去了。

门又被他们锁上,四周黑洞洞的,连月光也没有了。我竭力要在柴堆上入睡,我想,我要是睡着了,也许这一切就是一场梦。可是我偏偏睡不着,一边脸肿了,一颗牙也松动了,口里还出血。我想到那个最大的疑点:一个长期有病,睡在玻璃柜子里的女孩,哪里来的这种过人的力气?难道她的病是假装的?或者是服从她的古怪意念的东西,要它来就来,要它走就走?我不是亲眼看到过她晕倒,她在自家门口发病吗?更不可理解的是,她之所以下死力打我是为了她父亲(或我父亲),这位父亲和她究竟是个什么关系,和我母亲又是怎么回事呢?我通过这两天发生的事得出结论:这些人绝不可能告诉我前因后果,他们就是要蒙住我的眼让我瞎闯,这是他们的一种冷酷爱好。那么明天天一亮,我还是回家去问妈妈吧。虽然母亲也好像同他们是一气的,我却还是认为十多年里头她对我的牵挂不会是出于假心假意,只要我缠着她,逼她讲,她总会讲出来的。我又想起阿娥同我住得不远,怎么会十多年里头我一次都没见过她,而那天跳绳时一见了她,她就把我的生活彻底改变了呢?当时确实有种不可思议的激情在支配我的行动,也许那就是血缘在起作用?这位父亲我倒是常看见,他是箍桶匠,所有的人都找他修过木桶,在我的印象中他并不凶,他修桶时我们小孩都喜欢围着看,他也不生气,垂着眼干他的活。我没见过他女儿,也没听人谈起过,直到那天她来跳绳,然后晕倒。别的孩子一定是知道她的,只有我一个人不知道,所以我才有那种新奇感,迫不及待地要搞清她的情况。如果说这是一个阴谋的话,那么从我生下来阴谋就开始了。不然为什么我从未见过阿娥,一见她就被她吸引,接着那位父亲就把我往死里打,接着母亲就做出那副听天由命的样子,再接着阿娥又做出同我同病相怜的样子,引诱我做出了出走的事?本来男孩子是不怎么跳绳的,可是我那天却跳上了瘾,现在回想起来也十分奇怪。不过我之所以想离开阿娥,还是因为这两天发生的事。我发现阿娥根本不是那种弱小的女孩,有时候,她是十分凶残的,舅舅也说过她父亲是被她弄死的,这毕竟令人害怕。父亲是看出了阿娥凶残的本性,才把她带走,两人生活在一起的吧。而像母亲和我这样的人,在他眼里才是真正的残废。

我越想这些事,脊梁骨越发冷。我又一次去推那窗口的木格子,推了几下,靠左边的部分居然松动了,再用力一拔,两根榫都拔出来了。我又捣鼓了一阵,在窗口弄出一个大窟窿,然后登上条凳,从那窟窿翻出窗户,拔腿就跑。跑到小山头,才放慢了脚步,这时天已经开始亮了。

我怀着忐忑不安的心情进了我们的镇子,一眼就看见那边街上的孩子们围着一个东西。走到面前,才看清了他们围着的,正是阿娥睡觉用的玻璃柜。一个小男孩睡在里头,柜门关得紧紧的,边上那根管子已经拔掉了。男孩闭着眼,看上去像死了一样。所有的人都在屏住气看这个男孩。没人注意到我。我正要走开,忽然发现母亲也在小孩们当中。她那种样子我从未见到过:她不修边幅,头发乱得像鸡窝草,手里抱着一个小女孩,她正让小女孩可以从别的孩子头上去观察那玻璃柜,另外一名男孩扯着她的衣裳哀求,求她让他也可以饱饱眼福。我从人群里挤过去,挤到母亲身边,轻轻地唤道:

"妈妈!妈妈!"

"你?"她掉转头,用空着的那只手竖在嘴上说,"嘘——不要出声。"

我等得厌烦起来,就一个人先回家了。

家里还是老样子。我倒在自己的床上就睡,刚睡了不久就被叫醒。是妈妈领了那群孩子进来了,这些小孩到处钻,乱翻,将茶杯一个一个扔到地上打碎,一个男孩还在我房里的地上撒尿，我将他推出门，他就大哭，一头扑到母亲怀里。乱哄哄地闹了一阵，他们才各自散去。

"妈妈怎么会和这些小孩搅和在一起呢？"我厌恶地皱紧眉头说。

母亲显出兴奋的样子，四处张望了一下，转身关上房门，放低了声音说：

"这是一条捷径啊，我想出来的，你懂不懂？和小孩们搞好了关系，那些大人就拿我没办法了。我干得很有成效。但是现在你回来了，我本来以为你不回来了的，这一来我的工作又有障碍了。我们要齐心协力，总会有办法。"

那种哀伤的、我看了十几年的表情从母亲脸上彻底消失了，她像变了一个人一样，她变得有生气了，还隐隐透出强烈的目的性。听到母亲说这些话，我心里又觉得安慰，毕竟，她还没有抛弃我。我对她的策略不感兴趣，因为我并不想同那些凶神恶煞的大人拉关系。现在我最为急迫的事是要弄清阿娥的底细，也就是所有一切事的真相。我直截了当地问母亲阿娥是不是我的亲姐姐。

母亲迷惑地眨了好久的眼，然后到厨房去刷碗。我以为她不会回答我的问题了，不由得十分沮丧。可是一会儿她又出来了，对我说，这种事她很难给我一个确切的回答，因为她属于那种有健忘症的人，忘记了的事死都想不起。

"比如说你吧，你是我的儿子，因为你天天在我面前生活。要是你出走的时间长一点，我很快就会把你忘记，就像我不曾有过儿子一样。过了三五年，人家问起我，我会一点都记不起我有个儿子的事了。我没有夸张，实际情形就是这样。所以你跑到你舅舅家里待两天，在我的感觉里你就不存在了，我还有点高兴呢。后来你舅舅又提起你，我就觉得你应该在他们家生活，舅舅是个博学的人，会给你好影响。你说的阿娥，关于这个女孩和她的父亲，我真的是一点印象都没有了。那个箍桶匠，我们不也请他箍过桶吗？要说他从前和我们是一家人，这种事也完全有可能的。刚才我在厨房里想呀想的，好像这事有那么一点影子。她亲口对你说了她是你姐姐？"

"妈妈！"

"她说她父亲已经死了？"

"是她说的。"

"这世上的事无奇不有。"

"妈妈的话越说越离奇了。我要出去流浪。"

"去吧，去吧，好孩子。"她伸出手抚摸着一团空气，好像那是我的头部似的，"走得远远的，远远的。说不定你还会和你姐姐相遇，那将会是一件非常有意思的事。"

第三天一清早我就出发了。我的目标是东边的一个大城市，听说城里的人比马蜂窝里的蜂还要多，那种地方不会有人注意到我。

1999 年于长沙英才园

原载于《小说界》2000 年第 2 期

阴谋之网

小贩阿明清晨经过三叔黑洞洞的窗口时，以为三叔还在里面酣睡。阿明挑着那担豆腐花，在昏暗中悠悠晃晃地前行，不时地和早起干活的村女们调笑几句，一走到三叔门口他就沉默了，心里发怵，好像那窗口会射出子弹来一样。三叔其实并没有睡觉，他在窗前的椅子里枯坐，阿明那种鬼鬼祟祟的样子他都看在眼里了。隔壁是他收养的义子夏桂，在梦中发出咿咿呀呀的呻吟，仿佛被一块岩石压在底下似的痛苦。三叔用指关节在板壁上用力敲几下，那呻吟就停止了。三叔不喜欢年轻人这种大肆张扬的派头。

三叔遇见夏桂的时候，他正在桥洞里看河水，身上除了条短裤外什么都没有。三叔问他要干什么，他鄙夷地瞟了三叔一眼，说是"等人"。大约是讨厌老头子在自己身边啰唆，他一扭身走到桥洞那一头去了。三叔又跟了上去，厚着一张老脸对他说：

"你等的人不会来了，你等错了人嘛，傻兮兮地站在这里不是浪费时间吗？"小伙子揪住三叔的胸襟，一把就将他掀到了河里。三叔很费了些事才游上来，发现青年还没走，心里很高兴，湿淋淋地凑上去，捉住青年的手就要他跟自己一道回家。青年似乎很不情愿，一路上骂骂咧咧，倒也没怎么挣扎，居然就让三叔领回家来了。后来三叔就对人说夏桂是他的儿子，他似乎并没有征求夏桂的同意。夏桂来了之后就帮三叔干田里的活，他是农家出身，什么活都能做，村里人都说三叔捡了个便宜。但是三叔并不怎么乐观，他打量着夏桂宽阔的背影，就有些奇奇怪怪的念头冒出来。这个孩子给三叔心里造成一些悬念，比如他那双脚，三叔就觉得在什么地方见过这一模一样的脚，中间的指头比边上的长出约莫一寸，这个特点是很罕见的，如果谁见过这样的脚一定终生难忘。可三叔偏偏又想不起到底是谁有这样的脚了。三叔当过兵，他的关于脚的印象好像同山头的一场混战有关，到底是他的战友还是某个俘虏生着这样的脚呢？夏桂是当兵的人的后代吗？在那场混战中，三叔自己失去了一只肾，他在闷热的灌木丛里躺了很久，才血糊糊地被人移到担架上抬走，一路上有只翠绿色的猫头鹰始终悬在他上面的空中。除了脚指头的特异之外，三叔还觉得夏桂干起活来那种风风火火的气势同他的爷爷那辈的人很相似，现在已经很难看到这种人了。比如昨天一天，他就把田里的稻子割完打好了，那股子激情让所有的人"啧啧"称赞。而在家里他并无激情，相反，他出奇地冷淡。基本上他不开口说话，对三叔在生活上为他做出的安排也从不发表意见，似乎没有多少感觉。由此三叔觉得他不像这个时代的年轻人。那么那一天,他到底在河边等什么人呢?三叔问过他几次他都不回答。三叔就安慰自己,心想:"也许他在等我吧。"身强力壮、干活出色的小伙子人人爱,夏桂来了后不久,村里的姑娘们都来串门了。

"三叔哎,给我们讲几个战斗故事吧。"

姑娘们挤着坐在长板凳上,眼睛都瞟着夏桂。一会儿她们就你推我、我推你的,还夸张地尖叫起来。

三叔看见夏桂的眼珠贼溜溜地在姑娘们身上乱转,他心里有点厌恶,又有点嫉妒。他漱了漱喉咙,打算开始讲,姑娘们立刻静了下来,一个个像小猫一样昏昏欲睡。这时夏桂就溜进隔壁他自己房里不出来了。三叔的声音忽高忽低,像一只断线的风筝在乱风中飞。在他的故事里,他将战场从边疆移到了本乡本土,用家族之间的械斗来代替三十年前的那场战争。尽管他如此张冠李戴,姑娘们还是进入了那种氛围,她们缩成一团梦呓般地呻吟着,被铁血纷飞的描述摄去了魂魄似的。三叔怜悯地看着她们,不明白她们既然来看夏桂,又为什么转移了目标,非要听他的故事不可。夏桂房里的灯光从板壁缝里透出来,三叔知道他没有睡。姑娘们多来几次,三叔的故事就乱套了,两个对立的人物有时会互换身份,地点也会弄混,但姑娘们丝毫没有觉察,还是听得如醉如痴的。这时三叔又有点遗憾了,从心里埋怨夏桂,要是他待在旁边的话,自己就不至于这么糊涂了。

有一位叫阿金的姑娘,长着一张秀丽的圆脸,可惜一只眼瞎掉了。她不像其他姑娘那样在听故事的时候昏昏欲睡,而是睁着那只炯炯发光的独眼。那样的眼光常常使得三叔踌躇起来,不知道还要不要往下说。每当三叔一停,姑娘们一齐清醒过来,不耐烦地催促道:"说呀,怎么不说了?"这种时候,阿金就不好意思地垂下自己的独眼。不知怎么,三叔断定屋里的人当中对夏桂兴趣最浓的是这个阿金,虽然夏桂坐在姑娘们对面的时分阿金那飘忽的目光很少在他脸上停留。三叔的这种判断找不出依据,只是某种直觉,他同时也觉得其他姑娘的调笑只不过是小题大做,没有实质性的东西。

阿明走完三个村,豆腐花就卖完了,他再次经过三叔家时,天才亮起来。这时三叔灶屋里的烟囱已经冒烟了,阿明闻见了粥的香味。他悻悻地骂道:"这死老头子,总是起这么早。"阿明的好奇心是在夏桂身上,他觉得自己和这人在什么地方见过一面,在他模糊的记忆中,他似乎同自己目睹过的一桩血案有关,是什么血案他却怎么也想不清楚了。难道这家伙竟是个杀人犯?阿明每每想到此处就发抖了。有一天黄昏的时分,他看见夏桂掮着一把锄头在他前面走,他差一点就要冲口而出,说出一个人的名字,那名字熟得不能再熟了,当然,不是"夏桂"。他张了张嘴,终究没能想起来。阿明想到这里,看见三叔出来了一趟,是搂柴火进去烧饭。接着夏桂也出来了,只穿一件红背心背对阿明站在沟边,一会儿阿明就听见了水响,原来这家伙在往沟里撒尿!"畜生啊。"阿明轻轻地自语道。他对夏桂的疑心更重了,很想弄个水落石出。这时夏桂突然一转身,阿明吓得担着空桶飞跑了几步。夏桂怔怔地看着阿明的背影,不知道这小贩为什么要跑,他认为这村里的人都有点疯,包括晚上来的那些姑娘,他还当三叔的面称他讲故事的举动为"发疯",把三叔气得不行。

阿明直到看不见夏桂这才放缓脚步,他拐了个弯,很快就看见了自己的那间豆腐坊,他就住在豆腐坊的后面。今天早上有点反常,独眼的阿金姑娘站在树下,似乎专为等他。

"阿金姑娘,进屋进屋。"阿明说。

他们一同走进昏暗的屋里,阿金看见阿明的老婆正用一只大海碗喝粥。

"阿金姑娘来得好,"阿明又说,"我正要告诉你,三叔收留的那野小子,我总觉得在什么地方看到过。你晚上到三叔家去时没注意到他?"

阿金不知怎么脸上就涨得通红了。阿明的老婆注意地看了看她,说:"咦?"

"那种人,我根本就不会注意他的!"阿金激愤地说,独眼又闪闪发亮了,"我到这里来,是想告诉你们三叔的事。三叔讲的那些故事越来越怪了,恐怕他是在骗我们,这样做很危险呢!什么袭击呀,埋伏呀,树林里拼刺刀呀,我看他在乱说一气!"

"阿金姑娘不要生三叔的气,三叔那个人我知道的。事情坏就坏在那野小子身上。今天,就是刚才,我从他家门口过,那家伙背对我站在沟边,你猜他在干什么?他朝沟里撒尿!造孽啊,这种事。"

"真的吗?真的吗?"阿金的独眼像金鱼眼一样凸出来,情急之下上半身朝桌子对面的阿明凑过来,仿佛想把更多的详情从阿明口里挖出来。

"这还有假,三叔的噩运快到了。"阿明只说了这一句。

阿金离开时显得脚步不稳的样子，阿明老婆瞅着她那单瘦的背影，叹了口气嘟哝道："这女子想嫁人了嘛。"

阿明不说话，他在想三叔的事。三叔一直是他所尊敬的老人，不光田里地里功夫做得好，头脑还特别清醒。最令阿明佩服的是他可以预测天气的变化。他只要在屋外走一圈，拍拍几棵树的树干，就可以说出有雨没雨。阿明对夏桂的看法一直同村里人大相径庭。他记得他第一次看见他就怔住了，夏桂长得太英俊了，不像这地方的人，倒有点像传说中古时候的那种汉子。他在田里做功夫的那股熟练劲也让他看了很不舒服。阿明自己在乡下是属于那种不务正业的人，田里地里的活都不行，因为身体孱弱，所以才去学做豆腐，他完全不能体会夏桂干活的热情，认为那是假装出来的。"那家伙是三叔身边的一颗定时炸弹呢。"阿明自言自语道。这时他听见老婆在外头吆喝，要他去地里摘辣椒。

阿明弯着腰在坡上的辣椒地里忙了一气，正要到菜土边歇一歇，忽然听到了附近有人在窃窃私语。声音是从坡下的灌木丛里发出来的，阿明猫着腰，轻轻地拨开茅草探身一望，看见了阿金姑娘的背影。阿金站不稳似的倚着一棵杨树，样子可怜兮兮。有一个人在她对面和她说话，阿明看不见那个人，那人的声音也很含糊，听不出是谁说的。阿金说了句什么就蹲到地上去了，背影看上去悲痛得很。后来就听见一阵茅草的响声，显然对面那人已离开了。阿金姑娘轻轻地哭了起来。

"阿金姑娘！"阿明叫道。

阿金转过脸来，原来她是在笑，满脸都是欢愉。

"刚才那人是谁呀？"

"谁！没人来，就我一个人嘛。"她认真地眨着那只眼说。

"你还骗你老伯呀，我明明听到一个人走掉了嘛。"

"真的没有，真的没有！就我一个人站在这里，你不要乱猜！"她气急败坏地跺着脚，"你这个爱管闲事的小贩，走开！"

"我要告诉你父亲！"阿明扬了扬拳头。

"告吧，告吧，老不死！滚！"

阿金一扭头，从坡下跑掉了。

阿明提着那篮辣椒发了好久的呆，还是猜不透阿金搞的什么名堂。他回到家把这事跟老婆一说，老婆就冒出一句："这姑娘到我们家来干什么呢？"阿明一怔，害怕起来，想都不敢想下去了，连忙担着木桶去挑水。他快步走着，很想把自己多管闲事惹出的麻烦抛到脑后去，他越是努力越是感到某一桩血案就在身边发生，将他也卷了进去。那站在沟边撒尿的家伙，不就是一个杀人犯的形象吗？还有阿金，她那只瞎掉的左眼也是有故事的。很久以前的那个下午阿金的父亲跑来对他说，小姑娘从外边玩耍回来，一只眼眶变得空空的，却不哭也不闹。当时阿明不相信世上会有这种事，他甚至怀疑是那父亲下的毒手呢。不知不觉，小女孩就长成大姑娘了，那张独眼的脸在人前晃来晃去的，很让人心悸。

三叔决心不再和姑娘们缠在一起了，他想看看夏桂和她们在一起是什么样子。三叔去灶屋里待着，起先还听见姑娘们嘻嘻哈哈，"桂哥桂哥"的叫得欢，只是并没有听到夏桂回应的声音，后来惨剧就发生了。三叔随着那撕心裂肺的尖叫跑过去，看见年纪最小的云秀姑娘在夏桂怀里挣扎，两手护着右边的耳朵，血流满面。看见三叔，夏桂就一声不吭地放了她，口里嗫嚅着什么似乎在辩解，然后就逃回自己房里不出来了。姑娘的耳朵血糊糊的，却又没有掉下来，大约只是被他嚼了几口。关于这件事后来的记忆变得模模糊糊的。大家在黑暗中护送云秀去卫生院。走在路上，三叔产生出幻觉，以为回到了战争年代，还听见了轰炸机在头顶嗡嗡作响，两里多路好像走了一晚上。被人搀扶着的云秀也很怪，一出门就不哭了，同大家一道在期待着什么。

卫生院在小小的集镇的末尾，是四间平房，青砖青瓦，被几株大樟树浓密的树冠遮蔽着。三叔他们一行人站在黑地里喊了好久，这才有一间房里的灯亮了，但是迅即又黑了。姑娘们发出绝望的喊叫，叫了又叫。

"你们干吗这么激动？"有一个人突然在她们后面发出声音。

这是一个个子很高的男人，手里拿着手电，三叔认出他是恩医生。

"跟我来。"

大家跟随医生绕到那几间平房的后面。有一间房的门敞开着，手术台上点着煤油灯，墙上四处点着小蜡烛。

"你们都回去。"医生说，一把捉住云秀的臂膀，将她往房里推。

云秀立刻发出惊慌的尖叫，接着医生就将门用力关上了，如同放了一个炸雷。从窗口的玻璃上可以看见房里灯火飘摇，但不再有声音传来。姑娘们踮着脚想朝里看，左边的一扇小窗忽然又打开了，传出医生的一顿恶骂，还扔出几把手术钳。姑娘们像被风卷走的残叶一样往后退，叫个不停。

"我们回去吧。"三叔闷闷地说。

当他们走到田塍上时，云秀的姐姐悲伤地对三叔说：

"我觉得云秀已经死了。"

"胡说。"

三叔心不在焉地回答了她，因为此刻他正在看那山头，山头上硝烟滚滚，月光时有时无。

三叔独自推开家门时听到房里有人在说话，他摸黑找到开关，夏桂的声音若无其事地响了起来：

"早就停电了，您还不知道吗？"

"谁在这里？"

"是我呀，三叔！"阿金姑娘说。

"你什么时候来的？"

"我一直就在这里没走嘛。你们那么多人都跟到卫生院去，有什么用？这种事迟早要发生的。"

三叔在黑暗里对阿金产生一种很深的厌恶感，他把抽屉开得"砰砰"乱响，找到火柴，点燃了煤油灯，转过身来，这才看见夏桂已不见了。阿金的独眼在煤油灯光里分外明亮，也很怪异。三叔脑子里浮出"独眼兽"这个词，不由得打了个冷噤。他恍然中觉得姑娘龇了龇一口尖利的白牙，再定睛一看，又看见她只是低头坐在那里，那姿势像是快要睡着了。三叔就不管她，穿过厅房，走到自己房里去休息。他实在是太累了，头一碰到枕头就入梦。

夏桂是在三叔房里传出鼾声时重又出来的。厅房里的煤油灯灭掉了,他和阿金两个人虎视眈眈地对峙着,中间隔着那张大方桌。阿金拿起桌上的茶杯向他掷过去,没有打中,茶杯在地上破碎了。夏桂猛地一飞身上了桌子,老鹰扑小鸡似的扑向阿金,阿金往桌子下面一躲,夏桂扑了个空。夏桂"哎哟"一声,像一只大口袋一样倒在地上,很显然是受了伤。黑暗中传出阿金的窃笑。三叔在房里咳起嗽来,两人都以为他醒了,紧张地等待着。可是过了好一会也没有什么动静。阿金大着胆子从桌子下面钻出来,一只脚踏在受伤的夏桂的背上。

"你占了上风。"夏桂吃力地说道,"这下高兴了吧。"

"呸!高兴个屁!你逼得我发疯啊。我要让三叔把你赶出家门。"

三叔一觉睡到天亮,终于被厅屋里的笑声吵醒了。他恼怒地爬起来走到厅里面去看,只见云秀被阿金搂着坐在长凳上,张开一张嘴笑个不停。她的头上包着绷带,脸色发青,不知道她有什么事这么高兴。

"恩先生——哎哎,那个医生,好人哪!"她笑得喘不过气来了。

阿金一边胳肢云秀一边追问她,医生到底对她说了些什么。

"哈哈!哈!他说,还有一种咬法,一口就把整个耳朵全咬下;如果是老虎,就把整个脑袋都咬下来,哈哈哈……"

阿金突然松开她,轻轻骂了一句:"你这个骚货。"然后就坐在那里发呆。

三叔到夏桂房里看了看,发现他早就出去了。

"你还来这里,你一点都不怕吗?"三叔问云秀。

"怕？现在谁怕谁？医生怕病人吗？"云秀睁着天真的大眼睛说。

三叔摇着头，到灶屋里煮早饭去了。他一边烧火一边想着这些女孩的事，他想也许是自己的那些浴血的战斗故事毒害了她们，自己为什么要反复对她们讲那种故事呢？这些个姑娘，生长在这个宁静、洁净的小村庄里，什么卑鄙的事都不知道，他却让她们的生活发生翻天覆地的变化！他记得这云秀姑娘小的时候，五六岁的时候吧，早早地起床走到他的灶屋里来帮他烧火，当他俯下身去用吹火筒吹火时，云秀就用小脚踢着他的屁股，嚷着："讲嘛！讲嘛！"那个时候，他对她讲的不是战争故事，而是关于蛇的故事。他说到处都有蛇，蛇这种动物神通广大，比如云秀睡着了，它就会钻进她的被窝，在她脚那一头盘成一堆，有时还会去舔她的脚心，而她，就会梦见小猫。再比如她去扯猪草，背着小背篓，其实啊，每回都背回来一条小蛇，只是她不去清点，就没有发现。蛇的家就在门前的小水沟里，到了夜里，数不清的大蛇小蛇将那条沟塞得满满的，发出"咝、咝、咝……"的声音，把房子里睡觉的人都吵醒。三叔讲完了，小姑娘还不满足，大叫："我还要听！我还要听！"有时竟哭起来。三叔断定这姑娘长大起来后，其贪心会超过承受的能力。这一次出了事之后，三叔从她的表情上看出些蹊跷来，于是想到发生过的事一定有另一种背景和解释。"夏桂啊，夏桂啊。"三叔茫然地叹道。他听见夏桂做完早工回来了，正在轻轻摸摸地放好锄头。三叔的脑海里赫然出现自己被咬断脖子的血淋淋的景象，于是手一颤，把灶膛里的火弄灭了。浓烟立刻充斥了灶屋，他赶忙抓起吹火筒来吹，吹了五六下，柴火才"嘭"的一声燃起。这时他听到夏桂在那边房里抱怨，不由得暴跳如雷。他扔了吹火筒穿过浓烟走到房里去，叉着腰站在夏桂的对面。

"你这个家伙，你有什么不满意的？"

夏桂抬头看了三叔一眼，一脸通红地转过身去。三叔这才发现两个女孩都走了，她们走的时候一点声音都没弄出来。三叔盯着夏桂宽阔的背，这张背给他的感觉是既像孩子的又像饱经沧桑的那种，心里一迟疑，就忘了他昨夜带给自己的恐怖。

"不满意就走！"三叔又说，口气已经缓和下来了。

三叔没想到这个沉默寡言的家伙竟然会笑，是那种冷笑，短促而可怕。三叔没有准备，一时吓得倒退了好几步。夏桂依然没有转过身子来。三叔愣在原地紧张地判断了一下局势，然后悄悄地回灶屋煮饭去了。他一边烧火一边胆战心惊地倾听着。

夏桂低眉顺眼地喝粥。三叔忍了一阵，没忍住，问道：

"那天你在桥洞下面到底等谁？"

"等您。"夏桂瓮声瓮气地回答。

"夏桂啊，夏桂。"

"呃？"

"夏桂啊，夏桂……"三叔的声音带哭腔了。

三叔不好意思地放下碗，走进自己的房里去抹眼泪。抹完眼泪，他的目光停留在房里靠墙放着的一把二齿锄上，他想，可以趁夏桂沉睡之际用这把二齿锄挖向他的脑袋，就算没有挖中脑袋，挖在脖子上或身上也够他受的，总之要用力挖，决不能手软，如果一手软，自己马上就会没命。

三叔眼眶红红地回到餐桌边，夏桂已经吃完了，正在抽旱烟，那种样子像一个老头。三叔打量着坐在对面的他，心里比以前更迷惑了。他回想起自己将他称为儿子的事，简直无地自容。"怎么能够收留一个没有来历的人呢？"他自问道，同时就记起了阿明在早上那种鬼鬼祟祟的样子。看来村里已有人注意到了隐藏的灾变。

"爸爸，对不起。"

他竟然称自己为爸爸了，这可是第一次。三叔眼前一黑，不知道要绝望还是要高兴，他的拿着筷子的手抖动着，口里发出断断续续的声音，那些声音聚不成句子。最后，他终于说了出来：

"你，小流氓，到底……打算……搞些什么鬼？"

"我真的不知道，爸爸，我要克制自己。这里的风景勾起我心里的乡愁。门口的水塘里，有很多野鱼呢。"

"你从哪……哪里来，野小子？"

"您不要问，您要是问出来啊，会后悔一辈子。刚才我看见挂在村头的红太阳，我快发疯了……天哪！"

夏桂往地上倒去，口里吐出一口鲜血。三叔低下头，发现他背上有一大块青肿，他的脸迅速变白，身上布满了密密的汗珠，那头好看的黑发也拧成了一绺一绺的，里面饱含着汗水。

"怎么回事？怎么回事？"

"阿金用利器砸的，她真厉害啊。"

夏桂说完就闭上眼，胸口像青蛙一样地起伏不停。

"你不会死吧？"三叔战战兢兢地问。

"不会。走开！走！"他挥着手。

三叔老眼昏花地到了门外。有人在连续不断地叫他的名字，但他眼前黑黑的，看不清那个人。他想去把鸡放出来，走了两步，那人就拦住了他的去路。抬眼用力一看，看见一张麻脸，原来是阿明的儿子麻宝。

"爸爸叫您去我家呢。"麻宝说，一边帮他打开鸡舍的门。

阿明将卧房里遮得黑洞洞的，三叔坐了一气才看清他脸上的轮廓。三叔一会儿觉得已经知道了阿明为什么叫自己来，一会儿又觉得什么都不知道。对于坐在对面的小贩，三叔一贯很戒备，从夏桂来家中的第一天起，三叔就以为这小贩是知道某些底细的，但三叔极力遏制自己的这种念头，三叔害怕自己的生活被架空。最初三叔对阿明的鬼鬼祟祟只是小小的厌恶，今天是大不相同了，他坐在这昏暗里，脊梁骨一阵阵发冷。他想，阿明现在一定要和他讲那个"农夫和蛇"的寓言了。可是阿明不开口，却有一个算命的在窗外用二胡拉着凄凉的小调。"阿明啊阿明，"三叔在心里说，"你总不会幸灾乐祸吧。难道我收留那孩子，只是因为这把老骨头耐不住寂寞，到头来只是证明了我的怯懦？"

阿明总不开口，那瞎子就总也不走。

每当三叔听见他拉完一曲，以为他要离开，新的一曲又开始了。而且到后来全是那种哭丧的曲子，让三叔听了头皮发炸，快要坐不住了。这时有一条黑影钻进了房里，是阿明的老婆芹芳。芹芳悄悄挨三叔坐下，轻轻地说：

"外头发生的事搞得阿明神经快要错乱了啊。那件该死的怪事就发生在我们辣椒地旁边。现在成了什么样子了?真是整个村子硝烟滚滚啊。"她一激动就乱形容起来。

妇人一说出"硝烟滚滚"这几个字,三叔的记忆就活跃起来。果真他一生中念念不忘的场景就在身边发生吗?多么奇异啊!但是身边的场景里没有马,那种在炮火中嘶鸣的战马。这个妇人,还有对面这个影子一般的小贩,他们到底要告诉他什么?瞎子终于走了,将地下的瓦碴踩出响声。阿明口里发出一声长长的叹息。三叔就问他怎么了,有什么事吗?

"我这一生,从来没有被人瞧得起过。"阿明说,"当初您去打仗的时候,我正好到镇上跟我姑父学做豆腐。我的生活真窝囊呀。"

"为什么想起来说这个?你明知不是这样的嘛。"

"我知道您要这样说。是嘛,我是有另外一种生活。您把那个可怕的家伙弄到家中之后,村里发生了多大变化啊。三叔,您一直是我的楷模,从小我就发誓要做一个您那样的人,我一直在使出浑身气力跟随您。但是现在,我的眼前一团黑,三叔,您应该给我指条路!"

他出其不意地站起身走过来,捉住三叔的一只胳膊不放。芹芳也在旁边一个劲地对着三叔的耳朵唠叨:"是啊,是啊,您看您把他折磨成什么样子了,有时半夜里他还起身到院子里,用一桶井水朝自己兜头浇下去呢!这种事真是看不下去啊。"说着她又绕到那边去抚慰丈夫,用双手拢着丈夫的腰。

三叔进退两难地坐在那里,黑地里也看不清他们两人的表情，只得任其摆布。有一刻他想离开，无奈两口子都挡着他的路。阿明越来越强大，居然一把揪住了他的胸襟，他根本动不了了。阿明有力的大手摇晃着他的身子，反反复复地说："请您讲实话，请您讲……"这个阿明，三叔总认为他是有病才去做豆腐，没想到这家伙这么健壮有力！他要是发起威来，自己恐怕要死在他手上呢。三叔用嘶哑疲惫的嗓音问他们发生了什么事，两口子就一齐吼起来：

"难道什么都没发生吗？"

吼过之后芹芳又不停地指责三叔：

"装蒜，装蒜！您怎么能这样？"

他们三人正闹成一团的时候，有人冲进来了。那人一个箭步冲到窗前，"哗"的一声拉开窗帘。三叔松了口气，进来的是阿金姑娘，阴沉着一副脸。

"我在门外听了很长时间了，真是死缠不休的臭无赖！"她发出一声冷笑。

三叔看见那两口子都愣住了，发窘地坐到床上，便从心里佩服这个独眼姑娘。只见她一瞪独眼，那两个刚才还那么放肆的家伙此刻都惭愧地垂下了头。芹芳还辩解说："都是阿明不安分惹出来的事，我才不管这种事呢。"阿明听了她这样说就给了她一拳，把她打得扑倒在地上。

"看见了吧，"阿金指着地上的芹芳对三叔说，"这就是所谓的男子汉，狗屎都不如！三叔您快走，您再不走啊，家里那个不懂事的孩子又要给您闯祸了。刚才我来的时候，看见他在把您的院子的围墙拆掉呢。"

三叔奔回家的路上，远远就看见了抡大锤的夏桂，他从心里赞叹着，觉得小伙子真是英俊又伟岸，同时也就更觉得自己真是命苦，无法可想。看见三叔奔过来，夏桂就放下手中的大锤倚在拆了一半的围墙上，很悠闲的样子。

"你总要给我留一片栖身之地吧？"三叔气急败坏地吼道。

"我看见您去那种人家里，我以为……以为你们商……商量谋害我的事。"夏桂涨红了脸，结结巴巴地说，一双大手也不知往哪里放了。

"马上给我砌好！"

"好吧。"他撇了撇嘴，弯下腰去捡那些砖。

三叔焦虑地坐在房里，听着夏桂在院子里和灰。他的心里不时涌出这样的冲动：丢下这一切，偷偷走掉。他的生活变得一团混乱有半年时间了。半年前，夏桂没来的时候，他毕竟还能按部就班地安排生活啊。怎样处置夏桂？他问自己。现在他在心里已不再把他看作自己的儿子了，他也明知自己处置不了他，他反而要来处置自己，可他还是抑制不住要将这做不到的事想了又想。很显然，阿明是知道某些事的原委的，他是夏桂的心头之患。为什么他把自己叫了去，又闭口不讲他所知道的那些情况呢？莫非这小贩胡搅蛮缠是有另外的用意？这个夏桂，人人都对他虎视眈眈，他自己竟然活得自由自在，差不多是想干什么就干什么。那一天在桥底下，他恐怕真是在等自己啊。三叔想到这里汗毛倒竖，耳朵里轰轰响。他忽然眼前一亮，一种情景浮现在脑海。当时下着毛毛雨，林子里极度闷热，人身上也是汗如雨下，小路泥泞难以行走，到后来连路都没有了，每一脚踩下去就是腐叶和泥泞。有一种身体很小的鸟在尖厉地鸣叫："痛——痛！痛！"在年轻的三叔听来，那种鸟一直叫的就是这一个字。三叔和另外一个战友押着三个俘虏，居然在他所熟悉的林子里迷路了。他觉得到处都是熟悉的标志，可转来转去仍在原地。他和战友眼看着天一点一点地暗下去，差不多都要发疯了，天一黑，什么事都会发生啊！雨下大了，三叔的内衣都湿透了，打着寒噤。那些俘虏开始东张西望，脸上出现诡诈的表情。三叔心中升起杀气，正要端起步枪，前面出现了一个人。那是一个砍柴的农民，一个奇丑无比的小个子，三叔走到那人面前去问路，那人示意他们跟他走。就是在这个时候，三叔低下头去注意到了他的脚，那双粗糙的脚穿着草鞋，中间的指头比旁边的长出一寸。农夫不慌不忙地走着，一会儿他们就出了树林，到达三叔熟悉的路上。三叔松了一口气，对那农夫咕噜道："快跑，跑呀。"那人迟疑不决地看了看他，缓慢地挪动脚步，一边走一边回头，终于，他加快脚步，一会儿就不见踪影了。再后来就是枪毙俘虏，三叔三枪撂倒了三个，他的枪法很准，那三个人死得很干脆。这件事只是无数战斗中的一个插曲，在那些战斗中，三叔杀人如麻，计数都懒得去计了。记忆虽然一层又一层地覆盖，但有些顽强的东西总要冲出厚厚的沉积，浮出表面。比如那双脚的情况就是这样。但是那个农夫，同夏桂在外貌上的反差太大了，虽然三叔已记不清他的样子，当时那份厌恶感却留在了心底。三叔想，那个人只不过是夏桂的一个亲戚吧。他感到自己命中的大限快到了，很可能这就是他那非同寻常的杀人生涯的报应。想到这里，一贯以处事果断著称的三叔从心底的深处生出一种畏怯来。他走到门口去探头一望，只见夏桂脱了上衣，露着结实的胸膛正在甩开膀子大干，而在对面的小路上，独眼的阿金姑娘如醉如痴地盯着他看。

那一天三叔在修理菜园里挡鸡的竹篱笆，远远地竟看见卫生院的恩医生朝他走来。恩医生那张狭长的白脸纸一样白，那双手却结实得很，青筋暴突，那是一双做惯了手术的手。恩医生在三叔面前站定，盯着他左看右看的。

"云秀姑娘又住院了。"他终于说，"请你今天就到卫生院去为她付款。"

"不就耳朵上一点伤吗？怎么还没好？"三叔诧异地抬起眉毛。

医生突然不耐烦了，飞起一脚将三叔的篱笆踢倒一片，吼道：

"这种事情是没个完的！"

吼完他就匆匆地转背往回走。他的背影在三叔眼里变成一头孤独的老虎，褐色的斑纹在树叶间一闪一闪的，是那种东北虎。

三叔走进卫生院的病房，云秀躺在床上输液，医生出去了。云秀的半边脸全肿起来了，耳朵用绷带包着，眼睛成了一条缝。然而她没肿的那只眼还是焕发出活泼的光彩，她似乎有很多话要和三叔讲。

"三叔啊，夏桂这一咬真把我咬醒了！"

"什么？"

"我是说十几年里头我一直在睡觉呀！您看我现在多懂事。我离不开恩医生了。我是昨天夜里进来的，您猜猜看我和医生玩什么游戏来着？"

"啊？"

"我们说绕口令！我的天，恩医生的口令说不完，他的学问真深！"

她一兴奋，脸上竟有了浅浅的红色，可是接着她就嘴一歪，哭了起来。

"他怎么这么命苦啊，孤身一人……"她呜咽着说，"我这个无名小卒，我真想马上死掉，让他记住我对他的爱……"她翻转身去咬枕头。

"三叔，您还记得那天夜里我们来这里的情景吗？当时满墙壁都是烛光，到处都有夜莺叫，这是不是天意呢？"

云秀姑娘说完了这句话脸就涨得通红，将被单扯上去蒙住自己的头。三叔一回头，原来医生已经不声不响地站在他身后了。医生的语气很和蔼，轻声对三叔说："这姑娘体质很弱，恐怕撑不了多久了。"三叔眼一花，蓦然看见开了一半的门那里伸进老虎的头，正是他见过的那只东北虎，条纹像一条条缎子，三叔一身簌簌发抖。医生嘿嘿地笑，告诉三叔那只虎是他养着的，并不伤人。医生一笑就很老了，看上去差不多有三叔这么老，可他自称只有三十三岁。老虎连打了两个喷嚏，退出去了。云秀姑娘一直在被单下面暗笑，终于笑出了声。三叔弄不清他们为什么要笑，又怀疑他们是笑自己，就尴尬起来，站也不是，走也不是，在医生炯炯的目光里显得很猥琐。医生忍住笑，问三叔去收费处交了钱没有,三叔说交了。于是医生又强调说:"这种事没个完。"三叔又想走,可是又害怕那只老虎潜伏在门口,他想要是同医生一块出去,老虎就不会咬他了。没想到医生绕过云秀,到另一张空病床上面躺下了,顺手拿起一本《水稻栽培技术》翻阅起来,还不时从书本上抬起头,对三叔一瞪眼。三叔只得鼓足了勇气离开。出了门才发现外面静悄悄的,不但没老虎,连个人影都不见,不知道那些病人和工作人员都躲到哪里去了。三叔想,如果现在老虎蹿出来自己必死无疑。他匆匆地出了卫生院,头都不敢回一下。一直走到田塍上,三叔才自言自语讲出憋了好久的一句话:"医生是老虎转世啊。"

三叔想到菜地里去把撂下的活干完,却看见夏桂正在整理竹篱笆,于是改变主意,转进灶屋去剁猪草。猪在栏里嗷嗷叫,叫得很烦人。三叔架上潲锅,烧起大火来时,听见夏桂从外面进来了,同他进来的还有一个人。

"那卖狗皮膏药的人要我父亲的命!"夏桂提高了嗓门说,"凭什么要我们出钱?那姑娘的耳朵是她自己求我咬的嘛,她死赖在我怀里求我!"

"那姑娘从小就不正经。"说话的是一个陌生的嗓音。

"关键是医生,要把那家伙除掉。"夏桂傻乎乎地说。

"怕不容易啊!"那苍老的声音叹了口气。

"屁!没有做不到的事。"

三叔从灶屋里出来,夏桂正背对着他说出那个"屁"字,房里一个人也没有。三叔问他跟谁说话,他回答说没有人,只不过心里憋得难受，自问自答罢了。三叔大为惊奇，扶住他的肩头将他看了又看。夏桂不耐烦了，就一甩手告诉三叔："有些东西是看不出来的。不要白费力气了。"

"三叔！三叔！"小贩阿明在外头喊。

三叔一出门，阿明就将他拽到猪栏屋那边去说悄悄话。

"一清早我就埋伏在这里，我呀，看见您家夏桂和恩医生两个抱在一起！莫非这家伙是医生的儿子？这可是重大险情啊，我有责任通知您。奇怪的是，医生溜进来时，连狗都不叫，他一定是常来常往的吧。"

"抱在一起？"三叔怔怔地问。

"千真万确！"

"他是老虎转世呢！"

"哈哈，您是妒忌吧，您一定是妒忌！"阿明笑得弯下了腰。

"你注意过医生的脚指头吗？"三叔神情恍惚地说。

"脚指头？很普通的脚指头嘛。夏天他常打赤脚，他还到我的田里来捉过泥鳅呢。他贪嘴，爱吃泥鳅。"

三叔突然像被跳蚤咬了一口，原来猪栏里的小花猪竟然跳出了栏，撒开腿就跑。三叔边追边喊："妖孽啊，妖孽！"阿明也来帮着追。终于那小花猪一下子窜进灶屋，被两个汉子堵在屋里。三叔捉住小猪，一边拍打一边说："到处都是妖孽！"

三叔关好小猪回到院子里，看见阿明趴在自家窗台上朝里望。三叔拍了一下他的背，他转过脸来。

"你们家里的秘密让人看得眼花缭乱。"他笑嘻嘻地说，"您听！"

三叔一凝神，听见有人在那边菜地坡上喊话，嗓子都喊哑了。

"是谁？"三叔问。

"是一只乌鸦，村里死人了。一个人，要是在墓穴里待得久了，自己就闻不出那股味道了。我就是这种人。"

三叔撇下阿明往菜地里走。

喊话的人是夏桂，夏桂的声音完全变了，好像是另外的人在喊。他发音含糊，没人能分辨出他喊些什么，从他那悲切的神情，三叔估计他是在喊魂，死者是他心爱的人。三叔从未见过夏桂这副样子，一时对他的那些积怨都融化了。他深深地感到，自己已经活了六十五岁，对人心的识别还是一个小孩子。他太迟钝了，周围这些年轻人一定在背地里笑话自己。夏桂终于喊完了，双手抱头坐在石墩上，在黄昏凄迷的光线里，他的侧影令三叔心疼。三叔又一次想到那个令他心悸的问题：树林里的矮个子的农夫，真的是想讨还血债吗？就是为了这个，自己才叫他跑掉的吧。整个战争年代，他只有这一次手下留情。

"死的那个姑娘是云秀，就是刚才一刻的事。"阿明神不知鬼不觉地又凑到三叔面前来了，"谋害的方法很特别，用注射器将绣花针注进她的血管。您刚离开病房我就溜进了过道里，站在柱子后面，您以为我是老虎吧？可怜的姑娘，浑身都是紫斑！"

"你这个奸贼！"三叔一下子骂出了口。

三叔满腔的闷气无处释放，路也走不稳了，走着走着头一晕扑倒在刺丛里。虽然脸被刺得很痛，三叔还故意把脸往刺上面凑，弄得脸上血糊糊的。他想象自己变成了土里的那种蚯蚓。

时常他的锄头挖下去，一条蚯蚓变成两条，流血的伤口立刻愈合了。那两条蚯蚓是否相互惦记，是否日后碰了头还可以认出对方来呢？三叔在刺痛中将这些无聊的事想了又想，怎么也不愿睁开双眼。自己好像并不欠那农夫什么东西，怎么会弄到这步田地的？黑夜渐渐降临了，泥土有了凉意，一条小蛇从三叔的脖子上爬过去了。

阿金姑娘见过云秀的尸体了。小小的尸体缩成八九岁的孩童样，裹在病床上的白被单里。那名护士说，云秀的血管都堵塞了，输不进液，她发了一夜高烧，把身体烧干了。阿金眨巴着独眼听得入了迷，后来她就朝尸体扑过去，在云秀平平的小胸脯上捶打了一阵，然后朝地下吐了口唾沫，大摇大摆地走开了。医生将她的举动看在眼里，偷偷笑着，一双手在裤子上上下下搓个不停。

第二天下午家人才来用薄薄的杉木棺材将姑娘弄回家去。阿金夹在人堆中间，独眼灼灼生光。队伍一进卫生院阿金就搜寻着医生，她独自闯进医生的手术室兼病房，发现这个单身汉房里一派狼藉。原先泡在瓶子里的那些肿瘤标本通通被他倒在地上，把地板弄得溜溜滑滑的；沾满脓血的手术衣在水池里发出恶臭；水池里还扔着很多蜡烛头；一面墙上挂着一把巨大的手术钳，是医生请人制作的标本。阿金将一只壁柜的门打开，看见短衣短裤的恩医生躲在里头发抖。

阿金挤进壁柜，同医生拥抱了一下，立刻又退到外面，恨恨地说：

"你这条虫啊。"

说完她就关紧了柜门。人群从外面叫叫嚷嚷地进来了。阿金挥手向众人喊道:

"都出去!都出去!我看见他从后门溜到竹林里头去了!"

于是人群又叫叫嚷嚷地拥了出去。

"是三叔要你来查账的吧?"医生将柜门开开一点,伸出头来问道。

"三叔,哼,快完蛋了!你不能出来穿上衣服吗?"阿金的眼神很怨恨。

"我?我什么都没有了呀!"

"这样正合我的意,我们远走高飞吧。你还记得很久以前的事吗?你帮我做了那只眼球摘除的手术后,我的一颗心啊,一直系在你身上了。为什么你就不明白呢?我看着你同云秀胡闹,我心里就想:'他是我的,他当然是我的,他迟早要觉悟的。'现在这一天终于到来了。我问你:独眼的女人是世界上最美的吗?"

阿金咄咄逼人地凑近医生,用手把住那张柜门,一只脚站在外面,一只脚跨了进去,把医生挤得紧紧地贴着柜子的背板。

医生哀求道:

"你不要挤我,我心里乱得很,真的。现在很多事我都想不清楚了。天哪,天哪,我怎么办啊!你不会查我的账吧?我知道我瞒不了你们的,我向你交代算了。三叔的钱,被我喝酒喝掉了。"

"你没有替云秀治伤?"阿金一个字一个字地问。

"云秀？啊，你不了解她，她那么幸福！夜莺，鲜花，山泉潺潺，她还要什么？我给她注射的全是蒸馏水，她就喜欢这样。昨天夜里我们点上所有的蜡烛，夜莺又叫了，云秀含着幸福的泪花闭上了眼睛……我敢说，你一点都不了解这个女孩。"

阿金大吼一声：

"出来！"

短衣短裤的医生抖抖簌簌地出来了。外面又响起了人群的喧闹。医生侧耳听了一听，脸上掠过一丝不易觉察的笑意。

"罪魁祸首在这里呢！"阿金姑娘跳起脚高声喊道。

医生用昏暗的眼光打量团团围住他的人们。他曾经从这些人身上割下过各式各样的肿瘤，还有内脏，他并不害怕这些人，他只怕阿金姑娘。人们被这个男人凛然的气势吓住了，你看我我看你的，都不敢动手。也许在这一刻，他们身上的旧伤口都在隐隐作痛，提醒他们那段不堪回首的苦难日子。他们真的被吓住了。突然，医生往一个方向猛地一冲，人群立刻裂开一个缺口放他出去。大家叹着气，如释重负的样子。但是医生并没有出去，他转进药房，找到自己的外衣，关上门穿起衣来。

病房里人们忙忙碌碌的，棺材已捆好，两个小伙子抬着棺材出去了，其他人还留在那里七嘴八舌地聊天。经过刚才与医生那场短兵相接，他们心中的愤懑忽然消失得无影无踪。尤其是云秀的父亲，那个干瘪的小老头，女儿住院时他从来不来看一看，现在倒对病房里的一切都兴奋得很。他蹲下身去，用摇手将钢丝床摇得竖起来，然后自己坐上去颠几颠。已穿好白大褂的医生出现在门口，阴险地盯了老头一眼。老头一下子愣住了，连忙下床，却找不到自己的鞋了，一定是谁搞恶作剧将他的鞋藏起来了。他只好回到床上，一边观察医生的表情一边惴惴不安地搓着自己的手。

"你就待在那里吧。"恩医生说。

云秀的父亲这才发现众人在他找鞋时已悄悄地溜出去了。病房里静悄悄的，这下子他恐慌起来了，不知道下一步会发生什么。他用哀求的目光看着医生。

"我……我身体里已经没有瘤子了。"他语无伦次地说道，伸出一只手挡住从窗口射到他脸上的阳光，此刻他感到自己是那么孤立无援，连气都出不来了。

"不见得。"医生背转身去打开一个木箱，将手术刀弄得哗哗作响。

云秀父亲的脸发青了，他冲下床，打开房门，赤着脚跑到走廊里，发出杀猪一样的干号："杀人了啊！"

然后他就冲到外面竹林里，一会儿就不见了。

三叔是在小溪边发现他的，头部全浸在水中，好像在那里洗头一样。三叔对他的死因迷惑不解，他知道这个老头根本不心疼女儿，所以女儿的死对他来说也谈不上什么打击。也许他是受惊吓而死，事情节外生枝，没想到父女俩会同时下葬。

"想想看，没有比他们俩更不相像的父女了吧。"云秀母亲对前来悼念的每一个人都说这同一句话。

那一天阿金姑娘哭得死去活来，抢起一把锄头非要将埋好的棺材挖出来，两个壮汉都挡她不住。最后还是三叔出来挡在她前面，她一迟疑，手里的锄头就被众人抢走了。然后她就扑倒在坟堆上，再后来她的家人一齐上前，将她抬回家去了。

天快黑的时候有人看见那两座新坟旁边站着一个穿白衣的人，那人弯着腰用一根木棍乱捣坟堆上培好的土，将两个坟堆捣得稀烂，然后扔了棍子走掉了。大家都不敢议论这件事，只有三叔心里憋得慌，一个人走到那乱糟糟的坟墓旁坐下了。此时他觉得昏昏欲睡，但一只古怪的鸟的叫声使他完全清醒了。"痛——痛！痛！"他在暮色中睁圆了眼，看见那只鸟从天而降，落在捣坏了的坟头上，那是一只麻色的小鸟，头顶竖着一撮黑毛，在泥块上头一跳一跳的。三叔全身的血都凝固了。就在这时他听见说话的声音从身后的林子里传出来，是一男一女，声音肆无忌惮。三叔一转身就看见医生和阿金正相拥站在树下。

"你怎么啦？我们走吧，我们走吧！"阿金一个劲地哀求，将脑袋在恩医生胸前擦来擦去。

"你怎么能这样？你怎么能这样？你怎么能……"医生梦呓似的重复着这句话。

三叔在心里恨恨地说："狗东西，原来如此啊。"

那两个人总也不走，就那么相拥着在林子里踱步，一趟走过去，又一趟走过来。那只怪鸟冲他们叫，他们好像没听见。

天完全黑了，三叔还滞留在坟头听那两人单调的诉说。后来他们似乎是争执起来，医生将阿金推倒在地，气冲冲地消失在树林里。阿金被三叔扶起来时，整个鼻梁都肿了，样子很可怕。

"原来你在偷听我们，你真下流！"阿金恶狠狠地说，"你，还有你家那野小子，但愿狗吃了你们的心去！"

"他是一个杀人魔王，你怎么能爱上这种人呢？"三叔听出自己声音里的犹豫。

"滚!"她跺着脚咆哮起来,并顺手从地下捡了块大石头抓着,"再不滚我可会要你的老命了啊!"

三叔一边念着"鬼来了,鬼来了……"一边拔腿就走。

阿金将那块石头狠狠地砸在他身后的泥地上。

"痛——痛!"小鸟的身影直冲暗淡的云霄。

三叔听见灌木丛乱响了一阵,是阿金追赶医生去了。三叔想回家了。他走着走着,发现自己走岔了路,而在远处的山间,竟然传来枪炮的声音。四下里黑黑的,三叔站在原地想了又想,反倒安下心来了,他找了一块茅草比较厚的地方坐下去,倾听那逐渐激烈起来的枪炮声,现在已经隐隐约约地看得见远方的火光了。三叔决心像几十年前那样,就在这茅草上睡一觉。他既不怕蛇,也不怕蜈蚣之类的虫子,为什么不能在地上睡呢?如果他睡在这野地里,夏桂就会找了来,那时他就要细细地告诉他关于他俩共同的过去,尤其是那个昏热的夏天里,天上是怎样布满了黄蜂一样的飞机。他等了又等,夏桂还是没来,枪炮声倒是越来越激烈了。也许是两支队伍,也许竟是三支队伍在进行那种混战,那些山头火光冲天。睡到后半夜,三叔的喉管被一条蛇锁紧了,三叔呼吸困难起来。开始他想挣扎,后来马上又放弃了挣扎的想法,在夹缝中费力地呼吸着,身子一动也不动。他还伸手摸了摸那条蛇,是一条又细又长的蛇,看来这条蛇不那么凶狠,它没有将三叔的喉管越锁越紧,而是留下余地让三叔呼吸。三叔在这种状态下过了好久,觉得自己已经同这条蛇连成一体了。他用自己粗糙的手抚摸着蛇的身体,居

321

然在黑地里想起了夏桂。夏桂干活时生气勃勃的身影浮现在脑海里，三叔禁不住老泪纵横。"夏……夏……"他张了张口说，听见自己的声音同蛇发出的一样。他一时吓坏了。相持到黎明前，那条蛇似乎对三叔失去了兴趣，给他松了绑，自己悄然无声地溜走了。喉管被解放出来，三叔反而有些遗憾，因为又是他独自一个待在这里了。

三叔从山上回到家中时，夏桂已经离开了。院子乱糟糟的，屋里也被翻箱倒柜，缸里的米被倒在地上，整个家中像遭了一场洗劫似的。三叔走进夏桂的房里，看见小贩阿明正睡在夏桂的床上，他睁着眼，没睡着。

"夏桂走了吗？"三叔问。

"嗯。"阿明做了个鬼脸，"我怕出事，昨天夜里跑来睡在这里的。"

"原来他昨天就走了。"

三叔心里一沉，想起那条蛇。

"这一夜真长啊，我睡在这里，将我这一生反反复复地想过了，我真是不甘心啊。"

"你不甘心什么？"三叔问。

"难道您就猜不出来吗？我天天观察你们，我对你们羡慕得要命！啊，我还是起来吧，万一那家伙又转回来，看见我睡在他床上可不得了呢！昨天晚上他捉了一条蛇放进您的猪圈，您养的那头小猪已经被吓死了，真是逃得了初一，逃不了十五。唉，这种人！"

"你看见他把蛇放进去了吗?"

"这还有假!您跟我来。"

他抓着三叔的手往外走,走到那边猪圈里去察看。

猪圈里空空的,不但没有蛇,连那头小猪也不见了。阿明很尴尬的样子。

"一定是小猪苏醒过来后跑掉了。"

"放屁!"三叔忽然大怒,"你这疯子!什么事都要被你乱形容,从来你就是信口开河,四处乱搅和。你小的时候我就看出你是个不务正业的东西,鼻子伸得老长,专门刺探别人的隐私。你说说看,你怎么竟敢跑到我家里来睡觉?还有王法没有?啊?"

他高高扬起一只手,似乎要打阿明了。阿明脸上的表情很古怪,他不但不害怕,反而显出激动和渴望的神情,将自己的脸向三叔的巴掌迎上去。可惜那巴掌并不落下。

"您是骂我吗?是骂我吗?"他仿佛不相信似的追问着,"您带我去您从前打仗的地方看看吧,我听说那种地方在深山老林里,瘴气让人睁不开眼,我做梦都梦见那种地方。"

他满脸卑怯地抓住三叔的衣袖哀求着,突然手一抖,僵住了。猪栏屋的后面站着独眼的阿金姑娘。阿金蓬头散发,手握一根粗棍。阿明怪叫一声,一下就跑得无影无踪了。阿金嘿嘿笑着,扔了棍子走过来。

"三叔,您家夏桂出走了吧?他是妒忌我和医生啊。他年轻,火气大,到了您这个年龄他就好了。他是从后山那边走的,当时我和医生并排坐在一棵酸枣树上,看着他离去。"

"他有没有留下什么话?"三叔眼巴巴地问道。

"没有。您还不明白啊，他这种流浪汉，来无影，去无踪。"

三叔满脸凄惶地回到院子里。他又想找他的小猪，但是哪里都找不到；他伸手往鸡舍里一摸，摸了一手鸡血，往里头一瞧，五只鸡全死了，鸡还有体温。谁干的呢？三叔觉得只有阿明的嫌疑最大。

三叔独自站在院门口，他的脸朝着西边，像是去迎着什么东西，他的身子有点发热。他听见千军万马在西边的大山里头发生激战；而在后山，被伐木者锯倒的参天大树痛哭着轰然倒下。

原载于《钟山》2000年第4期

路边人家

阿娥既谦逊又温顺，娇小轻灵的身体在满街拥挤着的莽汉之间穿来穿去，一点都不费力。熟人见了，在她肩头一拍，说："阿娥你好啊。"阿娥吓得往前一扑，差点跌倒。她不适应别人的问候，她认为这问候完全是多此一举，再说她正在想心事嘛。熟人见她如此慌张，就自个走开了。后来见了别的熟人，这个熟人就说："阿娥那女子短命。"

但是阿娥并没有身体上的病，她只是长得瘦小，而这个城市里充满了莽汉和壮妇。阿娥走在他们当中，经常把他们假设成自己的保护人，一次她还想出了一个很漂亮的比喻，把自己比作松树林里的蘑菇。想出蘑菇这个比喻的时候，她正好到家了。家是马路边黑洞洞的木屋，里面有老母、丈夫和两个孩子。阿娥一进屋，里面的窃窃私语就停止了，温暖的黑暗融化了她的身体。这时门口的木电线杆发出"啪！"的一声响，惊走了一只麻雀。

　　清晨，阿娥从敞开的木窗户内探出头来，一脸的惊讶，一点睡意都没有。老母亲总是责备阿娥太警觉了，说如此警觉对身体没有好处。老母亲一边磨着牙，一边将胡椒扔进外孙们的口里，一人一粒，两个男孩辣得大哭起来。但阿娥无动于衷，她在仔细观察那些摩托车手，阿娥的丈夫也站在她身后观察，两个人都入了迷。摩托车越来越多，五颜六色的，把他们的眼都看花了。阿娥将她的手放进丈夫枯硬的手掌里，两个瘦小的人紧紧地挨着。那些摩托车和车上的莽汉对他们来说真是惊天动地，一会儿工夫阿娥的脸就白了，但还坚持要看；丈夫明白她的心思，也陪着她看。他们俩都感到自己正被那些呼啸而过的东西撞到了墙壁上，成了一张薄饼。丈夫阿辛有时问阿娥，他们的两个儿子会不会突然间长成街上的那种莽汉，然后就骑上摩托车呼啸而去了呢？阿娥想了想说，那就像木屋里突然长出了两株大松树，要找锯子来锯掉才行。后来又说这个比喻不好，要另想一个更古老的。

　　阿娥是商场里的售货员，她在杂货柜卖竹席、草席、拖把、鸡毛帚、蚊香、杀虫药等等，阿娥很喜欢这个工作，对柜上每一种货物的情况都了如指掌。但是她有个缺点，那就是总是躲在货架后面别人看不到的地方。顾客在静悄悄的货架之间穿梭，冷不防就被她的出现弄得很不愉快。阿娥躲在那里干什么呢？原来她在那里想自己的心事。她想，她每天摆弄的这些个货物，已经和她情同手足了，她可不想顾客把它们买走。这些个心怀叵测的顾客，浑身都是粗鲁的欲望，阿娥老远就可以闻到他们身上的熏人的汗味。她远远地听见一个男子的脚步向她走来，她的手心开始出汗，于是默念着数字把握时机，那人正好走到面前她就突然从隐蔽之处闪出，她看见眼前又是一个提着货篮的莽汉。吃惊的他悻悻地诅咒着，将货篮扔在地上走开了。有时候，阿娥看见来的是苍白瘦弱的男子或女子，她就大方地向他们介绍商品，让他们满载而归。他们离开的时候，阿娥呆立在货架的过道中间，憧憬着那些商品的命运，有时自言自语，竟会掉下泪来。老板看见了，就会取笑阿娥"痴心"。没有顾客的时候，阿娥便弯着腰做清理打扫工作，每一样货物都要放在适当的位置，上面不能有一点灰尘。时常恍恍惚惚的，阿娥看见那些商品同自己一道睡着了。

阿娥下班的时候太阳正好快落山，余晖将她周围行走的人的影子变得很大，使她想起"千年古树"这个比喻。她轻巧地穿行着，有时还像青蛙一样在影子与影子的间隙间跳跃。突然，那些影子像被大风吹着了一样快速向前驶去，阿娥看见一个摩托车手倒在了地上，血流成一条宽带子，比夕阳还要红。但是后面的摩托车不减速，轰鸣着往前冲去，排山倒海似的，很快将那地上的人淹没了。阿娥惊奇得停住了脚步。她跨进屋门的时候，满脑子都是那个车手的回忆，淘着米，就看见米里面涌出鲜红的血来。

老母亲终日在家忙碌，一点都没有活得不耐烦的迹象。外孙一放学回来就围着她吵，她的法宝就是往他们嘴里塞点什么东西。今天她给他们的是两根细木棍，上面裹着一圈红薯糖，两个男孩高兴地含在嘴里就要出门，却被回家的阿娥一掌打了回来。"不能去,不能……"阿娥气喘吁吁,语无伦次。老母亲一看她的脸就明白了,慌忙过去将门反锁了,钥匙放进衣兜里。男孩们愤怒地用脚蹬门。阿娥的丈夫在外面给人送牛奶,天黑才回家。他急骤地敲着门,敲了半天门才开,进来后便口里念叨着"累坏了累坏了",像一段木头一样倒在床上,再也没有声响了。吃晚饭他也没出来。

"爸爸怎么了?"男孩问。

"死了。"阿娥痴迷地看着灯光说。

男孩们就不敢再闹,乖乖地将碗收到厨房里去,然后像两只小老鼠一样,躲在角落里将那些废报纸弄出窸窸窣窣的响声。他们在等一件事发生,起先还熬着不睡,后来就在床上玩,玩着玩着合上了眼,被子也没盖。阿娥和丈夫轻手轻脚地为两个儿子盖好被子后,就手牵手地出门了。老母亲一边做着缝补一边说:

"路上小心啊,这一阵子尽出事。"

天气不怎么好,刮着西风,像要下雨似的。他们并没有走到别的地方去,就在门口的马路上席地而坐,两个人都伸长了脖子在听,像两只鸭子一样。时间已是半夜;但他们共同盼望的那个时间还没到。天上偶尔飞过一架飞机,红色的灯不祥地闪烁着,天好像要下毛毛雨。

"阿辛,阿辛,我们回去吧。"阿娥带哭腔地说。

阿辛的鼻腔里发出低沉的声音,她听不清他在说什么,但也知道他是在鼓励她坚持下去。有一个人挑着沉重的担子往这边走,阿娥和阿辛都知道那个人是在市中心的夜市上卖馄饨的,每天这个时候他都经过这里回家。那个人越来越近了,从他们身边擦过,接着又走远了,是一个不爱说话的人。阿娥觉得他是有意从他们身边擦过去的,马路那边那么宽为什么不走?有一团火在阿娥的胸腔里燃着,她张开口出气,渴得难受。

"阿辛,阿辛,我们回去吧。"她又说。

阿辛动了一动,示意阿娥注意听,她就听到了由远而近的摩托声,于是她心里的火摇曳了几下熄灭了,她的整个身心都松弛下来,头垂到了丈夫的肩膀上。临近的摩托声让她深切地感到最好是在睡梦中度过那种瞬间。就在她将要睡去时,那轰鸣声戛然而止,她蒙眬的双眼看见穿黑衣的车手跳起脚破口大骂,那车停在距他们两米的地方。莽汉将头盔摘下来,阿娥看见一张巨大的黄脸,丑陋的嘴巴歪向一边。阿娥觉得很好玩,她站起来拍拍身上的灰,然后去扯阿辛,这才发现阿辛已经睡着了,她就用力踢了他一脚,将他踢醒,然后两人搀扶着东倒西歪地回家。摩托车手追了上来,揪住阿辛不放,阿娥就眼一瞪,大声说:"你这个懦夫!"说得那人一怔,松了手,不敢再纠缠。

老母亲站在门口一个劲地看天,好像根本没注意到他们俩已经回来,她让房门大敞着,从屋里提出一桶水,当街泼去,差点泼到车手的身上,然后就听到摩托车闷闷地发动的声音。夫妇两人相视一笑,准备就寝了。

下半夜阿娥的耳边充斥着风声,老母亲一刻不安地在屋里活动,一桶一桶地接了自来水泼到街上,阿娥想,有很多人都在泼水,也许外面早就水流成河了。于是她又做起了关于洪水的梦,这一回她睡在水底,并没睡着,一直张着耳朵在那里听。

开始只有一辆车,在很远的西边若隐若现,然后又来一辆,两辆,三辆,四辆……越来越多,似乎是,老母亲泼出的那些水都变成了车流,她就喊母亲别泼了,已经足够了。阿辛也在搏斗,隔一会儿喊一句:"迎上去啊!"声嘶力竭地,拳头捏得咯咯响。阿娥想:这么瘦小的一个人怎么斗得过滚滚的车流?

早上起来,阿娥推开临街的窗,看见路上只有拖拉机和三轮车,车后一律拖着浓浓的黑烟。前面房里,儿子们还没醒。阿娥对母亲说:

"千万别让他们出门跑远了。"

她皱紧眉头,回忆起上班时同事告诉她的关于铲土机的事。市里来人催过好多次了,说他们的房子要拆除,要他们一家搬到高楼里去。阿娥同阿辛一商量,不免怕得厉害。高楼里怎么睡得着觉?从那高楼的窗口望下去,地上好像爬满了蚊蝇,那该有多么恶心!更加可怕的是听说楼房一到夜里就消失得无影无踪,但半空中却残留着各式各样的叫声。于是决定不搬。市里面的人马上要开铲土机来推房子了。阿娥和阿辛都设想着一个场面,那就是一辆奇大无比的铲土机朝着他们的房子铲过来,他们全家人一下子被举到了半空。他们把这个景象说出来,两个儿子瞪大眼听着,一齐嚷嚷道,他们要待在这里不搬,要等那种好时光到来。从那天起,两个男孩日日盼着铲土机。有一天阿辛告诉她,他梦见了多年以后的此地,他说他看见的是一片生着杂草的荒地,但又分明是他们现在住的地方,因为地上那条炉渣路依稀可辨,路上还有他埋下的三块砖,那是怎么也不会认错。阿辛还说做这样的梦是很不好的,倒不如梦见过去的事。

因为这个倒霉的梦，阿辛把客户的牛奶都送错了地方，弄得很晚才回家。

阿娥在店子里上班时，大儿子小正的学校来电话叫她去一趟。李老师说，小正用塑料袋装了满满一袋子水放在抽屉里，水里还有几个青蛙。老师在台上讲课，他将水和青蛙倒在地上，孩子们满教室乱跳。叙述完这件事，李老师诡诈地眨着眼说："小正以后不用来学校了。"阿娥听着李老师讲话，马上想起老母亲夜里往马路上倒水的情形，心想这毛小子在梦中一定被淹死好多次了，这样一想，脸上就露出了笑容。李老师已说完了，怔怔地看着这个小个子女人脸上奇怪的表情，叹息道："有福气啊。"但是阿娥已经忘记了她正在和人谈话，自顾自地走掉了。她在操场那里看见很多学生，就惦记起小正来，她担心他要到人工湖去捉青蛙，那湖里有很多深洞，跌进去就别想出来。她加快了脚步，到后来简直在狂奔了。

一进屋就看见母亲正在帮两个男孩往塑料袋里灌水，袋里有很多蝌蚪。阿娥嘘出一口气。突然他们三个都放下手中的东西竖起耳朵来听，阿娥也听见了。他们赶紧到门外去看。是铲土机，那种日本产的最精干的庞然大物，正开向他们旁边的那栋砖房，男孩们高兴得手舞足蹈起来。老母亲两只手拧住两个男孩的耳朵，将他们拎回家，阿娥连忙关好门，将窗帘也放下，四个人坐在屋里静候。

"噗！噗！噗……"风吹得外面晒的那床被单不停地响，铲土机始终在轰鸣，小正和小泥已经忘记了铲土机的事，待在厨房里戏弄那些蝌蚪。到了吃晚饭时光，阿辛回来了，阿娥这才踮着脚走到门外去看。铲土机早开走了，那栋砖房所在的位置空空荡荡的，怎么回事呢？既没听到哭叫，也没听到房屋倒塌的声音，简直就像变戏法！

阿辛是跑着回来的，他上气不接下气地叙述着街上听来的流言。人们都说旁边被拆迁的这栋砖房，在铲土机铲向它的一刹那变成了纸屋，里面坐着几个木偶。铲土机将它们一股脑倒进了卡车里头，和泥土混在一起运走了。阿辛说得牙齿咯咯地打架，他瞟着阿娥，看见她的眼珠像猫眼一样发出绿光，他就忽然打住不往下说了。

"你说完嘛。"老母亲埋怨道。

整整一夜两夫妇都在房里叽叽咕咕地说话。阿娥的话概括起来是乱七八糟的大杂烩。如："摩托车是一颗颗流星，来去无踪""很长很黑的隧道，电车来来往往，车内坐的都是盲人""大雁像箭一样坠入河心""一个轻佻的女郎站在坡上迎风梳头，坡下一老翁在浇菜""笼子里那只老虎发出婴儿的哭声"，等等。也不知阿辛是怎样听懂她的话的，他自己也一直在同她谈论，他的语言比较晦暗，总是和乌云、暴雨、断垣残壁里的蛇、急诊室里的血污等等分不开，每吐出一个可怕的词他的心就紧缩一点。中途他们还开玩笑地把这个夜晚称为"死亡之夜"。到下半夜老母亲开始去厨房提水时，两个人都将母亲想象成一名巫婆，还用"法力无边"这个词来形容她。朦朦胧胧地，他们又把希望寄托在老母亲身上，说是"从未见过比她更为镇定的妇人"。当清晨第一辆摩托车从房子前面驶过去时，他们的处境渐渐明朗化了。阿辛提到同事家的一只奇异的热带鸟,毛色是那种砖红,从早到晚在笼子里叫个不停,后来同事打开笼子的门,想将它放飞,这才发现它自己将两只翅膀都折断了,看来它根本不想飞走。

接下去发生的事完全符合他们的设想。市政府的工程拖延下来,房屋拆迁的事渐渐被淡忘了,然而每隔一个月,仍然有穿制服的职员到家里来送拆迁通知,通知上规定的日期为"两星期""一星期""一个月"等等,那些日期令他们全家人浮想联翩。两个男孩一遍又一遍地做同样的事:跑到街边去张望。有一天终于有一部铲土机开过来了,但铲的却是邻近的一栋木屋,那木屋已多年没住人,铲子刚一接触上去它就自动地粉碎了,成了一堆木屑,原来它早就被白蚁吃空了。

阿娥家的周围变得空空荡荡的了,城市在马路的那一边,阿娥工作的商店和阿辛工作的牛奶公司也在那一边,他们一家人觉得被彻底孤立了。小正和小泥换了一家学校,也在马路那一边。早上两兄弟横过马路去上学时,阿娥的心就跳到了口里。阿娥对儿子说:"万不可东张西望。"但儿子们的行为正好同她期望的相反,他们在马路上仔细观察,看见摩托车来了就迎上前去,弄得那车猛地一刹,车手跳下来追打他们。兄弟俩总是分头跑,跑得飞快,在车流如织的马路上像水甲虫一样滑行,七弯八拐的就不见了。阿娥想,他们的这种本事也许是她遗传给他们的?

老板派阿娥到仓库去取货,阿娥蹬着三轮车上了马路,迎面看见了阿辛,阿辛也蹬着三轮车,车里装着一盒盒牛奶。阿辛跳下车,脸吓得像纸一样白,语无伦次地说:"我该怎么办?

333

你说我该怎么办？"阿娥就一直想着这句话，直到一辆摩托车撞到她的车上，她从车座上滚下来，跌到路边的排水口上。半小时后她发现自己还好好地活着。她猜想阿辛一定是早就看见那辆摩托车了，他总是这样的。他认为阿娥将自己设想成大树下的小蘑菇的方式有缺陷，他自己宁愿相信一些意料之外的事。那车手差不多有两个阿娥这么高，除了他疯子一样冲过来的样子，阿娥再也没见过他。阿娥起先躺在地上两眼瞪着灰蒙蒙的天，将发生的事想了又想，后来才慢慢爬起来收拾那辆坏了的车，将它推到路边，然后找电话亭打电话给老板。老板很快就带着人来了，他对阿娥的无能很恼火，后悔不该让她去取货，还说迷信思想毒害了她。

过了不久，阿辛在报纸上读到一则消息，说的是有人（不知是谁）在马路两边的两株大树上绑了一根铁丝，致使两名摩托车手的脖子被同时勒断了。阿辛叫阿娥一道读那则消息，两人读了一遍又一遍，兴奋得眼睛发亮，呼吸加速，口里发出"哦哦"的惊叹声。然后他们又仔细看消息的来源，但报纸上仅仅写着"本报讯"。阿辛不甘心，跑到马路对面去打电话给报社，打了好一会，回来沮丧地告诉阿娥，电话里只有一片忙音。

"也许是假新闻？"阿娥和阿辛面面相觑。

"我们小正将来会查明真相的。"母亲在旁边老于世故地断言。

光阴似箭，阿娥和阿辛都觉得自己有点老了；老母亲做起家务来更是动作迟缓了好多，还时常丢三落四的；小正和小泥都成了牛奶公司的推销员,很早就从家里搬走了。拆迁的通知仍然不断地送来,来人由以前的老头换成了穿一身黑的青年,阿娥总觉得这个人很像那个将她撞倒在路边的家伙,会不会是他的儿子呢?一次阿娥仔细打量了青年的一只手,看见它一直在不停地抽搐,当时他立刻就将那只怪手藏到裤袋里,气冲冲地说:"你们什么时候搬?"也许是因为暴露了弱点,后来那青年就没来过了,来人又换成了另一名老头。这名老头特别爱讲话,他总是晚上来,和阿辛两人站在门口,看着天上的云聊天,叹息。一回正当他们站在门口时,大儿子小正回来了,小正满腹狐疑地看了老头一眼,走进屋里问阿娥:"这家伙是谁?"阿娥说是来送拆迁通知的,小正就冷笑一声,说看见他衣袋里有把匕首,还说爸爸一定是老糊涂了。

"他不糊涂。"阿娥正色道。

阿娥觉得儿子已经不再属于这里,她心里希望他快走。小正觉察到了这一点,他和外婆寒暄过了就要离开,走到门口又回过头来对阿娥说,他正在练习骑摩托车飞跃一条河,已经有三个人掉在河里死掉了。"祝你好运。"阿娥心不在焉地说,一边张起耳朵偷听丈夫和老头的谈话,因为听不清而烦躁起来。

老母亲日益缩掉了水分,阿娥看着她缓慢地转动身子,想象着衣裳里面骨骼的形状,心里对她很是佩服。她回忆起很久以前的那天早上的事。他们一家人从卡车上跳下来走向这栋木屋,母亲一下子坐到房中央的泥地上,口里发出又像叹息又像高兴的声音,不住地摇头,最后说:"我总算找到了葬身之地。"她告诉阿娥说她怎么看也觉得这房子像一座墓。她四十岁才生阿娥的，到阿娥生子时她就觉得自己已经活得差不多了，后面的日子都像额外的馈赠，让她惊喜不已。有一天凌晨，北风刮得很大，阿娥记起衣服晒在外头忘了收进来，就从床上爬起走到屋外。天还没亮，阿娥晕头晕脑地摸到晒衣的绳子，猛地一下发现电杆下有个小小的黑影，吓得撒腿便往家里跑，刚跑了两步就听见了母亲的声音，于是不好意思地折回来。

"我在这里坐了一夜，昨天夜里我以为我要死了。"母亲干笑了两声。

阿娥粗糙的手在母亲枯槁的背上摸了几下，母女俩都将目光抛向街对面那些怪物似的黑影。那些影子似乎在向她们移动，只是总移不到面前。

"是我在说话吗？"母亲问。

"是，妈妈。您害怕？"

"当然，还能不怕？但我又想看，我非看不可。"

后来老母亲告诉阿娥为什么要夜里起来泼水，她说得很深入，也很哀婉，阿娥几乎掉下了眼泪。在母亲胸腔里发出的嗡嗡声中，阿娥坠入了一些新奇的、从未有过的回忆之中，大片大片黑压压的森林伴随着那回忆。疲于奔命的瘦狗跑断了腿骨，路边的屋顶上不断地掉下青苔，人像影子一样从地上消失，关于林中饿狼的传说如同疟疾一样蔓延……

阿娥的母亲同外孙小正之间的关系很默契，他们总是用眼神说话。阿娥相信小正现在学摩托车也是得到了老母亲的鼓励的。有时看见母亲对这件事的赞赏态度，阿娥心里不免厌恶，就避开他们，任他们去交换眼色。这种时候，阿娥感到家里也卷入了那种阴谋。但母亲是了不起的,她一直把握着根本的东西,而且临危不惧,阿娥想要不佩服她都不行。就比如说昨天吧,小正回来干什么呢?当然主要是看他外婆,让她知道他正在学那种玩命的把戏,即将到最后的考验了。这祖孙俩一到一块就激情高涨。

  一天,阿娥和阿辛想起来将屋后的杂草除一除,因为蚊子太猖獗了。他们绕到屋后那块空地,看见前方赫然立着一个庞然大物,是一栋高建筑,旁边还有几栋矮的,正向他们的木屋这边蚕食过来,而先前,那些地方都是水田和树林。阿娥总以为先要拆了他们的屋,城市才会向那边郊区扩张,这种情况是她根本没料到的,这也就是阿辛提到过的"包抄"吧。她记起送拆迁通知单的那个人已经好久没来过了,她下意识里头还以为这事已经不了了之了呢。两人张望得头晕起来,草也懒得除了,沉默着往家里走。这时传来急速的摩托车行驶的声音,阿娥看见那辆摩托车从一个土坡那里飞跃到了半空,落地后向他们这边驶过来,一溜烟似的到了面前。车手取下头盔,阿娥看见了满脸是血的儿子小正。

  "血流得太多,简直头昏眼花。"他不好意思地说了这一句,就往地上坐下去。

  他们将儿子送到医院。包扎完毕后,小正就说已经好了,提起脚就要走,阿辛去拦他,他暴跳如雷,阿辛只好让他去。

  "那小子死路一条。"阿娥愤愤地说。

  老母亲听了这句话后神情恍然地笑了笑,这之前她对外孙受伤的事漠不关心,她根本没提出到医院去(再说恐怕她也走不了那么远了),而是坐在家门口,摇着一把蒲扇乘凉,一张脸老朝着要落雨的天空,好像天下不下雨才是事情的关键。老母亲的镇定态度令阿娥羞愧,她暗暗下决心要把儿子的事忘掉,阿辛也在反复念叨说:"忘了好,忘了好。"一边鸡啄米似的点头。这天老母亲在门口坐到半夜还不进去,外面雨声滴答,阿娥猛然想起河里要涨水的事,涨了水,小正要飞跃河流就更困难了。为什么她一点都摸不透这祖孙俩的心思呢?阿娥觉得自己真是粗糙已极,浑身老皮蹭都蹭不破。

　　屋后荒地那边的建筑慢慢地增加着,搅拌机和打桩机的声音隐约可以听得见了。老母亲夜间躺在床上的时间越来越少,最近她水也提不动了,阿辛特地为她带回一个装牛奶的小铁桶,她试了一回又不用了。所以下半夜,她就只能干巴巴地走来走去。吃着饭,她问阿娥:"小泥这孩子怎么很久不回家了?"阿娥说小泥辞了工作到乡下养鱼去了。"不可能。"她斩钉截铁地断言,"乡下能有那么大的吸引力?"阿娥自己也觉得小泥的事不像真的,怎么说走就走了呢?小儿子长大起来后,同大儿子的差异越来越大了。他去乡下之前,倒是回来过两次,但他和家里人没有话说,只是躺在床上,眼睛直瞪瞪地看着天花板,就那样张着眼睡着了。他从小就爱张着眼睡觉,尤其在有心事的时候。临走时他对阿娥说:"妈,我想去体验一条鱼的生活。"阿娥就问他会不会天天泡在水里不出来,他说不会,然后驼着背出门了。阿娥想:儿子怎么这么年轻就驼了背?

　　阿娥的头发已经花白了,身体上显出衰退的迹象,不过她的脚步仍然很轻快,从远处看她走路的样子,很像一个小姑娘。

她离开家到了马路对面时，就停住脚步朝这边张望。她看见她的家已经缩小了许多，破破烂烂的，立在马路边的空地上，很古怪；家的后面，一群灰色的建筑框架正朝它压过来。阿娥想，母亲夜半时分就是同那些灰色的怪物搏斗吧，难怪她老是说："总要弄出些响声来。"阿娥在那些莽汉壮妇的汗味中穿梭了一气，就到了店里，她到店里后的第一件事仍然是用一条干毛巾浑身扑打，想打掉那些异味。老板看见她灵活地走到货架前，就和旁边的老女人嘀咕说："她居然好好地活到了退休的时候。"老女人使了个眼色，笑了笑，和老板两人同时感到了世界之广漠。

　　阿娥开始打扫商品，她动作柔和，长长的鸡毛帚像一片云一样拂过那些货物，持续了短短一会儿她就感到了厌恶，她觉得有一种她不喜欢的气味从那些货物里面散发出来，这种情形有好久了。每逢那气味出现，阿娥就不得不停止工作，躲到更衣室里去。今天阿娥没有躲，她呆立在那里，忽然悟出：也许这气味是从来就有的，只是以前自己注意不到罢了。之所以厌恶感会如此频繁地产生，是因为自己已经老了啊。反正工作还得做，这货架上的东西这辈子是和她连在一起了。她就这样心神恍惚，动一动歇一歇，最后终于完成了清扫，并且将商品摆出了几个新式样。和从前不同的是，她现在都不愿多看她做过的工作一眼，激情不再是那种连贯的汹涌，而是如同水滴掉在沙漠里一样，一眨眼就不见了踪影。但是她仍然保持着好奇心，警觉地站在货架后面的阴影里，如一只蜘蛛那样等着她的猎物。她站在那里时，听见了老板对她的议论，老板说他已猜到了阿娥退休之后会去干什么，他原来不知道，后来他偶然看见了阿娥的老母亲,心里的疑团全解开了。阿娥边听边点头,又一次感到这位老板是懂得她的。那么她退休后到底会去干什么呢?她自己却不知道。

那天傍晚阿娥在回家的路上经历了一件事。就在离家两百米的空地上,黑压压地围了一大群人,走到面前,阿娥就看见了阿辛蹬的那辆人力三轮车扔在路边。她立刻就往人群中挤,这一次那些莽汉却对她充满了敌意,她被推着搡着,怎么也到不了中心,她差不多绝望了,只想坐下来哭一场。正在这时人群起了一阵骚动,阿娥一下子被推到了中心。地上躺着的正是阿辛,脑袋都已经被压扁了。阿娥昏头昏脑地往他破碎的身子上扑,那身子突然像鱼一样蹦了起来,而阿娥自己,极度的恐惧竟然战胜了极度的悲哀,猛地摔倒在地。阿娥倒下去的时候,紧紧地闭着双目,她的耳朵什么也听不见了,然而鼻子还可以嗅到泥土的酸味,如果有人注意到她的话,就会发现那脸上的表情竟有几分舒畅,她的脸轻轻地在泥地上摩擦着。

退了休的阿娥头发全白了,她守着摇摇欲坠的木屋,日日筹划着远行的事。她的目的地既不是小儿子所在的乡下,也不是母亲和丈夫的埋葬地——故乡,阿娥的目的地还没有最后确定,它藏得那样深,那样远,它的显露又是那样缥缈,阿娥没法集中精力来想这件事,她总将这件事往后推。但她必须日日做准备。昨天她又忙了一天,买回两个粗帆布的旅行袋,还有一个放大镜。放大镜用来干什么,她并不知道,她觉得这东西同旅行有关,就买下来了。前几天她还买回一只指南针,是到旧货店里去挑选的。她回到家中,坐在门口吹了一会儿风,就看见一个乞丐往她这边走,于是心里警觉起来。正要站起身关了门,那老人已到了面前,原来是好多年都不曾来过的市政府送拆迁通知的人。这一回,他并无通知送给她,只是问她是否已确定出门的日期。阿娥告诉老人还没有确定。

"那么什么时候可以确定?"

"谁知道呢?也许明天?"

老人似乎对她的回答很满意,告诉她说,在她动身之前他要送她一样礼物;这件礼物他早备好了,只是因为这些年他身体出了问题,一直不能亲自来送给她,今天他稍稍好一些,就支撑着走来了;看见这张熟悉的门,他就回想起与阿娥丈夫的那次谈话,记起死者那高傲的性格。

"他真是高傲已极的人,要不然已经死了还能从地上蹦起来啊?"

阿娥心里盼他快走,又盼他还说下去。而他终于摇摇晃晃地走掉了。阿娥思忖着,不知道他说的礼物是什么东西。今天想了一天,阿娥还是没想出老人要送她什么礼物。她还在往旅行袋里塞东西,夜幕一下子就降临了,一天过得真快。

"阿娥,准备上哪儿去呀?"从前的老邻居问她。

"这一次可是出远门啊,恐怕是东北吧。"她兴奋地回答。

渐渐地,她变得像她母亲,夜里也不睡觉了。但她既不捣鼓自来水,也不在房里走来走去,她坐在屋前那一小块空地上,想着远方那些朦朦胧胧的事,内心充满了幸福。有时她凝视着月亮从那厚厚的灰云当中挣扎出来,便会记起一些从未发生过的小事的片断，那些片断如此真实，简直历历在目，谁又能断言它们从未发生过呢？

"阿娥，要走了吗？"清晨路过的邻居又问。

"是啊，真令人激动啊！"她叹息道。

终于阿娥全白的头发也变得稀稀落落了，奇怪的是她的步态仍然像小女孩，这种步态使得她从前的老板赞叹不已。老板想：阿娥心中有明灯，才可以在浩瀚的林莽中穿行自如啊。她越是懵懂，越是显得胸有成竹。

多年以前，美丽的胭脂花开的时光，阿娥坐在花丛里想起那些木屋；那种旅途中的驿站，窗户和门都朝着大路；远行的人走进木屋，便看见阴凉的屋内放着一个巨大的茶炊，山菊花茶的气味令人昏昏欲睡；后面房里窗帘放下了，里面有个模糊的身影，阿娥在冥想中曾看见过那个人的脸，是她的一个远房姨妈，只见过一面，后来她得白喉死了。那是多么长的旅途啊，好像是从远古时代就在跋涉，终于找到了现在住的这所房子。这房子同她看见过的、很熟悉的那种驿站毫无相似之处，所以她一生都在策划要远远地离开此地。她从前的老板猜出了她的计划。她的这个计划的细节是她所有心事中最隐秘的，隐秘到她自己也从来没有猜出来过，反倒让老板先于她猜出来了。她在房里准备旅行物件时，听见屋外小小的空地上充满了喧闹声，有母亲的声音，有阿辛的声音，还有小正和小泥儿时的声音，她从来没有感到过自己同他们如此地亲近，激情在胸腔里高涨着，她的眼前出现了雪地里饥饿的野狼。

阿娥最后被她从前的老邻居接走了。走的时候她已神志不清，因为长久不与人交谈，说话也颠三倒四了。那老邻居是一位多嘴的妇人，她坚信自己可以将阿娥调理好，阿娥也非常信赖她。她收拾了阿娥的日用品，阿娥几乎没再看自己的房子一眼就跟随妇人出了门。妇人就住在马路对面的街上。她们一上马路，阿娥就甩开妇人独自奔跑起来。满街的汽车和摩托都惊叫着停住了，司机们大为吃惊地看着这名白发飘飘的老女人横穿马路，一时像发生了大事情似的。跑过了马路之后，阿娥又变得虚弱起来，她扶着老邻居的臂膀，走进熙熙攘攘的人群，回到她久违了的那种生活中去了。那是不是阿娥的老板所猜中的目的地呢？已经没人知道了。

原载于《山花》2000年第5期

生死搏斗

一

大雪已经下了半个小时了，天空中仍是纷纷扬扬，房里被雪映照得很亮，远蒲的眼睛始终没有离开窗玻璃。炉子里的几块煤炭要死不活的，保姆老裴在厨房里将炊具弄得当当作响。从前天下雪起，远蒲就觉得自己的背部和臀部越来越冷了，用手往后面一探，简直吓一跳。这事他静静地思索了好久。他回想起听人说过，有的人是一边一边死去的，莫非自己的背面先死？这倒有点反常了，因为一般都是左边或右边瘫痪、坏死，而他，既不瘫痪，又不坏死，就是背、臀和脚后跟冰一样地冷。很可能自己是被冻坏了。但也不完全像是冻坏了，虽然墙上的温度表里的水银已降到零度以下，他的手心还是温暖的，远蒲的抗寒能力一贯很强的。"啊，啊——"他叹息了两声，似乎要向自己这老年的躯体证明什么。随着他的叹息声，雪花排成的图案就乱了。昨天中午他吃掉了满满一盆生菜,老裴看得发呆,唠叨着:"远蒲远蒲,你就像马儿吃草一样呢。"他还有这么大的食量,怎么就开始慢慢地衰败了呢?有时候,他也想控制一下食欲,但只要开始吃,全部的激情就发动起来了。他想,要是现在走到雪地里头去把自己冻起来,变成一块长方形的冰的标本,那感觉也不过就和他此刻的背部和臀部的感觉一样吧。

老裴垂着双手,失魂落魄地说:

"自来水被冻住了。"

"见鬼!你不会用开水烫一烫?"远蒲厌恶地转过脸来说。

老裴没有回答,移动着在寒冷中变得僵硬的身子,缓缓地缩进了那间杂屋,将门用力关上。看见她发怒的样子,远蒲不由得有点害怕。她和他是同辈人,在家务事上,她一贯自作主张,把远蒲的话当耳边风。比如她从不将炉子生得旺一点,弄得房里像个冰洞,自来水也冻住了,而如果向她指出这一点的话,她是绝对不承认的。她有她的解释,她认为自来水被冻住了,是因为水管的设备不合理,这屋里的所有设备都老掉牙了,该进棺材了。她什么都看不惯,一干活就摔摔打打的,一肚子怨气。

远蒲像一只老海龟一样缓慢地移动着,下了床,走到窗前。他将鼻尖凑到玻璃上头,闻见了外面的雪花的气味,那有点像干燥的灰尘的味儿。雪终于停了,热热闹闹的空中变得一片死寂,远蒲不忍心看下去了。

"老裴,老裴!"他敲着杂屋的门喊道。

"又怎么啦?"老裴走出来。

"自来水冻住了,总不能不吃饭吧?"

"我等会儿到'裕兴'面馆去,叫他们送面来。"老裴阴阴地笑着说,"急什么呢,都到这个地步了。"

最后这句话让他条件反射似的伸手去摸了摸自己的背,又慌忙缩了回来。这举动全被她看在眼里。远蒲硬着头皮装作没事一样回到床上,一俟老裴关上杂屋的门,又将手伸到后颈窝,那里的皮肤冷得像一块冰。"我偏不……"他嘟哝着。偏不干什么呢?他不太清楚。他于自卑中拉好被子,将冰冷的半边身体裹紧,这时窗外就响起了欢快的摩托车的声音。远蒲听见那人在他窗下停了车,他就开始预测那人的去向。刚刚为那人设定一个地方,门就被敲响了。老裴去开了门,进来的是她乡下的侄儿,两人寒暄着,看都不看远蒲一眼,径直到杂房里去了。远蒲想象了一下这个英俊的青年在雪地里飞驰的形象,不由得打了个寒噤。平时和老裴的交谈中,他喜欢戏谑地称自己"已经死了一半了",没想到会一下子变成事实。如果有把锋利的刀,从他头顶均匀地劈下去,可以将死掉的背面那一半分出来呢。其实也并未完全死掉,不是还有知觉吗?如果不去想,不就等于还同原先一样吗?只要他不说出来,老裴就不会知道,任何人也不会知道,"山还是山,水还是水"。想到这里,远蒲有了些信心,他撑起上半身,往背后塞了个枕头,从被子旁边捞出一张报纸来看。他的眼力倒是超常地好,既不老视也不近视。

紧闭着的杂屋的门忽然发出"嘭"的一声爆响,是那年轻人在里头发威。远蒲不由自主地放下报纸,将被子扯上来盖住自己的肩头,好像要抵御一场袭击似的。这个侄儿,从茫茫大雪中飞驰而来的不速之客，要在他家里干什么呢？大约是三年前，远蒲的大儿子劝他辞掉老裴，另请一名保姆。此后他就不时回家来提起这件事。

"这老家伙不怎么规矩，最好是防患于未然。"大儿子说。

远蒲心里当然很清楚老裴的那些小动作，但他习惯她已到了这样的程度，简直是离不开她了。大儿子是局外人，当然可以说那种话，远蒲不想辩解什么。就比如刚才，老裴的侄儿对他如此地不礼貌，他也只有忍受，他不想破坏这个家里现有的秩序。他将脸转向墙，等待着第二次发出响声，杂屋那边却又沉默了。老裴其实也用不着将侄儿从乡下叫了来的，她向来就处于优势地位，近来更是呼风唤雨了。刚才她说不做饭就不做饭，现在已是下午了，他们还没吃中饭。她和侄儿也许在房里吃零食，远蒲只好饿肚子。正好埋怨到这里就有人敲门了，是送面的人。远蒲纳闷：谁叫他送来的？难道是那侄儿？

伙计穿了一身白色工作服，点头哈腰的，在桌上放下了面条，共是三碗，果然是侄儿订的。远蒲付了钱他还不走，探头探脑。

"你还有事吗？"

"我的老乡，他在吗？他要我关照他的摩托车。"他露出巴结讨好的笑脸。

"原来你同他是老乡啊，他在里面房里。"

远蒲的话音一落，老裴同侄儿就出来了，那伙计却见了鬼似的立即溜走了。他飞奔下楼的脚步声很可疑。

三人在餐桌边就餐，都不说话，只听见吸面条的声音。面

347

条吃完,远蒲终于忍不住打破沉默了:

"这种天从乡下赶来,真不容易啊。"

"姑妈的事就是我自己的事。"侄儿严肃地回答。

远蒲觉得他说这话时其实在拼命忍住笑。他到底为了什么不笑出来呢?坐在这个青年面前,远蒲就感到了他那勃发的活力,椅子都在他身下呻吟,远蒲为自己不可救药的衰败脸红了,又因为这脸红对自己十分恼怒。

侄儿吃完饭就站起来要走,老裴也不留他,默默地将他送下楼。远蒲站到窗前去看,看见那侄儿在白茫茫的波浪上浮动,一会儿就无影无踪了。

老裴将碗筷放到门口,让那伙计过一会儿来拿走。

"侄儿是回乡下去了吗?"远蒲试探地问。

"他是来告别的,患了癌症,是晚期。他把你的门踢得那么响,你吃惊吗?可是有些个人啊,死到临头也不会承认自己有病。"

老裴说这段话时鼻尖凑近窗玻璃,眼珠瞪圆了,似乎要从白色的天地里看出一个侄儿来一样。

"不去医院看病,不就等于没患癌症一样吗?"

"哼。"

老裴懒得回答远蒲这种纠缠的问题,她一直有一种感觉,就是她和远蒲正从两个极限处往中间地带走,总有一天他们会会合,对于她来说,那种会合就是她的末日。她在远蒲家里实在待得够久了,家乡的人都快将她彻底忘却了。回想起在这个家庭里经历的恩恩怨怨,又对自己的适应能力之强感到诧异。

远蒲是一个得过且过的人，必要的时候可以"死猪不怕开水烫"，从她第一眼看到他她就在心里确定了这一点，当时远蒲的老伴还没死，这个家里还很兴旺。也许是出于好奇心她才在这里待下来了，如今她觉得再要离开已经不是时候了。刚才她顺口就说侄儿患了癌症，像说家常事，这是这些年在他家养成的习惯。她也预料到了远蒲的反应，他就是那种人。既然已知道他的本性，干吗还要说呢？老裴很清楚自己每天都在重复同样的过程。当这个老家伙大言不惭地说出，"不去医院看病，不就等于没患癌症一样吗"这句话时，老裴的心头差点热浪翻滚；但她抑制住自己，让自己沉没在冷淡的情绪里，她必须警惕着。从早上自来水在水管里冻成冰的那一刻起，她就有点不耐烦了；后来是侄儿来，坐在她房里双手紧抱自己的头将那扇门踢了又踢；再后来是餐桌上那种沉默的较量。老裴觉得远蒲简直是稳若泰山，而自己反倒是那么没有定准。在一切事情上，她终究是对他没有把握的，她的傲慢下头掩盖的是虚弱。

　　下午出太阳了，金色的阳光照在玻璃上，远蒲想，水管要解冻了。他裹在被子里设想着整栋大楼水管解冻的情形，"欢呼雀跃"这个比喻跳了出来。一般来说，融雪比下雪更冷，远蒲闻见房里的空气有了地窖的气味。他穿好棉衣在房里走了几圈，暗暗地希望老裴不要来注意自己，尤其不要来注意他的后背。墙壁上贴着几个猫头，还有一只彩蝶，那是老裴从画报上剪下来的，因为贴的时间长，纸张都发黄了。当时他还在心里鄙弃过老裴的粗俗呢，他的幼稚和浮浅真不堪回首。多少年过去了，墙上的这些动物始终栩栩如生,它们就好像进入了自己的骨头里一般,那真是种奇怪的感觉。这个从乡下来的老裴,究竟是从何样的乡下出来的?远蒲多年里头从未有过去那种地方看一看的念头,那是不可能的。首先路上怎么办?他的身体经不住旅途的折腾。老裴自己也很少提家里,只有几次在他的追问下,她才含糊地说起那似乎是在一片多野狗的芦苇荡里,茅棚子搭在水上,夏天的毒日晒得水汽蒸腾。那种地方竟会蹦出来一个骑摩托车的英俊小伙,真是匪夷所思。对着猫头和蝴蝶发了一阵呆,远蒲的目光又移向五屉橱上面摆的一个万花筒。那是老婆在世,孩子们还小时他用彩色碎玻璃、几块玻璃板,和一张硬纸板做的。他拿起来放在眼前转了几下,再转,仍是那十几种熟得不能再熟的图案,玻璃碰撞的声音清脆好听。他还要转,眼角已瞟见了老裴正在瞪着他。

"我要去买菜了,你在房里多走走,有好处。"

远蒲一会儿就听到她在楼道里和人说话,然后就下楼去了。远蒲正要回到床上去,那侄儿却又回来了,说是将雨衣丢在家里了。侄儿的脸在寒气中红彤彤的,眸子像星星一样闪光,远蒲不敢抬眼同他对视。

"伯伯,"侄儿突然开口了,远蒲发现他满口蛀牙,"您应该下楼去走走,这种样子算怎么回事呢?您并不老。"

他胃里的馊气飘到了远蒲面前,远蒲一阵恶心。小伙子潇洒地扬了扬手,步伐轻快地下楼去了。他那大号的皮靴在地板上留下几只脚印的水迹,外面一定开始融雪了。

远蒲随手又拿起了万花筒。这一次,他不再将眼睛凑近去看，只是将它在手中转动着，每转一下，他就在空中看见了一个从未见过的新奇图案。这个游戏让他的血流加快了，脸颊都有点发起烧来，他感到自己整个人都被激活了。他激动地放下万花筒，伸手往自己的背部摸去，然后又沮丧地缩回了手。"死的仍旧是死的。"他轻轻地说，弯下腰，将万花筒收进五屉橱的抽屉。那抽屉里有亡妻的旧衣服，衣服微微地散发着酸涩的气味，根本不是老婆生前的体味。远蒲连忙关紧屉子。他又踱到了那几只猫头跟前，在心里感叹着老裴十几年前的远见，回忆着她刚来时那副老实诚恳的假面孔。远蒲承认，是她那副假面孔欺骗了家里人，首先是欺骗了他自己。不过这种欺骗实在是件好事，事隔多年之后远蒲倒宁愿她还是原来的样子，不要露出现在的真面貌来。她现在的这种样子就像一堵墙，远蒲只能在这堵墙下面慢慢衰败。有时远蒲也宽慰自己说："鸭棚里来的女人就这个样。"老裴说起过她驾着小划子，箭一样从湖面上驶过的情形。几乎人人都说老年生活寂寞，远蒲却一点也不，他和老裴之间的明争暗斗完全可以称得上是"尖锐激烈"。单单是为了这一点，远蒲也不愿换保姆，大儿子怎么能懂得老年人的心事呢？在温暖的春日的阳光里，远蒲也曾拍着自己这一双干瘪的腿子，对自己这种消耗精力的生活略感吃惊过，不过这改变不了他的想法。

他走到了老裴住的房门口，忍不住朝里面看了几眼。他看见老裴侄儿那件黄色的雨衣仍然挂在老裴那凌乱的床头，这么说他并没有将雨衣拿走。一张方桌上堆满了红红绿绿的空饮料罐子，老裴一贯有搜集这种东西的爱好。远蒲称之为"肮脏的嗜好"。

地板上有一些洞，是鼠洞，因为她房里有东西可吃，老鼠就集中在那里，就是大白天都窜来窜去的。远蒲喜欢将东西摆得整整齐齐，老裴早就看出了这一点，将他的房间收拾得一尘不染，但这显然压抑了她的天性，所以她回到自己房里就为所欲为了。平时她的门总关着，远蒲也从不在意，他知道不能将她的嗜好全剥夺。只是常有一两只老鼠溜到他房里来，使他有点生气。幸亏他房里根本无东西可吃，老鼠也就只是来旅游一番，仍旧回到老裴那边去了。打量着这个乱糟糟的老女人的房间，远蒲进入了她那虚幻的世界，似乎是，她把这里也变成了湖边的茅棚子。然而她还记得在远蒲房里贴猫头和蝴蝶，真是铁一般的意志啊。远蒲听见了门口的脚步声，他赶紧走开去，居然有些心跳加快。脚步声上楼了，并不是老裴。

远蒲已经记不清自己有多少日子没有出门了，这件事似乎是自然而然的。上半年小儿子来过一次，对他的生活方式很不满，远蒲还记得他说了一个很不适当的比喻，他将他比喻成关在房子里的一缕青烟，"闻得到，摸不着"。远蒲对儿子这些不礼貌的话有点生气，过后回想起来又有些佩服他的敏锐。如果小儿子知道他现在身体方面的实情，他会怎么想？寒流袭来之前老裴向他介绍过一种羊皮背心，说是对年老的病人"有起死回生的作用"，很可能在那个时候，她就已经预料到了远蒲将要发生的变化，而他自己什么都没感觉到。

"侄儿是活不了几天的人了，你对他还是那么冷酷。"老裴一边脱掉沾了泥浆的套鞋一边愤恨地说。

远蒲注意到她的一只手青肿得厉害，就问她是不是摔了一跤。一开始她支支吾吾地不肯说，最后被追问得没办法，只好告诉远蒲，中午的时候并不是侄儿踢门，而是她在用手砸门，她没想到自己会有那么大的力气，门都差点被她砸破了，刚才她去卫生院找医生看了一下，说是有轻微的骨折，开了些药。她叙述这件事的时候显得很不好意思，可是说到后来，目光就渐渐地变得凶恶起来，盯住远蒲不放，远蒲只好望着别处。

"侄儿怎么看也不像病入膏肓的人啊。"远蒲一心想把话岔开去。

老裴用一种黄绿色的鲜草药敷在自己的手腕上，房里立刻弥漫着一种异香，令远蒲想起沙漠里的仙人掌。老年的梦想同青年时代大不一样，很少出现有线索的图像，比如说那些仙人掌吧，居然是白色的，上面也没有刺，只有一些对穿的小洞。远蒲使劲眨了眨眼，赶走眼前的幻觉。

"侄儿的雨衣还没有拿走呢。"

"他已经用不着了，明天就进医院。"

老裴托着手腕进了厨房，用那只好手拧开水龙头，自来水"哗"的一声流出来了。远蒲看见她驼着背用那只好手忙忙碌碌的，不时又停下，从厨房窗口伸出头去张望，不是望下面，却是望天。这阴沉沉的天有什么好望的呢？老裴就是与众不同，从来没有人猜透过她的心思。远蒲老觉得在湖里放鸭的女人对于城市里的事肯定是有奇怪的看法的，只是她口里不说，大家也就没注意到。他有时在心里将她称作"活的标本"，他自己成天同这个标本在一个屋里，真是既麻烦，又有意思。

二

　　这一天是冬日里少有的好天气，阳光暖洋洋地照在油漆脱落、被老裴用肥皂水洗得发白的地板上。老鼠也特别活跃，不时从老裴房里溜出来散步，有一大两小，都养得圆圆的，那只小调皮还在屋当中兜圈子玩。坐在阳光里，远蒲特别想听老裴讲讲湖里的事。老裴显得很冷淡，说自己已经"忘得干干净净了"。还说，如果不是忘得干干净净，就会做噩梦，像七楼的老男人一样，半夜从平台上跳下去。老男人和她早几天去世的侄儿患的是同一种病。"在湖区，也并不是人人都要患病的。"她说这话时眯缝着眼，颧骨上竟有一抹红晕。她这种自傲的模样又让远蒲愤愤地记起了她这些天对家务事的马虎。然而那种意境是撇得开的吗？远蒲疑疑惑惑地揣测着，芦苇荡里的那一轮红日总在他那些零散意象的正中间。"好天气，好天气。"远蒲茫然地叨念着，忽然，他那久已麻木的背部有点痒痒的感觉，莫非转机到来了？他刚想去洗个澡，大儿子就回来了。

　　儿子的模样表情很像他，只是比他还阴沉，总是那样魂不守舍的。这样的好天气里，他的情绪还是那么低落，衣服也穿得不太整齐，领子窝在颈窝里。他双臂交叉站在屋当中，皱着眉头问父亲："这种堕落的生活您还要维持多久？"远蒲看着儿子，不明白他内心怎么总是这样紧张；他想劝他几句，又怕他反唇相讥。

　　"我在外头，没有一刻不挂记您的事情。像您这样的，完全丧失了生活的能力，就会成为别人掠夺的对象。每次我回到家中，都看到您被掠夺的惨状。您看，您盖着这么硬的被子，这被子还是妈妈在世时缝的，您的养老金到哪里去了？这房里有陌生人的气味呀，肯定是有人来过了，是老裴带来的人吧？"

"你的鼻子怎么变得像狗一样灵了？"远蒲大为光火地说。

他们说话时老裴像以往一样悄悄地溜走了。她很少同这位大儿子打照面，同远蒲谈论起他来总是那种怜悯的口气，怜悯里头又夹杂一点傲气。

"我们小的时候，您是一个很爱享受的人，吃的穿的都挑好的，现在呢，您成了禁欲主义者了。有一天我到这里来，看见您拼命吃蔬菜的样子，真把我吓坏了。您必定是饿成那个样子，您有苦说不出……"

"放肆！"远蒲打断了儿子的唠叨，起身在房里踱步。

他觉得刚才那么好的阳光也黯淡了。为什么他的生活，他自己所满意的生活，要有这样一个见证人呢？难道在他们母亲死后，他自己不能有一点小小的自由吗？他满怀对大儿子的怨恨，却找不出话来反驳他；就是他的背部，也因为这生气而更加麻木了。心底里，他是知道大儿子为什么跑到这里来羞辱他的。他自己的生活一点都不如意，所以还得把老父的生活作为自己的生活。他在一个竹器加工厂当会计，本来做得好好的，这两年人家忽然怀疑他有贪污行为，又不明说，只是给他脸色看，弄得他度日如年，哪里都不愿待。他就是因为这才往老父这里跑的，美其名曰"换空气"。可到了家里，他又绝口不提厂里的事，只是一个劲地干涉远蒲，劝他换保姆，真不知他心里打的什么主意。以往远蒲总是一声不响，今天有些不同，可能是因为天气回暖的刺激,他有一点想表白自己了。他张了张口,却不知从何说起。难道可以告诉大儿子,说他同老裴的关系妙不可言吗?其间的妙处他又怎么说得清呢?

远蒲之所以不反驳大儿子,还有一重隐秘的心思,这就是,他觉得大儿子也许并不真心反对老裴。这么多年了,他每次回来谈论的总是这一件事,要是老裴真的走了,他还有借口回来吗?老裴似乎也清楚这一点,所以也并不反感他,只是装模作样地出去一阵,似乎是为了让他尽兴发挥。想到这种错综复杂的关系,远蒲更难开口了,他呆呆地看着大儿子,心思飞到了医院的太平间。

死去的人竟然会有那样栩栩如生的脸,这是远蒲没有料到的。白布底下的老裴的侄儿,浑身洋溢着的活力令远蒲大为震惊,以至于在阶梯上一脚踏空,差点摔了个大趔趄。而他身旁的老裴,脸上并没有悲哀的表情,倒是显出好奇的样子,握住侄儿的手,从衣袋里掏出把塑料梳子来,将侄儿的头发梳了几下。她一定是老早就在衣袋里藏着梳子的。那是远蒲多年里头的第一次外出,因为好奇,因为想要弄清一些事的原委。老裴满足了远蒲的要求。一到医院,她就同他拉开了距离,好像不认识他一样。远蒲看了她的表现,觉得她的好奇心同他的不一样,比如她替死人梳头发的样子,像是要从头发上验证什么。过后她告诉他,是为了验证死人的头发是否也产生静电。去医院的那一天远蒲非常兴奋,虽然并没有弄清事情的原委,那种强烈的印象总在脑际萦绕不去。后来的日子里他总喜欢偷偷溜进老裴住的杂房,从床头取下那件黄色的雨衣检查一番。一次被老裴撞见,弄得很窘,话也说不清了,老裴不以为然地撇嘴一笑,说:"我还真把这东西忘了。"说过后仍旧将雨衣挂在床头。远蒲就说:"我觉得这东西挂在这里有点扎眼,想帮你处理一下。"老裴嘲笑道:"我看你已经慢慢习惯它了嘛,好事情啊。"

"爸爸,我想,也许有一天退了职,回到家中来。"

大儿子说这话时带着威胁的口气,很长的腿叉得开开的,站在那里,就是阳光落在他身上也没有用,那种阴暗牢不可破。他心里想,父亲怕是彻底完蛋了呀,今后的日子会怎么过。他又想,这套房子是父亲的地盘,他已在长长的岁月里织起了复杂的网,他像老蜘蛛一样坐在中央,倒并不想捕获什么。以前他误认为自己大喝一声,父亲就会四处逃窜,后来才知道父亲的内心完全不受影响,他那张网甚至将他也包揽进去了。就是他真回到家里来,又能怎么样,到时候自动离开的还是他。

"随你的便,这里也是你的家嘛。"

远蒲说了这句话就去烧洗澡水,他熟悉大儿子的禀性,知道他一时半刻不会离开。厨房里也是暖洋洋的,碗橱里的那几只碗被老裴摔得缺口累累,灶底下放着一盆淘米水,是老裴用来清洗餐具上的油腻的,水上一层泡沫,都发臭了。外人见了这景象,会得出女人在这里工作得很不愉快的印象。只有远蒲知道她为什么要在他家待下去。远蒲将热水提到卫生间,吃力地洗完澡,换掉差不多穿了一冬的脏衣服。他有点吃惊,因为他洗完澡后并不像自己预料的那样感到暖和一些,反而畏寒起来,心里一阵阵地紧。

大儿子已经坐下来了,在翻弄五屉橱里他母亲的遗物,有点嫌弃似的用指尖拎着那些衣物看来看去的。

"妈妈倒是在这屋里过了些好日子。"

"你母亲是个乐天派,成天浑浑噩噩的。我啊,本来打算陪她去一次湖区的。"远蒲哆嗦着嘴唇说道。

"我小的时候看见墙上贴的猫头,吓得夜里不敢起来撒尿,就拉在床上了。我想撕掉它,该死的老裴硬是不准。爸爸,您冷吗?您不该洗澡。"

远蒲低沉地呻吟了一声就往地下坐去,他左边的腿子完全麻木了。他将脑袋靠着桌子的脚,想说什么,但发不出声音。大儿子轻轻地绕过父亲,在屋当中停留了一下,然后走出门,将门掩上了。"该死的,该死的……"远蒲在心里骂道。

一直到天黑老裴才回来。远蒲平躺在地板上,听见挂钟敲响了六点,又敲响了七点,他觉得自己全身心都放松了,对自己躺在地板上也觉得坦然起来。老裴先是打开房里的灯,口中嘟嘟哝哝的,将手里的大包小包放在桌上,然后将那些包拆开,将里面的东西拿出来放到该放的地方,最后将包装袋一一折好,放到厨房里去。她窸窸窣窣做这些事时,一次也没有朝地下看一眼。远蒲听见她从厨房出来,进卫生间去洗漱,也听见进了空气的水管子怒吼着,再后来是她带着湿淋淋的肥皂味出来,关了远蒲房里的灯,回到自己房里去了。远蒲好笑地想,老裴大概是在外头吃的晚饭了,她偷偷地溜出去,一个人在馆子里吃了饭,将他吃晚饭的事丢到脑后去了,她一贯是这样粗粗拉拉的。远蒲还记得那回半夜将老裴叫起来为他煮面吃的事。本来他打算就躺在地上算了，反正也不怎么觉得冷，但是后来，十一点多钟的时候，他的脚指头开始苏醒了，像踩在了蚂蚁窝里头一样，痒得不得了。"啊，啊，啊……"他轻轻地呻吟着，毫无办法。老裴已经早就熄了灯睡着了，她的房间里只有老鼠弄出的声音。远蒲在等，等那些蚂蚁往上爬，他不能确定自己是否可以承受即将到来的更大的痛苦，何况即使能够确定又怎么样呢？他又尝试了一下，除了可以发出"啊、啊……"的声音外，他还是不能讲话。十二点钟时，蚂蚁爬到小腿上面去了。远蒲听见自己的声音像要窒息的人一样，并且有汗从额头流到眼睛里，弄得眼睛也打不开了。当那大群的蚂蚁咬啮腿弯时，他终于晕过去了，但又不是完全晕过去，因为仍然可以感觉到痛苦。而他的汗，也已经流完了。远蒲在朦胧的意识里想道：也许这就是死？天亮时他彻底清醒了，痛苦像潮水一样突然退去，他居然从地上爬起，拍打着身上的灰。

"我的小侄儿今天要来。"老裴一边梳头一边从房里走出来说。

"我昨夜经历了生死搏斗。"

"好嘛。"老裴含糊地说。

"你一点都没看到吗？"

"我看到了的。"她梳头的手停了一下，认真地说，"那的确是一件痛苦的事。"

"为什么你不帮我？"

"那不是我能力范围内的事。你现在不是挺过来了吗？事情糟不到哪里去。"

她走到厨房里去时，远蒲觉得她的动作很僵硬。他还想说什么，摩托车的声音已经在楼下响起来了，老裴做了个手势就往楼下跑。远蒲不知道她的手势是什么意思，是要他不必大惊小怪呢？还是要他提起精神来？

他慢慢地吃着早饭，想着刚刚过去的夜晚和大儿子反常的举动。如果大儿子当时将自己扶到床上去的话，并不能减轻他身体上的痛，说不定他还经不起那一番折腾呢。不知道他和老裴究竟是如何看待他的疾病的发作的，他们的态度这样一致，说不定有默契吧。远蒲下意识地将手伸到背上去摸了一把，仍然是尸体一般地冷，冷得令他的手不敢停留太久，免得胡思乱想。楼梯上响起杂乱的脚步声，是老裴他们回来了。他们在门口停下来，讨论什么事，又很放肆地笑了一通，才推开门。

进来的青年令远蒲目瞪口呆，他以为死人又复活了。

"这是他弟弟。"老裴会意地微笑着，"我让他住下给你做个伴。"

远蒲刚要反对，老裴又说：

"长夜不是很难熬吗？有他在，昨天那种痛苦的事就会好得多。这个小孩呀，他会守着你不停地对你说话。你考虑一下吧，他可是直接从村子里来的，这种机会不会再有了。"

青年很平静地坐在椅子上，偶尔露出牙齿笑一笑。这一笑，就让远蒲看出了他和他哥哥的差别——他的牙很好。为什么不留下这个纯朴的孩子呢？他一点都不像个知情者，这样的人反倒有可能成为他的同伙。

"好吧。"远蒲回答老裴，其实也是回答自己。

一眨眼工夫，老裴就在房里支起了一张行军床。小侄儿抱歉似的看了看远蒲，打开自己简陋的行李，将里面的东西一样一样拿出来放在床上。远蒲心里有所触动，便回转身去整理自己有点凌乱的床，并嘱咐老裴将上面的窗子打开通气。一边做着这些事一边在心里纳闷：呼吸着湖面新鲜空气入睡的孩子，能够在这种地方长久待下去？当然也可能没有什么"长久"了，怕是老裴派了他来给自己送葬的。不过这孩子的眼神倒是很无邪，完全不像他哥哥。

"他有件礼物送给你。"老裴示意地拍了一下小侄儿的肩。

小侄儿捏得紧紧的拳头张开，将手伸到远蒲鼻子底下，远蒲看见他手心是一个铁色的老菱角。远蒲拿过来，那东西又硬又冷，沉沉的，简直让他怀疑是一块化石。远蒲想象这东西沉睡在湖底淤泥中的情形，自己的神色就有点恍惚起来，站也站不稳了，连忙扶住架子床的栅栏。

"你怎样找到这东西的？"他定了定神后，和气地问道。

小侄儿摇摇头，想了想，说："家里本来就有的。"

远蒲听了他的话就不自在起来，觉得这小伙子也很不简单。他们全都这样，第一眼看上去胸无城府，只要开口讲话就露出峥嵘，可是已经迟了，答应过的事不能反悔了。老裴看出远蒲的沮丧，就推了一把小伙子，说：

"讲些村里的见闻给我们听吧。"

"讲什么呢，姑妈？"他翻了翻眼珠，在努力寻思，"我们在那里好难过，大家都说，要是可以住到水底下去就好了，这不是一派胡话吗？有时胡话也安慰人心。靠养鸭子维持生活是越来越困难了。哥哥留给我的摩托车，每个人都眼红，我就是担心他们要把车子毁掉,才跑到这里来的,来之前的好几夜,我都守着车子不敢睡。"

老裴眼睛发亮,一个劲地对远蒲说:

"听见了没有?听见了没有?赤贫的地方是最有故事的啊。"

"但你自己从前闭口不说。"远蒲反驳她。

"那是因为我要独享。现在你了解的机会不是来了吗?"

"一些什么样的人要霸占你的车子呢?"远蒲问小侄儿。

"他们都是一个心思,都一样。我们那一带传说,哥哥是为了车子被人杀死的,还说这辆车撞死了一个人。"他说到这里突然昂起头,眉宇间透出一股豪气,还可笑地抬起一只手来比画着。

有一朵小火在远蒲心中摇曳,他想起了一首民谣。准确地说,是他想回忆一首民谣,但怎么也回忆不起来了。他觉得自己很干枯,很悲惨,他不理解老裴这样做的用意。那孩子满不在乎地坐在行军床的一头,等着远蒲向他发问,用好奇的圆眼睛打量着房里的摆设,目光落在那猫头上面。远蒲注意到他的目光专注而冷静。

"你家里也有这个吗?"远蒲指着猫头问他。

他漠然地摇摇头。

老裴干巴巴地咳了一声,站起身进厨房去了。远蒲觉得她是不高兴了。

"您哪,要将那老菱角放在枕头下。"

"那会起什么作用呢?"

"没什么,不过是种习惯罢了。"他垂下眼睛,很自爱地打量自己的双手。

三

年轻人在远蒲房里住下之后,远蒲的病发作得频繁起来了。时常好好的,突然不能动,进入濒死的状态;但每一次都是意识清晰的,有时简直可以说是浮想联翩,还很有激情。老裴的这个小侄儿对他真是体贴入微,他从来不做使他不舒服的事(比如将他搬到床上去之类)。远蒲躺在地上时,他就坐在他的旁边,对他讲一些村里的逸事。他很爱清洁,从不坐在地上,而是专门准备了一张小板凳。随着小侄儿的讲述,远蒲居然在身体的痛苦中进入了那个自由的世界,有时竟会掉下一些廉价的眼泪,那往往是在他谈到在浩渺的湖中央同风浪搏斗,却突然风平浪静,只留下无边的漆黑和寒冷的时候,或者是在他谈到在湖底潜泳,听到水底动物的凄凉幽怨的叫声时。愚蠢的泪在远蒲的脸上静静地流着,就好像不是他,而是另一个不相干的人在流泪。"远蒲老师啊,那种日子是不堪忍受的。"他总是用同他的年龄不相称的口气开头,"可人们就是不想走,除了姑妈、大哥和我,没人离开过那里呢。说起来您也许不相信,我们生活里最可怕的东西是那些星星。人们都缩在茅棚子里不敢出来,晚风很凉,匆匆走在小路上的人都低着头,有的还戴着斗笠,要是朝天看一眼啊,就要发狂,生活就要乱套。您可以想象一下,那些东西眨巴着眼同你对视,什么问题不会生出来啊。要是问起来呢,就没个完了,一生的时间都不够。那么大的星星啊,简直怀疑是自己的幻觉……当繁星密集时,它们就像压在你的心上。我不想说这种事了,我说点别的吧,远蒲老师。我来您这里之前,村里兴起一种消灭血吸虫的运动,大家都将生石灰往湖中倒。湖那么大,血吸虫在水里头生活了几千年了,它们的数目比人还要多,怎么消灭得了?可是那种运动,真是如火如荼啊。人们红了眼,一定要把事情做到底。"

有时候,在黑暗中说累了,他会忽然走过去打开灯,他在耀眼的灯光下嘻嘻地笑着,如同一个面具。现在远蒲终于明白了老裴那些奇奇怪怪的念头和举动,不过即使是明白了,也不能预料她下一步会干些什么。这个孩子,无疑生有一颗异常冷酷的心,他谈论起血吸虫来那么不动声色。可能他在水下已经和那些小虫子尽情地交流过了吧。在他的陪伴之下,远蒲慢慢习惯了自己的痛苦。痛就像三部曲,发作得多了就有了预感了,减轻是不可能的,不过可以有一定的心理准备。

第一场春雨落下来的时候青年提出要回家去看看,远蒲提心吊胆地同意了。

"好事情嘛。"老裴闪烁其词地说。

于是远蒲度过了没有人陪伴的夜晚。他非常吃惊地发现,在疾病发作中连肉体的痛苦都消失了,却有另外一种更可怕的抽象的痛折磨着他,因为这,他不断地坠入昏迷之中,而昏迷之中仍有知觉。非人的折磨立刻使他消瘦了,早上照镜子,看见两边颧骨上头有鲜艳的红晕,那分明是回光返照。有一两次,他企图抓住一些缥缈的画面,以使青年的描述复活,但没有成功,那些画面离开了青年的讲述简直漆黑一团。

"你早晚有这一天的。"老裴说。远蒲现在很钦佩她能培养出这样一个侄儿了。

那是一个很平常的下午，他在自己的床上昏过去了，在那种半昏迷中，柔软的床如同狭窄的棺材一样硌痛他。他像念符咒一样在心里念道："湖水，湖水，湖……"他明明听见老裴在房里说："你要用力呀，你用力，渔船就会驶到你面前。"他将牙关咬得咯咯作响，果然在意识的深处感到了一团橘红色，那红色由远而近，像是一艘快艇，船下没有水，是透明的大气。大约一秒钟的工夫，它就从他眼前消失了。"好样的。"老裴说。接着他听见摩托的响声，急促的脚步上楼来了，门"吱呀"一声响。"我先把车停在下面，过两天我就回来。"是小侄儿在说话。远蒲再要挣扎，就陷入了无边的黑暗里，什么都听不见了。

醒来时已是六点钟。老裴在灯光下忙忙碌碌，饭菜已上了桌。远蒲问她是不是小侄儿来过了，她摇摇头，脸上堆起假笑，说：

"你倒是很惦记他呀，可惜他一时半刻的来不了了。你想，这孩子自由自在惯了，这里他怎么待得长。他托人带来口信，要我帮他把摩托车卖掉。我看你没有他也应付得了嘛。"

远蒲不好意思地说：

"是这样。可是这一阵我同他处惯了，发起病来总以为他在旁边。我恐怕不会有多少时间了。"

"这很难说。"

"下午你是不是在房里啊？"

"我见你睡着了，就出了趟门。有人来过了吗？"

"没有，我一直在床上呢。"

"你可以把你大儿子叫回来陪你,他跟人说,他要出远门了。"

远蒲怔了一怔,沉默了。这一阵,他差不多把大儿子都忘记了。那小子的确回来过一次,他躺在老裴小侄儿的行军床上,双手枕在脑后,对家里发生的一切都嗤之以鼻,称这个家为"猪圈",对老裴说话粗声粗气,临走前还将他母亲的花瓶打碎。远蒲还记得他朝着侄儿的背影扬拳头,说"兔子尾巴长不了",一举一动都像毛孩子一样。远蒲当时好笑地想,他怎么一下子就变成小孩子了呢?他身体那么瘦,居然还扭屁股呢。远蒲希望他出远门,这样就可以改变他那种不自然的生活状态。

老裴将拿筷子的那只手停在半空,笑眯眯地说:

"这不是很好吗?大儿子的思想个性同你都接近,让他回来是好事嘛。"

"他回来了就是我的死期。"

"不要吓唬人,没有那么严重的。不瞒你说,我很欣赏他。他和我的小侄儿是不同的,小侄儿抱着一个梦不放手,他呢,却很现实。现在这类人都是孤孤单单。他换了一家工厂,还是做得不好。"

她的话很使远蒲吃惊,她比远蒲更为理解他儿子,有点"旁观者清"的味道。远蒲恍然大悟地想,原来大儿子要他解雇老裴是在撒娇!那么他说的出远门又是怎么回事呢?恐怕是要他这做父亲的惦记他吧。这么说,在这个家里,他同老裴是有默契的,唯独把个父亲蒙骗了。那么,老裴根本不是什么"旁观者"。远蒲没想到会形成这种纠缠不清的关系,而且是在他不知不觉中形成的。他有点欣慰,又有点烦躁。他一贯把大儿子看作外人,其实他比谁都离他更近。几十年里头他一直潜伏在他看不到的地方,随时准备跳出来。

大儿子回来的那天夜里远蒲破天荒地下了楼。起先他一直有预感,他精神特好,窗外的月光又十分清亮。他在房里散步了几圈之后,更觉精力倍增,返老还童了似的。当时老裴已入睡了,下面院子里万籁俱寂。他一冲动就出了门,楼梯间没有灯,老鼠们闹得欢。远蒲双腿颤抖着往下迈步,紧紧地抓着扶手。下完最后一级梯子时内衣都湿透了。有两个下夜班的工人看见了他,停住脚步交头接耳了几句。远蒲一紧张就想逃回去,但那两个人往另一个方向走掉了。他站在院子里的一棵枯树下,看见自己的影子像狭长的幽灵,他估计自己的样子一定怪可怕的,刚才那两个人就是被自己吓着了,才停住脚步的。风中有桂花的香味,他伸长了脖子张望,猜测着那桂花树在什么地方,怎么会不顾季节地乱开花。远处朦朦胧胧的似乎有几只野猫在跑,远蒲无意中一转身,便看见了那三株繁花如云的老桂花树,香气浓烈得使他头晕。树干后面有个身影,对方当然早就看见他了。

"有没有回家的打算啊?"隔着那些枝叶和花丛,远蒲不动声色地问。

"难道这有什么区别吗?爸爸身体好得很呀。"大儿子的嗓子有点哑。

他们俩站在树下各自想着自己的心事。远蒲抬起头看了看蓝得令他心惊肉跳的明净的天空,然后伸手到衣服里头去摸自己的背。他的手立刻在温暖的背脊那里停住不动了,他感到热血汩汩地从指缝间流过,他的全身一阵阵发麻,然而那是身体苏醒时的发麻,他太兴奋了,他的眼里噙着很多泪。儿子的声音仿佛隔了一座大山传过来:

"爸爸,爸爸,您怎么又倒下了啊!我这就搬回家来陪伴您,好吗?您醒醒啊……"

远蒲最后看见的是那令他销魂的夜空,星星如无数耀眼的火箭一样驶向四面八方。

原载于《大家》2000年第3期

热力涌动（独幕剧）

人物

述遗——制花厂退休老女工
彭姨——制花厂退休老女工
林老板——豆腐店老板
老牛头——林老板的老雇员
伙计甲——豆腐店伙计
伙计乙——豆腐店伙计

（一间十二平方米左右的房间，房门和窗户都朝着街上。从窗口向外看，可以看见马路对面是一家很大的豆腐店，店门上方有一块棕色的招牌，上面写着"林记豆腐店"。白色的字迹有些剥落了。房间内有一张宽大简陋的旧床，床底下塞着十几个小木箱，每个箱子上都挂着一把生锈的小锁，箱子的尺寸不一，最小的只有一本书那么大。述遗坐在窗前的桌子旁边，她的脸一半在光线里，一半在阴暗中，这使她的头发看起来也是一半灰黑，一半花白。她的背有点驼，手上的皮肤带青色，双脚在桌子下面蹭来蹭去的。忽然她举起一只手，向马路对面豆腐店里的老板打招呼，模样猥琐的林老板立刻走出店门，横过马路，向述遗家走来。）

林老板：今天不要豆腐吗？

述遗：（皱眉）不要。这种天气实在提不起食欲来吃东西，我已经喝了两天稀饭了，我肠子都已经萎缩了。你昨天告诉我的事可是真的吗？我心里放不下。

林老板：千真万确。还有老牛头可以作证。那是什么样的一桩事呢？我说出来会不会歪曲了它呢？让我回忆一下。我记得天上有星星，外面的景色模模糊糊，我和老牛头坐在外面的水泥凳子上喝米酒。不知怎么，我们屁股下头那冷冰冰硬邦邦的凳子无缘无故地发出一种嘈杂声，起先我以为是那两个该死的伙计捣鬼，就站起来察看了一圈。正在我要回到座位上时，老牛头翻着白眼，焦急地用一根指头指着自己脚下，我一看，我的妈呀……我们两个差不多是爬回屋子里去的。

述遗：到底看见了什么？就不能说清楚吗？（站起身来将墙角的一把椅子搬到林老板面前。林老板脸上显出感激和迷惑混杂的表情。）你请坐下，慢慢想起来再说。

（椅子上的林老板努力振作自己。）

林老板：我们正在喝酒，当时天上很红，没有星星。
（脸上一片茫然，思路断了。）

述遗：这你已经说过了，不要急，我知道这很难，慢慢再想。

林老板：（上半身软弱无力地倚在椅子靠背上）天上有星星？

述遗：这你已经说过了，必定是很美的夜晚。

林老板：你说什么？你不要乱说。

述遗：好，我闭嘴。

林老板：（颓然地四顾）我想不起来了。

（述遗那自始至终凝视着他的目光这时失望地散乱了，她显得有点烦，双手紧握。）

述遗：那就不要想了。明天，或者后天，总会想起来。

林老板：我死也想不起来了。我还不如把老牛头叫来。但是他不肯来的，他整天躲在装黄豆的储藏室里簌簌发抖，到了半夜就喊口号。

述遗：喊口号？

林老板：对，喊口号。他喊："胜利属于我们！""天亮啦！冲呀！"你等一等，我看见老牛头出来了，我叫他过来。（走到门口）老牛头！老牛头！

（老牛头入。面色显得营养不良，花白胡须，上嘴唇和眼角各有一颗很大的老年痣，神色慌张。）

老牛头：是喊我吗？这么说我已经横过马路，到述遗老太婆家里来了？不堪回首呀，真是不堪回首！

述遗：什么事情不堪回首呢？能不能说出来？

老牛头：说出来？（往后一跳）你这个老太婆呀，你竟会有这样一种想法！啊，我还是回去睡觉吧，外面的光线刺得我心里好痛啊，还是睡着了好，也许再醒来就可以重新开始了。

林老板，我在你店里干了多少年了？

林老板：快三十年了，回想起来还像昨天才来似的，你可并不怎么安分啊。

老牛头：（向述遗）你看，快三十年了，日日闻着豆子的臭味入梦，日日脚上穿胶靴，两手泡在水里。我这就走了，我再不走就要睡着了。（自语道）怎么到处都是这种奇怪的光？眼前的人看起来就像被劈成了两半。（出门）

林老板：（活跃起来）我没有说错吧？那种事，没有人会想得起来，更说不出口。人一进入回忆呀，就会产生那种灾难性的预感。所以老牛头整天睡呀睡的，还乱喊口号，把玻璃都砸碎。很可能他刚才把你认作他妈妈了，他很早就对我说过，说述遗老太婆其实就是他妈妈，（兴奋地推开椅子站起来）这多有趣！

述遗：我？我和他年龄差不多吧？

林老板：这同年龄没关系。（目光炯炯）他睡得迷里迷糊的，哪里还记得什么年龄？你不觉得他说起话来像个婴儿吗？他老说我们店里臭烘烘的，可从不动手搞一下卫生。他就是这种人。

述遗：啊，我有点明白了。（口气冷淡地）最近你们店里做的豆腐怎么这么白？

林老板：我们增加了漂白剂，现在人人都这么干，为的是赏心悦目。

述遗：会引起慢性中毒吧？

林老板：不要怕，那需要很长一段时间。（眼珠看着上方的窗玻璃发了呆）每次你隔着马路叫我们，我们马上听到了。最近你显得有些急躁似的。

述遗：那是因为你们总惦记着我吧。那两个小伙计怎么样？

林老板：情况不妙，他们同别的伙计日日吵嘴，合不来，这种阴暗的地方好像留不住他们。昨天他们乡下的父母找来了。四位老人哭哭啼啼的，两个伙计都躲在水池里不肯出来。那出戏演了好久，最后还是老人们不耐烦了，决定乘当日的车回家。我和老牛头站在那里，看着他们衰老的背影直摇头。他们一走那两个伙计就出来了，蹲在那里低声商量事情，我知道他们是商量走的事，不过他们暂时走不了的。

述遗：为什么？

林老板：怎么能想走就走呢？那么多的遗留问题他们是摆不脱的，除非化作一只蜻蜓从窗口飞出去。唉，我的豆腐店，孕育了多少我青春时代的梦想啊。（神志不清的样子）多少年过去了？述遗你记得吗？满街都跑着野猫的地方，正是我们理想中的所在啊。（突然一惊）老牛头怎么这么快就走了？就像他没来过一样！哈，我知道，他又到储藏室睡觉去了，他越来越会偷懒了，他在我面前摆老资格，我拿他没办法。夏天时他还睡在水池里，和那些豆腐泡在一起呢，这种人是无可救药了。（在房里走来走去，突然又停住。）不行啊，述遗！

述遗：什么事？

林老板：我发现你现在不怎么注意周围的变化，这对你来说很危险。昨天下午街口放鞭炮，我从你窗前路过，看见你睡得死死的，我就想，这可不是什么好事情，很多人都是睡下去就再也没醒来。

述遗：我想找老牛头谈话，不深入谈一次心里不安。

林老板：你去吧，我在这里等你，免得和你们碰面。老牛头一看见我就要摆老资格，总想在气势上压倒我，我在他的折磨下都快撑不下去了。

（述遗出。可以从窗口看见她快步横过马路，走路的样子神经兮兮的。林老板在房内东查西看。）

林老板：（弯下腰自言自语）这个老女人在床底下放了这么多的木箱子，箱子还上了锁，真是不可思议，她能有什么秘密东西锁在里头呢？她一直住在我对面，对我的事了如指掌，这也是命中注定的吧。我还是出去站一站吧，这房里有股晦气。不好，母夜叉来了！

（彭姨推门上。她是六十多岁的胖老太婆，稀疏的头发在后面绾成一个髻，一身肉颤颤的，目光昏暗。）

彭姨：述遗！述遗呢？（向林老板）该死的，怎么你一个人站在这里？我早嘱咐过她，不要同你们这种人来往，她呀，就是心肠太软。

林老板：（不服气地）同我们这种人来往有什么不好呢？

彭姨：（横了林老板一眼）你们都是一伙强盗，搅得她的生活乱糟糟的。现在她最需要的是秩序。

林老板：您的话总是让我害怕，让我感到这是她，也是我最后的挣扎了。天气越来越变化无常，老年人的关节炎……花六十年的时间建立的秩序禁锢不了她，她坐在这里，没有一刻目光不往外溜，莫非您不知道？

彭姨：（鄙夷地）难道我对她的了解还不如你？你这条浑身关节发炎的瘟狗，你究竟知道些什么呢？不过是表面的皮毛罢了。你看见她坐在这里，心神恍惚，你就想她同你们是一流货色。可你不知道，她虽坐在这里，其实并不坐在这里，她的顽强的意志从来没有背叛过她。她早上一醒来，就把对你们的牵挂全打消，开始新的一天。刚才我看见你店里的老牛头来过了，你们到底打的什么主意？我知道你不会说出来，但是你们瞒不了我的。（生气地一把推开林老板，坐在他刚坐过的椅子上，露出一脸女王似的表情。）

林老板：（畏缩地）我当然不能同您相比，您是述遗最老的朋友，我只不过是她的熟人。我总是将你们之间的关系想了又想，那种一致性啊，实在让我钦佩。讲到我，我和她的念头总是南辕北辙，不过我们总是想着同一件事，我、她，还有老牛头，包括我们所有的伙计。如您所知，生意越来越不好做了；老牛头整天在豆子堆里睡觉；新来的两个伙计一直在干着偷盗原料的勾当，将黄豆卖给他们老乡。只有述遗老太婆来买豆腐时我们的精神才暂时振作一会儿。您知道，她是能够让我们起死回生的那种老女人。

彭姨：（一直冷冷地笑着）她到哪里去了？

林老板：她找老牛头谈话去了。老牛头这一回倔劲发作了，整天疯疯癫癫的，不肯醒来。谁不让他睡觉，他就对谁讲疯话，时常讲得那几个伙计都害怕起来，抱成一团簌簌发抖。你说说看，她是不是一个巫婆？

彭姨：你这家伙，总是这样背后说她的坏话吗？

林老板：我怎么敢？我只是说出心里的猜疑罢了。即算她是一位巫婆，也不会减轻我对她的尊敬啊。在如今这种凄凉的生

375

活里，只能相信那种超自然的事情了。呸！我真该死！

彭姨：（朝着窗口）述遗！述遗！

林老板：我要走了。（出）

（述遗在门口同林老板擦肩而过，满脸沮丧的样子。）

彭姨：我说啊，猫一出现，老鼠就不见踪影了。（向述遗）不甘心的老婆子，你还在对自己放任自流啊。

述遗：他的情形实在是惨不忍睹，人竟可以在那种境地里苟延。

彭姨：老牛头？你要永世让自己陷在泥坑里啊！（跺了跺脚）我和你说的话你总听不进去。你告诉我，你是不是给了那两个阴险的伙计狠狠一击呢？

述遗：那两个善良的小孩？每次他们一见到我就安静了，不再吵着要回家。林老板对他们太冷酷了，当然他自己也是一筹莫展。（犹豫不决）有时我想，或许我从此不去豆腐店，他们的情况反而会朝着好的方向发展？他们大家都有美好的憧憬，生活却是每况愈下。（凝视着窗外的那棵泡桐树）又是一个秋天到来了，秋天是最难熬的，就连老鼠都在呻吟；老牛头显然是不管不顾了，他一边睡觉口里一边嚼生黄豆，像一头牲口。然而我却对他们看见过的东西有浓厚的兴趣。（翻眼沉思）那会是怎样一种情形呢？外面传说是豆腐店的地面出现了奇怪的裂口，里面涌出成千上万的蜈蚣，不过这种荒谬的说法没有意义，我宁愿相信那是一种难言之隐。

彭姨：（显出不耐烦的样子）你真是没完没了啊。我想起你那死去的老父亲了，他做图书管理员，却恨不得将每本书都看一遍，结果本职工作搞得一塌糊涂。人怎么能够如此贪婪呢？我去找他借书，每次都撞见他正在翻阅图书，我等上半天，他总算起身了，却又把书拿错。（忽地站起身踱步）我看你在步他的后尘！你的脚不是走在坚硬的地上，你在虚浮中游荡。

述遗：（惊骇地）啊，你的话一句一句敲在我的心上，从什么时候起，我失去了那种根本的依托，将自己在恐慌中悬置？我，制花厂退休的老婆子，如今完全丧失了理智，开始追逐那些假花的影子。老彭，老彭，你再留一会儿吧，像我们年轻时候那样，并排坐下，我将脑袋靠着你的肩头，你的手握着我的手……啊，你不愿坐下？有什么疑问吗？你就要走了？等一等！

（彭姨出，述遗急跟出，忽又止步。）

（自言自语）她抛下我了。（颓然坐下）她抛下我了！我太不像话了，我活该倒霉，她已尽了最大的努力。我怎么啦？今年是我六十岁，要出问题了吗？这个彭姨，她路过豆腐店的时候那目光是多么仇恨啊！好多年以前，就在离这里不远的树林边，她和林老板花前月下地谈情说爱呢。

（两个伙计上。他们是衣衫褴褛的农村青年，头发乱糟糟的，脸上挂着卑贱的微笑，在门口你推我我推你地谦让着。）

伙计甲：述遗老妈妈，我们活不成了呢，林老板将我们赶到那种可怕的地方居住，我们真是度日如年啊。你简直想象不出……

述遗：（不动声色地）哪种地方？

伙计乙：（忸怩了老半天，突然下了决心开口）让我来说吧。那里，根本不是人可以住的地方，鸭子还差不多。简单地说，就是地上挖的一个坑，坑边埋了几根木柱子，上面盖了一个茅草顶。一下大雨啊，里面成了游泳池。我们两个都快泡成烂肉了，您看看我的脚。（伸出红肉绽开的脚板。述遗皱眉。）我们差点没法走路了，刚才我们是相互搀扶着，走走停停到了这里。

述遗：你们没有反抗吗？（严厉地）为什么不反抗？

伙计乙：没有用的。林老板天一黑就将所有的房间全锁起来，所有的伙计都被他赶进坑里，只有老牛头被他锁在储藏室，那里面老鼠那么大，我担心他迟早会被咬死。林老板自己也不在房里，他在屋檐下铺张席子，就坐在那里熬夜；要是下雨天，他也抱怨关节痛。您夜里没来过，所以不知道这些事。

述遗：（沉思地）我是不知道。情况看来比我料想的要严重得多。（责难地）但是你们并没有反抗！真是些废物。

伙计甲：（眼巴巴地望着述遗）所以才到您这里来，您可以救我们的。

述遗：（烦躁地）怎样救？林老板自身难保，我真能救你们吗？

伙计乙：（眼里闪出亮光，声音变成清脆的童音）老板听您的话！三年前，豆腐生意变得清淡的时候，老板就对我们说过他的命运都掌握在您手中，您有生杀大权；他还说我们大家全逃不脱。

述遗：真是无稽之谈！林老板是怎样的人，我还不知道吗？其实啊，我反而是受他控制呢，他的行径把我往泥坑里拖……等一等，你们看见纸花了没有？看，这屋里到处飞着它们！什么地方刮来的呀？（举着双手在房里转来转去，两眼茫茫。）

（两伙计恐惧地瞪着她，悄悄地往门口移动脚步。）

述遗：不要走！你们这两个意志薄弱的家伙，怎么就不能坚持一下！目的达不到就走，这就是你们的派头。我看呀，林老板对你们不存丝毫幻想，你们正是那号人，只配住在烂泥坑里头。这就对了，站在那里不要动，好好听我说。从前我呀，在一个制花厂工作，我们从早到晚用纸和塑料制出各式各样的假花，那种工作具有无穷的乐趣！你想参观工厂吗？你就得把自己变成浮云似的一朵大白花。我的同事，就是你们称她彭姨的那位老女人，有一天制成了一个巨大的、放在灵堂里的那种悼念花圈，她的举动让我们大家吃了一惊。那种花圈，上面的每一朵小白花都像一只要起飞的蝴蝶。接着她的未婚夫，也就是你们的林老板来了，他和她抱头痛哭。他们在制花厂后面的树林边走过来走过去，整整走了一天一夜，后来就彻底分手了。林老板是外地人，我们都以为他要离开此地回家乡，谁也没想到他开了这片豆腐店，从此在我们街上定居下。彭姨常从豆腐店门口路过，而他，见了彭姨就躲。现在你们该有点明白你们林老板心里有多么重的心事了吧？哈，她又来了，你们快走，快走！

（两伙计急出。彭姨上。）

彭姨：（假笑）嘿嘿，我还是放心不下你。刚才这两个阴谋家来干什么？（转身向门外探头）

述遗：他们来揭发他们的老板，要掀起一个造反运动。

彭姨：他们在引诱你吧？这种事很难不上钩。（弯下身去察看床铺下面）哈，又增加了两个箱子，可不可以让我看看？

述遗：（淡然地）你搬出来看好了，能有什么秘密瞒得过你呢？（从衣袋里掏出钥匙扔在桌上。）

（彭姨喘着气直起腰，"咚"的一声坐在那把椅子上，眼珠发了直。）

彭姨：（摆手）不不不，不看！出乎意料的东西最好不看，我老了，用不着自找苦吃了。我想不通：究竟为了什么你要把一些东西留下来呢？像这种床底下的废品收购站，对你的生活起着什么影响呢？

述遗：我也不太清楚。（痴迷地）我总是看见那些纸花，恐怕和这些留下来的东西有某种关系。比如你，就一次都没看到过它们，那个时候你却是制花的高手。

彭姨：该死的，你让我返回从前的时光吗？我好不容易才从那种虚幻中挣脱出来，那花了我十年痛苦的时间。现在偶尔想一想车间里那种花团锦簇的浮华景象我都浑身战栗。我和你怎么会选择了这样一件可耻的工作呢？（闭上眼，呈疲惫不堪的神态）说老实话，述遗，对你那种爱好我也拿主意不定，也许你有你的道理吧。有时候我来你这里，似乎有明确的意志，可为什么每一回都这么累呢？

述遗：我不止一次地想过摆脱这一切远走高飞，但是我飞到哪里去呢？难道到了新的地方，就会把那种事情忘记吗？所以你看，我还在这里。我之所以在这里，是因为老彭你也在这里啊。有你在，我就可以和林老板他们周旋下去，我就可以对他们那种腐败的生活见怪不怪。（冲动地站起）老彭，老彭，让我握着你的手吧！

（彭姨急忙将双手插进衣袋，警惕地看着述遗，既厌恶又犹疑。)

述遗：我知道你不肯，知道了这一点还向你哀求，的确令人厌恶。我坐在桌前重温我那些旧箱子里头的东西时，关于林老板他们目睹的那种事的猜测就如走马灯一样在脑海里转，不过图像全是模糊不清的。我想，他们不会放弃的，挨过这凄凉的秋天，然后又挨过黑洞洞的冬天；冬天里黄豆子冻得硬邦邦，林老板和老牛头心如明镜；然后就到了可怕的糜烂的春天……瞧我说来说去的还是他们的事，你又要不耐烦了，让我说点别的。我昨天满六十岁了，你还记得我的生日吗？我比你小三岁。当然没有任何人会记得这种事，我就坐在这里清理那些旧东西，一边听着西风在外面吹得呼呼地响，一边听着对面店里磨豆浆的轰鸣，这时那些假花就出现了，搅得我昏头昏脑的，我伸手去抓，还真的抓到了一把，那些纸花在我手掌里沙沙地响着，我伏在桌上很快就睡着了。那种睡眠啊，真是深而又深，好像永世也无法再醒来了似的。老彭你说，我真的六十岁了吗？

彭姨：你自己明明很清楚嘛。

述遗：(急忙地)我是很清楚，可是我又完全不清楚，尤其是在刮西风的天气里。要是没有你提醒我，我恐怕会以为自己刚满四十岁。当然那也没什么不好，一点也不可怕，对不对？我们在一起扎那个花圈，不就好像是昨天的事吗？那时啊，你是那么活跃。

彭姨：(脸上勃然变色，直瞪瞪地看着对面的豆腐店)他们都躲在那里朝这边张望，我看见了。好嘛，原来你们串通一气，把我当活宝。难怪你总不让我走，你是要做给那些家伙看，你一贯向他们吹嘘，说你可以指挥我！

述遗：（绝望地）老彭！

彭姨：不要叫我老彭，你说说看，你已经背叛过我多少次了？啊，我现在这么头晕，我什么都无所谓了。把他们叫到这里来吧，去啊，去啊，大团圆到来了嘛。将那两个小阴谋家也一起叫来，他们不是一直在抱怨吗？我要当他们的面揭穿他们的本质。天哪，我真的快晕过去了！

述遗：你和林老板是该见面了，可是为什么我这么不安？是不是某种凶兆？

彭姨：（大喝一声）去！

（述遗簌簌发抖，边走边回头看彭姨，迟疑地出。）

彭姨：（独白）邪恶的氛围越来越浓了。奇怪的是我总是看不见她所看见的，我的全身穿着盔甲，脸上戴着呼吸面罩；凡是我感觉到的，早成了陈年旧事。黄鼠狼和老豺狗在黑地里狂欢，我在藤椅里睡觉。最近我是如此迟钝，听力也大大减退了。（停顿）我真的要和他见面吗？三十年都过去了，现在出现这种群魔乱舞的局面？有述遗在场，我该是多么装腔作势啊。不，我还是走的好。（下）

（述遗、林老板、老牛头上。）

述遗：她又作弄了我们！你们二位，根本没想到会是这样吧？

林老板、老牛头：（齐声地）我们早估计到了。

述遗：那就好。三十年前林老板就估计到了，我没说错吧？那么，你们到底看见了什么，现在想起来了吗？老牛头，请你说说看。

老牛头：（眼珠暴出，费力地张着嘴）我看见了——我看见了——小蘑菇？不，根本不是。我看见了——鱼？呸呸！又说错了，我不说了，我要走。

林老板：为什么要逼他？你那么感兴趣，不如自己蹲在水池子里去等。我看你并不是真有兴趣，你感兴趣的只是闲聊，把发生过的事伪装起来。老彭如果在这里，听见我们说的话，她是绝对受不了的。怪不得她赶快走了。

述遗：（恼怒地）这么说她走了是因为我？你也要生我的气了？

林老板：我怎能生你的气呢？这几十年里头，我什么时候生过你的气？那是不可能的事。我只是想告诉你，你要获得的那种东西没人能够获得，你只可以闲聊。老彭这样的铁杆女人啊，太知道底细了。你们两个老婆子其实是一对冤家。我们在店里老远看见你们，就知道你们吵些什么。话说回来，我还是很高兴你来盘问我们的，那是一种动力。自从那天夜里发生了那件事，我们全体进了水池子以后，大家就一直等着你来盘问我们。老彭其实也是这么想的。

述遗：想起老彭，我觉得自己是这样内疚。我们同事几十年，情同手足。现在我们两人是越来越难以挪动了。（梦醒似的）啊，这里没你们的事了，你们回去吧，回去吧。

（林老板、老牛头下。述遗独白。）这里也没我的事了。原来如此，真相大白。这乱纷纷的思绪啊，全斩断了。且让我今天随便往什么方向走一回看看。要不要叫上老彭呢？叫上这个抬杠者？不，还是一个人走的好；树林里，乱石间，人流中，有贼的空庙里，陡峭的沙坡上，到处乱走，迷路最好。可是我这样的老婆子迷得了路吗？不管他！

（从桌上拿起自己的手袋，开了门向外走去。下。）

（剧终。）

原载于《芙蓉》2000年第4期